FANTASY G

FANTASY-ROMAN

RICHARD FORD

DAS VERMÄCHTNIS DER ELDRON

QUEST FOR THE FARADAWN

Deutsche Erstveröffentlichung

Wilhelm Goldmann Verlag

Aus dem Englischen übertragen von
Dagmar Hartmann

Innenteilillustrationen von Owain Bell

Made in Germany · 1/83 · 1. Auflage · 1112

Umschlagentwurf: Atelier Adolf & Angelika Bachmann, München
Umschlagillustration: Delacorte Press, New York
Gesamtherstellung: Mohndruck Graphische Betriebe GmbH, Gütersloh
Verlagsnummer 23818
Lektorat: Peter Wilfert · Herstellung: Peter Papenbrok
ISBN 3-442-23818-8

Für
Reena, Daniel
und
alle Tiere

Frühjahr 1982

1. Kapitel

Es schneite noch immer im Silberwald. Die ganze Nacht über waren große Flocken vom Himmel gefallen und hatten alles bedeckt, so daß jetzt jeder Grashalm an einer Seite eine dicke, runde Säule trug und jeder Zweig ein weißes Ebenbild seiner selbst war. Brock schaute auf und war wie hypnotisiert von der Myriade weißer Punkte in der Luft. Sie schienen in seine Augen zu segeln, als würden sie von einem Magneten auf die Erde herabgezogen. Und doch eilten sie nicht. Es war mehr wie ein entschlossenes Dahintreiben. Er schüttelte sich, und eine Wolke von Flocken stob auf. Deshalb zog er sich weiter unter die Alte Buche zurück, bis nur noch sein Kopf aus dem Loch zwischen den großen Wurzeln hervorragte, die eine niedrige Wand zu beiden Seiten des Eingangs zu seinem Bau formten. Er liebte die Nacht. Dann herrschten Stille und völlige Ruhe, besonders wenn jeder Ton sogleich von einer dicken weißen Decke verschluckt wird, und trotz des Schnees war der Himmel ganz klar, und er konnte fast bis zu dem Tümpel im Feld vorne am Wald sehen.

Buchenbau war seit Generationen in Brocks Familienbesitz, manche sagten, er hätte ihnen schon zu der Zeit gehört, als es noch keine Menschen gab. Damals war er natürlich im Zentrum des riesigen urzeitlichen Waldes gewesen, der das ganze Land überzog. Jetzt, wo nahezu alle Wälder vom Menschen verschlungen worden waren, der diesen Platz zum Leben brauchte, reichten die Felder fast bis zum Bau. Jetzt befand er sich am äußersten Waldesrand, und Silberwald selbst war in seiner Länge und seiner Breite schnell zu durchqueren. So kam es, daß der Bau einen nützlichen Aussichtsposten darstellte, und Brock hatte die Rolle eines Wächters für den Wald übernommen und verbrachte die meisten Nächte damit, über die Felder hinauszuspähen oder am Waldesrand entlangzuziehen, während er Futter suchte. Die anderen Tiere waren glücklich über dieses Übereinkommen, denn Brock hatte es gelernt, zwischen wahrer Gefahr und der bloßen Notwendigkeit zur Vorsicht zu unterscheiden. Bei Gefahr bellte er zwei-, dreimal laut, und wenn nur Vorsicht geboten schien, alarmierte er den Wald häufig überhaupt nicht, sondern beobachtete und wartete, bis der Vorfall vorüber war.

Heute nacht war er entspannt. In Nächten wie dieser kam der große Feind fast niemals hierher, und wenn doch, dann hastete er in der Ferne vorüber, in dieser merkwürdig aufrechten Haltung, die ihm zu eigen war, balancierte auf seinen zwei Beinen, den Kopf gesenkt, und oft war er schon fort, kaum daß Brock ihn bemerkt hatte. In gewisser Weise tat es Brock leid, daß sie den Frieden und die Schönheit dieser Nächte so selten sahen, und er fragte sich, ob dies eine der Ursachen für ihr Wesen war oder das Ergebnis davon. Es war der Feindschaft wegen, die sie allem entgegenbrachten, daß sie in der Sprache der Vormaligen Urkku genannt wurden, der Große Feind.

Er war in diesen Gedanken verloren, als er plötzlich in die Gegenwart zurückgerissen wurde durch einen Geruch, der über den Schnee zu ihm getrieben wurde. Er duckte sich und legte das Ohr an eine der großen Wurzeln zu seiner Seite. Urkku näherten sich. Er konnte den unmißverständlichen Laut hören, den ihre Füße machten, aber es waren nur zwei, und sie gingen mit langsamen und gleichmäßigen Schritten. Angestrengt spähte er durch die Flocken, die jetzt zur Last wurden, denn sie schwebten in seine Augen und verschleierten ihm die Sicht. Schließlich konnte er sehen, wie sie um den Teich kamen und anfingen, das große Feld vorne am Wald zu überqueren. Einen Augenblick ruhten sie sich aus, lehnten an dem alten Holztor, das ins Feld führte, und gingen dann weiter, kamen direkt auf den Bau zu. Er überlegte, ob er Alarm geben sollte oder nicht. Des Nachts tat er das nur selten, selbst wenn sich Urkku näherten, denn die wenigen, die nach Einbruch der Dunkelheit kamen, verursachten nur selten, wenn überhaupt einmal, Schaden, und auch dann nur, wenn sie diese langen dünnen Instrumente mit sich führten, die den Tod herausschleuderten.

Jeder Muskel angespannt, die schwarze Nasenspitze zuckend, beobachtete er, wie sie langsam vorwärts kamen. Anscheinend war die Steige in den Wald ihr Ziel, die nur knapp dreißig Schritt von der Alten Buche entfernt war. Es war offensichtlich, daß sie den Wald gut kannten, denn sie zögerten nicht, blickten sich auch nicht um, wie die meisten Urkku es taten, sondern kletterten über den Zaun und gingen direkt auf die Große Eiche mitten im Wald zu. Um sie jetzt zu beobachten, mußte Brock aus seinem Bau herauskommen und langsam auf den kleinen Fluß zutappen, der mitten durch den Silberwald floß und von dem aus er sie deutlich sehen konnte. Er kauerte sich am Rand der Rhododendronbüsche zusammen, die zum Fluß hinunterwuchsen, und studierte die Szene. Sie war höchst sonderbar. Als erstes fiel ihm auf, daß er nicht diese schreckliche Furcht empfand, die ihn sonst immer überkam, wenn Urkku in der Nähe waren. Irgendwie erzählten ihm all seine Instinkte, daß hier keine Gefahr bestand und daß ihm nichts geschehen würde, selbst wenn er entdeckt würde. Zweitens bemerkte er, daß der Größere der beiden, der mit dem kürzeren Haar, ein Bündel trug, mit dem er sehr vorsichtig umging und das seltsame Töne von sich gab. Der andere, der viel längeres Haar hatte, das jetzt weiß getupft war, stand einfach ruhig dabei, während der erste das Bündel niederlegte, gleich neben die Eiche, am Fuß des riesigen Stammes. Dann schaufelte er den Schnee beiseite und bedeckte das Bündel mit Blättern und Moos, die er darunter fand, bis nur noch ein kleines Stück oben frei war. Brock hörte, wie es seltsame Töne von sich gab, fast wie die, die der Fluß an den seichten Stellen machte, wenn er über Kieselsteine floß.

Gerade als der Mann aufstand, durchdrang Glockengeläut die stille Nacht. Es war die Kirche im Dorf, die die Menschen zur Mitternachtsmesse am Heiligen

Abend rief. Für Brock war es eine Totenglocke. Die Mitternachtsglocken erklangen einmal im Jahr, und zwei Tage später kam das große Schlachten. Der Wald mußte gewarnt werden. Er wandte sich wieder dem seltsamen Bild unter der Eiche zu und sah, wie die zwei über dem Bündel knieten. Der mit dem langen Haar hielt den Kopf dicht an die unbedeckte Stelle, verharrte ein, zwei Sekunden lang so und zog sich dann zurück. Dann erhoben sich beide von ihren Knien und hielten sich einen Augenblick lang in einer Weise, wie Brock es noch nie zuvor bei den Urkku gesehen hatte. Er spürte Zärtlichkeit und Trauer von ihnen ausgehen, und sein eigenes Blut prickelte vor Aufregung und Vorahnung, als er zusah, wie sie langsam Arm in Arm davongingen und das Bündel dort unter der Großen Eiche zurückließen.

Er wartete, bis er sah, wie sie durch den Zaun zurück-

und über das Feld gingen. Langsam und ganz vorsichtig kroch er dann über den Stamm, der zum anderen Ufer des Flusses führte. Es war die einzige Möglichkeit, den Fluß zu überqueren, wenn man nicht den großen Umweg machen wollte, durch den Zaun und um den Wald herum. Bestenfalls war der Stamm glitschig, denn er war mit Moos bedeckt und ständig feucht vom Wasser, aber jetzt, bedeckt mit Schnee, war er gefährlich. Er hätte den Umweg wählen sollen, aber er war schon immer ein übereiliger Dachs gewesen, und jetzt war er so neugierig zu sehen, was dieses merkwürdige Bündel enthielt, daß es unmöglich für ihn gewesen wäre, auch nur eine Sekunde länger zu warten. Seine riesigen Vorderpfoten packten die Seiten des Stammes ganz fest, als er sich langsam, Zentimeter für Zentimeter, hinüberschob. Er konnte das Brackwasser unter sich sehen, pechschwarz hob es sich vor dem Weiß der beiden Ufer ab, und er konnte sehen, wie die Schneeflocken sich auflösten und fast sofort verschwanden, kaum daß sie die Oberfläche berührt hatten. Jetzt hatte er das jenseitige Ufer fast erreicht. Die Flocken fielen kaum noch, und ein vertrautes silbriges Licht strahlte vom Wasser zurück. Vorsichtig kletterte er von dem Stamm und spürte wieder den Schnee sanft und weich unter seinen Pfoten. Dieser Teil des Waldes war voll von Farn, und der Schnee war dick. Er mußte achtgeben, daß er nicht auf einen Erdhügel stieg und durchbrach. Es hatte auch keinen Sinn, den Kaninchenspuren zu folgen, denn Kaninchen waren so leicht, daß sie über die verräterischen, gefährlichen Stellen hinweghoppeln konnten. Vorsichtig suchte er sich seinen Weg zur Eiche, schnupperte die Luft und blieb alle paar Schritte stehen, um zu lauschen. Der Wald war jetzt in Mondschein getaucht, und kein Ton war zu hören. Heute nacht war niemand unterwegs, und selbst Brock wurde jetzt kalt, am Rücken, dort, wo der Schnee ihn naß gemacht hatte und nun anfing, in seinem Pelz zu gefrieren. Endlich war er nur noch einen, zwei Schritte von dem lauten Bündel entfernt und konnte es genau betrachten. Was er sah, überraschte ihn. An der einzigen Stelle, die nicht bedeckt worden war, konnte er ein kleines, rundes rosa Gesicht sehen, das sich zu einem breiten Lächeln verzog, als es Brock entdeckte. Glück strahlte aus den beiden kleinen Augen, und trotz seiner Fremdartigkeit empfand Brock ein überwältigendes Gefühl von Sympathie, das seine Vorsicht und sein Erstaunen übertraf. Er trat näher und legte seine Nase an die Wange des Babys. Das Gesicht grinste noch mehr und fing an, die seltsam gurgelnden Geräusche auszustoßen, die Brock schon früher gehört hatte. Nur einmal zuvor hatte er ein solches Wesen gesehen. Zwei oder drei Sommer war es jetzt her, daß zwei Urkku in den Wald gekommen waren. Sie hatten eines dabeigehabt, hatten sich gleich bei der Alten Buche niedergesetzt und gegessen. Sie waren noch immer dagewesen, als sich der Abend auf den Wald senkte, und er hatte sie aus den Schatten seines Baus beobachtet. Nach langem Grübeln war er damals daraufgekommen, daß es ein menschliches Baby sein mußte, und diese kleine Kreatur, die da unter der Eiche lag, war zweifellos dasselbe.

»Nun, nun«, murmelte er vor sich hin. »Das ist sonderbar. Was soll ich mit dir machen?« Neugierig blickte er in das kleine Gesicht. Sein erster Gedanke war, daß es vorübergehend zurückgelassen worden war, daß die beiden Urkku, die es gebracht hatten, es bald wieder abholen würden. Jetzt wurde ihm klar, daß es dessen Eltern gewesen sein mußten. Aber es war zu kalt, um ein so junges Ding draußen im Wald zu lassen, und die Art, wie sie sich von ihm getrennt hatten, war irgendwie seltsam gewesen. Etwas Endgültiges, Trauriges und doch sehr Schönes war davon ausgegangen. Brock spürte all dies instinktiv, denn im Königreich der Tiere sind die Dachse bekannt dafür, die sensibelsten aller Kreaturen zu sein. Diese Eigenschaft, zusammen mit ihrer Weisheit, die sie im Laufe von Jahrhunderten erworben haben, ist der Grund für ihren besonderen Platz.

Jetzt taten sich all seine Sinne zusammen und verliehen ihm dieses Gefühl von Aufregung, das er schon verspürt hatte, als er das kleine Bündel zuerst sah. Irgendwo in seinen tiefsten Gedanken war er sicher, daß es Legenden und Weissagungen gab, die mit genau diesem Ereignis anfingen, dessen Zeuge er jetzt geworden war, und ein Schauer durchlief ihn und ließ die Haare in seinem Nacken zu Berge stehen.

Er dachte noch immer darüber nach, als die Nacht plötzlich von einem unirdischen Lärm zerrissen wurde. Einen solchen Schrei hatte er nur gehört, wenn die Hasen, die in den Feldern um den Silberwald herum hausten, von den Urkku mit ihren Todesstöcken verletzt worden waren. Schnell sah er hinab und bemerkte, daß das kleine Gesicht, das vorher ein einziges Lächeln gewesen war, sich zu einem Ausdruck des Entsetzens verzogen hatte. Brock schloß, daß dem Baby kalt war. Selbst er, mit all seinem Pelz, fing an zu zittern. Er hatte keine Zeit zum Nachdenken. Er mußte das Baby schnell warm bekommen, und das bedeutete, daß er es mit sich zu seinem Bau würde nehmen müssen. Dort könnte es bleiben, wenigstens für den Rest der Nacht.

Er lachte leise, als er daran dachte, was Tara, sein Weib, sagen würde, wenn er ein menschliches Baby mit heimbrächte: Er hatte schon einige seltsame Dinge getan, aber nichts, was sich damit vergleichen ließe. Das Baby schrie noch immer aus Leibeskräften, und Brock fürchtete, daß bald alle Bewohner des Waldes wach sein und herbeieilen würden, um zu sehen, was diesen Lärm verursachte. Der Haß, den einige von ihnen für die Urkku empfanden, war so groß, daß sie das Baby auf der Stelle töten würden. Brock mußte sie also beruhigen. Er beugte sich über das Baby, legte die beiden großen Vorderpranken um das Kind und fing an rückwärts zu gehen, wobei er das kleine Wesen mit sich zog, den Körper an seine breite Brust gebettet. Die Wärme, die von seinem Fell ausstrahlte, schien diesem zu gefallen, und schon bald gurrte es wieder glücklich.

Jetzt war natürlich nicht daran zu denken, die Abkürzung über den Baumstamm zu wählen. Also machte er sich an den langen Weg außen herum, durch den neuen Teil des Waldes, durch den Zaun. Die Reise dauerte lange Zeit. Brock mußte vorsichtig sein, damit nicht zuviel Schnee auf das Baby herabkam, und außerdem mußte er versuchen, es möglichst hoch über dem Boden zu halten, damit es nicht feucht und kalt wurde. Doch trotz dieser Schwierigkeiten machte es ihm Spaß. Das Baby streckte immer wieder die Händchen aus und zupfte an seinem Fell oder strich über seine Beine, und manchmal blieb er für ein, zwei Sekunden stehen und rieb seine feuchte Nase am Kinn des Babys oder an seinem Hals, worauf es mit einem breiten Grinsen und Kichern reagierte. Er traf unterwegs niemanden und war sehr dankbar dafür, denn es wäre nicht gerade leicht gewesen, zu erklären, was genau er da tat, als er rückwärts ging, ein menschliches Baby an die Beine gepreßt. Endlich, gerade als das klare silbrige Licht des Mondes einer blaßgelben Sonne wich, kam er wieder an der Alten Buche an, völlig erschöpft, und stählte sich für die Fragen, die – wie er wußte – vom Rest seiner Familie auf ihn einprasseln würden. Müde, aber zufrieden stieg er rücklings in das Loch hinab, während sein kleiner menschlicher Freund gurgelte und lachte, glücklicherweise nicht wissend, welche Rolle das Schicksal ihm zugeteilt hatte.

2. Kapitel

Brocks Vorahnung, wie Tara auf seinen »Fund« reagieren würde, sollte sich als vollkommen richtig erweisen. Als er in den Hauptraum kam, seine kleine Last mit sich schleppend, erhob sie sich einfach auf ihre Hinterbeine, legte ihre beiden Vorderpfoten auf die Hüften und wiegte sich in schweigendem Erstaunen hin und her. Sie hatte gedacht, die Mätzchen ihres Ehemannes könnten sie nicht mehr schockieren, jedenfalls nicht mehr, seit er mit ihren beiden Jungen Zinddy und Sinkka losgezogen war, um die Straßen des nahe gelegenen Dorfes zu erkunden, und einen Hund mit heimgebracht hatte, mit dem er sich angefreundet hatte. Dieser Hund, Sam hieß er, besuchte sie noch immer recht häufig und brachte Nachrichten aus dem Dorf. Sein Herr war einer der Männer, die dem Wald den Krieg erklärt hatten, und Sam benachrichtigte sie immer im vorhinein, wenn sein Herr und die anderen kommen wollten. Die Freundschaft mit Sam war also sehr nützlich geworden; aber das jetzt ...

»Diesmal bist du zu weit gegangen. Ein Urkku; ein Mitglied der Rasse, die unsere Vorfahren seit Generationen verfolgt und gequält hat, und nicht nur unsere Ahnen, sondern die Vorfahren jedes Lebewesens in diesem Wald. Hast du die Geschichten von deinem Urgroßvater vergessen, der an ein Faß gekettet wurde, ehe man Hunde auf ihn hetzte, die ihn in Stücke reißen sollten? Und nachdem er eine Meute erledigt hatte, hetzten sie eine zweite auf ihn, und dann noch eine, und noch eine, bis er schließlich zerfetzt wurde? Und hast du so schnell die Geschichte vergessen, die uns kürzlich erreichte? Daß die ganze Familie drüben im Hohen Wald vor zehn Monden getötet worden ist? Sie haben eine Art Gift in den Bau gepumpt, so daß sie brechen mußten, und dann hat das Gift ihre Lungen versengt, und sie sind eines schrecklichen Todes gestorben. Und dieses kleine Ding da wird einer der Großen Feinde sein, wenn es erwachsen ist! Was sollen wir mit ihm machen? Wie sollen wir ihn vor den anderen Lebewesen hier im Wald schützen, die die Urkku mehr hassen, als wir es tun? Wovon soll es leben?«

Aber als sie die hilflose kleine Kreatur anschaute, die da auf dem Erdboden ihres Baus lag, schien sie ihr so fern von der Rasse, über die sie gerade gesprochen hatte, daß es ihr vorkam, als wäre sie ein Tier, und sie empfand tiefes Mitleid mit ihr. Das Wesen begegnete ihrem Blick mit seinem breiten Lächeln und gurgelte glückselig, streckte die kleine Hand aus und schnappte nach Luft. Sie sah wieder zu Brock hinüber, der auf diese Flut von Fragen nichts erwiderte, weil es nichts zu erwidern gab. Er war kein Dachs, der ein Geschöpf in der Kälte sterben lassen konnte, und die einzige Möglichkeit für ihn war es gewesen, es mit heimzubringen. Außerdem – und das hatte er noch nicht erklärt, einmal, weil er nicht so recht wußte, wie, und zum andern, weil er nicht sicher war, ob Tara ihn überhaupt verstehen würde – hatte er das Gefühl, daß die ganze Sache irgendwie vorherbestimmt gewesen war und daß er nur eine Rolle spielte, die für ihn ausgesucht worden war.

Er ging zu ihr, und sie rieben ihre Nasen aneinander. Entzückt schloß sie die Augen, und Brock dachte, wie sehr er sie doch liebte. Mit der Vorderpfote strich er über ihren Kopf. »Unsere Jungen werden sich erst beim Erwachen melden. Ich dachte, vielleicht könnte es bis dahin ein bißchen von deiner Milch bekommen. Wir könnten es hier drin bei uns behalten, bis es zu groß wird, und ich bin sicher, daß ihm Beeren und Früchte und Pilze ebenso gut schmecken werden wie uns. Mach dir keine Sorgen. Es wird alles gut werden.«

Er wollte mehr sagen, aber er war so erschöpft, daß seine Augen gegen seinen Willen zufielen und er in die Welt des Schlafes hinüberglitt. »Weck mich, wenn die Sonne am höchsten steht«, gelang es ihm noch zu murmeln. Dann rollte er sich auf dem trockenen Farn zusammen, der in einer Ecke angehäuft war, und fing an, herzhaft zu schnarchen.

Tara brachte das Baby auf die andere Seite ihres großen runden Zimmers und legte es auf eine Matratze aus Mädesüß, das sie gesammelt und für ihre eigenen Jungen aufgehoben hatte. Der Duft des Mädesüß überdeckte alle anderen Gerüche und war deshalb äußerst geeignet für Dachsjunge und, so vermutete sie, auch für Menschenjunge. Dann entfernte sie die verschiedenen Kleiderschichten, in die es gehüllt war, und legte sie in eine Ecke. Später wollte sie sie hinausbringen und vergraben. Aber ein Gegenstand war darunter, den sie behalten wollte. Es war ein herrlicher bunter Seidenschal, und Tara liebte die Farben und das Gefühl, wenn sie ihn anfaßte. Später wäre das kleine männliche Geschöpf, das jetzt so friedlich dalag, vielleicht froh, wenn es eine Erinnerung an seine Vergangenheit hatte, dachte sie. Ein Bindeglied zu seiner Familie, seinem Erbe. So brachte sie den Schal zu einer Wand in ihrem Zimmer, grub ein kleines Loch in die Wand, legte ihn hinein und bedeckte ihn mit Erde. Als sie damit fertig war, verzog das Baby wieder sein kleines Gesicht und fing an zu weinen. »Es muß ja am Verhungern sein«, dachte sie und legte sich neben ihm nieder. Sie hoffte, daß ihre Zitzen voll Milch waren. Wenn nicht, wußte sie wirklich nicht, was sie ihm zu essen geben sollte. Aber ihre eigenen Jungen würden auch bald wieder hungrig sein, also müßte es wohl gehen. Sie zog das Baby an sich und schob mit einer Tatze sein Gesicht dicht an ihre Zitzen. Eine quälende Minute lang passierte überhaupt nichts, aber zu Taras übergroßer Erleichterung fing es dann an zu saugen. Physisch gesehen hätte es eines ihrer eigenen Jungen sein können, das da saugte, aber vom Gefühl her kam es ihr schon recht seltsam vor. Da lag sie nun und gab einem Menschenjungen aus ihrem eigenen Körper Nahrung. Es wäre schon merkwürdig genug gewesen, wenn sie das Junge einer anderen Sau gesäugt hätte, aber das hier war ein ganz anderes Tier und noch dazu ein Urkku!

Trotz der Fremdheit spürte sie doch auch die Wärme und Zärtlichkeit, die Brock dem Baby schon früher entgegengebracht hatte, und es ließ sich nicht leugnen, daß da auch ein Gefühl von Aufregung und Abenteuer war, als sie den fremden Kopf in ihrem Arm hielt und spürte, wie das Baby trank.

Schon bald war der Kleine gesättigt, und Tara legte ihn vorsichtig auf das Mädesüß und bedeckte ihn mit Streifen aus Birkenrinde. Zuoberst legte sie dann noch welkes Farnkraut. Kurz darauf schlief er tief, und Tara machte sich daran, das Zimmer zu putzen. Sie schleppte alles alte und schmutzige Bettzeug hinaus und breitete frisches aus, das sie aus den Stapeln zupfte, die vor dem Zimmer aufgebaut waren. Hin und wieder fuhr sie mit den Pfoten an der Decke entlang, um Spinnweben zu entfernen, denn die Wurzeln der Großen Buche liefen kreuzweise unter der Decke entlang, und die Spinnen liebten es, ihre Netze daran zu befestigen. Zum Schluß trat sie zum Eingang des Tunnels und fuhr mit ihren Pranken an den drei großen Wurzeln entlang, die die Tür einrahmten; eine oben und je eine an beiden Seiten. Im Laufe der Jahrhunderte war dies so oft gemacht worden, daß sie jetzt eine wunderbare tiefbraune Farbe angenommen hatten und glänzten und sich ganz weich anfühlten. Auch kleine tiefe Kratzer liefen an ihnen längs. Dort hatten in den dunkelsten, feuchtesten Nächten Dachse, die nicht an den Kratzpfosten vor dem Bau gehen konnten, ihre Klauen gewetzt. Diese Kratzspuren erinnerten Tara immer an die vergangenen Generationen von Dachsen, die hier gelebt hatten. Sie fragte sich, wie sie gestorben waren. Wie viele von ihnen von dem Großen Feind getötet und wie viele friedlich im Schlaf gestorben waren.

Als sie mit dem Hausputz fertig war, ging sie durch die Tür und den kurzen Gang hinauf, der in den Wald führte. Sie streckte die Nase in die Luft und mußte sofort die Augen zusammenkneifen, um sie vor dem grellen Licht zu schützen, denn die Sonne schien hell aus einem klaren blauen Himmel und wurde von dem Schnee reflektiert, der dicht und weiß und weich alles bedeckte. Ohne hinzusehen, wußte sie, daß die Sonne hoch am Himmel stand und durch die Zweige der Großen Buche leuchtete. Es war Zeit, Brock zu wecken. Rückwärts rutschte sie den Gang hinab (es war zu eng, um sich umzudrehen) und mußte noch eine Weile warten, als sie bereits wieder im Zimmer war, bis sich ihre Augen an das Licht gewöhnt hatten. Dann ging sie zu Brock hinüber und stupste ihn sanft mit der Nasenspitze. Er wachte sofort auf, gähnte, reckte sich und stand auf.

»Hallo«, sagte er verschlafen, und dann sah er das Baby. »Ach du meine Güte«, rief er aus, als ihm die Ereignisse der vergangenen Nacht allmählich wieder bewußt wurden und ihm die volle Bedeutung dessen, was er getan hatte, dämmerte.

»Ich sollte dich wecken, wenn die Sonne am höchsten steht«, sagte Tara.

»Ja. Es gibt viel zu tun, und wir haben nicht viel Zeit. Ich habe gestern die Mitternachtsglocken gehört, und du weißt ja, was das für morgen bedeutet. Also muß ich für heute abend den Rat einberufen. Und dann ist da dieser Baby-Urkku. Hast du ihn füttern können?« Tara nickte. »Gut. Aber einigen von ihnen wird das nicht gefallen, und sie werden vielleicht sogar versuchen, ihn zu töten. Man muß es ihnen natürlich erzählen. Wir könnten ihn nie verbergen, wenn er größer wird, und es ist besser, es ihnen jetzt zu sagen, wo er noch so hilflos und harmlos ist, als später, wenn er anfängt zu wachsen und mehr wie ein Urkku aussieht. Aber es ist ein schlechter Zeitpunkt, weil der Feind morgen Tod und Verwundung verursachen wird. Ich muß gehen und Warrigal auffordern, den Rat zusammenzurufen, und dann erzählen wir es besser dem Rest der Familie.« Er ging zur Tür. »Es sieht alles sehr schön sauber aus«, lobte er und verschwand den Gang hinauf.

Er tauchte in den Tag hinein und wurde, genau wie Tara, von dem Strahlen des Schnees fast geblendet. »Es ist zu hell«, murrte er, »zu hell.« Aber die Wärme der Sonne fühlte sich auf seinem Rücken und Gesicht wundervoll an. Sie schien sich in seinem ganzen Körper auszubreiten und ihn mit neuem Leben zu erfüllen. Leise bellte er zweimal kurz und sah dabei die Alte Buche empor. Keine Antwort. »Er muß tief schlafen«, dachte er. Wieder bellte er. Plötzlich war da das Gefühl, daß jemand hinter ihm war, und er drehte sich um. Es war Warrigal der Weise, der dort stand und ihn anblinzelte. »Tu das nicht nochmals«, sagte Brock. »Du hast mich erschreckt.« Man konnte Warrigal nie hören. Die Art, wie er geräuschlos selbst durch Zweige und die dichtesten Rhododendronbüsche flog, war schon fast unheimlich.

»Du möchtest, daß ich den Rat einberufe«, sagte Warrigal. »Ich habe die Glocken letzte Nacht ebenfalls vernommen.«

»Ja«, antwortete Brock. »Ruf ihn für heute nacht zusammen. Und hör zu, Warrigal, da ist noch eine Angelegenheit, die ich besprechen möchte und die ich dir jetzt kurz umreißen will.« Brock hatte das Gefühl, es wäre besser, Warrigal von seinem merkwürdigen Gast zu berichten und ihn auf seiner Seite zu haben, ehe es den anderen erzählt wurde. Jeder bewunderte Warrigal wegen seiner Weisheit, und seine Ratschläge wurden immer mit Respekt gehört, wenn auch von einigen der Einzelgänger, wie Rufus dem Roten, nur unter Murren. Außerdem hatte er das Gefühl, daß ein privates Gespräch mit Warrigal seine eigenen Ansichten in ein paar Punkten klären könnte, ehe die ganze Angelegenheit an die Öffentlichkeit dringen würde. Dachse und Eulen waren beim Schutz des Waldes Verbündete gewesen, so weit die Legende zurückreichte. Das Wissen der Dachse um den Boden und die Beherrschung der Luft durch die Eulen ergaben eine gute Kombination. Beide waren sie Wesen von uraltem Erbe und Tradition, nicht so wie die neueren Entwicklungen, Fasane und Eichhörnchen, und zusammen brachten sie sehr viel Wissen und instinktive Weisheit auf. Deshalb hatte Brock das Gefühl, daß – wenn überhaupt jemand seine Gefühle der vergangenen Nacht verstehen konnte – Warrigal sein am ehesten vertrauter Freund sein mußte. Darüber hinaus war die Tatsache, daß er einen Baby-Urkku unten in seinem Bau hatte, eine phantastische Neuigkeit, und es war mal eine hübsche Abwechslung, daß er Warrigal, der immer alle Nachrichten als erster zu hören schien, etwas erzählen konnte, das dieser noch nicht wußte.

Zu seiner Überraschung – und auch Verärgerung! – schien die Eule nicht sonderlich schockiert zu sein, obwohl sie es ganz offensichtlich noch nicht gewußt hatte. Sie hörte nur aufmerksam zu, blinzelte dabei gelegentlich und ließ sich von Brock die ganze Geschichte erzählen. Als er geendet hatte, starrte Warrigal auf den Schnee hinunter und rutschte ein wenig mit den Füßen auf der Wurzel hin und her, auf der er stand. So verharrte er ein paar Sekunden lang. Dann drehte er den Kopf, erst nach rechts und dann nach links, als hielte er Ausschau nach jemandem, der vielleicht zuhören könnte. Endlich starrte er den Dachs an. »Nun«, meinte Brock ungeduldig, »was sagst du dazu?«

»Wenn ich in meiner Annahme recht gehe«, antwortete er mit dem Ausdruck von jemandem, der weiß, daß das immer der Fall ist, »dann bist du, alter Freund, für eine Aufgabe herausgepickt worden, die in die Legende eingehen wird, und zwar als das bedeutendste Ereignis in der Geschichte des Königreiches der Tiere. Ein Ehrwürdiger Dachs, in der Tat; einer, dessen Name für alle Zeiten fortleben wird, zusammen mit den Namen der großen Helden aus der Vor-Menschen-Zeit, und dessen Rolle in der Geschichte vielleicht als noch größer angesehen werden wird als die ihre.«

»Hör auf, hör auf, um Himmels willen«, sagte der Dachs. Er war langsam zutiefst beunruhigt. Es war eine Sache, der Wächter des Waldes zu sein, der sich die Verantwortung mit Warrigal teilte und dessen Aufgabe es war, den Rat für Außerordentliche Zusammenkünfte einzuberufen, aber eine ganz andere, all dieses Zeug über Legende und Geschichte anzuhören – und darüber, wie er berühmt werden würde. Natürlich übertrieb die Eule. Sie nahm alles immer sehr ernst und neigte dazu, aus einer Mücke einen Elefanten zu ma-

chen. Aber sie sah jetzt wirklich sehr ernst aus.
»Aber ich habe doch nichts weiter getan, als ein menschliches Baby davor zu bewahren, vor Kälte zu sterben«, sagte er. Er war sich zwar der Ungeheuerlichkeit dieses Ereignisses bewußt, versuchte aber jetzt, es dadurch herabzusetzen, daß er darüber sprach, als wäre es nicht so wichtig. »Oje«, murmelte er, während Warrigal einfach nur dastand und ihn ansah.
»Die Legenden berichten von einem Urkku-Erlöser, der auf genau die Art zu uns kommt, wie dein junger Freund gestern nacht gekommen ist. Ich weiß nicht mehr als das. Dein Großvater, Bruin der Tapfere, weiß wahrscheinlich auch davon, aber es ist keine Geschichte, die oft erzählt wird. Zum Teil, weil sie zu unglaublich ist, und zum Teil, weil sich das Ende mit der Zeit verloren hat. Niemand kennt es«, fügte er hinzu und seufzte. »Der Elbenkönig muß benachrichtigt werden. Er weiß natürlich von der Legende, und er wird uns sagen, wie wir vorgehen sollen. Ich werde mich darum kümmern. Vorerst müssen wir den Rat einfach dazu bringen, zuzustimmen, daß er in Frieden hier leben kann. Sage niemandem ein Sterbenswörtchen, nur Tara, weder von der Legende noch vom Elbenkönig. Wir müssen so ruhig und normal wie möglich weiterleben, sonst spüren die Urkku eine Veränderung im Wald und fangen an herumzuschnüffeln. Überlaß heute nacht nur alles mir. Ich weiß, wie ich mit dem Rat umgehen muß. Bis heute nacht also, wenn der Mond am höchsten steht«, verabschiedete er sich und flog geräuschlos davon.
Wie betäubt blieb Brock sitzen, starrte auf das Feld hinaus und dachte nach. Er wollte noch nicht in den Bau zurückkehren; er brauchte Zeit, um sich zu sammeln. Die Erwähnung des Elbenkönigs hatte Schauer der Vorahnung und der Angst seinen Rücken hinablaufen lassen. Er erinnerte sich seiner merkwürdigen Gefühle von Schicksal und Vorbestimmung, als er das Kind erblickt hatte, aber er hätte sich nie träumen lassen, daß es soweit kommen würde. Die Tiere wußten

natürlich alle vom Königreich der Elben, aber nur sehr wenige hatten tatsächlich einmal einen Elb gesehen, geschweige denn mit einem gesprochen, und der Gedanke, daß sein Name dem Elbenkönig genannt werden sollte, erschreckte ihn. Warrigal hatte ganz lässig darüber gesprochen, daß er es ihm erzählen wollte, so, als würde er jeden Tag mit dem Elbenkönig essen, aber Brock glaubte nicht, daß die Eule wirklich so vertraut mit ihm war. Tatsächlich war es das erste Mal, daß Warrigal die Elben erwähnt hatte, obwohl Brock aus gewissen Andeutungen in ihren Unterhaltungen geschlossen hatte, daß da ein Kontakt zwischen ihnen und seinem Freund bestand. Dennoch war es beängstigend, davon zu wissen. Wie alle anderen Bewohner des Waldes hatte er Angst vor den Elben, obwohl sie ihm niemals ein Leid zugefügt hatten. Es hieß, daß sie über sonderbare Kräfte verfügten und zaubern konnten und daß sie diese Kräfte, die sie gewöhnlich einsetzten, um zu helfen, manchmal auch benutzten, um einem Tier Schaden zuzufügen, das ihnen mißfallen hatte. Geschichten wurden erzählt von Tieren, die plötzlich ohne ersichtlichen Grund verschwunden waren oder tot aufgefunden wurden, ohne daß man eine Verletzung entdecken konnte. Darum verdrängte Brock diese Gedanken lieber – und da war er nun, und man hatte seine Aufmerksamkeit auf die Elben gelenkt. Er hielt das alles langsam für den Anfang einer Kette von äußerst unglückseligen Umständen.
Die Sonne senkte sich allmählich von dem hohen Stand, den sie am Mittag eingenommen hatte, und wurde blaß und wäßrig, wie sie es an Winternachmittagen immer wird. Der klare blaue Himmel war einem von dünnen grauen Wolkenschleiern durchzogenen gewichen, und so konnte Brock jetzt auf die weiße Schneedecke blicken, die sich vor ihm erstreckte, ohne geblendet zu werden.
Das einzige Geräusch, das er hören konnte, waren die drei gleichmäßig ausgestoßenen »U-hu-hu-hu« von Warrigal, der leise wie ein Schatten zwischen den Bäumen hindurchglitt. So rief er die Mitglieder des Rates

für die Nacht zusammen. Bei diesem Treffen würden die Anführer der Waldbewohner über die Taktiken diskutieren, die sie beim morgendlichen Töten anwenden wollten. Dunkel hoben sich die Bäume vor dem blassen Himmel ab. Jeder Zweig nahm seine eigene Identität, seinen eigenen Charakter an, jeder Ast sah aus wie der lange knochige Finger einer alten Frau. Ein Gefühl äußerster Ruhe ging von der Szene vor ihm aus und verlieh ihm eine Kraft, wie er sie noch niemals zuvor verspürt hatte. Vielleicht, weil er sie noch nie gebraucht hatte. Langsam drehte er sich um und ging durch den Erdgang zurück in seinen vertrauten Bau, zu der trostspendenden Atmosphäre seines Heimes.

3. Kapitel

Als Brock durch die Tür trat und das Baby zusammengerollt zwischen Taras Vorderbeinen liegen sah, schien der Ernst von Warrigals Worten weit fort zu sein, ebenso wie das Gefühl eines bevorstehenden Abenteuers. Tara schlief tief und fest. Ihr Rücken lag an der weichen, dunkelbraunen Erde der gegenüberliegenden Wand. Als er sie so friedlich schlafen sah, erkannte Brock erst, wie müde er selbst war. Er beschloß, noch ein wenig zu ruhen, ehe er die Neuigkeit den anderen Familienmitgliedern mitteilte, die in diesem Bau hausten. Und dann lag da noch die Aufgabe vor ihm, dem Rat gegenüberzutreten. Aber er war froh und erleichtert, daß Warrigal sich so bereitwillig gezeigt hatte zu helfen, und er hatte den tröstlichen Verdacht und die Hoffnung, daß sein Freund das Reden übernehmen würde. Dennoch wollte er auch wieder nicht, daß die Eule in seinem Ruhm schwelgen sollte, und deshalb fühlte er sich ein wenig unwohl bei dem Gedanken, daß Warrigal alles »übernehmen« würde.

Aber sein tiefer, erfrischender Schlaf sollte nur zu schnell durch heftiges Schütteln und zahlreiches Bellen gestört werden. Er öffnete die Augen und sah den Alten Bruin, der mit den beiden Jungen Zinddy und Sinkka neben ihm stand. Sie waren jetzt fast drei Jahreszeiten alt, hüpften um Tara herum und versuchten, sie dazu zu bekommen, daß sie erklärte, was dieses merkwürdige neue Tier in ihrem Bau tat und was es überhaupt für ein Wesen war. Also war es nicht nötig, den anderen Bewohnern die Nachricht zu bringen. Die Nachricht hatte sich selbst enthüllt. So ernst er konnte, sprach Brock mit den Jungen. »Kommt mal her, ihr zwei. Beruhigt euch und kommt hierher zu mir und Bruin, dann werde ich alles erklären, so gut ich kann.« Sie unterbrachen ihr Spiel für eine Sekunde und fingen an, miteinander zu ringen, wobei sie über den Boden rollten und sich ineinander verschlangen.

»Hierher!« befahl Brock scharf, und hastig entknäuelten sie sich und trotteten hinüber zu ihm und Bruin. Natürlich war das Baby von all dem Lärm aufgewacht und hatte angefangen zu weinen, aber Tara stillte es, und bald beruhigte es sich. Schließlich machte es sich mit geschlossenen Augen und einem Ausdruck äußerster Konzentration bequem.

Bruin stand ernst an Brocks Seite, als der Dachs anfing, den dreien von den Ereignissen zu berichten, die dazu geführt hatten, daß sie ein Menschenjunges zusammengerollt in Taras Armen fanden, als sie auf ihrem Weg in den Winterabend hinaus auf leisen Sohlen durch die Vorkammer kamen.

Bruin war Brocks Großvater und sein einziger lebender Verwandter. Sein Vater, seine Mutter und seine Schwester waren alle an einem schönen Herbstabend vom Gas getötet worden. Brock war damals sechs Zeiten alt und allein ausgezogen, um Futter zu suchen. Als er zurückkam, hatte er eine ganze Gruppe von Urkku gesehen, die am Eingang zum Bau standen. Sie redeten und lachten laut in ihrer sonderbaren, gutturalen Art, so, als wollten sie, daß der ganze Wald hörte, was sie sagten. Er hatte beobachtet, wie sie ein langes, schlangenähnliches Ding in das Loch geschoben hatten, und nach kurzer Zeit war Bruin herausgestürmt, hustend und würgend und mit tränenden Augen. Von seinem Versteck hinter der nahen Hecke aus hatte er zugesehen, wie Bruin den Mann anfiel, der dem Bau am nächsten stand. Er bearbeitete seine Beine so lange, bis der Mann stürzte. Dann war der alte Dachs fauchend einem anderen Urkku ins Gesicht gesprungen und hatte ihn zu Fall gebracht, ehe er davonlief, auf die Hecke zu, wo Brock stand. Brock hatte sich ihm angeschlossen, und sie waren beide am Waldrand entlanggehastet bis hinab zu dem großen Fluß, wo sie sich entsetzt und verängstigt für den Rest der Nacht versteckt hielten. Als sie am nächsten Tag vorsichtig zum Bau zurückkehrten, stellten sie fest, daß die Luft darin immer noch in ihren Augen und Lungen brannte, und so hatten sie noch einige Nächte gewartet, ehe sie in der Lage waren hinabzugehen. Sie hatten alle anderen Dachse aus dem Bau tot aufgefunden. Ihre Augen waren aus den Höhlen getreten, ihre schwarz angelaufenen Zungen hingen aus verzerrten Lippen und Schnauzen, und die Erinnerung an ihre Gesichter verfolgte Brock immer noch. Noch viele Zeiten später war er häufig mitten in der Nacht aufgewacht und hatte vor Entsetzen gejault.

Nach dieser Episode, die auch von Warrigal und Sterntaler dem Grimmigen, dem König der Fasanen, beobachtet worden war, war Bruin »Der Tapfere« getauft worden, zu Ehren seines Angriffs auf die Urkku und seiner überraschenden Flucht vor ihnen. Sein Haß auf den Großen Feind war ungeheuer, und sein Kopf war angefüllt mit Legenden und Geschichten, vor allem mit solchen, in denen der Mensch bezwungen oder als Dummkopf dargestellt wurde. Er liebte es, diese Geschichten zu erzählen. Als Brock seinen merkwürdigen Bericht zu Ende gebracht hatte, brummte der alte Dachs bloß und schlurfte zu dem Baby hinüber, das auf der anderen Seite des Zimmers lag. Er streckte seinen Kopf, auf dem die beiden kühnen schwarzen Streifen vor Alter grau geworden waren, bis dicht vor das Gesicht des Babys und rieb dann seine feuchte Nase an dessen Kinn. Das Baby, das geschlafen hatte, wachte auf und fing an zu kichern, reckte die winzigen Hände und versuchte, Bruins Ohren zu packen, und dabei wackelte sein ganzer Körper in schierem Vergnügen von einer Seite auf die andere. Für kurze Zeit spielte Bruin so mit ihm, während die anderen verblüfft und verzaubert dieser Darstellung von Zärtlichkeit zwischen dem alten Dachs und dem Urkkujungen folgten. Nach einer Weile trat er zurück, wandte sich mit einem Ausdruck von Traurigkeit und Zufriedenheit an sie alle und erklärte langsam mit seiner tiefen, ernsten Stimme: »Kümmert euch um ihn, Kinder; kümmert euch um ihn«, ehe er durch die Tür schlenderte, den Gang hinaufschritt und in die kalte Winternacht hinaustrat.

Verwundert schweigend starrten die beiden Jungen

ihm sekundenlang nach, ehe sie plappernd und kämpfend hinter ihm herliefen. Sie gingen jetzt immer mit Bruin auf Futtersuche, denn er hatte mehr Zeit und Geduld als ihr Vater, um ihnen das Leben im Wald zu erklären, ihnen zu zeigen, was eßbar und was giftig war, wo sie Beeren und saftige Wurzeln finden konnten, die sie so sehr liebten. Außerdem gab es immer noch die Möglichkeit einer Geschichte aus der Zeit, ehe es Menschen gab, als das Land noch ein riesiger Wald war und die Erde von merkwürdigen Kreaturen mit magischen Kräften bevölkert wurde, Kreaturen, die so hoch flogen wie die Sonne und so schnell laufen konnten, daß man sie mit dem bloßen Auge nicht sehen konnte. Und vielleicht würde er ihnen auch wieder Geschichten von der Zeit erzählen, als der Große Feind auf die Erde kam. Von diesen Geschichten konnten sie nie genug hören.

Jetzt, wo der Bau wieder ruhig war, hatte Brock Zeit, darüber nachzudenken, wie leicht Bruin das Urkkujunge offenbar akzeptiert hatte. Er war erleichtert, aber auch verwirrt. Sein Großvater liebte alle jungen Geschöpfe, und sie ihrerseits liebten ihn, aber die Art, wie er dieses Baby angenommen hatte – das war mehr. Es hatte fast den Anschein gehabt, als hätte er es erwartet. Warrigal hatte gesagt, daß Bruin die Legende vom Urkku-Erlöser vielleicht kennen würde, und die seltsame Bitte des alten Dachses, daß sie »sich um ihn kümmern« sollten, konnte nur bedeuten, daß auch er ihn für diesen Erlöser hielt, genau wie Warrigal. Er fragte sich, wieviel Bruin von dem Rest der Legende wissen mochte. Brock ging zu Tara und dem Baby hinüber. Nach seiner letzten Mahlzeit schlief es wieder und sah glücklich und geborgen aus, wie es sich da so tief in Taras Fell kuschelte. Sie war wach. »Das ist alles zuviel für mich«, meinte sie. »Warum war Großvater so merkwürdig und so freundlich zu ihm? Ich dachte, er würde schrecklich wütend werden.« Brock erzählte ihr von seiner Unterredung mit Warrigal, und als er den Elbenkönig erwähnte, schüttelte sie ungläubig den Kopf. Als er geendet hatte, schaute sie ihn zärtlich an, wie sie es immer tat, wenn er ihr von seinen grandiosen Plänen erzählte. Dann sagte sie: »Nun, du kümmerst dich um all das, und ich werde ihn füttern und waschen und warm halten und ihm beibringen, wann es sicher ist, hinauszugehen und . . .«

»Spotte du nur«, unterbrach Brock sie, »aber wir werden ja sehen, wer recht hat, wenn die Zeit gekommen ist. Diesmal habe ich so das Gefühl – und ich bin nicht der einzige! –, daß etwas wirklich Wichtiges in der Luft liegt, und ich denke nicht daran, das zu ignorieren, nur weil du zu dickköpfig bist, um es zu sehen.« Er ging langsam auf den Gang zu. »Du hast keine Phantasie«, fügte er noch hinzu. »Ich gehe jetzt zum Rat.«

Nachdem er fort war, schaute Tara auf die kleine rosa Gestalt hinab, die in ihrem schwarzen Pelz lag. »Nun«, meinte sie leise zu ihm, »ob du nun bist, wer sie sagen, oder nicht, eines ist mal sicher, du bist auch nicht anders als andere Jungen. Du denkst nur ans Essen, Schlafen und Spielen.« Aber obwohl sie das sagte, konnte sie sich des Gefühls nicht erwehren, daß Brock diesmal vielleicht doch recht hatte und daß ihnen allen etwas Legendäres bevorstand.

4. Kapitel

Als Brock in die kalte Nacht hinaustrat, schien der Mond zwischen dem Gürtel aus Rhododendren zu seiner Linken und dem Stamm der Großen Buche hindurch. Er hatte noch genug Zeit, um zum Rat zu gehen, ehe der Mond am höchsten stand und das Zusammentreffen eröffnet wurde. Er bellte einmal kurz am Fuß des Baumes, um Warrigal mitzuteilen, daß er auf dem Weg war, und die Eule antwortete, ehe sie zwischen den Bäumen davonflog. Brock suchte sich seinen Weg am Waldrand entlang zu der Stelle, wo es über den Zaun ging, und wandte sich dann nach rechts, folgte dem kleinen Bach in den Wald hinein, bis er fast bei den Feldern an der Rückseite anlangte. Er hatte beschlossen, heute nacht nicht die Abkürzung über den kleinen Fluß zu nehmen. Er konnte den Gedanken nicht ertragen, was wäre, wenn er hineinfiel und ausgerechnet bei dieser Zusammenkunft aussehen würde wie eine nasse Ratte. Außerdem bestand keine Eile, und er wollte noch ein wenig Zeit zum Nachdenken haben, ehe er dort ankam. Der kleine Fluß, der eigentlich ein Abwassergraben war, den die Urkku angelegt hatten, bildete ein großes »T« und teilte dadurch den Silberwald in drei große Teile. Jeder davon sah ganz anders aus als die anderen. Über dem waagerechten Balken des »T« war der Wald voller ziemlich junger Birken. Sie standen sehr dicht nebeneinander und waren deshalb hoch und dünn und gerade gewachsen, weil sie immer um das Licht stritten. Der Wald war hier sehr dunkel, denn selbst im Winter, wenn es keine Blätter gab, war es schwer für die Sonne, das dichte Netz von Ästen und Zweigen zu durchdringen. Im Herbst war der Boden in diesem Teil des Waldes dicht bewachsen mit Pilzen, aber zu jeder anderen Zeit des Jahres wuchs hier nur sehr wenig. Links von dem senkrechten Strich des »T« war der Teil des Waldes, in dem Brock lebte. Er bestand wiederum aus zwei verschiedenen Sektionen, und die Große Buche stand in der Mitte der Unterteilung. Rechts davon wuchsen nur wenige Bäume, meist Eichen und Ulmen und Eschen, und der Boden bestand aus großen Grasbüscheln und hin und wieder einem Klumpen Heide. Links von der Buche standen Rhododendronbüsche, die sich bis hinab zum Fluß zogen, und dort, wo sie am Waldrand spärlicher wuchsen, standen noch ein paar riesige Buchen und einige prächtige Ulmen. Vor diesem Teil des Waldes befand sich ein großes, flaches Feld, dahinter ein weiteres Feld, das plötzlich steil anstieg. Links davon befand sich dann der Teich, umgeben von Hagedorn, Haselnußsträuchern und Holunder. Der rückwärtige Teil des Waldes enthielt eine große Anzahl hoher silbriger Birken, und sie waren es, die dem Wald seinen Namen gegeben hatten. Viele von ihnen waren gestorben, und ihre Stämme lagen am Boden, wo sie im Laufe der Jahre allmählich verrotteten. Pilze wuchsen auf ihnen, und Ameisen, Käfer und Läuse fanden dort ihr Heim. Der Boden in diesem Teil des Waldes bestand fast nur aus Farn, der im Sommer einen saftiggrünen Dschungel und an frostigen Wintertagen eine knisternde braune Matte bildete, die bei jedem Schritt knirschte. Dieses Gebiet wich schließlich erneut riesigen Ulmen und Eschen, und am Boden wuchs hier Gras, Moos und im Frühjahr ein Teppich aus Glokkenblumen, die den ganzen Wald mit ihrem Duft erfüllten. Die Felder an seiner Rückseite bildeten einen steilen Wall, der wieder in die sandige Ebene hinabführte und in der Ferne zu dem Fluß. Hierher ging Tara im Sommer, um Mädesüß für den Bau zu sammeln. Und dahinter lag der Hohe Wald, in dem noch keines der Tiere je gewesen war und in dem, wie es hieß, der Elbenkönig mit den anderen, magischen Völkern lebte.

Die Zusammenkünfte des Rates fanden immer im rückwärtigen Teil des Waldes statt, auf einer recht großen Lichtung, die an einer Seite von dem kleinen Fluß mit den Rhododendronbüschen dahinter und an den drei anderen von einem Halbkreis niedrigerer Rhododendren, alten Baumstümpfen und jungen Birken und Eschen begrenzt wurde. Als Brock am Waldrand entlangwanderte, konnte er unzählige Geräusche hören, denn auch die anderen Tiere des Waldes waren auf dem Weg zur Versammlung. Plötzlich hörte er hinter sich ein lautes Platschen, und als er sich umdrehte, entdeckte er Sam, den Hund aus dem Dorf, der unter lautem Krach den Bach durchquerte. Er hatte Brock am anderen Ufer entdeckt und sprang jetzt zu ihm, um ihn zu begrüßen. »Was für ein Kerl«, murmelte Brock vor sich hin, als der Hund sich schüttelte und einen Schauer kleiner Tropfen versprühte, die fast den Dachs getroffen hätten. Belustigt sah Brock dann zu, wie der große Hund sich auf den Rücken wälzte, wobei seine Beine von einer Seite zur anderen flogen, als er sich bemühte, trocken zu werden. Dann stand er wieder auf, schüttelte sich noch einmal, stand eine Sekunde lang still und sagte schließlich: »Hallo, Brock, wie geht's?« Und so laut war seine Stimme, daß Brock dicht zu ihm treten und ihn bitten mußte, die Stimme zu senken. Im allgemeinen hatten Hunde nicht viel vom Großen Feind zu fürchten, vorausgesetzt, sie lebten in einem guten Haus, und so hatten sie ihren angeborenen Instinkt verloren, der allen wilden Tieren eigen ist, nämlich, sich so ruhig und leise wie möglich zu verhalten. Auch hatten diese den Wunsch, unbemerkt zu bleiben, und er hatte sich im Laufe der Jahrhunderte, seit der Mensch die Erde regierte, nur noch verstärkt. Hunde nahmen eine merkwürdige Stellung im Verhältnis zwischen Mensch und Tier ein, denn sie waren Verbündete des Menschen und halfen ihm sogar, wenn er mit seinen Todesstöcken auszog, um zu töten. Dann liefen sie und holten die verwundeten oder toten Tiere, brachten sie zu ihrem Menschen, um ihm die Mühe zu sparen, sie selber holen zu müssen. Manchmal wurden ganze Rudel von Hunden eingesetzt, um einen Fuchs oder Hasen zu jagen und zu töten, während der Große Feind auf einem anderen Tierverbündeten, dem Pferd, hinter ihnen herritt. Oder wenn ein Hase gejagt wurde, dann lief der Mensch brüllend und rufend hinterher. Aus diesem Grund wurden Hunde im allgemeinen gefürchtet, gehaßt und verabscheut, und als Brock versucht hatte, Sam dem Rat vorzustellen, war er zuerst auf großen Widerstand gestoßen. Aber als die Zeit verging und Brock immer wieder wertvolle Informationen an den Rat weitergeben konnte, die er von Sam erhalten hatte und die Einzelheiten zukünftiger Mordzeiten betrafen, hatte der Rat schließlich eingelenkt und Sam erlaubt, an den Versammlungen teilzunehmen. Warrigal pflegte über das Haus zu fliegen, in dem Sam lebte, und ihn zu rufen, und der Hund würde zur Antwort bellen und die Eule wissen lassen, daß er die Nachricht erhalten hatte. Einige der Tiere vertrauten Sam immer noch nicht völlig, aber er hatte sich bei den meisten Respekt verschafft, und ein paar fingen schon an, ihn als Freund zu sehen. Wenn natürlich das große Töten stattfand, ging Sam mit seinem Menschen, aber die Tiere hatten jetzt eingesehen, daß das die einzige Möglichkeit war, damit der Hund ihnen auch weiterhin die Informationen besorgen konnte, die so nützlich für sie waren.

Brock und Sam machten sich nun auf den Weg zu dieser Stelle im rückwärtigen Teil des Waldes, und deutlich konnten sie die anderen Tiere im Mondschein sehen, die nach einer Öffnung zwischen den Bäumen suchten. Als sie sich selbst durch die schmale Öffnung zwängten, konnten sie sehen, daß schon viele Tiere eingetroffen waren und im Halbkreis außen um die Lichtung herum saßen. Diesem Halbkreis gegenüber, mit dem Rücken zum Fluß, auf dessen anderer Seite die Rhododendren wuchsen, saßen die Mitglieder des Rates. Das waren also nun die legendären Gestalten des Waldes, deren Namen mit so vielen heldenhaften Geschichten und Taten verknüpft waren, daß sogar sie selbst vergessen hatten, welche davon wahr und welche erfunden waren. Sie saßen längs einem großen umgestürzten Baumstumpf, der parallel zum Fluß lag, und waren in ein Gespräch untereinander vertieft. Die Mitglieder des Rates wurden nicht gewählt, sondern vielmehr erhoben. Niemals gab es eine Diskussion darüber, wer das Recht hatte, dem Rat anzugehören. Wenn es dazu gekommen wäre, dann wäre dieses Tier nicht weiter zur Versammlung erschienen, weil es nicht den Platz beanspruchen konnte, der ihm zustand. In jeder Jahreszeit wurde eine Versammlung abgehalten, damit die notwendigen Vorkehrungen für diese spezielle Saison getroffen werden konnten. Aber ebenso versammelte man sich, wenn es einen besonderen Grund gab.

Diese außerordentlichen Versammlungen befaßten sich gewöhnlich mit Sicherheitsvorkehrungen und fanden statt, wenn die Tiere von einer bevorstehenden Tötung erfuhren, oder aber, wenn ein anderer Notfall eintrat, wie zum Beispiel eine Seuche, die den Wald heimsuchte, oder neue Arbeiten der Urkku, die einen Abwassergraben aushoben oder einen neuen Zaun errichteten. Die Versammlung heute war eine solche außerordentliche Versammlung, denn die reguläre Winterversammlung hatte bereits stattgefunden. Jedes Tier aus dem Wald konnte an einer Versammlung teilnehmen, und manchmal, wenn es einen besonderen Beitrag leisten konnte oder etwas zur Sprache kommen würde, das von besonderem Interesse für ein Tier war, wurde es extra aufgefordert teilzunehmen.

Brock liebte es, zu diesen Versammlungen zu gehen. Er war immer ganz aufgeregt, wenn er die Träger der berühmten Namen sehen konnte, deren Geschichte ihm von dem alten Bruin erzählt worden war, als er noch jung gewesen war. Jetzt gehörte Bruin seit drei Jahreszeiten selbst dem Rat an. Als er sich nun mit Sam niederließ, den Rücken an eine große Ulme gelehnt und neben sich ein paar junge Kaninchen, konnte Brock Bruin am einen Ende des Stammes sehen, wo er sich mit Rufus unterhielt, dessen prachtvoller, rostbrauner Pelz im Mondlicht schimmerte, so daß er aussah wie poliert. Das also war der Fuchs, der jeder Hundemeute in der ganzen Gegend entkommen war. Er war ein Meister im Hakenschlagen, Wasserlaufen (um keine Duftspur zu hinterlassen) und darin, sich in ei-

ner Schafherde zu verstecken, um die Hunde zu verwirren und den Farmer zu verärgern, auf dessen Land gejagt wurde. An einem denkwürdigen Tag im Herbst vor vielen Zeiten war Rufus tatsächlich von einer besonders schnellen Meute erwischt und zu Fall gebracht worden. Knurrend hatte er seine Zähne in das Nackenfell von zweien der Hunde versenkt, hatte dann das Bein eines dritten gebrochen und war anschließend wie der Wind davongeschossen und im Wald verschwunden, während die wütenden und enttäuschten Jäger ihre verletzten Hunde versorgten und die Fäuste hinter ihm herschüttelten. Neuerdings war er dazu übergegangen, des Nachts ins Dorf zu wandern und sich Futter aus den Abfalltonnen der Urkku zu stehlen. Und wo er schon mal da war, schaute er auch durch die Fenster in die Häuser hinein und hatte so eine Menge über die Lebensweise der Urkku erfahren. Aber er wurde alt und verlor gerade das Quentchen Schnelligkeit, daß ihn berühmt gemacht und vor den Klauen der Jagd bewahrt hatte. Als Brock den feinen, edlen Kopf mit den beiden spitzen, dreieckigen Ohren und der langen, schmalen Schnauze betrachtete, dachte er voll Kummer daran, daß es nur noch eine Frage der Zeit sein konnte, bis Rufus von den Hunden erwischt und in Stücke gerissen werden würde.
Brock verdrängte dieses quälende Bild aus seinen Gedanken und schaute zu Perryfoot dem Schnellfüßigen hinüber, der wenige Schritte entfernt von Rufus saß. Perryfoot war ein brauner Hase, ein weiterer fast legendärer Held, dessen Geschwindigkeit, wie der Name sagte, ihm seinen Status verliehen hatte. Er saß allein, in seine geheimen Gedanken verloren. Sein Körper war zu einem großen graubraunen Fellball zusammengekauert, und seine beiden langen Ohren hatte er angelegt, so daß sie an seinem Rücken lagen. Abgesehen von seiner Schnelligkeit war er auch für seinen Humor bekannt, der vor allem im März dazu führte, daß er die seltsamsten Mätzchen vollführte. Niemand wußte es genau, aber alle hatten das Gefühl, daß er Verbindung zu dem Magischen Volk hatte, und

aus diesem Grund wurde er von den anderen mit Verwunderung und Ehrfurcht betrachtet. Sein Heim befand sich in dem Feld auf der Vorderseite des Silberwalds, aber man wußte, daß er viel herumkam, und niemand kannte die Umgebung des Waldes besser als er. Regelmäßig besuchte er den Hohen Wald, und man munkelte, er wäre sogar noch weiter gezogen, bis zu »Der Heide«.
Neben Perryfoot saß Pictor der Stolze, ein großes Kaninchen, das als Leittier einer großen Kaninchenkolonie im Wald eine sehr angesehene Persönlichkeit war. Er hatte den Kaninchen im Silberwald eine neue Organisation geschaffen, und jetzt waren ihre Verteidigungs- und Warnsysteme gegen die Urkku berühmt. Aus anderen Wäldern kamen andere Kaninchen, um sich alles anzusehen und zu lernen, und die Verluste der Urkku wuchsen von Saison zu Saison. In letzter Zeit hatte es jedoch einige Rückschläge gegeben, denn die Urkku hatten angefangen, diesen Alptraum aller Tunnelbewohner einzusetzen – Gas –, und Pictor stand ziemlich unter Druck, einen neuen Plan zu entwickeln, der damit fertig werden könnte.

Perryfoot sprach mit Bibbington dem Kecken, einem Igel, der einmal von einer Urkku-Familie gefangen worden war und dann eine ganze Jahreszeit bei ihnen gelebt hatte. Während er dort war, war er tatsächlich ins Haus gegangen und hatte alle Räume durchschnüffelt und sich eingeprägt, was er dort gesehen hatte. Und wenn er mit der Familie beisammen war, hatte er beobachtet, gelauscht und alles über das Leben des Großen Feindes gelernt, was er nur konnte. Dieses Wissen hatte sich seitdem für den Rat als unschätzbar erwiesen, wenn über Verteidigung und andere Angelegenheiten, die die Urkku betrafen, diskutiert wurde. Seit dem Verschwinden der wandernden Urkku, die als Zigeuner bekannt waren und die Igel zu verspeisen pflegten, waren die einzigen wirklichen Feinde dieser Tiere die riesigen lauten Wesen, die der Große Feind benutzte, um von einem Ort zum andern zu gelangen, und gegen die es keine Verteidigungsmöglichkeit gab.

Neben diesen beiden konnte Brock auf dem Stamm die langen, farbenprächtigen Schwanzfedern von Sterntaler dem Grimmigen, dem König der Fasanen, erkennen. Er war in eine Unterhaltung mit seinem guten Freund und Verbündeten, Thirkelow dem Flinken, vertieft, einer wunderschönen stahlblauen Holztaube mit einer Brust wie ein Baumstamm. Es war eine Leistung sowohl für einen Fasan als auch für eine Taube, mehr als vier Jahreszeiten zu überleben, und diese beiden lebten jetzt seit mehr als zwölf. Sie kannten die Tötungsgewohnheiten der Urkku und verfügten beide über eine instinktive, angeborene Listigkeit, die sie zu den Anführern ihrer beiden Gattungen gemacht hatte. Thirkelows Schnelligkeit grenzte an ein Wunder. Wie der Blitz sauste er durch den Himmel und war schon verschwunden, ehe man mit der Wimper zucken konnte. Der grimmige Sterntaler hatte seinen Titel von einem Vorfall, als er einen Urkku angegriffen hatte, der soeben eine seiner Hennen verwundet hatte. Durch das Unterholz war er zu dem Mörder stolziert und war ihm plötzlich ins Gesicht geflogen, wobei er mit den Flügeln geschlagen und mit seinem Schnabel und seinen Krallen gebissen und gekratzt hatte. Der Urkku hatte sein Gewehr fallen lassen, das losging und andere Urkku herbeirief. Statt nun davonzufliegen – in welchem Fall er fast sicher getötet worden wäre –, war Sterntaler durch das Unterholz davongeeilt und hatte aus seinem Versteck zugesehen, wie sie den Mörder davontrugen. Dieses Ereignis hatte ihm große Bewunderung im Wald eingetragen, und er hatte das Wissen und die Erfahrung, die er dabei gewonnen hatte, eingesetzt, um die enormen Verluste zu mindern, die besonders die Fasanen jeden Herbst erlitten. Er hatte versucht, sie dazu zu bringen, nicht aufzuschreien, wenn sie alarmiert wurden oder wenn sie aufflogen, und vor allem sich totenstill zu verhalten, wenn die Urkku im Wald waren. Wenn sie wirklich ihren Platz verlassen mußten, dann sollten sie gehen, langsam und leise, anstatt aufzufliegen und somit ein perfektes Ziel für die Todesstöcke zu bilden.

Auch die anderen Mitglieder des Rates konnte Brock ausmachen; Digit, das Graue Eichhörnchen, Cawdor die Krähe und Remus die Saatkrähe. Wie Bibbington war auch Remus von einer Familie der Urkku aufgenommen und etwa drei Zeiten lang versorgt worden. Aber trotz seines Bedauerns – denn er liebte die Sicherheit seines Lebens in diesem Haushalt der Urkku – war er davongeflogen und hatte sich im Silberwald niedergelassen, wo seine Kenntnisse über die Urkku ihn zu einem ausgesprochen wertvollen Mitglied des Rates gemacht hatten.
Brocks Gedanken wurden plötzlich durch die Erkenntnis unterbrochen, daß all das Scharren und Murmeln um ihn her langsam verstummte, bis nur noch erwartungsvolle Stille herrschte. Das einzige Geräusch, das er hören konnte, war das Rascheln eines leichten Windes, der durch die kahlen Zweige der hohen silbernen Birken blies, die sie umgaben. In der Mitte des alten Stammes hockte Wythen der Weise, Warrigals Vater und der Führer des Rates: eine Eule, die so lange lebte, wie die Waldbewohner zurückdenken konnten, und deren Verbindung zu den Elben vom Hohen Wald wohlbekannt war. Es hieß sogar, daß er selbst magische Kräfte besäße, und wenn man in seine riesigen Augen blickte, die alles, das Sichtbare und das Unsichtbare, zu sehen schienen, dann konnte man das wohl glauben. Jetzt wandte er sich langsam von Rufus ab und der Versammlung zu.
»Ich heiße euch alle in dieser kalten Nacht willkommen«, sprach er mit klarer, zauberhafter Stimme. »Wir sind hier, um zwei Dinge zu besprechen. Das erste ist die Frage der Vorbereitung und Verteidigung für ein Töten, das morgen stattfinden soll, und das zweite eine Angelegenheit, auf die ich lieber noch nicht eingehen möchte, ehe ich die erste erledigt habe. Ich rufe hiermit Sam auf, uns zu informieren, was er über das morgige Schießen weiß.«
Die Eule wandte sich an Sam, als der Hund aufstand und anfing, all das zu erzählen, was sein Mensch gestern morgen in der Küche zu seiner Herrin gesagt

hatte. Das Hauptziel würden die Fasanen sein, und eine große Anzahl von Urkku aus dem Dorf sollte teilnehmen. Auch Treiber würde es geben, Männer mit Stöcken, die von hinten durch den Wald gehen würden und dabei ins Gebüsch schlagen und schreien und pfeifen würden. Damit sollten die Tiere gezwungen werden, aufzufliegen oder nach vorne in den Wald zu laufen, wo die Urkku mit ihren Todesstöcken auf sie warten würden. Bei den großen Tötungen war das ein übliches Verfahren, das die Tiere von ganzem Herzen fürchteten, denn es gab keine Stelle, zu der sie laufen und wo sie sich verstecken konnten. Obwohl die Hauptopfer die Fasanen sein würden, war kein Tier sicher und würde höchstwahrscheinlich erschossen werden, wenn man es erblickte.

Als Sam geendet hatte, dankte Wythen ihm, und er legte sich wieder neben Brock nieder. Er zitterte am ganzen Körper vor Nervosität und keuchte schwer; kleine Speicheltropfen liefen über sein Kinn. »Gut gemacht«, flüsterte Brock, der es selbst auch haßte, öffentlich zu reden, und wußte, was sein Freund empfand. Vor allem, da es in Sams Fall immer noch eine Reihe von Tieren gab, die ihm mißtrauten und jede Gelegenheit ergreifen würden, um ihn zu kritisieren.

»Das Töten morgen ist also eines der gefährlichsten, und keiner von uns ist sicher«, erklärte Wythen mit ernster, wütender Stimme und dachte daran, wie vor fünf Zeiten einer seiner Söhne erschossen worden war. Es war nicht üblich, daß Eulen geschossen wurden, aber niemand hätte sagen können, daß sie sicher wären, und nur eine sehr dumme Eule würde sich von einem Urkku sehen lassen. »Ihr müßt euch alle, so gut ihr könnt, organisieren. Jetzt, wo wir Kenntnis davon haben, haben wir zumindest eine Chance, unsere Verluste zu verringern. Sterntaler, du mußt noch einmal versuchen, deinem Volk klarzumachen, wie wichtig es ist, sich nicht zu bewegen und so dicht wie möglich am Boden zu bleiben, und erklär ihnen auch, wie dumm es ist, aufzuschreien, wenn sie geängstigt werden. Thirkelow, deine Tauben haben in der Luft bessere Chancen als die Fasane, aber das beste wird es immer noch sein, Bodendeckung zu nehmen. Pictor, du mußt deine Kaninchen auffordern, in ihre Löcher zu gehen und dort zu bleiben, und deine Hasen, Perryfoot, täten gut daran, in Deckung zu gehen und zu bleiben und nur eine Flucht zu riskieren, wenn sie weit genug von den Urkku entfernt sind, außerhalb der Reichweite ihrer Todesstöcke. Rufus, du und die Füchse, ihr müßt in euren Bauten bleiben. Wenn Sams Informationen stimmen, dann wird es keine Hunde geben, und sie werden auch kein Gas einsetzen. Aber trotzdem wäre es für dich und Bruins Sippe besser, im sicheren Versteck zu bleiben. Ihr wißt, wie die Urkku bei diesen Massenschlächtereien sind. Sobald sich irgend etwas bewegt, werden sie versuchen, es zu töten. Dies gilt natürlich auch für den Rest der Tiere. Wir werden das übliche Warnsystem haben. Mein Sohn Warrigal wird in einem der Bäume am Teich sitzen. Sobald er die Urkku erspäht, wird er vier-, fünfmal rufen. Das ist dann das Zeichen für euch alle, euch zu verstecken und ruhig zu verhalten.«

Totenstille breitete sich aus. Der Mond, der silbrig herableuchtete, zeigte all die aufmerksamen, besorgten und verängstigten Gesichter der Tiere, als sie versuchten, die Anweisungen von Wythen in sich aufzunehmen. Kleine Atemwolken gefroren in der kalten Luft, und Brock konnte das verängstigte Keuchen der Kaninchen neben sich hören. »Wen wird es erwischen?« fragten sie sich, und vor ihrem inneren Auge tauchten Bilder derjenigen auf, die sie in der Vergangenheit wie schon so oft gesehen hatten, wie sie erschossen oder, schlimmer noch, verwundet worden waren, wie man sie dahinsiechen ließ, die Hinterbeine zerfetzt. Und über all ihrer Angst stand die ewige Frage, die niemand beantworten konnte, nicht einmal Wythen – Warum?

»Und jetzt«, unterbrach die Eule sie, denn sie erkannte, daß die Gedanken auf den zweiten Punkt der Diskussion gelenkt werden mußten, »ist da noch eine andere Sache, auf die ich eure Aufmerksamkeit lenken möchte. Ich weiß bereits etwas davon, da mein Sohn Warrigal eine Unterredung mit mir hatte, aber ich würde die Angelegenheit gern von Anfang an hören, aus erster Hand.« Brocks Herz setzte einen Schlag aus. Er hielt nach Warrigal Ausschau und entdeckte ihn auf einem Holunderzweig zu seiner Rechten. Die Eule erwiderte seinen Blick und zuckte mit den Schultern. »Brock«, fuhr Wythen fort, »würdest du bitte uns allen erzählen, was letzte Nacht passiert ist, und zwar langsam und deutlich.«

Nervös und auf zitternden Beinen trat Brock in den Kreis vor den Rat und fing an, die Ereignisse der vergangenen Nacht zu berichten. Er hielt sich nur an die Tatsachen, erwähnte nichts von seinen Ideen von »Schicksal« und »Vorbestimmung«, denn er wäre nicht in der Lage gewesen, die richtigen Worte zu finden, um seine Gedanken auszudrücken, und außerdem waren es sowieso seine ganz geheimen Gefühle, die er nicht mit all den anderen Tieren teilen wollte. Als er an die Stelle kam, wo er zu dem Baby gegangen war und es berührt hatte, hörte Brock ganz schwach leises Geflüster und Gemurmel, und er konnte sehen, daß sich der Rat vorbeugte, ganz aufmerksam, um auch ja jedes Wort von ihm zu hören. Als er ans Ende kam, wie er den Urkku in seinen Bau gebracht hatte und er dort von Tara gesäugt wurde, erhob sich deutliches Stimmengewirr und wütender Wortwechsel, als diese außergewöhnliche Geschichte mit all ihren Folgen den Tieren bewußt wurde.

Wythen ließ sie sich einige Zeit unterhalten, denn er wußte, daß es nutzlos sein würde, sie zu unterbrechen. So hatten sie alle Gelegenheit, ihre Meinung zu äußern, ehe die Diskussion fortging. Als der Lärm verebbte, bat er um Ruhe, und schließlich erstarb auch das letzte Murmeln. Brocks Angst war nicht so groß, wie sie seiner Meinung nach hätte sein sollen. Tatsächlich erfüllte ihn sogar ein merkwürdiges Vertrauen, eine Zuversicht, obwohl dies zum Teil wohl auch daher rührte, daß er fast sicher war, daß Wythen auf seiner Seite stand.

»Ich werde jetzt Warrigal bitten, uns seine Meinung zu dieser Angelegenheit darzulegen«, sagte die Eule, »und anschließend dürft ihr Fragen stellen. Ehe wir jedoch fortfahren, möchte ich Sam bitten, uns zu erzählen, ob im Dorf darüber geredet wird.« Sam erhob sich noch einmal und sagte, nein, es wäre überhaupt nicht erwähnt worden und er hätte hier und jetzt zum ersten Mal davon gehört.

Dann flog Warrigal herab und stand im Zentrum der freien Fläche. Während er sprach, drehte er sich langsam im Kreis, um sich an jeden Teil der Versammlung wenden zu können, und wenn er einen bestimmten Punkt hervorheben wollte, öffnete er die Schwingen. Seine Rede war meisterhaft. Sie war voll von Bezugnahmen auf die Legende und die Vor-Menschen-Zeit, und er belebte sie mit verschleierten Anspielungen auf das Magische Volk und den Elbenkönig. Er zitierte auch die Legende vom Urkku-Erlöser, deren Ende im Laufe der Zeit verlorengegangen war und das niemand, außer vielleicht der Elbenkönig selbst, kannte. Warrigal wußte, daß die Tiere Legenden und Geschichten liebten und daß der Gedanke, daß sie tatsächlich kurz davor waren, eine Legende aus erster Hand mitzuerleben, sie allein schon fast überzeugen würde, den Urkku im Wald leben zu lassen. Mit diesem zusammen sollten die Furcht und der Respekt, den alle Tiere dem Elbenkönig entgegenbrachten, und die Vermutung, daß er sowohl von dem Urkku wußte als auch wollte, daß er blieb, ausreichen, den Rat und die anderen Tiere zu überzeugen, daß es richtig war, wenn der Urkku bei ihnen blieb.

Als er geendet hatte, blieb er, wo er war. Wythen dankte ihm (insgeheim war er sehr stolz auf seinen Sohn, der diese außerordentlich kluge Rede gehalten hatte) und fragte, ob es noch irgendwelche Fragen gab. Zuerst herrschte nur verlegenes Schweigen, und jedes Tier versuchte, genug Mut aufzubringen, um vorzutreten und auszusprechen, was ihm durch den Kopf ging. Schließlich brach Rufus das Schweigen mit einem nervösen Hüsteln. Er dachte bei sich, daß er lieber sechs

Hunden gegenüberstand, als so vor einem Publikum zu sprechen.

»Ich«, fing er an und hustete noch einmal, »ich glaube, ich spreche für die meisten von uns, wenn ich sage, daß keinem von uns die Idee gefällt, einen Urkku im Wald zu haben.« Leises zustimmendes Gemurmel war die Reaktion auf diese Bemerkung, und so faßte er Mut weiterzusprechen. Seine Stimme wurde kühner und lauter. »Die Urkku haben niemals etwas anderes getan, als uns geschadet. Sie zerstören unsere Heime, sie vergiften unsere Nahrung und versuchen uns auf hunderterlei Arten zu töten, die uns entsetzliche Pein und großes Leid verursachen. Warum also sollten wir einem Urkku helfen, auch wenn es noch ein junger ist?«

Er brach ab, denn er wußte nicht, was er sonst noch sagen könnte. Der Gedanke an den Urkku machte ihn wütend, und wenn er wütend war, fiel es ihm schwer, einen klaren Gedanken zu fassen. Ein Fuchs muß immer kühl bleiben, darf sich nicht verwirren lassen.

Pictor faßte nun einen anderen Punkt in Worte, an den sie alle schon gedacht hatten. »Wie können wir ihm trauen?« sagte er. »Solange er noch ein Baby ist, kann er uns nichts anhaben. Aber wenn er größer wird, wird er all unsere Geheimnisse kennenlernen, unsere Verteidigungspläne, und, was noch schlimmer ist, er wird wissen, wo sich unsere Heime befinden. Was, wenn er sich dann den Urkku anschließt? Mit dem, was er dann weiß, könnte er uns alle an einem einzigen Tag vernichten. Das gefällt mir nicht.«

Dann sprach Sterntaler. »Ich stimme allem zu, was Rufus und Pictor gesagt haben, aber ich glaube, wir sollten auf die Meinungen von Wythen und Bruin vertrauen. Auf keinen Fall kann uns der Urkku in den nächsten Zeiten etwas antun, und wenn sich die Dinge schlecht entwickeln, dann müssen wir ihn töten, ehe er zu den Urkku gehen kann. Aber ich persönlich würde gerne abwarten. Wenn die Legenden wahr sind, wären wir dumm, wenn wir uns jetzt von ihm trennen würden.«

Der Rest des Rates stimmte zu, daß die Entscheidung

bei Wythen und Bruin liegen sollte. Bruin sprach zuerst. Er erklärte, daß er wie sein edler Freund Sterntaler dachte, daß »abwarten« die beste Politik wäre. Aber insgeheim war er überzeugt, daß das kleine Baby in Brocks Bau irgendwie – wenn er auch nicht wußte, wie – beweisen würde, daß es der Freund und Verbündete war, von dem die Legende verkündete, seit er zurückdenken konnte.

Wythen stimmte selbstverständlich zu. Als Warrigal ihm die Neuigkeit überbracht hatte, hatte er sofort gewußt, daß endlich die Zeit gekommen war, von der er schon so lange geträumt hatte. Das Baby sollte bei Brock bleiben, sagte er zum Rat, denn dort fühle es sich offensichtlich sicher und zufrieden. Außerdem konnten sie alle Bruins Enkel vertrauen, von dem sie wußten, daß er ein tapferer Dachs mit einem praktisch denkenden Partner war. Sie beide würden das Baby auf bestmögliche Art versorgen und behüten. Die Fortschritte des Babys sollten dem Rat bei den ordentlichen Zusammenkünften mitgeteilt werden, und dann würden auch Entscheidungen über seine Zukunft getroffen werden.

Damit wünschte er ihnen allen viel Glück für den kommenden Tag, und als der Mond anfing, am Nachthimmel zu versinken, begaben sich alle Tiere des Waldes nachdenklich zu ihren Höhlen, Löchern und Nestern, wo sie über die seltsame Geschichte grübelten, die sie soeben vernommen hatten.

Geheimnis lag in der Luft, und es gab nicht einen unter ihnen, der nicht neben seiner Furcht vor dem Töten morgen einen leichten Schauer der Erwartung verspürte, als er sich für den Rest der Nacht schlafen legte.

5. Kapitel

Der nächste Tag dämmerte hell und klar und kalt herauf. Die Sonne schien aus einem blauen, fast wolkenlosen Himmel herab. Schon konnte man überall im Wald Tropfen von getautem Schnee fallen hören, und die Eiskruste, die sich auf der Oberfläche gebildet hatte, war einer matschigen Schicht gewichen, in die die Tiere einsanken.

Brock wurde ganz plötzlich durch das beharrliche Heulen einer Eule geweckt. Er schaute zu Tara und dem Baby hinüber. Sie hatte tief geschlafen, als er von der Versammlung zurückgekommen war, und so hatte er ihr die gute Nachricht noch nicht überbringen können, daß der Rat zugestimmt hatte, den Urkku im Wald zu behalten – jedenfalls bis er anfing, erwachsen zu werden. Aber jetzt war sie wach, und als er es ihr erzählte, war sie gleichzeitig erfreut und erleichtert. »Es ist merkwürdig«, sagte sie leise, um das Baby nicht zu wecken, »aber in nur einem Tag und einer Nacht habe ich es richtig liebgewonnen, und ich glaube, es vertraut mir und fühlt sich wohl bei mir. Ich hatte schreckliche Angst, daß der Rat ihn fortholen könnte.«

»Hör mal«, sagte Brock, »hörst du Warrigals Warnung? Er ist beim Teich. Wir haben abgemacht, daß er dort in einem Baum hockt und laut schreit, wenn er Urkku kommen sieht. Du mußt natürlich hier unten bleiben, wenn sie im Wald sind, und das Baby ruhighalten. Die Gefahr, daß sie ihn von oben weinen hören, ist zwar nicht groß, aber wir dürfen kein Risiko eingehen.«

»Und wohin gehst du?« fragte Tara.

»Ich gehe nach oben, um zu sehen, was geschieht. Keine Sorge. Ich bleibe im Gang und strecke meine Nase nur so weit hinaus, wie ich muß, um etwas sehen zu können. Ich möchte wirklich wissen, was aus den Plänen wird, die der Rat gestern abend geschmiedet hat. Außerdem ist Bruin jetzt zu alt, um untertags noch oben zu bleiben – er braucht seinen Schlaf –, und er hat mich gebeten, ihm Bericht zu erstatten.«

Als Brock oben ankam, steckte er vorsichtig die schwarze Spitze seiner Nase hinaus und schaute nach links und nach rechts, ehe er weiterging, Schritt für Schritt, bis er schließlich fast das ganze Feld an der Vorderseite überblicken konnte. Überall um ihn her, im ganzen Wald, rannten Hunderte von Kaninchen, die ihre Morgenmahlzeit zu sich genommen hatten, zu ihren Löchern und verschwanden darin. Er konnte Pictor auf dem Feld sehen, der ihnen zurief, sich zu beeilen, hinter ihnen herhoppelte und sie in den Wald trieb wie ein Schäferhund seine Herde, bis er schließlich selbst in seinem Loch in dem Rhododendrongebüsch links von der Großen Buche verschwand. In der Ferne konnte er außerdem eine Anzahl von Hasen ausmachen, die über die Felder liefen, konnte aber nicht sagen, ob Perryfoot darunter war. Wenn sie bloß ihre langen Ohren unten halten könnten, wenn sie laufen, dann wären sie so viel schwieriger auszumachen, dachte Brock. Aber sie waren noch weit genug von den Urkku entfernt, so daß noch nicht auf sie geschossen wurde.

Er konnte sehen, wie sich die Urkku über das Feld näherten. Es war ein erschreckender Anblick. Es schienen sehr viele zu sein, und sie gingen in einer einzigen, langen Reihe, die sich über das ganze Feld erstreckte. Langsam kamen sie auf den Silberwald zu, und ihre Todesstöcke zeigten nach vorn und nach unten. Das Summen ihrer Unterhaltung durchbrach die Stille des Morgens und störte den Frieden. Brock konnte den unverkennbaren, beißenden Geruch von Urkku ausmachen und auch den anderen Geruch, der oft von ihnen ausging: einen widerlichen, rauchigen Gestank, der in der Nase biß und in der Kehle schmerzte, so daß er es schwer fand zu atmen. Diese Gerüche hingen überall dort im Wald, wo Urkku gewesen waren, manchmal einen ganzen Tag und eine Nacht, und waren eine schreckliche Erinnerung an den Tod und das Leid, das sie verursacht hatten. Denn es war äußerst selten, daß Urkku in den Silberwald kamen, wenn sie nicht töten wollten.

Als die Reihe den Waldrand erreicht hatte, blieb sie stehen, und ein Urkku an einem Ende stieß einen lauten Schrei aus. Plötzlich war die Luft erfüllt von einer Kakophonie aus seltsamen Pfiffen, Rufen, gutturalem Gebrüll und dem Geräusch von Unterholz, auf das eingeschlagen wird. Dieser Lärm kam von Brocks Rücken, aus dem hinteren Teil des Waldes, und kam langsam näher. Das waren die Treiber.

Brock wartete mit klopfendem Herzen. Ganz in seiner Nähe konnte er einen Urkku stehen sehen. Er hatte die Beine gespreizt und den Todesstock an eine Schulter gehoben, bereit, alles zu töten, was auffliegen würde. Sein Körper war rund und fett, und da, wo die Überjacke offenstand, konnte Brock eine große Fleischrolle über den Gürtel in der Mitte des Bauches hängen sehen. Das Gesicht hatte eine purpurrote Farbe, und lose Kehllappen aus Haut hingen um seinen Hals.

Sterntaler hatte seine Fasanen im innersten Teil des Waldes versammelt, dort, wo die Rhododendren und das Unterholz so dicht waren, daß die Treiber nicht hindurchgehen konnten. Schon vor Morgendämmerung hatten sie sich dort eingefunden, und er hatte leise murmelnd mit ihnen gesprochen, hatte ihnen immer wieder gesagt, sie müßten sich dicht am Boden halten, die Köpfe einziehen und die Schwänze tief halten, und vor allem dürften sie sich nicht bewegen, ganz gleich, wie nah die Treiber kommen würden. Wenn sie blieben, wo sie waren, dann wären sie sicher, aber wenn sie die Nerven verlieren und auffliegen würden, dann wären sie so gut wie tot. Einige der Fasanen waren noch von der Brut des vergangenen Jahres, und es gab auch ein paar Veteranen, die schon zwei oder sogar drei Zeiten alt waren. Diese erfahrenen Tiere kannten die Routine und waren verhältnismäßig leicht zu handhaben. Es war die Brut des laufenden Jahres, die immer am schwierigsten zu beaufsichtigen war. Sie waren von den Urkku aufgezogen und in Käfigen gehalten worden, bis sie alt genug waren. Dann hatte man sie in die Felder und Wälder in der Nähe der Urkku-Behausungen entlassen und zweimal täglich mit der Hand gefüttert. So hatten sie sich daran gewöhnt, den Urkku zu vertrauen, und erwarteten nur Futter und Schutz von ihnen. Von ihnen konnte eher erwartet werden, daß sie zu den Treibern hinliefen, statt vor ihnen davon, und sie waren vollkommen unfähig, einzusehen, daß sie, wenn sie aufflogen und gesehen wurden, erschossen werden würden. Sterntaler hatte einige lange und furchterregende Unterredungen mit ihnen gehabt, aber erst als einer der arroganten jungen Hähne, der Sterntaler immer bezichtigt hatte, altmodisch zu sein, eines Tages mit zerschossener Brust zurückgehinkt kam – zerschossen von demselben Urkku, der ihm noch vor kurzer Zeit Korn hingeworfen hatte! –, hatten sie angefangen zu begreifen. Die Schwierigkeit war, daß Sterntaler nicht erklären konnte – denn er begriff es selbst nicht –, warum die Urkku sich soviel Mühe gaben, sie vor ihren natürlichen Feinden zu schützen, und sich dann später, wenn sie ausgewachsen waren, zu Gruppen zusammenfanden und so viele wie möglich abschlachteten. In einem seiner Gespräche mit Wythen hatte die Eule ihm erzählt, daß die Urkku eine Rasse von Kreaturen war, die das Töten genossen, und daß sie die Fasanen nur schützten, damit sie selbst später das Vergnügen genießen konnten, sie zu töten. Aber lange Zeit war Sterntaler unfähig gewesen, das zu glauben.

Die Treiber kamen jetzt näher. Die Kakophonie aus Pfiffen, Rufen und Gebrüll wurde immer lauter, das Eindreschen auf das Unterholz wurde ohrenbetäubend. Jetzt kam der schwierigste Teil. Er mußte versuchen, seine Vögel daran zu hindern, in Panik auszubrechen. Er konnte sehen, wie einige von ihnen nervös von einem Fuß auf den anderen traten, und in ihren Augen erblickte er den unmißverständlichen Ausdruck von Angst.

»Rührt euch nicht«, krähte er, so laut er es wagte, aber sein Befehl ging unter, als die Urkku immer näher kamen, bis der Lärm jedes andere Geräusch erstickte und das Unterholz rund um ihn her lebendig zu werden schien. Sterntaler fühlte, wie sein Herz hämmerte und das Blut in seinen Ohren rauschte. Er schloß die Augen, und mit enormer Anstrengung gelang es ihm, jedes Geräusch zu bannen und sich darauf zu konzentrieren, seine Füße mit der Erde zu verwurzeln und alle angeborenen Instinkte zu besiegen, die ihn drängten fortzufliegen.

Das Schlimmste geschah. Einer der jungen Hähne, der an eine Chance glaubte, Sterntalers Führung zu leugnen und sich selbst zu beweisen, hob ab und flog direkt auf die Gewehre zu. Die jungen Hühner, die bereits verschreckt waren, gerieten plötzlich in Panik, und als sie ihren Hahn davonfliegen sahen, folgten sie ihm. Nur Sterntaler und die anderen Veteranen und drei oder vier der weniger nervösen neuen Hennen behielten die Nerven und blieben, wo sie waren. Dem alten Fasan wurde übel, als er ein paar Sekunden wartete, und dann schien der Wald plötzlich zu explodieren, die Urkku schossen, und die Vögel fielen zur Erde, landeten unter dumpfem Prall im Schnee. Die Luft war erfüllt von Kreischen und Schmerzensschreien und Angst, als die verletzten Vögel verzweifelt versuchten, ins Unterholz zu fliehen. Sie zogen leuchtendrote Spuren im Schnee hinter sich her. Das Krachen der Gewehre hatte jetzt aufgehört, und die Urkku brüllten und lachten vor Freude über das Gemetzel. Sterntaler und die anderen, die sich ängstlich in die Rhododendren duckten, konnten die Hunde herbeistürzen sehen, als sie hinter den Verletzten herliefen oder die Toten einsammelten, um sie zu ihren Herren zurückzubringen. Plötzlich sah Sterntaler einen großen goldenen Schatten nur wenige Schritte entfernt vorübereilen, einen grimmigen Ausdruck im Gesicht. Er blieb stehen, drehte sich um und lief den Weg zurück, den er gekommen war. »Sam«, krächzte Sterntaler, so leise er konnte, und der Hund blieb stehen, schaute sich um, entdeckte den Fasan und ging leise zu ihm hinüber. »Eine Massenschlächterei«, knurrte der Hund, »ein Massaker. Was ist denn bloß schiefgegangen?«

»Unerfahrenheit und Panik, Sam. Aber du gehst besser zu deinem Menschen zurück, sonst läßt er dich heute nacht noch ohne Futter oder, was noch schlimmer wäre, er befreit sich von dir. Du mußt in seiner Gunst bleiben. Wir brauchen deine Informationen. Schau, da ist eine junge Henne, sie ist mausetot. Heb sie auf und bring sie schnell zurück.«

Der Hund lief davon und holte den toten Fasan. Mit einem letzten traurigen Blick auf Sterntaler lief er dann durch die Büsche zurück, und Sterntaler konnte beobachten, wie der schlaffe Kopf des toten Fasans hin und her hüpfte, als er aus Sams Schnauze baumelte. Verärgert wandte er sich ab.

Vorne im Wald hatte Brock die Vorgänge voll Entsetzen beobachtet. Er konnte den Urkku in seiner Nähe ganz deutlich erkennen. Er hatte gesehen, wie der Mann den Abzug drückte, war von den Explosionen fast taub geworden und fühlte, wie ihm übel wurde, als er rund um sich her das Geräusch fallender Vögel hörte. Das Schlimmste und Entsetzlichste jedoch war gewesen, als der Mann einen verletzten Fasan ausgemacht hatte, einen jungen Hahn, der einen Flügel über den Boden schleifte und versuchte, ins Gebüsch in Sams Nähe zu entkommen. Der Mann hatte höhnisch gelacht und war hinter ihm hergelaufen, zum Entzükken und zur Belustigung seiner Freunde, die ihn noch angespornt hatten, als er tolpatschig durch den Schnee watschelte und versuchte, den verängstigten Vogel einzufangen. Schließlich erwischte er ihn, und nachdem er ihn triumphierend hochgehalten hatte, hatte er ihm den Hals umgedreht.

Nach diesem Zwischenfall waren sie alle weiter in den Wald hineingegangen, immer noch in einer Reihe. Es war Brock mehr als schwer gefallen, nicht herauszulaufen und den Mann anzugreifen, als er nur wenige Schritte vom Bau entfernt an ihm vorüberging. Langsam waren sie durch den Wald gegangen, kamen an der Stelle vorbei, wo Sterntaler und die anderen sich immer noch versteckt hielten, und waren über den Bach gesprungen, um auf die andere Seite zu gelangen. Bei jedem Schuß, der über den Schnee zu ihm drang, spürte Brock eine Welle von Schmerz und Wut, wenn er sich das Entsetzen und die Schmerzen vorstellte, die einige Tiere jetzt durchmachten. Wieder und wieder stellte er sich die Frage: »Warum?«

An diesem Tag gab es nicht mehr viele weitere Tote. Drei junge und unerfahrene Kaninchen, ein Rammler und zwei Weibchen, waren Pictors Kontrolle entwischt und ausgezogen, um zu sehen, was passierte. Kaum waren sie aus ihrem Bau gekrochen, als ein Bleihagel sie erwischte. Zurück blieben zwei tote Weibchen und ein Rammler, der sich mit zerschmetterten Hinterläufen im Schnee wand. Mit den Vorderpfoten hatte er sich ins Gebüsch geschleppt, wo Pictor ihn

später gefunden hatte, noch immer im Sterben liegend, als die Urkku schon fort waren. Er hatte eine Nacht lang entsetzlich gelitten und war bei anbrechender Dämmerung am nächsten Morgen gestorben.
Die anderen Verluste waren fünf Holztauben und ein Hase, der überrascht worden war, als die Urkku auf ihrem Rückweg durchs Feld kamen. Endlich waren sie gegangen und hatten den Wald gepeinigt zurückgelassen. Tagelang war es den Tieren unmöglich, ihre Invasion zu vergessen. Ihr Gestank hing noch in der Luft, und sie schien von Tod erfüllt zu sein. Immer wieder stieß man auf niedergetrampeltes Unterholz oder Spuren der Urkku, wie die roten Patronenhülsen, die noch nach Schießpulver rochen, oder Papierstücke oder die Überreste der weißen Stöckchen, die sie im Mund hatten. Manchmal fand man auch die verstreuten Federn eines Vogels, der geschossen worden war, oder Fellbüschel von einem Kaninchen: stumme Zeugen für das Leid ihrer Besitzer. Die Tiere waren verängstigt und nervös. Sie hockten düster und reglos in den Schatten oder rannten beim geringsten Geräusch in ihre Löcher oder flogen davon.
Als die Männer in der blassen Nachmittagssonne über das Feld zurückgingen, wanderten Brocks Gedanken zu dem Urkkujungen im Bau hinter ihm. Es war schwer zu glauben, daß es derselben Klasse angehören sollte. Traurig und erschöpft ging er den Gang hinunter und fand das Baby, das verzweifelt weinte und mit den Armen in der Luft herumfuchtelte.
»Es war der Krach«, erklärte Tara. »Ich konnte ihn nicht ruhighalten. Hast du ihn gehört?«
»Nein«, antwortete Brock leise. »Ich konnte ihn nicht hören.«
»War es schlimm?« fragte Tara, stand auf und kam zu ihm. Sie rieb ihre Nase an seiner und stieß dann mit ihrem Kopf an seinen Hals, versuchte, ihn zu trösten.
»Ja«, murmelte Brock. »Das ist es immer. Aber es scheint schlimmer zu werden. Und was können wir tun? Nichts, Tara, absolut nichts.« Er legte sich auf den Erdboden, den Rücken an eine Wand gelehnt, und

schlief ein. Tara beobachtete, wie er eine Weile unruhig zappelte. Dann kehrte sie zu dem Baby zurück, das jetzt, wo die Urkku fort waren, ruhiger geworden war. Bald darauf herrschte wieder Stille.

Draußen hatte sich der Himmel bewölkt, und es war warm geworden. Am späten Nachmittag fing es an zu regnen, und der leuchtendrote Streifen, den der junge Hahn hinterlassen hatte, breitete sich langsam auf dem weißen Schnee aus, bis er schließlich mit dem letzten Schnee ganz verschwand.

6. Kapitel

Die Jahreszeiten wechselten sich ab, und aus dem Baby wurde ein kleiner Junge. Sie nannten ihn »Nab«, was in der Sprache der Alten »Freund« bedeutete, und er wurde wie eines der Tiere aus dem Wald. Instinktiv verstand er die Freuden und Sorgen, den Kummer und die Schönheit einer jeden Jahreszeit. Da waren die zwei Zeiten der Stille; der grausame Winter, eine Zeit des Überlebens, in der der Schwache fiel und der Starke schwach wurde, wenn der eisige Wind durch den Wald fegte, und der freundliche Sommer, eine faule Zeit des Überflusses, eine Zeit der verschlafenen Nachmittage im duftend-grünen Schatten unter dem Farn. Winter und Sommer wurden durch die beiden Zeiten des Wechsels verbunden – den Frühling mit seiner Atmosphäre aus Erregung und Erwartung, angefüllt mit der Magie der Geburt, wenn die Bäume ihre zarten Knospen zeigten und die Erde sich selbst mit einer Pracht von Blumen schmückte, Teppiche aus Blau und Gelb und Rosa und Weiß bedeckten den Waldboden; und den Herbst, der vielleicht, wenn eine Wahl möglich gewesen wäre, Nabs liebste Zeit war, wenn der Wald allmählich golden wurde und die Luft voll war von fallenden Blättern, und immer roch es nach Rauch und verrottenden Pflanzen. Und über allem lag tiefe und doch schöne Traurigkeit, so schön, daß Nabs Herz schmerzte, wenn er zusah, wie die braunen Blätter langsam zu Boden segelten.

Als er drei Jahre alt geworden war, bauten Brock und Tara ihm ein Heim in dem Rhododendronbusch links von der Großen Buche, denn für ihren Bau war er jetzt zu groß geworden. Unzählige glänzende Blätter bildeten ein wasserdichtes Dach über der großen, runden, offenen Fläche innerhalb des Gebüschs, und nachdem sie einige der Zweige entfernt hatten, die sich durch die Mitte hinzogen, gab es mehr als genug Platz für den Jungen. Vor allem aber war es ein gutes Versteck.

Die Zweige und Blätter waren so dicht, daß es unmöglich war, von außen hineinzusehen, obwohl es eine ganze Reihe von Stellen gab, an denen Nab von innen nach außen spähen konnte. Der Eingang zu seinem Heim befand sich auf der Rückseite des Gebüschs, und man mußte hindurchkriechen.
Brock und Warrigal verbrachten viele Stunden dort mit dem Jungen, unterhielten sich mit ihm und erklärten ihm das Leben im Walde. Und häufig kamen auch die anderen Tiere und verbrachten ihre Zeit mit ihm, denn der Rat hatte beschlossen, daß Brock und Tara zwar seine besonderen Hüter sein sollten, daß aber der ganze Wald für ihn verantwortlich war und daß er nicht als Dachs aufgezogen werden sollte oder wie sonst irgendein spezielles Tier, sondern sich frei entwickeln sollte, und alle Tiere sollten ihm dabei helfen und ihm ihre besonderen Fähigkeiten übermitteln. So lernte Nab von Perryfoot dem Hasen die Kunst des Laufens und außerdem eine Menge über Humor. Der Junge lachte viel, mit dem Hasen konnte er Spiele spielen wie zum Beispiel Verstecken, und im Spaß knufften sie sich auch mal.
Pictor erschien und führte lange, ernsthafte Gespräche mit ihm über die Kunst des Organisierens und Leitens einer Gemeinschaft, während er von Sterntaler dem Grimmigen lernte, daß auch Stolz und Aggression ihren Platz hatten. Häufig, wenn Nab am Abend in einer Ecke seines Busches lag und tief schlief, spürte er plötzlich, daß noch jemand anwesend war, und wenn er aufwachte, sah er sich freudig und aufgeregt dem dreieckigen Gesicht von Rufus dem Roten gegenüber, der ihn aufmerksam betrachtete. Nach seinen anfänglichen Zweifeln hatte der Fuchs den Jungen sehr ins Herz geschlossen, und jetzt genoß er es, seine Zeit mit ihm zu verbringen, und unterrichtete ihn in der Kunst der List und Heimlichkeit. Wie gebannt saß der Junge dann da und lauschte, während der Fuchs abenteuerliche und aufregende Geschichten erzählte, über die verblüffenden und riskanten Tricks, die seine Vorfahren angewendet hatten, um den wilden Hundemeuten

zu entkommen, die die Urkku aussandten, um sie zu töten. Rufus verbrachte auch viele Stunden damit, ihm beizubringen, vollkommen geräuschlos zu gehen, mit seinem Hintergrund zu verschmelzen, jede mögliche Deckung auszunutzen und zu erstarren, sobald auch nur das leiseste Anzeichen von Gefahr zu erkennen war. Doch was vielleicht das Wichtigste war: Er brachte Nab die Kunst der Wachsamkeit bei, lehrte ihn, immer auf der Hut zu sein, und zeigte ihm, auf welche Geräusche er lauschen mußte, die ein Anzeichen dafür waren, daß sich Urkku näherten. Während Rufus mit Nab redete, saß der Junge dicht neben ihm und fuhr mit seinen Händen über das weiche Fell des Fuchses, vergrub seine Finger darin und zupfte daran, so daß das Fell an seinem Rücken hochstand.

Nab liebte es auch, sich mit Warrigal und manchmal, an Sommerabenden, sogar mit Wythen selbst zu unterhalten. Von ihnen lernte er die Weisheit und Waldkunde, und sie erklärten ihm auch, langsam und vorsichtig, alles über das Magische Volk und die Urkku und die Verbindung zwischen beiden. Sie sagten, der Elbenkönig wüßte von ihm, und er wäre es, der den Tieren dabei helfen würde, ihn großzuziehen. Später einmal würde Warrigal ihn zu dem Elbenkönig bringen, und dann würden sie eine lange Unterredung miteinander haben, aber das hätte noch einige Zeit. Seit der Zeit, als er den Bau verlassen hatte, wußte Nab, daß er kein Dachs war, ja, daß es überhaupt kein anderes Tier wie ihn im Wald gab. Die Eulen hatten ihm erklärt, daß er einer ganz anderen Rasse angehörte, die in ihrem eigenen Gebiet lebte, hinter dem Hügel, den sie am anderen Ende des Feldes vorne am Wald sehen konnten. Sie erzählten ihm, daß er in einer verschneiten Winternacht von Brock unter der Großen Eiche gefunden worden war und daß dieser ihn zu sich genommen hatte, um sich um ihn zu kümmern. Wann immer er wollte, könnte er den Wald verlassen und sich seiner eigenen Rasse zugesellen, sagten sie, obwohl der Junge jetzt natürlich nicht den Wunsch verspürte, den Wald und seine Freunde zu verlassen. Sie nahmen ihn mit zum Fluß und zeigten ihm sein Spiegelbild in dem dunklen, brackigen Wasser, damit er eine Vorstellung davon hatte, wie er aussah, denn er hatte bisher noch keinen Urkku zu Gesicht bekommen. Immer wenn eine Schießerei bevorstand, brachten sie ihn in den Bau, und dort blieb er mit Tara, bis alles vorüber war. Wenn er sich nach dem Lärm erkundigte, erzählten sie ihm, daß es Blitz und Donner wären und daß sie ihn im Bau behielten, um ihn davor zu schützen, denn sie wollten ihn in keiner Weise gegen seine eigene Rasse beeinflussen. Dies alles hatte der Elbenkönig Wythen sehr sorgfältig erklärt. »Wir müssen ihn seine Haltung und Meinung über die Urkku vollkommen unabhängig entwickeln lassen. Es muß aus ihm selbst kommen«, hatte er gesagt. Und so hatten sie beschlossen, ihn nicht sehen zu lassen, wie die Urkku töteten, bis er älter war. Es gab noch einen anderen Grund, warum sie ihn im Bau versteckten, wenn Urkku in der Nähe waren. Obwohl niemand nach Nab gesucht hatte, fürchteten sie doch, er würde fortgebracht werden, wenn man ihn entdeckte. Und noch war er nicht geschickt genug, der Aufmerksamkeit der Menschen zu entgehen.

Fast jede Nacht kroch Brock durch den schmalen Gang ins Gebüsch. Nab konnte dann zwei große weiße Streifen aus der Dämmerung auftauchen sehen. Anschließend gingen sie gemeinsam aus, und Brock führte ihn durch den ganzen Wald und zeigte ihm, wo er nach Futter suchen mußte. Alle Tiere hatten ihm erzählt, wovon sie sich ernährten, und ihm erklärt, wie er es fand. Aber Nab gefiel die Vorstellung nicht, seine Mittiere zu töten und dann ihr Fleisch zu essen, und so bestand sein Speiseplan aus Beeren, Früchten, Pilzen (die er besonders gern mochte), Rinde, Gras und anderen Pflanzen des Waldes. Im Herbst zog er mit Digit und den anderen Eichhörnchen durch den Wald und sammelte Ahorn, Bucheckern und die duftenden Haselnüsse. Dann vergrub er sie in einer Ecke seines Zimmers als Wintervorrat. Mit Bibbington dem Igel zog er an die dunklen, feuchten Stellen des Waldes, wo die besten Pilze wuchsen. Sie wurden gesammelt und rund herum in seinem Zimmer aufgehängt, so daß die Luft um sie kreisen und sie für den Winter austrocknen konnte. Bibbington warnte ihn vor allen Pilzen mit weißen Lamellen. Wenn er davon äße, würde er eines schmerzlichen Todes sterben. Also sammelte er nur diejenigen, von denen der Igel ihm versichert hatte, sie könnten unbesorgt gegessen werden. Der Löwenzahn versorgte ihn mit Gemüse das ganze Jahr über. Einmal durch seine Blätter und dann durch die Wurzel, die er im Herbst ausgraben und trocknen konnte, so daß sie im Winter ein bißchen Abwechslung in seinen Speiseplan brachte. Im Frühjahr schwelgte er in der Vielfalt und dem Überfluß der neuen Nahrung, die überall wuchs. Der Nußgeschmack der jungen Weißdornblätter, der leicht bittere Sauerampfer und die süßen, jungen Buchenblätter, die er direkt vom Baum knabberte. Außerdem verzehrte er die jungen Nesseln und sammelte haufenweise die frische Vogelmiere. Er konnte sie zwar das ganze Jahr über finden, aber im Frühjahr schmeckte sie immer am besten. Manchmal tobte er auch mit Perryfoot zum Bach hinunter und verbrachte dort den ganzen Nachmittag mit ihm. Dann sammelte er Wasserkresse, die er mitnehmen und am Abend essen konnte. Perryfoot hatte Nab auch noch eine andere, sehr nützliche Pflanze gezeigt, die im Sommer am Fluß wuchs und die durch ihren Duft immer leicht zu finden war. Das war Minze, die er benutzte, um seiner einfachen Nahrung etwas Würze zu verleihen. Man konnte sie auch trocknen, wenn man sie aufhängte, und dann konnte er sie im Winter mit seinen Pilzen essen. Häufig fand er große Flecken von Mädesüß an derselben Stelle wie die Minze, und er sammelte sie, um sie in der Schlafecke seines Gebüschs auszubreiten und um Tara auch etwas für den Bau zu bringen. Seit sie ihn bei sich aufgenommen und auf die Unterlage aus Mädesüß gebettet hatte, war es ihm schwergefallen einzuschlafen, wenn er nicht den starken Duft in der Nase spürte.

Ein besonderes Vergnügen im Spätsommer war es immer für ihn, wenn er an einem lauen Abend mit Brock und Tara zu den Blaubeerbüschen gehen durfte, die rund um eine Senke am Rand der Felder hinter dem Silberwald wuchsen. Sie pickten dann die saftigen Früchte und aßen sie direkt vom Busch, bis sie satt waren. Anschließend blieben sie noch eine Weile sitzen und schauten auf den Wald hinab, während Brock eine Geschichte erzählte und der Mond langsam über den Himmel wanderte.

Der Sommer brachte noch andere Früchte hervor – wilde Stachelbeeren und eine seltene Köstlichkeit: wilde Himbeeren. Und manchmal, wenn die ersten Blätter sich schon braun färbten und der Herbst in der Luft lag, nahm Brock den Jungen mit hinüber zum Feld, wo die Heidelbeeren wuchsen. Dort verbrachten sie dann die ganze Nacht und pickten die delikaten schwarzen Beeren von den kleinen Sträuchern. Dann sammelten sie so viele, wie Nab tragen konnte, und brachten sie heim, um Tara damit zu überraschen, die dem Jungen zärtlich mit ihrer Pfote das Haar raufte.

7. Kapitel

Nabs elfter Winter war lang und kalt. Der Schnee war ewig liegengeblieben, und es hatte heftigen Frost gegeben, der viele der Jungvögel dieses Jahres getötet hatte. In den kältesten Nächten, in denen der wilde Nordostwind die Tiere bedrohte, hatten sich Brock und Tara aus ihrem Bau in Nabs Busch begeben und sich zu beiden Seiten von ihm niedergelegt, um ihn mit ihrem Pelz zu wärmen. Während der kurzen Tage zog Nab aus, um frisches Grün zu suchen, mit dem er seinen Vorrat an Nüssen und getrockneten Pilzen strecken konnte, und wenn die Mittagssonne warm genug war, pflegte er außen vor seinem Busch zu sitzen und über die gefrorenen Felder zu schauen, auf denen sich nur die Kühe bewegten. Dann wieder prasselte der Regen hernieder, und es war unmöglich, trocken zu bleiben. Kleine Tropfen sickerten durch die Rhododendronblätter und durchnäßten den Boden seines Busches, der aus einer dunkelbraunen Mischung von Erde und Blättern bestand. Es kostete den Jungen viel Zeit, eine trockene Stelle zu finden, wo er sitzen konnte. Außerdem mußte er sich vergewissern, daß die getrockneten Pilze, die überall in seinem Gebüsch verstreut waren, wo es ein kleines Ästchen gab, um sie aufzuspießen, oder ein Blatt, auf dem er sie niederlegen konnte, nicht feucht wurden. Sonst, das hatte Nab in einem der vorangegangenen Winter schon gelernt, würden sie anfangen zu faulen, und er bliebe hungrig. Manchmal flog Warrigal von seinem Loch in der Großen Buche herbei, hockte sich auf einen dicken Zweig im Busch und sprach mit dem Jungen oder saß auch einfach nur schweigend da, während sie beide auf den Regen hinausstarrten. Es hatte etwas sehr Tröstliches und Gemütliches, so geschützt zu sitzen, während draußen alles naß wurde. Als der Regen schließlich aufhörte und die dicken schwarzen Wolken weiterzogen, kam die Sonne öfter hervor. Dann verließ Nab seinen Busch und wanderte durch den tropfnassen Wald, genoß das Gefühl der Frische, mit dem die Gräser und Bäume und Büsche zurückgelassen worden waren. Die Sonne funkelte in all den kleinen Regentropfen, die überall hingen, und Nabs Gedanken wanderten durch eine magische Welt aus goldenen Reflexionen und blitzendem, silbrigem Kristall.

Die kalten Märzwinde zogen sich noch bis in den April hinein, und es sah aus, als sollte dieser Winter ewig andauern. Doch endlich, eines Tages, erklang der Schrei eines Brachvogels über das Feld, und alle Herzen im Wald schlugen höher vor Vorfreude, als dieser triumphierende Bote des Frühlings vernommen wurde. Bald erschienen auch die Regenpfeifer und Kibitze und erfüllten die Felder mit ihrem Trillern, als sie dahinstolzierten und arrogant den Kopf mit den prächtigen Federn von einer Seite zur anderen wandten oder elegante Kapriolen in der Luft vollführten und den Himmel über den Feldern voll in ihrer Kontrolle hatten. Als die Tage wärmer wurden, fingen auch die Lerchen an zu singen, wenn sie zum Himmel aufstiegen, so hoch, daß Nab manchmal glaubte, sie wären verschwunden, bis er plötzlich einen winzigen schwarzen Fleck sah, der dort oben leicht flatterte.

An einem dieser Tage im späten Frühling war es, daß Nab zum ersten Mal ein Mitglied der Rasse sah, der auch er angehörte. Mit geschlossenen Augen saß er in einem äußerst bequemen Fleckchen Gras, lauschte den Lerchen und genoß das Gefühl der Wärme, als die Sonne seinen Körper mit neuer Energie und Leben erfüllte, als er plötzlich einen leichten Knuff im Gesicht erhielt. Er öffnete die Augen und erblickte Perryfoot, der vor ihm herumhüpfte, die großen langen Ohren aufrecht und mit vor Vergnügen funkelnden schwarzen Augen.

»Hallo. Lust zu einem Spaziergang?« fragte er neugierig.

Nab gähnte und reckte sich. »Ich habe mich ganz wohl gefühlt, bis du hier aufgetaucht bist«, sagte er und ließ eine Hand vorschnellen, um den Hasen an seinem

Hinterbein zu erwischen. Aber Perryfoot wich geschickt zur Seite aus.
»Zu langsam, zu langsam«, neckte er, und als Nab sich noch bemühte, sein Gleichgewicht wiederzuerlangen, schoß er schon wieder vor und versetzte dem Jungen noch einen leichten Schlag auf die Wange. »Komm schon. Wird dir guttun – du mußt noch die Steifheit des Winters aus deinen Knochen vertreiben.«
Nab stimmte zu, unter der Bedingung, daß sie Brock auch mitnehmen würden. Gemeinsam schlenderten sie zum Bau hinüber, und Nab kniete vor dem Tunnel nieder und rief, denn es war schon viele Zeiten her, daß er klein genug gewesen war, um in den Bau zu kriechen. Es gab jetzt nur noch drei Dachse: Die beiden Jungen hatten sie verlassen und waren zum Nahen Wald gezogen, und seit Nabs Ankunft hatte es keine Jungen mehr gegeben. Brock glaubte, daß dies das Werk des Elbenkönigs war. Tatsächlich hatte Warrigal einmal so etwas angedeutet, als sie sich eines Abends unterhalten hatten. Der Grund dafür wäre, so hatte die Eule ihm erzählt, daß er und Tara auf diese Weise all ihre Energie daransetzen konnten, sich um den Jungen zu kümmern.
Schließlich, nachdem ein paar Rufe ohne Antwort verhallt waren, entdeckte Nab die schwarze Spitze und die weißen Streifen im Gesicht des Dachses, der seinen Weg den Gang entlang kam, und Brock stimmte zu, mit ihnen einen Nachmittagsspaziergang zu machen. Nab pflückte sich eine Handvoll der zarten jungen Buchenblätter, die gerade zu sprießen anfingen, und kaute darauf herum, als sie loszogen. Sie gingen am anderen Ufer des Baches entlang, dorthin, wo mitten zwischen jungen Birken Rufus in seinem Bau hauste. Als sie den Zaun am rückwärtigen Waldrand erreichten, zogen sie daran entlang, bis sie zu einer Hecke kamen, die über das Feld lief und die sie als Deckung nehmen konnten, bis sie zum Fluß hinunterkamen. Im Schatten einer großen Esche blieben sie einige Zeit stehen und schauten über den Wald hinaus, der in der Sonne badete. Nab ging allein weiter, um die Gegend

zu erforschen, während die beiden anderen meditierend unter einem Baum zurückblieben. Er spazierte zu einem Dickicht aus Rhododendren und jungen Birken, bahnte sich seinen Weg hindurch und tauchte auf der anderen Seite in einem Teppich aus Glockenblumen wieder auf, der sich über den Waldboden erstreckte, bis er sich in einer Anzahl riesiger Ulmen verlor.
Nab kniete nieder und vergrub sein Gesicht in den stark duftenden blauen Blüten. Er hatte das Gefühl, ihren Duft fast schlürfen zu können, und als ihr Geruch sein Hirn durchdrang, meinte er, vor seinem geistigen Auge jeden schönen Frühlingstag vorbeiziehen zu sehen, den er bisher erlebt hatte. Lange blieb er dort knien, als würde er beten, und die Sonne sandte kleine goldene Strahlen durch die Zweige der Bäume. Schließlich hob er den Kopf und sah sich um. Dies waren die Augenblicke, in denen sich sein ganzer Körper mit Energie vollzusaugen schien, so daß er das Gefühl hatte, er müßte explodieren, und seine Seele sang vor Freude. Er stand auf und lief wie der Wind zurück zu dem Baum, unter dem Brock schlief und Perryfoot auf allen vieren hockte, die großen Ohren flach angelegt. Sie weckten den Dachs auf und krochen unter einem rostigen Draht hindurch in das Feld und dann weiter im Schutz der Hecke. Sie kamen an ein paar Kaninchengehegen in einer sandigen Senke vorüber, und die Kaninchen grüßten sie und erkundigten sich nach Pictor und den Waldland-Kaninchen, und schließlich gingen sie einen ziemlich steilen Hang hinauf. Der Wald lag jetzt ein gutes Stück hinter ihnen, und vor ihnen erstreckte sich ein sanfter Hügel hinab zum Fluß. Es war ein herrlicher Nachmittag. Kleine weiße Wolken trieben am blauen Himmel, und eine sanfte Brise blies ihnen köstlich warme Luft ins Gesicht. Nab war leicht und froh ums Herz.
»Wer zuerst beim Fluß ist«, rief er, und er und Perryfoot tollten den Hügel hinab, durch einen Gürtel aus jungen Weiden und über einen samtigen grünen Teppich aus neuem Gras, während Brock hinterhertrottete. Als sie unten ankamen, tanzten Nab und der Hase

umher, und jeder bemühte sich, kleine Knüffe im Gesicht des anderen zu landen. Es war ein Spiel, das sie oft spielten, wenngleich Perryfoot fast immer gewann. Seine riesigen Hinterbeine schossen ihn außer Reichweite, so schnell, daß Nab ihn selten erwischte, und während der Junge noch über seinen nächsten Schritt nachdachte, schnellte der Hase bereits vor und zurück, knuff-knuff, ehe Nab mit der Wimper zucken konnte. Aber das machte nichts. Sie liebten beide das Spiel, und heute fühlte sich Nab so wohl, daß es ihm sogar gelang, den Hasen ein-, zweimal zu erwischen. Brock saß im kühlen Schatten einer Weide in der Nähe des Baches und beobachtete sie vergnügt. Seit jener Nacht vor so langer Zeit, als er den Jungen gefunden hatte, hatte Brock sein Leben nur der Sorge für das Kind gewidmet. Seit jener Zeit war nur wenig von Elbenkönigen oder Erlösern oder »großen Zielen« gesprochen worden, obwohl Warrigal manchmal andeutete, daß der Elbenkönig sehr zufrieden mit den Fortschritten des Jungen sei. Gelegentlich besuchte auch Wythen Brock und Tara, um zu sehen, wie sie zurechtkamen, und sie in schwierigen Problemen zu beraten.
Nach einer Weile, als Perryfoot und Nab von ihrem Spiel müde waren, beschlossen die drei Tiere, noch ein Stück weiter am Fluß entlangzuwandern. Auf der anderen Seite zog sich ein anderes grünes Feld hin, das sich steil absenkte. Sie mußten nicht sehr vorsichtig sein, denn sie befanden sich außer Sichtweite von einer Farm, und selbst wenn sie einen Urkku sichten würden, gab es genügend Unterholz, um sich zu verstekken. So schlenderten sie sorglos einher, blieben hier und da stehen, um ein paar Beeren zu picken oder an jungen Blättern zu knabbern, als sie plötzlich, hinter einer Biegung im Fluß, erstarrten. Vor ihnen öffnete sich das enge, steile Tal, durch das sie gewandert waren, die Hänge wurden sanfter, und auf ihrer Seite des Baches standen ein paar dichtgedrängte gelbe Büsche zu drei Seiten einer Höhle. Aus der Höhle konnten sie Lachen und Reden hören und andere, unbekannte Geräusche, die sie nicht erkannten.

Nach einer langen Weile erst entspannte sich das Trio, zufrieden, daß sie nicht gesehen oder gehört worden waren. Sie standen hintereinander im Schatten einer großen Weide und eines Holunderbusches, der in der Nähe des Wassers prächtig gediehen war. Abgesehen von den Geräuschen aus der Höhle hörte man nur das Plätschern des Baches, der sich seinen Weg über die Kieselsteine in ihrem sandigen Bett bahnte. »Was sollen wir tun?« fragte Nab leise, als er sich umdrehte, um die anderen anzusehen, die hinter ihm gegangen waren, als sie den Lärm vernommen hatten.

»Das sind Urkku«, sagte Perryfoot. »Kommt, gehen wir zurück. Komm schon, Brock, dreh um«, und er versetzte dem Dachs einen sanften Stoß mit der Pfote.

»Nein«, antwortete Brock entschlossen.

»Was soll das heißen: ›Nein‹? Es sind Urkku, und wahrscheinlich haben sie Gewehre. Also, sei nicht albern. Laß uns umkehren«, flüsterte der Hase wütend.

»Nein. Ich bin ganz sicher, daß sie nicht gefährlich sind. Ich spüre das. Sie benehmen sich nicht wie die Urkku, die wir sonst immer sehen. Außerdem hören sich auch ihre Stimmen anders an: höher und weicher. Nein, da ist keine Gefahr. Es ist eine gute Gelegenheit für dich, Nab, ein paar Urkku zu sehen. Hört, wir werden folgendes machen. Perryfoot, du gehst auf die Vorderseite der Höhle, so nah du es wagst, so daß sie dich sehen können. Und während sie dich dann beobachten, kann Nab hinten herumlaufen und sich hinter den Büschen verstecken. Ich bleibe hier und beobachte.«

»Hmm. Gefällt mir überhaupt nicht«, murmelte der Hase. »Überhaupt nicht. Aber wenn mein gelehrter Freund sagt, es gibt keine Gefahr, dann gibt es auch keine Gefahr. Ich hoffe bloß, er hat recht. Warum gehst du nicht selbst, Brock?«

»Weil, wenn ich mich irre, läufst du schneller«, antwortete Brock und lächelte boshaft.

»Also gut«, sagte Perryfoot. »Wünscht mir Glück.«

Langsam lief der Hase über das grasbewachsene Ufer. Als er dann vor der Höhle auftauchte, hörten die beiden zurückgebliebenen Tiere leise entzückte Juchzer. Perryfoot war stehengeblieben und putzte sich, und aus den Geräuschen des Vergnügens schloß Brock, daß die Urkku ihn gesehen hatten und jetzt darein vertieft waren, seine Possen zu beobachten.

»Also gut, lauf zu. Aber sei vorsichtig und paß auf, daß du nicht gesehen wirst«, flüsterte Brock, und der Junge huschte davon, vornübergebeugt, bis er den Schutz der Büsche oben auf der kleinen Höhle erreichte. Schweigend blieb er einen Augenblick dort sitzen, wagte kaum zu atmen. Doch dann platzte er fast vor Neugier und kroch vor, bis er einen Spalt im Gebüsch fand, durch den er alles gut überblicken konnte. Da sah er, zum ersten Mal in seinem Leben, ein anderes Mitglied seiner eigenen Rasse. Eigentlich waren es sogar zwei, und beide saßen und beobachteten Perryfoot, die Rükken Nab zugekehrt. Obwohl sie saßen, konnte er erkennen, daß einer größer war als der andere, und daraus schloß er, daß es sich um ein Elterntier mit seinem Jungen handelte. Und nach dem, was Remus und Bibbington ihm erzählt hatten, glaubte er außerdem, daß es zwei Weibchen waren. Er wußte nicht, was er zu sehen erwartet hatte, aber er erkannte sich selbst in ihnen wieder und war nicht so überrascht, wie er vermutet hatte. Trotzdem war er fasziniert von der Art, wie sie sprachen und aussahen, und während er sie beobachtete, stellte er fest, daß seine Aufmerksamkeit mehr und mehr von dem kleinen Mädchen angezogen wurde, das sich in die Arme seiner Mutter schmiegte, während es den Hasen beobachtete. Perryfoot gewann ganz offensichtlich allmählich Spaß an der Sache: Er hoppelte ein paar Schritte weiter, blieb dann sitzen, erhob sich auf die Hinterbeine und reckte seine Ohren in die Luft, so daß er aussah wie ein arroganter Monarch. Dann hoppelte er wieder ein paar Schritte und wiederholte die Vorstellung. Das kleine Mädchen hatte sich jetzt umgedreht, um Perryfoot beobachten zu können, und Nab konnte ihr Gesicht sehen. Ihrer Größe nach hatte sie wahrscheinlich ebenso viele Jahre gesehen wie er selbst. Als er auf ihre großen blauen Augen starrte, auf den zarten Mund und das sanfte Rosa ihrer Wangen, umrahmt von einer Kaskade goldfarbener Haare, war er wie verzaubert. Der ganze Zauber dieses Frühlingstages schien für Nab in ihrem Gesicht eingefangen zu sein, und als sie lachte, spürte er, wie sein Herz einen Schlag lang vor lauter Freude aussetzte. Sie war eine Prinzessin des Goldenen Nachmittags, und sein Lebtag würde er das Gefühl nicht vergessen, das er empfand, als er sie das erste Mal sah.

Der Hase fing allmählich an, sich zu langweilen, und da er das Gefühl hatte, seine Pflicht erfüllt zu haben, hoppelte er langsam zu Brock zurück, der von einem Holunderbusch aus zugesehen hatte. Nab jedoch war unfähig, sich loszureißen, ja, er hatte kaum bemerkt, daß Perryfoot verschwunden war. »Was macht er denn?« flüsterte der Hase wütend. »Hat er noch nicht genug gesehen?«

»Ich weiß nicht. Hab Geduld und versuch dir vorzustellen, wie du dich fühlen würdest, wenn du so alt wärest wie er und zum ersten Mal einen Hasen sehen würdest.« Perryfoot brummte und streckte sich aus, um die volle Wärme der Sonne zu genießen und über die Geschichte nachzudenken, die er seiner Häsin erzählen würde. Auch Nabs Träume wurden urplötzlich unterbrochen, als das kleine Mädchen aufsprang, etwas sagte und dann aus der Höhle heraus- und zu dem Fluß hinablief, wo sie anfing, Blumen zu pflücken. Als sie den Windungen des Baches folgte, konnte sie bald von ihrer Mutter nicht mehr gesehen werden und kam außerdem der Stelle immer näher, wo sich Nab verborgen hielt. Jetzt konnte er sich ihr tatsächlich nähern, ohne von der Höhle aus gesehen zu werden. Ein Impuls packte ihn plötzlich, mit dem Mädchen zu sprechen, sich zu zeigen, trotz Brocks Warnung und all der tierhaften Instinkte, die ihm rieten, im Versteck zu bleiben. Aber wie konnte er sich ihr nähern? Wie würde sie reagieren? Würde sie ihre Mutter rufen? Hundert Fragen rasten durch seinen Kopf, als er langsam den Wall entlangkroch, fort aus dem Schutz der Büsche, und sein Herz klopfte so laut, daß er meinte, sie müßte es hören. Dann erreichte er einen seichten Graben, der zu einer großen Weide am Fluß führte, ganz in der Nähe des Mädchens. Hinter dem Holunderbusch hatte Brock Perryfoot hochgejagt, und entsetzt beobachteten beide, wie Nab näher und näher an das Mädchen herankroch. »Was macht er bloß? Soll ich hinlaufen und ihn aufhalten?« fragte der Hase.
»Nein«, antwortete Brock. »Dafür ist es jetzt ohnehin zu spät. Er wird tun, was er will, und wir können nur hoffen, daß es zu seinem Besten ist.«
Nab befand sich jetzt am Fuße des Baumes und kauerte sich zwischen die Wurzeln. Er wagte kaum zu atmen und lauschte auf den Bach, der direkt neben seinem linken Ellbogen durch sein sandiges Bett strömte. Ganz langsam, so, wie Brock es ihm beigebracht hatte, hob er den Kopf und spähte über den Rand des Grabens. Das kleine Mädchen war etwa acht Schritte ent-

fernt, summte leise vor sich hin und war völlig darin vertieft, Blumen zu pflücken. Sie bückte sich, den Rükken ihm zugekehrt. Auf der anderen Seite des Flusses zogen sich die grünen Wiesen sanft hügelaufwärts, bis sie auf die großen Buchen stießen, die am Rand vom Hohen Wald standen. Schafe grasten zufrieden, und ihr weißes Fell hob sich deutlich sichtbar von dem Grün ab, und über ihnen zwitscherten die Lerchen, sangen die Lieder des Frühlings, wie sie es seit Urzeiten getan hatten.

Nab stand auf und ging leise über das Gras, bis er nur einen Schritt hinter ihr stand. Plötzlich spürte sie, daß jemand in der Nähe war, hörte zu summen auf, stand auf und drehte sich um.

»Oh!« schrie sie auf. »Hast du mich aber erschreckt! Wer bist du? Ich glaube, ich habe dich noch nie im Dorf gesehen. Spielst du etwas? – Weil du so komisch angezogen bist, meine ich. Komm schon, erzähl mir, wer bist du?« Sie starrte ihn mit wachsender Überraschung an und versuchte zu verstehen, was sie da sah. Sein dunkles goldbraunes Haar hing in sanften Wellen um seine Schultern, und drei oder vier frische grüne Binsen waren um seine Stirn gewunden, um die Haare aus den Augen zu halten. Um seine Taille hing ein großes Stück Rinde von einer Silberbirke, durch das er einen Weidenzweig gezogen und auf einer Seite irgendwie befestigt hatte. Seine Füße waren bloß und seine Hände groß, mit langen Fingern und abgebrochenen Nägeln, und sie hingen lose zu seinen Seiten. Aber sein Gesicht! Sein Gesicht hatte die Farbe von Blättern im Herbst, und aus ihm leuchteten zwei glühende, dunkle Augen, die unruhig hin und her wanderten und intensiv loderten. Sie spürte, daß sie eigentlich hätte Angst haben müssen, aber ihr Instinkt sagte ihr, daß es keinen Grund zur Furcht gab. Und sie war ohnehin von seinen ruhelosen Augen wie hypnotisiert und konnte nichts weiter tun als starren.

»Wer bist du?« fragte sie wieder, langsam und sanft. »Warum hast du Angst? Woher kommst du?«

Nab zitterte vor Furcht, und doch, ohne zu wissen,

warum, platzte er schier vor Sehnsucht, mit ihr zu reden, ihr von seinem Heim und seinen Freunden und dem Wald und den schlimmen Tagen des vergangenen Winters zu erzählen, überhaupt von allem, was er je gesehen oder erlebt oder gehört hatte. Aber als er versuchte, in der Sprache des Waldes mit ihr zu reden, schüttelte das Mädchen den Kopf und schien nicht zu verstehen. Sie machte einfach wieder und wieder den Mund auf und stieß merkwürdige Geräusche aus, Töne, wie er sie nie zuvor gehört hatte. Das also mußte die Urkku-Sprache sein, von der er schon vernommen hatte. Aber der Ton ihrer Stimme gefiel ihm. Er hätte ihm ewig lauschen können.

Das kleine Mädchen vernahm überrascht die Reihe von Bellen und Jaulen und Wimmern und Grollen, die dieser merkwürdige Junge ausstieß. Sie dachte, er versuche, mit ihr zu sprechen. Es war offensichtlich kein Spiel, aber sie war so überrascht und verwirrt, daß es ihr die Sprache verschlug. Augenscheinlich verstand er sie auch nicht. Sie mußte freundlich und sanft und geduldig sein, so, wie sie es mit Tieren war. Sie beschloß, zu versuchen, ihn mitzunehmen und ihrer Mutter zu zeigen. Vielleicht könnte die alles erklären. Langsam ging sie auf ihn zu, eine Hand ausgestreckt, und versuchte seinen Arm zu ergreifen. Als sie in seine Nähe kam, merkte sie, daß er nach Moos und Laub und Sonnenschein und Gras roch, und irgendwie begriff sie in diesem Augenblick, daß er nicht aus dem Dorf war, ja, aus überhaupt keinem Dorf kam. Als sie ihre Hand auf seinen Arm legte, schüttelte er sie ab, und seine dunklen Augen flackerten.

Als sie ihn berührte und er ihren sanften Duft riechen konnte, wurde Nab von Verlegenheit, Verwirrung und Angst überwältigt und erkannte plötzlich zu seinem Schrecken, was er hier tat. Wild riß er seinen Arm los und schaute sich zu dem Busch um, in dem er Brock und Perryfoot zurückgelassen hatte. Nichts war von ihnen zu sehen. Nach einem kurzen Blick auf das kleine Mädchen, das ihn auf merkwürdige Art ansah, floh er den Graben entlang und dann den sanften Hügel hinauf auf den Schutz der Büsche zu, von denen aus er sie und ihre Mutter anfangs beobachtet hatte. Er schaute in die Senke hinab und sah die Mutter flach ausgestreckt im Gras liegen und die Sonne genießen. So drehte er sich um, dorthin, wo er das Mädchen hatte stehenlassen. Sie stand noch immer da und sah ihn an. Ihr rotes Kleid blähte sich in der sanften Nachmittagsbrise, und ihr Haar glänzte golden im Sonnenlicht. Sie hob einen Arm und winkte ihm zu, und Nab – ohne zu wissen, was er tat – winkte zurück und spürte dann verwirrt und erfreut, daß er jetzt tatsächlich mit ihr kommuniziert hatte. Schließlich, nach einer Zeit, die ihm wie eine Ewigkeit vorkam, in Wirklichkeit jedoch nur einen Herzschlag lang dauerte, warf Nab noch einen letzten, kostbaren Blick auf die zarte Erscheinung. Dann riß er seine Augen los, mit so viel Mühe, daß ihm fast übel wurde, und lief den Hügel hinunter zu dem Holunderbusch.

»So, dann hast du also endlich beschlossen, deine Diskussion mit dem Urkku abzubrechen«, flüsterte Perryfoot grimmig, »und, wenn ich so sagen darf, keine Sekunde zu früh. Wir dachten schon, du würdest nie wieder hier auftauchen.«

»Kommt schon«, forderte Brock sie auf, »kein Grund zur Panik. Noch hat sie ihrer Mutter nichts erzählt. Geht vorsichtig, aber schnell und leise.«

Als er die Stimmen seiner beiden Freunde hörte, spürte Nab eine Wärme, wie man sie nur empfindet, wenn man nach längerer Abwesenheit wieder heimkehrt. Die Liebe zu den beiden Tieren war fast zuviel für ihn, und er spürte, wie Tränen in seine Augen stiegen. »Nun kommt schon«, sagte Brock wieder, sanft und leise, drehte sich dann um und ging langsam am Fluß entlang zurück. Nab folgte ihm, und Perryfoot bildete den Schluß.

Es war später Abend, als die drei erschöpften Wesen sich wieder oben auf dem Wall befanden, von dem aus man auf den Silberwald hinabblicken konnte. Sie setzten sich, und Nab erzählte seinen Kameraden von den Ereignissen des Nachmittags. Das heißt, er versuchte, es ihnen zu erzählen, aber er stellte fest, daß es ihm schwerfiel, seine Gefühle in Worte zu fassen und zu erklären, warum er sich dem Urkku so sorglos genähert hatte. Aber Brock schien zu verstehen und ihm nicht böse zu sein, obwohl Nab ungehorsam gewesen war. Tatsächlich war Brock sogar sehr zufrieden damit, wie sich die Dinge entwickelt hatten. Es war reiner Zufall gewesen, aber so war das Problem gelöst worden, und Nab hatte seine eigene Rasse auf äußerst glückliche Weise kennengelernt. Es war kaum oder überhaupt nicht gefährlich gewesen, und Nab hatte Kontakt von Angesicht zu Angesicht mit einem Urkku seines Alters. Die einzige Sorge machte ihm jetzt, daß das Mädchen es seiner Mutter erzählen würde und daß die Nachricht von seiner Existenz sich im Dorf ausbreiten könnte. Nun, dieses Problem konnten und würden sie lösen, wenn es sich stellte. Perryfoot hatte sich nach seiner anfänglichen Verärgerung wieder beruhigt und genoß es jetzt, im Kopf noch einmal seine eigene Rolle durchzugehen, die er in dem Abenteuer

dieses Nachmittags gespielt hatte. Dabei dachte er sich genau aus, wie er es seiner Häsin erzählen würde, wenn er sie später in der Nacht traf. Es würde eine gute Geschichte abgeben.

Und so kam es, daß der Mond, als er an diesem Abend am Himmel auftauchte, einen Jungen, einen Dachs und einen Hasen vorfand, die immer noch ruhig dort saßen und auf den Wald hinabblickten. Jeder von ihnen war schweigend in seine eigenen Gedanken vertieft. Jenseits der Felder schaute ein kleines Mädchen aus ihrem Schlafzimmerfenster zum Mond empor und dachte, so, wie es das den ganzen Nachmittag schon getan hatte, an den merkwürdigen, schönen Jungen, den sie am Fluß getroffen hatte. Es kam ihr vor wie ein Traum, aber sie wußte, daß es Wirklichkeit gewesen war. Sie konnte es natürlich niemandem erzählen. Das würde den Zauber zerstören, und es war ihr Geheimnis, das sie für immer bewahren würde.

8. Kapitel

Die frischen grünen Tage des Frühlings zogen allzu schnell dahin und verwandelten sich in einen heißen, trockenen Sommer. Nab verbrachte die langen Stunden des Sonnenscheins dösend im Schatten unter dem hohen Farnkraut, oder er lag am Fuße einer der großen Buchen, wo der Boden immer kühl zu sein schien und wo es genügend erfrischenden Sauerampfer und Vogelmiere gab, um daran zu knabbern. Wenn dann der Abend hereinbrach, zog er langsam wieder heim, um anschließend mit Brock oder Perryfoot und manchmal auch mit Rufus dem Roten auf Futtersuche zu gehen.

Der Vorfall am Fluß hatte die Gedanken aller Waldbewohner während des ganzen Sommers beherrscht. Anfangs hatten die Ratsältesten es für unklug gehalten, im Wald zu erzählen, was geschehen war, aus Furcht, dies könnte Panik hervorrufen oder sogar Wut auf Nab. Aber es hatte nicht lange gedauert, da hatten sich Gerüchte ausgebreitet, und da die meisten dieser Geschichten wild und übertrieben und verschieden waren, hatte man es schließlich für das beste gehalten, eine Ratsversammlung einzuberufen und alles abzuklären, indem man die Wahrheit erzählte. Es war eine ziemlich unruhige Versammlung gewesen, und es hatte Wythens ganzer Autorität bedurft, um die Angelegenheit in den Griff zu bekommen. Aber Nab, für den es die erste Versammlung war und der außerordentlich nervös war, hatte sich wacker gehalten und versucht, genau zu erklären, was er getan hatte und warum er es getan hatte. Und da die meisten der Waldbewohner ihn jetzt kannten und mochten, rettete das die Situation. Man war sich schließlich darüber einig, daß die einzige Gefahr jetzt darin bestand, daß das kleine Mädchen alles ihren Eltern erzählt haben könnte und daß die Urkku kommen und nach ihm suchen würden. Deshalb wurden die Wächter des Waldes, Warrigal

und Brock, gebeten, besonders gut Ausschau zu halten. Aber da der Sommer jetzt fast zu Ende war und seit dem Vorfall kein Urkku im Wald aufgetaucht war, nahm man allgemein an – und alle waren ausgesprochen erleichtert! –, daß das kleine Mädchen das Treffen für sich behalten hatte.
Für Nab war der Zwischenfall äußerst wichtig gewesen. Obwohl es ihm auch vorher schon klargewesen war, daß er ein anderes Tier war als alle anderen, die sonst im Wald lebten, war das nie so wichtig gewesen. Jetzt aber, da er andere Urkku gesehen hatte, erfüllte ihn Neugier, mehr über sie zu erfahren. Ständig dachte er an das kleine Mädchen, konnte sein goldenes Bild von ihr nicht vergessen, wie sie dagestanden und ihm zugewinkt hatte, lächelnd, während der Wind ihr Haar zerzauste. Aber seine Erinnerung war immer bittersüß, denn er erinnerte sich auch an seine verwirrten Gefühle, die ihn veranlaßt hatten, seine Hand fortzuziehen und davonzulaufen. Zum ersten Mal wurde ihm auch klar, daß er nicht im Wald geboren war und daß er irgendwo zwei Eltern seiner eigenen Rasse haben mußte. Warum hatten sie ihn unter der Großen Eiche zurückgelassen? Woher waren sie gekommen? Wie waren sie? Immer wieder stellte er sich diese Fragen, und er verbrachte viel Zeit damit, über sie nachzudenken, während er durch den Wald lief oder tagsüber unter dem Farn grübelte. Eines Nachts war Tara in seinen Busch gekommen, um sich mit ihm zu unterhalten. Da saß er in einer Ecke und wirkte vollkommen in Gedanken versunken. Sie drehte sich um und kehrte in den Bau zurück, ohne bemerkt worden zu sein. Dort grub sie in der Wand, an der Stelle, wo sie vor so vielen Zeiten den vielfarbigen Schal vergraben hatte, in dem er gefunden worden war. Die Wände des Baus waren glatt- und hartgerieben worden, aber ihre kräftigen Pranken fanden schon bald die Vertiefung, in der sie ihn verstaut hatte. Sie zog ihn hervor und schüttelte ihn, um ihn von Erde zu befreien. Dann, nachdem sie die Wand wieder in Ordnung gebracht hatte, ging sie den Gang hinauf und noch einmal in Nabs Busch. Sie

trat zu ihm und rieb mit ihrer Nase an seinem Hals. Langsam schaute er auf und blickte in ihre warmen schwarzen Augen. »Hallo, schön, dich zu sehen«, sagte er.

»Nab, ich habe dir etwas mitgebracht. Es ist für dich. Du sollst es behalten.« Sie zog den großen, fröhlich bunten Schal hervor und reichte in ihm. Er nahm ihn, stand auf und hielt ihn so, daß er glatt herabhing und man das Muster und die Farben deutlich erkennen konnte. Seine Augen weiteten sich vor Erstaunen, je länger er ihn anschaute, und er fing an, ihn zu befühlen, ließ die Finger über die weiche Seide gleiten, auf und ab, und dann durch die langen Fransen, die rundherum befestigt waren.

»Für mich«, fragte er, »zum Behalten? Ich habe noch nie zuvor so etwas gesehen. Wo hast du das gefunden?«

»Es ist für dich, weil es dir gehört. Als du im Wald gelassen worden bist, warst du in viele Schichten Kleidung eingewickelt, weil es, wie Brock dir erzählt hat, eine kalte Nacht war und der Schnee den Boden dick bedeckte. Als Brock dich zu mir gebracht hat, habe ich die Kleider entfernt, bis ich als unterstes diesen Schal fand. Den habe ich in einer Wand des Baus vergraben, um ihn dir zu geben, wenn die Zeit gekommen wäre. Du siehst also, er wurde dir von deiner Mutter und deinem Vater gegeben. Er hat ihnen gehört, und sie haben ihn dir gegeben. Es ist eine Verbindung zu deinen Eltern.«

Nab hockte sich hin und preßte den Schal an sich. Dann fing er an, leise vor sich hin zu weinen. Tara trat zu ihm und legte ihre Pfote auf seine Schulter.

»Wie waren sie?« fragte er. »Brock hat sie doch gesehen, oder nicht?«

»Es waren gute Urkku. Brock spürte keine Gefahr oder Angst, als er in ihrer Nähe war.« Sie beschrieb die Ereignisse jener ersten Nacht, so, wie Brock sie ihr erzählt hatte. In diesem Augenblick war er mit Warrigal unterwegs. Es war ein Jammer, daß er nicht hier war, um Nab alles aus erster Hand zu berichten, aber der

Junge könnte später mit ihm reden.
Als sie geendet hatte, legte Nab den Arm um ihre Schulter und vergrub sein Gesicht in ihrem Nacken. So blieb er lange Zeit, und als er schließlich den Kopf hob, lächelte er, und seine Augen sprühten. Er entfernte die Rinde, die ihn bekleidete, und ehe er sie wieder umband, wickelte er sich fest in das bunte Tuch.

Der Sommer im Silberwald schien ewig zu dauern. Die Tage wurden so heiß, daß die Tiere nichts anderes tun konnten, als im Schatten am Waldrand zu liegen, wo eine leichte Brise ging. Im Wald selbst ging kein Hauch, der die Intensität der Hitze erleichtert hätte, und die Stille war so drückend, daß man sie fast hätte greifen können. Das einzige Geräusch war das beständige Summen der Insekten, die über den hohen Farnkräutern umhersurrten. Manchmal, wenn Nab unter dem Farn lag und zum Himmel emporstarrte, konnte er sehen, wie sich die obersten Zweige der höchsten silbernen Birken sanft in einer Brise bewegten, die nur im Himmel existierte, und er beobachtete diese Bewegung, bis er einschlief. Gelegentlich erschreckte irgendetwas einen Vogel, und er schimpfte laut und flog auf, um sich auf einem anderen Ast wieder niederzulassen. Dann wachte Nab auf und beschloß, einen kleinen Spaziergang zu machen. Es war unmöglich, durch den Farn zu spazieren, und so kroch er auf allen vieren darunter hindurch, bis er einen anderen Fleck fand, an dem er sich sicher fühlte, und dort wieder einschlief. Unter der Decke aus Farnblättern gab es eine andere Welt, einen kühlen unterirdischen Dschungel, in dem die grünen Stengel des Farns wie Bäume waren und der Boden aus dunkelbrauner Erde unter einem hellbraunen Teppich bestand. Das waren die Überreste des abgestorbenen Farns vom Vorjahr. Wenn Nab sich seinen Weg durch diesen Dschungel bahnte, entdeckte er Spinnen, die eilig ihrer Arbeit nachgingen, und metallisch-grüne Käfer, die langsam über die Farnwedel krochen. Er spürte, wie der von ihm aufgescheuchte Staub sich in seiner Kehle festsetzte, und er konnte den Torf riechen, der unter seiner Decke aus totem Farn noch feucht und warm war. Manchmal stieß er auch auf Sauerampfer, zupfte ein Blatt ab und kaute darauf herum, um sich zu erfrischen.

Schließlich bemerkte Nab die ersten Vorboten des Herbstes. Obwohl die Sonne noch immer schien und es untertags recht heiß war, wurden die Abende feucht und kühl, wo sie vorher lau gewesen waren, und Tau lag am Boden. Am Fluß tauchte Mädesüß auf, mit seinen hohen Rispen und den gebündelten cremig-weißen Blüten, die zerstoben, wenn sie angestoßen wurden, und im Wald tauchten die Herbstpilze auf, stießen durch eine Matte aus feuchten, verfaulenden Blättern am Boden. Morgens und abends füllten sich die Senken mit Nebel, der verschwand, wenn sich die Sonne Bahn brach und die goldenen Blätter beschien. Dann lag Nab oft in der warmen Mittagssonne auf dem Rücken unter der Großen Buche und beobachtete, wie die Blätter langsam herabtrudelten. Wenn sie in seine Nähe zu treiben schienen, machte er sich gern einen Spaß daraus, zu raten, ob sie wohl auf ihm landen würden oder nicht, und es überraschte ihn immer wieder, wie wenige von all den Hunderten, die herabfielen, es schafften.

Die Tiere fürchteten den Herbst. Nicht wegen seiner natürlichen Traurigkeit oder weil er den Beginn des Winters ankündigte, sondern weil es die Jahreszeit war, in der die Urkku – nach einer Zeit köstlichen Friedens im Sommer – zu den größten Tötungsaktionen und Schlachtfesten aufriefen. Es war die schrecklichste Zeit des Jahres. Nab durfte die Urkku jetzt aus dem Schutz seines Busches beobachten, aber Brock war immer bei ihm, um dafür zu sorgen, daß er keine Dummheiten beging. Obwohl man Nab erzählt hatte, wenn er erschossene Tiere gesehen hatte, daß dies das Werk der Urkku sei, war er doch sehr verwirrt. Er konnte das Bild, das er sich von den Urkku als wilden Schlächtern gemacht hatte, nicht in Einklang bringen mit der Wirklichkeit der beiden, die er in diesem Sommer tatsächlich gesehen hatte. Aber als er mit wachsendem

Entsetzen zusah, wie Angehörige seiner eigenen Rasse Angst und Schrecken und Schmerzen im Wald verbreiteten, machte seine Verwirrung einer schäumenden Wut Platz. Bei jedem Schuß, der durch den Wald hallte, schmerzte sein ganzer Körper, wenn er sich die Pein vorstellte, die dieser Knall auslöste, und Brock mußte ihn immer zurückhalten, sonst wäre er hinausgestürzt und hätte die Urkku angegriffen.

In diesem Herbst war die Jagd besonders schlimm. Es schienen mehr Urkku zu kommen, und sie kamen öfter. Der Wald roch ständig nach Schießpulver und Zigarettenrauch, und wohin immer Nab auch ging, fand er Dinge, die ihn an sie erinnerten. Das Unterholz war niedergetreten, Zweige abgebrochen, Pilze zermalmt, und zwischen welkenden braunen Blättern lagen Flokken von blutigem Fell und Federn. Der Wald war geschändet, und da er der Last ihrer fast ständigen Anwesenheit nicht ausweichen konnte, schwankte Nabs Stimmung von brütender, schweigender Niedergeschlagenheit bis zu grollender Wut.

Die Tiere krochen verängstigt durchs Gebüsch, bewegten sich hastig und still, so daß der ganze Wald wie ausgestorben war. Die von Pictor angeführten Kaninchen hatten in diesem Herbst besonders große Verluste erlitten, Folge einer neuen Methode, die ihnen nicht einmal mehr des Nachts Sicherheit gewährte. Nab war draußen im Wald gewesen, als sie das erste Mal angewandt wurde. Er hatte hinter dem alten, verrotteten Stumpf einer Birke gehockt und einen Pilz auf Würmer untersucht, als er plötzlich ein entsetzliches Geräusch gehört hatte, ein Schleifen und Rasseln, das aus der Richtung vom Teich herkam. Als er aufblickte, sah er eine riesige Urkku-Maschine, die sich mühsam ihren Weg über das Feld und auf den Wald zu bahnte. Wolken bedeckten in jener Nacht den Mond, und es war dunkel, aber Nab konnte den Umriß der Maschine erkennen. Sie sah aus wie ein ganz gewöhnlicher Traktor mit einem großen Anhänger dahinter, so, wie er sie schon an Hunderten von Tagen auf den Feldern gesehen hatte. Aber irgendwie war sie in der Nacht er-

schreckend, wie ein riesiges wildes Tier. Als es mitten auf dem Feld vor dem Wald angekommen war, blieb es rüttelnd stehen, und dann war Nab plötzlich von einem hellen Lichtstrahl geblendet, der direkt in seine Augen schien. Er konnte nichts sehen und nichts tun. Er schüttelte den Kopf und kniff die Augen zusammen, von panischer Angst erfüllt, und als er sie wieder öffnete, stellte er fest, daß das Licht sich jetzt nach links bewegte und das Feld abtastete. Das Licht wanderte weiter und stieß auf drei Kaninchen, die am Waldesrand gegessen hatten. Sie blieben wie angewurzelt sitzen, als das Licht sie einfing, gelähmt vor Angst und unfähig, etwas zu sehen, genau wie er selbst es gewesen war. Zwei Schüsse zerrissen die Nacht, und zwei der drei purzelten auf die Seite, ihre Beine zappelten in der Luft. Das dritte wurde wieder lebendig und hastete davon, aber anstatt sich zur Seite zu wenden und damit aus dem Licht zu entkommen, lief es im Lichtstrahl entlang. Nab hörte die gutturalen Töne, die ein Urkku vor Entzücken ausstieß, und dann setzte sich die Maschine scheppernd in Gang und verfolgte das Kaninchen, das jetzt in seinem Licht-Gefängnis von einer Seite zur anderen hüpfte. Das Lachen und die Rufe der Urkku, die es zu schnellerem Lauf antreiben wollten, erfüllten Nabs Ohren und seinen Kopf, und ihm drehte sich der Magen um. Er beobachtete, wie das Kaninchen schließlich so müde und verwirrt war, daß es stehenblieb, sich umdrehte und im Lichtkegel entlanglief, auf den Traktor zu, in einem letzten, verzweifelten Versuch, seiner Qual zu entkommen. Nabs Ohren dröhnten von dem Schuß, und das Kaninchen sah aus, als wäre es gegen eine unsichtbare Wand gelaufen. Es überschlug sich rücklings und landete zappelnd im Gras. Der Traktor hielt, und zwei Urkku sprangen herab und sammelten die toten Kaninchen ein. Sie warfen sie in den Anhänger, und dann trat die Maschine den Rückzug an, auf demselben Weg, auf dem sie gekommen war. Endlich verschwand sie hinter dem Hügel auf der anderen Seite des Teiches.

Die sanften herbstlichen Goldtöne verwandelten sich schließlich in die kalten grauen Töne des Winters, und Wind setzte ein und blies die letzten Blätter von den Bäumen. Nur die Eichenblätter klammerten sich hartnäckig an ihre Zweige. Sie waren die letzten, die kamen, und die letzten, die gingen. Es war später Nachmittag, und Nab war mit Rufus unterwegs. Noch waren nicht viele Monde seit dem Vorfall mit den Kaninchen vergangen. Der Fuchs hatte Nab die Stelle am Fluß, auf der Rückseite des Waldes, gezeigt, wo er Vogelmiere gesehen hatte, und der Junge hatte eine Handvoll gepflückt, um sie zusammen mit ein paar Haselnüssen aus seinem Vorrat zu verzehren. Der Kopf des Fuchses wippte neben ihm auf und ab, als sie ihren Heimweg antraten.

»Du wirst den ganzen Winter über dort Vogelmiere pflücken können. Ich habe sie dort noch nie gesehen«, sagte Rufus.

»Ja. Bislang mußte ich immer zu dem großen Fluß hinuntergehen. Das wird eine große Hilfe sein«, erwiderte der Junge. Er ging nicht oft mit dem Fuchs aus, der immer nach Futter für sich selbst suchte, aber Rufus kam häufig zum Rhododendronbusch, um dem Jungen von Stellen zu berichten, an denen noch keines der anderen Tiere gewesen war, oder um ihm Legenden vom Fuchs aus der Vor-Menschen-Zeit zu erzählen. Damals hausten die Füchse nicht wie heute in abgeschiedenen einzelnen Löchern, sondern in einer ausgedehnten unterirdischen Kolonie, und sie wurden regiert vom Winnat – drei Füchsen, deren Körper in gehämmertes Kupfer gehüllt waren. Diese Rüstungen waren von den Elbenschmieden für sie angefertigt worden, weil sie eine Allianz mit den Elbenkönigen eingegangen waren.

Eine Weile gingen sie schweigend, bis Nab plötzlich ein scharfes Klopfen an seinem Bein spürte, als der Fuchs ihn mit der Seite seines Kopfes anstieß. Er blieb stehen, und Rufus bedeutete ihm, sich hinzulegen. Leise ließ sich der Junge auf den Boden fallen und folgte Rufus auf allen vieren, als dieser ihn still in den Schutz hinter einer Eiche führte.

»Schau«, flüsterte der Fuchs.
Nab schaute über das kahle winterliche Feld, konnte anfangs aber nichts sehen. Dann entdeckte er jedoch zu seiner Linken zwei Urkku, die am Waldrand entlanggingen und gerade erst in Sichtweite kamen. Sie hatten ihre Gewehre unter dem Arm und unterhielten sich leise, wobei sie sich immerzu aufmerksam umschauten. Nab schaute den Fuchs an, der ihm ein Zeichen machte, sich ganz flach hinzulegen. Er selbst saß sprungbereit. Sein ganzer Körper bebte, seine spitzen Ohren standen aufrecht, und die schwarze Nasenspitze bewegte sich, als er sich bemühte, jeden Geruch in der Luft zu wittern. Die Urkku blieben stehen und sahen sich um. Einen langen, qualvollen Augenblick schienen sie direkt zu der Eiche herüberzublicken, doch dann wanderte ihr Blick weiter. Doch plötzlich, zu Nabs Entsetzen, sah er, wie einer der beiden mit dem Kopf eine Bewegung in die Richtung machte, in der er und Rufus sich befanden. Sie zogen die Gewehre unter ihren Armen hervor und hielten sie mit einer Hand unter dem Schaft, die andere am Abzug, bereit, jederzeit zu schießen. Dann kamen sie langsam auf den Wald zu. Erfüllt von panischem Entsetzen, starrte Nab den Fuchs an.
»Hör zu«, meinte Rufus. »Sie wissen nicht, daß wir hier sind, aber wenn sie so weitergehen, müssen sie uns einfach finden. Wenn sie zu nah kommen, renne ich auf die Vorderseite des Waldes zu, so, daß sie mich sehen müssen. Das sollte ihre Aufmerksamkeit ablenken. Du mußt hierbleiben und darfst dich nicht rühren, bis es sicher ist. Dann lauf direkt zu deinem Busch und bleib da. Vor allem aber, bleib, wo du bist, bis sie fort sind. Ich werde versuchen, sie dazuzubringen, mir zu folgen.«
»Aber was wird mit dir?« wisperte Nab.
»Das geht schon in Ordnung. Es gelingt ihnen nur selten, uns mit ihren Todesstöcken zu töten. Wir sind zu schnell für sie. Aber sei jetzt still.«
Seite an Seite lagen sie hinter der Eiche am Boden.
 Nab spürte, wie Feuchtigkeit durch seine Rinde drang,

und seine Knie waren wund. Als die Urkku näher kamen und er immer mehr Angst bekam, streckte er die Hände aus, um die Rinde der Eiche zu fühlen und aus der Macht und Kraft des Baumes Trost zu ziehen. Er sah Rufus an. Die Augen des Fuchses starrten schwarz und aufmerksam zu den Urkku hinüber, und sein bebender Körper schien vor Energie platzen zu wollen. Sie waren jetzt kaum zwanzig Schritt entfernt, und Nabs Herz klopfte so heftig, daß er sicher war, sie mußten ihn hören. Rufus sah ihn an und legte eine Pfote auf seinen Arm. Dann brach er hinter dem Baum hervor und glitt geräuschlos durch das hohe Gras und um gefallene Zweige herum, die am Boden lagen. Sein großer, buschiger Schwanz flog hinter ihm her.

Nab beobachtete, wie einer der Urkku einen braunen Blitz bemerkte, dem anderen etwas zurief und aufgeregt aufs Unterholz deutete. Beide hoben ihre Gewehre, und das Herz des Jungen blieb stehen, als zwei Schüsse durch die Luft peitschten. Verzweifelt hielt er Ausschau nach dem Fuchs, und dann sah er ihn zu seiner Erleichterung am Rande des Feldes, sah, wie er auf die andere Seite hinüberlief, dorthin, wo die Bäume dichter standen und er sicher sein würde. Er hörte einen weiteren gutturalen Ruf, wieder zerrissen zwei Schüsse die Luft. Rufus krümmte sich zusammen, fiel auf die Seite. Von Kummer erfüllt stürzte der Junge hinter der Eiche hervor, hastete durch den Wald, bis er neben seinem Freund auf die Knie fiel. Es schüttelte seinen ganzen Körper, als er hysterisch schluchzte. »Rufus«, weinte er und wiegte den Kopf des Tieres in seinen Armen, vergrub sein Gesicht in dem warmen Pelz. Die Augen öffneten sich langsam. Noch vor wenigen Sekunden hatten sie lebenslustig geleuchtet, waren voll Energie gewesen. Jetzt waren sie von einem flüssigen Braun, ganz still, und sie schauten den Jungen traurig und voll Liebe und Hoffnung an. Der Junge spürte, daß seine Hand dort, wo sie den Fuchs hielt, warm und klebrig wurde, und dann schlossen sich die Augen, und der Kopf fiel herab. Nab wußte, daß er tot war, und eine Woge von Übelkeit erfaßte ihn, als ihm plötzlich das Entsetzliche dessen, was geschehen war, voll bewußt wurde. Durch einen Tränenschleier sah er auf die schwarze Nase, auf die zurückgezogenen Lippen, die die Zähne enthüllten. Er betrachtete die beiden dreieckigen Ohren und vergrub seine Hand in dem dichten Nackenfell. Er wollte einfach nicht akzeptieren, daß da kein Leben mehr war, wo doch der Körper noch genauso aussah wie vorhin, als sie beide hinter der Eiche hockten. Nie wieder würden ihn diese Augen ansehen, nie wieder würde er sehen, wie der Kopf des Fuchses sich durch seinen Rhododendronbusch schob, und es würde keine Geschichten an Winterabenden mehr geben. Wieder und wieder sagte er sich diese Dinge, wollte verstehen, aber er konnte es einfach nicht fassen; es war zuviel. Tränen liefen über sein Gesicht und schüttelten ihn, als er sich über den toten Körper seines Freundes warf.

»Siehst du, Jeff. Ich hab's dir ja gesagt. Es ist ein Kind.«

Nab hörte die Urkku hinter sich und fühlte den Druck auf seiner Schulter, als eine Hand nach ihm griff und versuchte, ihn von Rufus fortzuziehen. Er hatte die letzten Worte des Fuchses vergessen, daß er sich nicht rühren sollte, bis es sicher war, und reumütig erkannte er, daß Rufus bei dem Versuch, ihn zu retten, getötet worden war. Aber jetzt war es, durch seine eigene Schuld, umsonst gewesen.

Der Junge versuchte aufzuspringen, stellte aber fest, daß das unmöglich war. Der Urkku hatte ihn zu fest im Griff.

»Ruhig, Kind. Wer bist du? Chris, sieh ihn dir bloß mal an! Er ist in Rinde gekleidet; und schau nur, seine Haare. Ich glaube nicht, daß er sprechen kann. Wie heißt du, Kind? Sieh mal nach, ob der Fuchs tot ist, Chris.«

Empört und angsterfüllt sah Nab zu, wie der andere Urkku seinen Stiefel unter Rufus' Körper schob und ihn herumdrehte. Eine Sekunde lang zeigte der Kopf direkt nach oben, dann fiel er auf der anderen Seite herab. Jetzt zog der Urkku ein Messer hervor und hackte auf den Schwanz ein. Als er ihn abgetrennt hatte, trat er nach dem Fuchs, so daß er mit der Nase nach unten im Graben lag, sein einstmals so prächtiger Körper seltsam verdreht, die Hinterläufe zeigten in die eine, die Vorderbeine in die andere Richtung. Plötzlich verwandelten sich all die Trauer und der Kummer, den Nab fühlte, in rasende Wut und Haß, und er riß sich los und stürzte sich auf den Urkku, biß und zerkratzte dem Mann das Gesicht. Die Kraft und Energie, mit der der Junge sich auf ihn stürzte, reichten aus, um ihn umzuwerfen, und sie rollten ins Gras, wobei das Gewehr beiseite flog. Nab vergrub seine Nägel in die Wange des Mannes, und als er die Hand nach unten zog, spürte er Blut.

»Hol ihn weg! Um Gottes willen, hol ihn weg!«

Der andere Urkku packte den Jungen fest um die Taille und zog ihn fort. Nab wehrte sich wütend, aber der Urkku war zu stark, und er konnte sich nicht befreien. Der Mann am Boden stand langsam auf. Eine Hand hielt er an die Wange, dort, wo aus drei großen, tiefen Schrammen das Blut tropfte.

»Komm her, du kleine Ratte. Dir werd' ich's zeigen«, und während der andere Nab festhielt, schlug er ihm mehrmals mit dem Handrücken ins Gesicht.

»Hör schon auf, Jeff. Das ist doch noch ein Kind.«

»Das ist mir egal – schau dir bloß mal mein Gesicht an!«

»Das kommt schon wieder in Ordnung. Ist doch bloß ein Kratzer. Aber wir können ihn nicht hierlassen. Am besten nehmen wir ihn mit heim. Da kann Ma entscheiden, was zu tun ist.«

Nab verdoppelte seine Bemühungen, sich loszureißen, als er erkannte, daß die Urkku ihn aus dem Wald fortbringen wollten. Sein Kopf wirbelte, als Hunderte von Gedanken hindurchschossen; Vorstellungen vom Heim der Urkku, die er sich anhand der Gespräche mit Bibbington und Cawdor und Rufus gemacht hatte; Fluchtpläne; Angst und Sorge darum, wo er heute nacht schlafen würde und was die Urkku mit ihm machen würden; Gedanken an Brock und Warrigal und

Perryfoot und Tara, zusammen mit der Angst, daß er sie vielleicht nie wiedersehen würde. Und trotz seiner Panik über allem immer wieder ein Bild von Rufus, wie er sterbend im feuchten Gras lag, und wieder flossen die Tränen.

Er fühlte sich halb durch den Wald gezerrt, halb getragen, und schließlich stießen sie ihn grob aufs Feld hinaus. Noch immer wehrte er sich, biß und kratzte. Aber sein Gesicht und sein Kiefer waren wie betäubt, und sein verzweifelter Kampf mit dem Urkku verlangte Tribut von seinem Körper; er konnte nicht mehr genug Energie aufbringen, um mehr zu tun, als mit den Armen zu wedeln. Er sah Silberwald zurückbleiben, als er über das Feld geschleppt wurde. Der Winterabend senkte sich herab, und der Wald sah schwarz und undurchdringlich aus. Irgendwie überraschte es Nab, daß er trotz all der schrecklichen Ereignisse dieses Nachmittags derselbe geblieben war. Nichts hatte sich verändert. Sein Rhododendronbusch war immer noch da, und auch all die großen Bäume. Er hatte einfach gleichgültig zugeschaut, wie sich das Entsetzliche vor ihm abspielte, und Nab spürte eine leichte Verachtung, weil er unfähig gewesen war, ihm zu helfen.

Sie kamen am Teich vorüber, als große schwarze Wolken am grauen Himmel aufzogen. Kleine Regentropfen schlugen in sein Gesicht und vermischten sich mit den Tränen, als ob die gesamte Natur mit ihm weinen wollte. Als sie die Kuppe des kleinen Hügels hinter dem Teich erreichten, blieben die Urkku stehen, um

sich auszuruhen. Nab schaute zurück auf den Wald, der sich in der Ferne erhob. Dort war sein Heim, er hatte niemals anderswo geschlafen, und jetzt wurde er fortgebracht und würde es vielleicht nie wiedersehen. Sein Herz wurde ihm schwer, und sein Magen fühlte sich an, als flatterten dort tausend Schmetterlinge auf und ab. Plötzlich spürte er, wie sich die Arme um seinen Magen wieder fester zusammenzogen, und dann wurde er auf der anderen Seite des Hügels hinabgezerrt. Verzweifelt versuchte er, sich das Bild des Waldes einzuprägen, und seine Augen hefteten sich auf die Baumspitzen, als sie kleiner und kleiner wurden, bis sie schließlich hinter dem Hügel verschwanden.

9. Kapitel

Die vereinzelten Regentropfen, die Nab vorher schon verspürt hatte, wurden jetzt zu einem dichten Guß. Das Wasser schien vom Himmel ausgeschüttet zu werden, und die Urkku rannten über das Feld. Jeder von ihnen hielt eine seiner Hände, und so zogen sie ihn mit sich. Der Regen sickerte allmählich durch seine Rindenkleidung, und sein Haar hing tropfnaß über seinen Rücken. Bald erspähte Nab durch den Regen eine Gruppe von Gebäuden, die sich an die Seite eines sanft ansteigenden Hügels duckten. Er erriet, daß das die Behausungen der Urkku waren und sie dahin gelangen wollten. Sie kamen an ein Tor, öffneten es und befanden sich jetzt auf einem rauhen Steinweg, der seinen Füßen weh tat, als sie darauf entlangliefen. Jetzt standen zu beiden Seiten Gebäude, und Nab konnte das schwere Atmen und das Schlurfen von Kühen daraus hören. Gelegentlich muhte auch mal eine laut, wenn sie das Klappern der Urkku-Stiefel auf dem Weg hörte. Dann kamen sie um eine Ecke, und plötzlich erhob sich die Farm vor ihnen. Die Männer hasteten darauf zu und blieben im Schutz einer Veranda stehen.
»Zieh die Stiefel aus, ehe wir reingeh'n, Jeff. Ma wird bloß wütend, wenn wir Schmutz reintrag'n. Verdammter Regen, ich bin völlig aufgeweicht. Komm schon, bring ihn rein.«
Sie öffneten die Tür, und eine Mauer aus Hitze und fettigem Küchendampf empfing Nab. Die Luft war so dick, daß er sofort nach Atem rang. Er war überrascht, zu sehen, daß es im Zimmer heller als bei Tage war, und er mußte die Augen zusammenkneifen, um nicht geblendet zu werden. Über allem lag eine Kakaophonie von Lärm. Er konnte noch zwei weitere Urkku sehen, die mit seinen beiden Häschern herumbrüllten, die ihn immer noch festhielten. Ein Großteil der Hitze schien von einem roten, prasselnden Glühen herzurühren, das sich in einer Wand des Zimmers befand. Nach der

Beschreibung, die Bibbington ihm gegeben hatte, vermutete Nab, daß es sich um Feuer handelte, und er war erschreckt, aber auch fasziniert davon. Dampf stieg von seiner Rinde auf, als sie zu trocknen anfing, und er konnte sehen, daß mit den Kleidern der Urkku dasselbe passierte. Alle schauten ihn jetzt an, musterten ihn von oben bis unten und wandten sich dann ab, um miteinander zu sprechen, ehe sie sich wieder ihm zuwandten. Nab fühlte sich gleichzeitig ausgeliefert und gefangen. Verzweifelt sah er sich nach einem Ausweg um, aber da war keiner. Das Gewicht der Wände um ihn her und die dicke Luft schienen ihn zu erdrücken. Die Frau fing an zu reden. »Iß weiter, Vater, sonst wird es noch kalt. Kommt und setzt euch, Jungs. Ich werde euch euer Abendessen geben, und dann kümmere ich mich um ihn. Ihr habt ihn im Wald gefunden, sagt ihr, und er kann kein Englisch. Und schaut euch nur einmal seine Kleidung und seine Haare an. Jeff, geh und wasch dir dein Gesicht und tu etwas Jod darauf. Du hast da einen bösen Kratzer. Und diese Nägel von ihm! Er könnte es auch gebrauchen, einmal gewaschen zu werden. Ich wette, er ist am Verhungern, der arme kleine Kerl. Vater, gib mir einen Teller, dann tu' ich etwas Eintopf für ihn darauf.« Die beiden Brüder ließen ihn los. Einer von ihnen ging durch eine Tür in der Rückwand der Küche und dann nach oben, und der andere setzte sich neben seinen Vater an den langen Tisch, der mitten im Zimmer stand. Zitternd vor Angst stand Nab in einer Wasserpfütze, die aus seinem Haar zusammengetropft war. Er blieb, wo er zurückgelassen worden war, denn er konnte nichts anderes tun. Die Frau holte den Topf mit dem Essen, tat einen Löffel voll auf einen Teller, ein paar Kartoffeln dazu und stellte ihn auf den Tisch, neben den Platz, an dem sie gesessen hatte. Dann ging sie zu Nab hinüber.

»Paß auf, Mutter, du hast ja gesehen, was er mit Jeff angestellt hat«, warnte der Bruder.

»Ich weiß. Aber bei mir macht er das nicht. Komm schon, komm und iß ein bißchen«, sagte sie und legte leicht eine Hand auf Nabs Arm, versuchte, ihn vorsich-

tig zum Tisch zu ziehen.

Am Klang ihrer Stimme erkannte Nab, daß die Frau ihm nichts Böses wollte, und ließ sich führen. Dann wurde er auf einen Stuhl gedrückt und stellte fest, daß er wie die anderen am Tisch saß. Seine Furcht wich jetzt allmählich der Neugier. Aus der Art, wie die Frau auf das Zeug auf dem Tisch und dann auf ihren Mund zeigte, schloß er, daß er es essen sollte. Er bückte sich, um daran zu schnuppern, und hörte die Urkku lachen. Schnell hob er den Kopf, und die Frau beugte sich, noch immer lachend, zu ihm und legte eine Hand auf seine Schulter.

»Das ist bloß Eintopf«, sagte sie. »Sieht aus, als hätte er noch nie richtiges Essen gesehen, Papa. Schau ihn bloß an. Er weiß nicht, was er damit soll. Nun, also ich kann das nicht verstehen. Ist 'ne komische Sache. Ich glaube, er versteht kein Wort von dem, was ich sage. Wenn er erst etwas gegessen hat, muß ich sehen, ob ich ein paar Kleider für ihn finden kann. Er muß seine eigenen irgendwo verloren und dieses Ding aus Rinde gebastelt haben. Hat er aber schlau angestellt. Schau nur, wie er die Rinde mit Dornengestrüpp verbunden hat, damit er sie nicht verliert.«

Die Frau gab Nab zwei Geräte, eines in jede Hand, und zeigte dann noch einmal auf den Teller und seinen Mund. Er wußte nicht so recht, was er mit den Dingern in seiner Hand anfangen sollte. Also legte er sie wieder dorthin, wo sie vorher gewesen waren, und hob das einzige hoch, was er überhaupt auch nur annähernd erkennen konnte. Es war ein Rosenkohl, und da er grün war, ähnelte er zumindest in der Farbe den Blättern und Pflanzen, die zu essen er gewöhnt war. Er steckte ihn in den Mund und war überrascht, daß er warm war. Aber er kaute ihn, und es ließ sich nicht leugnen, daß er gut schmeckte. Er lächelte zufrieden und war erstaunt, ringsum wieder Gelächter zu hören. Langsam hob er alle Rosenkohlköpfe hoch und aß sie einen nach dem anderen. Dann wandte er sich dem Kartoffelbrei zu und fing an, ihn mit den Fingern zu löffeln. Als er damit fertig war, versuchte er das übrige,

pickte einen braunen Klumpen aus der Mischung auf seinem Teller. Wieder stopfte er ihn in den Mund, wie er es auch mit dem Rest getan hatte, und kaute, aber das schmeckte faulig und war anders als alles, was er je gegessen hatte. Zur offensichtlichen Empörung der Urkku spuckte er es auf den Tisch.
»Er muß sein Fleisch essen. Es wird ihm guttun«, sagte die Frau und spießte einen Klumpen auf eine Gabel. Dann legte sie einen Arm um seinen Hals und versuchte, das Fleisch in seinen Mund zu stecken. Nab biß die Zähne zusammen und schüttelte den Kopf, versuchte, dem beißenden, fettigen Geruch zu entkommen.
»Nein, er will es einfach nicht. Schade, würde ihn kräftig machen«, meinte sie.
Gerade in diesem Augenblick kam der andere Bruder, Jeff, durch die Tür. Bei seinem Anblick fielen Nab all die schrecklichen Vorkommnisse der Nacht wieder ein, und er sprang plötzlich vom Tisch auf und machte einen Satz nach hinten, duckte sich in eine Ecke. Sein Stuhl flog um, und der Teller krachte zu Boden.
»Er scheint dich nicht sehr zu mögen«, bemerkte der Vater. »Was hast du ihm getan?«
»Ich hab' ihm meine Kratzer heimgezahlt – der greift mich nicht wieder an«, antwortete der Bruder und starrte Nab wütend an.
»Nun, setz dich und iß dein Abendbrot. Hier!« Die Frau stellte einen Teller vor ihn auf den Tisch. »Ich bringe ihn besser nach oben und zu Bett. Vater, ruf bitte bei der Polizei an und erzähl ihnen, was passiert ist. Komm, mein Sohn, du und ich, wir gehen jetzt nach oben und suchen dir einen Schlafanzug.«

Nab erhob sich aus seiner kauernden Stellung in der Ecke beim Feuer, als die Frau seine Hand nahm und ihn auf die Tür zuführte, durch die Jeff gerade eingetreten war. Als sie sie öffnete, konnte Nab erst nichts sehen, so dunkel war es. Doch plötzlich strahlte alles hell auf, und er konnte ein anderes Zimmer gegenüber erkennen, das nur von dem roten Schein eines Feuers erhellt wurde. Vor diesem Feuer ausgestreckt erkannte er zu seinem ausgesprochenen Erstaunen – Sam. Ungläubig schaute Nab noch einmal hin. Er war sicher, daß er sich nicht geirrt hatte. Im flackernden Schein der Flammen konnte er das goldene Fell und den langen, buschigen Schwanz deutlich erkennen, den er so oft durch den Wald hatte streifen sehen. Der Hund hob plötzlich den Kopf und schaute auf. Sam war genauso überrascht, den Jungen zu erblicken, wie Nab mehr als froh gewesen war, ihn zu sehen. Aber schnell überwand er den ersten Schock, sprang auf, lief durchs Zimmer und die drei Steinstufen in die Halle hinab, wo die Frau gerade den Jungen nach oben führen wollte. Nab hockte sich hin und streichelte den Hund, dessen Schwanz wie wild von einer Seite zur anderen wedelte. Er legte den Mund ans Ohr des Hundes und sprach leise in der Sprache des Waldes.

»Sie haben Rufus getötet. Du mußt Brock erzählen, was geschehen ist. Und bring mich fort von hier. Sam, es ist herrlich, dich zu sehen, aber paß auf, du darfst nicht zu freundlich wirken. Wir wollen nicht, daß sie denken, wir hätten uns schon früher gekannt.«

»Nun, ihr beiden scheint euch zu verstehen«, unterbrach die Frau ihn. »Geh und leg dich hin, Sam«, und damit zog sie Nab auf die Füße und führte ihn langsam die Treppe hinauf. Der Junge sah noch, wie Sam sich umdrehte und zum Feuer zurückging. Er konnte sein Glück kaum fassen, und sein Herz schlug schneller bei der Aussicht auf Flucht und Freiheit.

Als sie oben ankamen, wandten sie sich nach rechts und gingen einen langen, schmalen Flur entlang, an drei Türen vorbei. Am Ende wandten sie sich erneut nach rechts und standen auf einem kleinen Absatz, der nur eine einzige Tür hatte. Die Frau öffnete sie, und sie betraten ein kleines Zimmer, dessen Fenster auf den Hof hinausging. Die Wände waren weiß, und an einer Seite standen ein Bett und ein kleiner Schrank. An der anderen Wand stand ein kleiner Tisch und davor ein Küchenstuhl. Das Licht fiel aus einer Glühbirne ohne Schirm, die von der Decke herabhing, und die weiße Monotonie wurde nur durch die dunklen Holzbalken

unterbrochen, die die Wände stützten, und ab und zu durch ein Bild. Das Zimmer roch muffig und unbenutzt, und obwohl Nab froh gewesen war, der stickigen Atmosphäre in der Küche zu entkommen, fand er dieses Zimmer kühl und feucht.
Die Frau machte irgend etwas mit einem Apparat am Boden, und er leuchtete rot auf und strahlte willkommene Hitze aus.
»Jetzt leg all diese Rinde ab und zieh diesen hübschen Schlafanzug an«, sagte sie, als wenn er verstehen könnte, was sie sagte. »Wir werden das Zimmer schon bald ganz gemütlich für dich haben. Komm schon!«
Nab starrte sie bloß an. Er erkannte die Urkku-Sprache, die er im vergangenen Sommer am Fluß ja schon von dem kleinen Mädchen gehört hatte, aber er konnte nicht verstehen, was sie von ihm wollte. Sie trat zu ihm und fing an, seine Rinde zu entfernen. Er packte ihre Hand, als sie damit nach einer der Dornenranken griff, die die Rinde zusammenhielten, und weigerte sich, sie loszulassen. Er würde nicht zulassen, daß sie ihm die wegnahm. Es war ein Teil seiner selbst, und so verängstigt er auch war, er würde darum kämpfen, sie behalten zu dürfen. Es hatte ihn viel Zeit gekostet, es so zusammenzufügen und die Rinde so zu behandeln, daß sie geschmeidig blieb, und er war stolz auf das Ergebnis.
»Also gut, behalt sie an«, sagte sie, trat zum Fenster und zog die Vorhänge zu. »So, hier ist dein Bett – du kannst sicher eine Nacht Schlaf gebrauchen. Ich lasse das Licht für dich an und komme später noch einmal mit einer Tasse Kakao, um zu sehen, wie es dir geht.« Sie ging zur Tür, und als sie sich umdrehte, stand er noch immer an der Stelle, wo sie ihn hingestellt hatte, als sie das Zimmer betreten hatten. Er starrte sie an. »Du bist wirklich ein komischer Kerl«, meinte sie und verschloß die Tür hinter sich.
Nachdem sie gegangen war, blieb Nab, wo er war, bis er ihre Schritte im Flur und dann auf der Treppe verklingen hörte. Alles war jetzt still, nur der Regen rauschte noch an die Scheige. Er ging hinüber, zog die

Vorhänge beiseite und legte den Kopf gegen die Scheibe, schaute in die Nacht hinaus. Zuerst konnte er nichts sehen, bis er entdeckte, daß er nur die Hände zwischen seine Augen und die Scheibe legen mußte, um sich vor dem Licht aus dem Zimmer zu schützen, und schon konnte er alles klar erkennen. Unter ihm lag der Farmhof, durch den sie gekommen waren. Am Ende des Hofes, dem Haus gegenüber, befand sich ein großer Kuhstall, und zu seiner Linken konnte Nab die Dächer anderer Ställe sehen, die zu beiden Seiten des Weges standen, der zur Farm führte. Er versuchte, über die Dächer der Ställe hinweg zu sehen, aber dahinter war alles pechschwarz, und es war ohnehin nur dem Außenlicht zu verdanken, daß der Junge überhaupt etwas im Hof erkennen konnte. Lange Zeit stand er so, die Nase an die Scheibe gepreßt. Irgendwie fühlte er sich besser, wenn er hinaussah, und außerdem lenkte es ihn ab, die Ställe und Scheunen zu mustern. Endlich drehte er sich wieder um und betrachtete den rechteckigen Raum mit seinen vier weißen Wänden und der Holztür. Ein überwältigendes Gefühl packte ihn, er fühlte sich gefangen, eingesperrt, ausgeliefert. Die Wände schienen auf ihn einzustürzen, und Panik stieg in ihm auf. Aus einem Instinkt heraus fing er an, im Zimmer hin und her zu gehen, um sein hämmerndes Herz zu beruhigen, und er stellte fest, daß es tatsächlich ein bißchen besser wurde. So ging er noch immer im Zimmer umher, als die Frau vier Stunden später die Tür öffnete, um zu sehen, wie es ihm ging. Er blieb nicht einmal stehen, um zu ihr aufzusehen, sein Geist war wie betäubt. Eine Minute lang sah sie ihm zu, dann machte sie das Licht aus und schloß die Tür. Sofort stürzte sich Nab auf die Tür und fing an zu schreien und zu kreischen. Er konnte diese totale Finsternis nicht ertragen. Sie trat wieder ein.
»Schon gut, schon gut. Ich lasse das Licht an. Jetzt hör auf zu heulen, sei ein braver Junge.« Sie beobachtete, wie er seinen Rundgang wiederaufnahm. Sie hatte Mitleid mit diesem merkwürdigen Jungen, und sein sonderbares Verhalten verwirrte sie, aber sie schloß die

Tür und versperrte sie, ehe sie den Flur entlang zu ihrem eigenen Schlafzimmer ging. Lange Zeit konnte sie nicht einschlafen, weil sie das Knacken der Bodenbretter aus dem bislang unbenutzten Zimmer hörte. Nun, dachte sie, ich habe jedenfalls alles getan, was ich konnte. Vielleicht wissen die Polizisten etwas, können das Rätsel lösen, wenn sie morgen kommen; obwohl sie nicht in der Lage gewesen waren, dem Vater am Telefon etwas dazu zu sagen. Wahrscheinlich war er aus irgendeinem Heim entflohen und hatte ein paar Tage in der Wildnis gelebt. Ja, das mußte es sein. Und er konnte weder sprechen noch sie verstehen, weil er geistig zurückgeblieben war. Schließlich döste sie ein, während Nab noch immer seine endlosen Runden in dem kleinen Zimmer drehte.

10. Kapitel

Als Sam Nab am Fuß der Treppe verlassen hatte und ins Wohnzimmer vors Feuer zurückgekehrt war, wirbelten die Gedanken in seinem Kopf. Sein Hauptgedanke war, daß Nab irgendwie und so bald wie möglich befreit werden mußte. Noch in dieser Nacht, wenn es sich machen ließe. Aber wie? Es wäre schwierig, wenn nicht unmöglich, es allein zu tun. Und wenn es mißlingen würde, wären darüber hinaus die Zweifel der Tiere noch bestätigt, die ihm immer noch mißtrauten. Nein, er mußte in den Silberwald laufen und Brock und Warrigal Bericht erstatten, damit sie alle zusammen einen Plan ausdenken konnten. Wenn der dann fehlschlug, könnte man jedenfalls nicht ihm allein die Schuld geben. Der Junge hatte wirklich Glück, ausgerechnet von dem Urkku aus seinem Haus gefangen worden zu sein. Aber der Wald befand sich auf ihrem Grund, wenn auch am äußersten Rand, und je älter die beiden jungen Herren geworden waren, desto mehr hatten sie sich aufs Schießen verlegt. Also war es wohl nur eine Frage der Zeit gewesen, bis sie ihn entdeckt hatten.

Das Feuer wärmte sein Gesicht und seinen Bauch, als er auf dem Teppich lag. Er liebte diese Zeit am frühen Abend, wenn er das ganze Zimmer für sich hatte. Wenn die Urkku kamen, wurde er in die Kälte hinter das Sofa geschickt, aber bis dahin konnte er in der vollen Wärme des Feuers schwelgen und zusehen, wie die Flammen rotglühend zuckten und ihre Schatten auf die Wand warfen. Heute abend würde er sich bequemen müssen, in den Silberwald zu laufen. Verdammter Regen, dachte er noch.

Zögernd erhob er sich und ging die drei Steinstufen zur Haustür hinunter, wo er anfing zu bellen und zu kratzen, um hinausgelassen zu werden. Der alte Herr stand aus seinem Schaukelstuhl in der Küche auf, wo er sich seine Pfeife angesteckt hatte, tätschelte seinen

Kopf und öffnete die Tür, woraufhin Sam in den Regen hinausstürzte.
Eine Sekunde lang blieb er im Hof stehen, im Schutz einer Wand, und wartete, bis der Lichtstrahl, der aus dem Haus fiel, schmaler wurde und schließlich ganz verschwand, als die Tür zufiel. Dann raste er los, den Hof entlang, wandte sich am Ende nach links, lief den Weg zwischen den Ställen hinab, quetschte sich unter dem Tor hindurch und war schon auf dem Feld. Der Nahe Wald bildete eine Mauer zu seiner Rechten, und er lief im Feld daran entlang, wobei er sich dicht am Wald hielt, um ein wenig Schutz vor dem Regen zu haben. Endlich war er außer Sichtweite von der Farm, und als er die andere Seite vom Nahen Wald erreichte, wandte er sich nach links und hastete über das Feld dem Teich zu. Er war dem Regen jetzt völlig ausgesetzt und auch dem Wind, der an Intensität zugenommen hatte und ihn direkt von vorne anblies. Er senkte den Kopf und zwang seinen müden Körper weiterzulaufen. Sein Pelz war völlig durchnäßt vom Regen und wurde schwer, seine Pfoten rutschten auf dem nassen Gras. Bald kletterte er den vertrauten Hügel empor, und als er oben ankam, sah er unter sich das dunkle, brackige Wasser des Teiches aus der Nacht auftauchen und dahinter die hohen Bäume von Silberwald. Er sprang den kleinen Hügel hinunter, lief am Teich vorbei und über die beiden letzten Felder vor dem Wald. Der Wind hatte jetzt angefangen, die Regenwolken fortzublasen, und die Nacht wurde heller, als die Wolken aufrissen und der Mond hindurchblinzelte. Als er aufsah, konnte er die schwarzen Wolken über den Himmel ziehen sehen, und jede hatte einen silbernen Rand, als sie am Mond vorbeizog. Wieder streckte er den Kopf in den Wind und raste weiter, unter dem Zaun hindurch, der das Feld auf der Vorderseite des Waldes einschloß, und schließlich durch den alten Stacheldrahtzaun, der den Wald selbst umgab. Eine Sekunde lang blieb er heftig keuchend stehen, ehe er sich auf den Weg zu Brocks Bau unter der Alten Buche machte. Als er in Sichtweite kam, war er überrascht,

den Dachs draußen zu sehen, wo er mit Warrigal sprach, der auf einem der untersten Zweige des Baumes hockte. Sie sahen ihm beide entgegen, als hätten sie ihn erwartet.

»Ich habe dich über die Felder kommen sehen und Brock Bescheid gesagt«, erklärte die Eule ernst.

Keuchend ließ sich der Hund neben Brock fallen und schaute zu Warrigal empor. Der Regen hatte jetzt aufgehört, aber er war zu erschöpft, um sich auch nur die Mühe zu machen, die Tropfen abzuschütteln. Verzweifelt versuchte er, wieder zu Atem zu kommen. Seine Schnauze war weit geöffnet, und kleine Speicheltropfen fielen von seiner Zunge auf die Erde. Sein Körper zitterte vor Anstrengung. Brock legte eine Pfote auf die Schulter des Hundes.

»Schon gut, Sam, immer mit der Ruhe«, sagte er. Der Hund wurde schließlich nicht jünger, und während er sich früher von einer solchen Jagd innerhalb von Sekunden erholt hatte, dauerte es jetzt einige Zeit. »Wir wissen, daß Rufus und Nab vermißt werden«, fuhr Brock fort. »Ich habe sie heute nachmittag zusammen fortgehen sehen, und zumindest der Junge hätte inzwischen zurückkommen müssen. Warrigal hat mir erzählt, daß er einen Schuß in diesem Teil des Waldes gehört hat und anschließend schreckliches Gebrüll. Ich muß im Bau gewesen sein. Als er schließlich hinübergeflogen war, konnte er nichts mehr sehen.«

»Eine schreckliche Aufregung, und ich bin fast sicher, daß eine der Stimmen, die ich gehört habe, Nab gehörte«, fügte die Eule hinzu und starrte auf Sam herab, ohne mit der Wimper zu zucken.

Unter Keuchen erzählte der Hund alles, was er wußte. Weder Brock noch Warrigal unterbrachen ihn, und als er geendet hatte, blieben sie schweigsam, jeder starrte zu Boden.

Endlich ließ sich Warrigal vernehmen. »Es ist schlimmer, als ich dachte. Rufus ist tot, und die Urkku wissen nicht nur von Nab, sie haben ihn gefangen. Nun, es gibt keinen Zweifel darüber, was getan werden muß. Er muß unverzüglich gerettet werden – noch heute

nacht. Brock ...« rief er den Dachs an. »Brock«, wiederholte er dann, noch lauter.
Der Dachs war in mutlose Gedanken versunken. Er hatte alle im Stich gelassen: den Wald, Bruin, Tara und, was das Schlimmste war, Nab selbst. Er war zum Wächter des Jungen ernannt worden, und er hatte versagt. Und wie würde der Elbenkönig reagieren? Was für eine schreckliche Nacht. Er wünschte nichts sehnlicher, als daß alles nur ein böser Traum wäre und er aufwachen und feststellen würde, daß alles in Ordnung und Nab sicher in seinen Rhododendronbusch zurückgekehrt wäre. Selbst wenn es ihnen gelingen würde, ihn zu retten: Der Schaden war angerichtet worden, die Urkku wußten von dem Jungen. Was würden sie mit ihm tun? Und wenn er entfliehen würde, wäre er in Silberwald nicht länger sicher. Wo aber könnte er leben?
»Brock«, rief Warrigal zum dritten Mal. Langsam blickte der Dachs in die großen runden Augen der Eule. »Du darfst dir keine Vorwürfe machen«, sagte sie. »Es war nicht deine Schuld. Du konntest nicht mehr tun, als du für ihn getan hast. Es war unmöglich für dich, die ganze Zeit mit ihm beisammen zu sein.« Die Eule beugte sich auf dem Zweig vor. »Als er älter wurde, brauchte er auch mehr Freiheit.«
Am verschleierten Ausdruck in den Augen des Dachses erkannte Warrigal, daß dieser sich nicht trösten ließ. Das einzige, was sie jetzt noch tun konnten, war, Schritte zu unternehmen, um den Jungen zurückzuholen. »Ich werde Wythen informieren, was passiert ist, und ihn bitten, eine Ratsversammlung einzuberufen, damit die anderen Bescheid wissen. Du, Brock, gehst über das Feld und suchst Perryfoot. Wir werden ihn brauchen. Sam, du bleibst hier und ruhst dich aus, damit du wieder zu Atem kommst. Wir treffen uns alle wieder hier, sobald wir können.« Er blinzelte ihnen beiden langsam zu, breitete graziös seine braunen Schwingen aus und glitt leise in den Wald hinein.
Ohne Sam einen Blick zu schenken, tappte der Dachs mutlos zu dem alten Zaun hinüber, bog den Rücken

leicht durch, um unter dem untersten Draht hindurchzukommen, und marschierte ins Feld hinaus. Als er in der Mitte ankam, stieß er ein leises Bellen aus. Perryfoot blieb niemals länger als eine Nacht an einer Stelle, und um diese Zeit am späten Abend war es gut möglich, daß er irgendwo futterte. Keine Antwort. Brock bewegte sich ein bißchen weiter auf den Teich zu. Diesmal hörte der Hase Brocks Rufen und kam aus einer kleinen Senke herübergehoppelt, in der er leckere Gräser gefunden hatte.
»Was ist los, alter Freund? Ich hab' Sam gesehen, wie er wie ein Wahnsinniger zum Wald rübergelaufen ist vorhin. Hab' mich da schon gefragt. Darum war ich auch nicht weit weg, als du gerufen hast.«
Er hockte da, die Ohren flach an den Rücken gelegt, und kaute schweigend vor sich hin, während Brock ihm erzählte, was geschehen war. Als er geendet hatte, ging der Hase, ausnahmsweise bedrückt, neben dem Dachs zurück zum Wald. Sie fanden Sam, wie sie ihn verlassen hatten, und Warrigal flog gerade herbei und landete auf einem niedrigen Ast.
»Was hat Wythen gesagt?« erkundigte sich der Dachs besorgt.
»Nun, er war nicht so überrascht oder besorgt, wie ich vermutet hatte. Aber er läßt sich nur selten beunruhigen, und es ist nicht immer leicht zu sagen, was er wirklich denkt. Aber der Elbenkönig muß informiert werden, und Wythen fliegt heute nacht noch zum Dunklen Wald hinüber, sobald er alles den restlichen Ratsführern erzählt hat. Er hat mich aber gebeten, dich zu beruhigen, Brock. Niemand macht dir Vorwürfe, und du darfst dir selber auch keine machen. So, jetzt haben wir genügend Zeit verschwendet. Wir müssen losziehen. Ihr drei solltet nicht zusammen gehen, damit ihr nicht zusammen gesehen werdet. Laßt also ein bißchen Platz zwischen euch. Perryfoot, du führst, und wenn du einen Urkku siehst, bleib, wo du bist. Ich fliege voraus, und wenn Gefahr droht, schlage ich Alarm.«
 So setzten sich die Tiere in Bewegung, mit dem Hasen

als Anführer, gefolgt von Sam und Brock ein Stück dahinter. Vor ihnen flog die Eule langsam dahin, auf Heckenhöhe. Alle vier waren in ihre eigenen Gedanken vertieft. Brock fühlte sich ein bißchen besser, nachdem Warrigal ihm berichtet hatte, was Wythen gesagt hatte. Aber jetzt machte er sich Sorgen, weil es dem Elbenkönig berichtet werden mußte. Sam dachte an die Rolle, die er in dieser Nacht gespielt hatte, und überlegte, was sie tun würden, wenn sie an der Farm ankamen. Die Planung würde größtenteils ihm überlassen werden, weil er der einzige war, der eine gewisse Ahnung vom Aufbau des Hauses hatte. Perryfoots Gedanken waren bei dem glorreichen Tag im vergangenen Frühjahr, als er, Brock und der Junge zum Fluß hinuntergegangen waren. Das war eine glückliche Zeit gewesen damals, ganz anders als heute.

Gerade gingen sie am Teich vorbei und durch das Tor aufs nächste Feld, als Brock gewahr wurde, daß ihnen irgendein anderes Tier folgte. Kaum war er durch das Tor getreten, da wandte er sich plötzlich nach rechts und versteckte sich hinter dem Stamm einer großen Eiche. Nach ein paar Sekunden hörte er das Geräusch leisen Atmens und das sanfte Tappen von Pfoten auf dem Boden. Als er glaubte, daß die Pfoten auf einer Höhe mit dem Tor waren, sprang er aus seinem Versteck und fand sich, zu seiner unsäglichen Überraschung, Auge in Auge mit Bruin. Der alte Dachs blieb wie erstarrt stehen, und sein Fell richtete sich vor Entsetzen auf.

»Bursche, mach das bloß nich' noch mal. Du bringst mich ja um! Als Wythen mir erzählt hat, was passiert ist, dachte ich, ihr könntet vielleicht Hilfe brauchen. Also bin ich euch gefolgt und hab' versucht, euch einzuholen. Aber ihr geht für mich zu schnell. Komm jetzt, sonst fragen sich die andern, wo du steckst.«

»Du hättest nicht kommen sollen, es könnte sehr gefährlich werden«, sagte Brock, als er sich von seiner Überraschung erholt hatte, aber er konnte die Freude nicht verbergen, die er beim Anblick seines Großvaters empfand. Sein Vertrauen war durch die Ereignisse dieser Nacht ernsthaft erschüttert worden, und er war dankbar, daß dieser erfahrene alte Krieger bei ihnen sein würde. Gemeinsam setzten sie sich schnell wieder in Bewegung, eilten den Hang hinter dem Tor hinauf und erblickten bald darauf Sam und, ein Stück weiter vorn, Perryfoot und Warrigal. Viele der Wolken waren jetzt aufgerissen oder hatten sich ganz verzogen, und die Felder und der Nahe Wald zu ihrer Linken waren in Mondschein getaucht. Aber ein eisiger Wind blies von den Hügeln herüber und schien bis in ihre Knochen zu dringen. Sie rannten jetzt am Wald entlang den Weg zurück, den Sam früher am Abend durch den Regen gekommen war, und schon bald konnten sie in der Ferne die Farmgebäude ausmachen. Warrigal flog herab und hockte sich auf den niedrigsten Ast einer großen Eiche. Als die anderen hinzukamen, versammelten sie sich um den Zweig, und die Eule wandte sich an sie.

»Wir freuen uns, dich hier zu haben, Bruin«, fing er an. »Wir können deine Erfahrung und deinen Mut brauchen.« Eigentlich hätte Bruin der Tapfere, Mitglied des Rates, jetzt, wo er hier war, die Führung der Expedition übernehmen sollen. Aber Warrigal war für seine Weisheit und sein gutes Einschätzungsvermögen bekannt, und der alte Dachs war froh, sich von ihm führen lassen zu können.

»Jetzt müssen wir einen Plan entwerfen, und wir müssen alle genau wissen, welche Rolle wir darin spielen, ehe wir zur Farm gehen dürfen. Sam, erzähl uns, wo der Junge gefangengehalten wird und was du für den besten Weg hinein hältst.«

Die Tiere kuschelten sich aneinander, mit dem Rücken zum Wind, während Sam ihnen den Aufbau des Hauses erklärte. Aber er war unfähig, sich einen Weg hinein auszudenken, und er war auch nicht sicher, in welchem Zimmer Nab sich aufhielt. Er selbst konnte nur durch die Türen gehen, wenn einer seiner Herren sie für ihn öffnete. Andernfalls bildeten sie eine solide Mauer aus Holz. Schweigen entstand, während die Tiere über dieses schwierige Problem nachdachten.

Nur das Rascheln der wenigen Blätter, die braun und verwelkt noch immer an dem Ast hingen, störte den Frieden der Nacht. Bruin schlug vor, daß sie die Türen stürmen und niederreißen sollten, aber Sam erklärte, mit beachtlicher Hochachtung, daß die Urkku bei Nacht zwar schlafen, von dem Lärm aber doch aufgeweckt werden würden, und so wurde der Plan verworfen. Dann fiel Sam wieder ein, wie er als junger Hund häufig an den Türen gekratzt hatte und daß seine Pfoten tiefe Spuren hinterlassen hatten. Vielleicht könnten die Dachse, deren Pfoten sehr viel größer und kräftiger waren, einen Weg hindurchkratzen.
Warrigal sah einen Augenblick lang nachdenklich aus. »Gibt es sonst noch Vorschläge?« fragte er dann, beugte sich auf seinem Zweig vor und schaute sie der Reihe nach fragend an. »Nun«, meinte er, als niemand etwas sagte, »dann werden wir es so machen. Aber das wird immer noch eine Menge Lärm verursachen. Wir werden sehr langsam vorgehen müssen. Wenn wir bei der Farm sind, werde ich zu Nabs Fenster hinauffliegen und ihm erklären, was los ist. Perryfoot, während die beiden Dachse an der Tür sind, bleibst du unten am Hof und hältst Wache. Aber paß auf, daß du nicht gesehen wirst. Wenn irgend etwas schiefgeht, mußt du in den Wald zurücklaufen und es Wythen erzählen. So, gibt es jetzt noch irgend etwas, was einer von euch wissen möchte, ehe wir weitermachen?«

Es blieb ruhig. Jetzt kam der Augenblick der Wahrheit. Keiner von ihnen, abgesehen von Sam, war jemals der Behausung eines Urkku so nah gewesen wie jetzt, geschweige denn noch näher und plante sogar, das Gebäude zu betreten. Bis jetzt hatten sie keine Zeit gehabt, an die Gefahr zu denken. Sie waren einfach angetrieben worden von dem Bedürfnis, Nab zu helfen, und die ganze Eskapade war nur eine verschwommene Idee für sie gewesen. Jetzt wurde die Gefahr plötzlich real. Warrigal konnte ihre wachsende Angst spüren.
»Also gut. Dann kommt«, sagte er, bewegte ganz langsam seine Flügel und flog dicht über dem Boden über das Feld und auf das Tor zu. Die anderen gingen lang-

sam in einer Reihe hinter ihm her. Warrigal wartete am Tor auf sie, und als alle angekommen waren, nickte er Sam zu, damit dieser die Führung übernahm. Dann liefen sie alle über den Steinweg zwischen den Kuhställen. Sie hielten sich in der Mitte, wo zwischen den Steinen Gras wuchs, damit der Kies nicht unter ihren Pfoten knirschte, und im Vorbeigehen hörten sie die Kühe von drinnen, hörten das gelegentliche Rasseln einer Kette oder das Scharren von Hufen. Plötzlich drang ein lautes Husten aus einem der Ställe, und sie blieben entsetzt stehen, aber Sam bedeutete ihnen, daß es bloß eine Kuh gewesen war, und die Gemeinschaft setzte ihren Weg fort.

Brock vergaß fast seine Angst, so fasziniert war er von all den Dingen um ihn her, von den Gebäuden und Fahrzeugen; ein paar Ballen Heu stapelten sich in einer Ecke, und eine Leiter lehnte an einer Wand und führte zu einem Heuboden hinauf. Am Ende des Kuhstalles zu ihrer Rechten bogen sie dann um die Ecke in den Hof und sahen sich plötzlich dem Haus gegenüber. Sie standen beisammen und starrten auf das riesige Gebäude. Es sah aus wie eine Festung, hoch und uneinnehmbar, und die sechs Fenster, die jetzt dunkel waren, wo die meisten Lichter im Haus verlöscht waren, starrten sie wie große, seelenlose Augen an, als wollten sie sie zum Eintreten herausfordern. Wieder wurden sie von Furcht erfaßt und blieben wie angewurzelt stehen, gegen die Wand eines Stalles gekauert.

Es war Sam, der sie schließlich vorwärts trieb. Er verstand nichts von ihrer Angst vor dem Haus und führte sie über den Hof zu der großen hölzernen Eingangstür. Perryfoot ließen sie hinter sich zurück, an einem Ort, von dem aus er den Hof und auch den Weg überblicken konnte, über den sie gekommen waren.

»So«, sagte er. »Also, das ist die Tür, Brock. Du fängst hier an zu kratzen«, und er deutete auf die untere linke Ecke. »Ich hoffe, das Fenster von Nabs Zimmer ist das da oben, Warrigal.« Als die Eule leise hinaufflog, vergrub Brock seine scharfen Klauen in die Tür, zog sie nach unten und hinterließ vier tiefe Kratzer im Holz.

Warrigal konnte hören, wie unter ihm gearbeitet wurde, als er sich vor dem Fenster herumtrieb, auf der Suche nach einem Platz, wo er sich hinhocken konnte. Er entdeckte das große Fenstersims und ließ sich vorsichtig darauf nieder. Er konnte nichts durch das Fenster sehen, nur kleine Lichtfetzen, die sich um die Vorhänge herum nach draußen stahlen. Der eisige Wind blies an dieser Hausecke besonders stark. Im Schutz des Hofes hatte er ihn ganz vergessen gehabt. Er wandte den Kopf und sah Perryfoot, der im Schutz einer Einfahrt kauerte. Er wandte sich wieder dem Fenster zu und legte den Kopf auf die Seite, um auf ein Geräusch aus dem Haus zu lauschen, das Gefahr verhieß. Aber alles, was er hören konnte, war das Knarren der Bohlen in dem Zimmer, in dem Nab ruhelos auf und ab ging. Er beugte sich vor und klopfte sacht mit dem Schnabel ans Fenster, zweimal. Keine Antwort. Wieder klopfte er, und diesmal hörten die Schritte auf, und dann hörte er sie auf sich zukommen. Noch einmal klopfte er, und dann kam ein Rascheln von innen, und die Eule sah, wie die Vorhänge anfingen, sich zu bewegen. Schnell zog Warrigal sich ans Ende der Fensterbank zurück. Von hier aus konnte er sehen, konnte aber nicht gesehen werden, falls er sich am falschen Fenster befand. Schließlich war es nur eine Vermutung gewesen, daß Nab in dem Leerzimmer sein würde. Plötzlich wurde alles in helles Licht getaucht, als es Nab gelang, die Vorhänge zu öffnen. Erleichtert erkannte Warrigal das Gesicht des Jungen und ging zurück, bis er wieder in der Mitte der Fensterbank saß. Der Junge starrte verzweifelt in die Nacht hinaus, suchte überall, nur nicht da, wo die Eule hockte. Sein Gesicht war blaß und tränenverschmiert, und seine Augen waren rot und wund vom Weinen. Wieder klopfte Warrigal, und Nab blickte plötzlich hinab und direkt zu ihm hin. Als er die Eule sah und erkannte, wer es war, leuchtete sein Gesicht auf und zeigte solche Erleichterung, daß Warrigal schon fürchtete, er könnte vor Freude aufschreien. Aber alle Instinkte, die das Leben im Wald gesät hatte, zeigten ihm, daß äußerste

Vorsicht geboten war, und so legte der Junge bloß sein lächelndes Gesicht an die Scheibe und sah zu, wie Warrigal ihm erklärte, daß die anderen unten waren und seine Flucht vorbereiteten. Der Junge war vollkommen verwandelt. Eine Minute zuvor war er eine arme gefangene Kreatur gewesen, die sich in Selbstmitleid erging. Jetzt, mit der Aussicht auf Freiheit, gewann er seine Würde zurück, sein Selbstvertrauen, wurde aufmerksam und bebte vor Energie.

Als Warrigal sicher war, daß Nab die Situation vollkommen durchschaute, machte er ihm ein Zeichen, er solle die Vorhänge wieder zuziehen, damit kein Licht nach draußen fiele. Sollte einer der Urkku Licht sehen, würden sie bestimmt kommen und nachsehen, was es zu bedeuten habe. Dann flog er zur Tür zurück, wo Bruin und Brock gute Fortschritte machten und Sam besorgt auf ihn wartete. Mit gedämpfter Stimme erzählte er ihnen, was geschehen war und daß alles glattginge. Nab wartete jetzt auf sie. Brock war schrecklich aufgeregt bei der Vorstellung, daß Warrigal den Jungen tatsächlich gesehen hatte und daß er bald wieder bei ihnen sein würde, und während Sam loszog, um es Perryfoot zu erzählen, und Bruin an der Tür weiterarbeitete, bedrängte er die Eule mit Fragen nach seinem Aussehen und dem Eindruck, den er gemacht hatte. Warrigal freute sich für seinen Freund. Er wußte, wie hart es für den Dachs sein würde, wenn das Unternehmen schiefging.

Bald war Brock wieder an der Reihe, zu arbeiten. Das Häufchen aus Splittern war schon recht groß geworden, und im Holz war eine deutliche Vertiefung auszumachen. Er beugte sich vor, um ein paar große Splitter abzubeißen, die ihm im Weg waren, versenkte dann seine Klauen wieder im Holz und fühlte, wie sie es durchbrachen. Überglücklich machte er sich mit frischer Energie an die Arbeit, und bald war da ein kleines Loch, durch das er die Eingangshalle und auf ihrer anderen Seite die Treppe sehen konnte, die sie hinaufgehen mußten, um Nab zu holen. Er wollte weitermachen, aber die Muskeln in seinen Schultern hatten angefangen zu schmerzen, und seine Pfoten waren wund. Er zeigte den anderen das Loch und humpelte dann unter Schmerzen beiseite, damit Bruin an seine Stelle treten konnte. Jetzt dürfte es nicht mehr allzu lange dauern, dachte er. Sie brauchten ja nur ein Loch, das groß genug war, um sich hindurchzuzwängen. Sam stand neben dem Loch und paßte auf, lauschte auf Geräusche aus dem Haus, die ihm verraten könnten, ob jemand aus der Familie wach war. Es herrschte Stille, abgesehen von dem rhythmischen Kratzen von Bruins Klauen an der Tür, als das Loch immer größer wurde. Bald konnte Sam sehen, daß die Arbeit erledigt war. Er legte seine Pfote auf die Schulter des alten Dachses und befahl ihm aufzuhören. Es war Zeit hineinzugehen.

Warrigal versammelte sie und flüsterte leise: »Sam, du kennst den Weg, also mußt du uns führen. Brock, du kommst als nächster, und ich folge dir. Bruin, ich glaube, du solltest hier an der Tür bleiben. Wenn es zum Schlimmsten kommt und die Urkku uns entdekken, kannst du vielleicht helfen. Ist alles klar? Gut. Dann also los.«

Während Bruin seine Position neben der Tür einnahm, kroch Sam durch die Öffnung und befand sich wieder einmal in der vertrauten Umgebung des Hauses, in dem er gelebt hatte, solange er zurückdenken konnte. Ihre Vertrautheit ließ die Gefahr, in der sie sich befanden, unwirklich scheinen. Nirgendwo brannte Licht. Vorsichtig ging er die wenigen Schritte bis zur Treppe. Brock quetschte sich durch das Loch, paßte auf, daß er sich nicht an einem der großen Splitter verletzte, die aus dem Rand hervorstanden. Er konnte Sam sehen, der auf ihn wartete. Aufgeregt wurde ihm klar, daß er sich zum ersten und wahrscheinlich auch letzten Mal im Haus eines Urkku befand. Es war schwierig für ihn, auf dem glatten Fliesenboden Halt zu finden, und seine Krallen verursachten ein leises klapperndes Geräusch, als er langsam zu Sam hinüberging. Vorsichtig sah er sich um, schaute in die Küche zu seiner Rechten und in den Wohnraum mit seinen Stühlen, Tischen, Bildern und der rotglühenden Asche eines Feuers: Die merkwürdigen Gerüche ließen ihn die Nase rümpfen, und einige von ihnen drohten ihn zum Husten zu bringen. Als er bei Sam angelangt war, drehte er sich um und sah Warrigal hochhüpfen und eine Sekunde lang im Loch sitzen bleiben, ehe er leise herbeiflog und sich auf der untersten Stufe niederließ. »In Ordnung«, wisperte er, und Sam machte sich an den Aufstieg, gefolgt von Brock, während Warrigal wartete. Zuerst fiel es Brock schwer, die Stufen zu ersteigen, aber er beobachtete Sam und machte es ihm nach, und ehe sie oben ankamen, hatte er den Trick heraus. Er legte die Vorderpfoten auf die nächste Stufe, packte zu und zog die Hinterbeine mit einem kleinen Hüpfer nach. Ein-, zweimal knarrten die Stufen, und in den Ohren der Tiere klang das wie Donnerhall, aber glücklicherweise schien keiner der Urkku davon aufgewacht zu sein, und Sam, der jedesmal ein paar Sekunden lang aufmerksam gelauscht hatte, nickte ihnen zu, und sie gingen weiter. Es kam Brock jetzt so vor, als gingen seine Pfoten über etwas Weiches wie Moos, und es fiel ihm leichter, sich darauf zu bewegen als auf den Fliesen. Er sah, wie Sam oben an der Treppe ankam und ein Stück den Flur entlangging. Dann blieb er stehen und wartete, bis Brock ihn einholte. Schließlich kam auch Warrigal heraufgeflogen und gesellte sich zu ihnen. Für Sam war es seltsam, die Eule wie einen braunen Schatten durchs Haus fliegen zu sehen, und er blinzelte, um sich zu vergewissern, daß nicht alles ein Traum war. Aber nein; als er die Augen wieder öffnete, war Brock neben ihm, und Warrigal hockte auf dem Treppengeländer, und beide Tiere schauten ihn fragend an. Er führte sie über den Flur, an den drei Türen zu ihrer Linken vorbei, hinter denen die Urkku in ihren Betten schliefen, und schließlich bog er um die Ecke und trat vor die Tür zu Nabs Zimmer. So weit, so gut, dachte Sam, aber jetzt würde der wirklich schwierige Teil des Unternehmens erst beginnen. Wenn der Lärm, den Brocks Kratzen an der Tür machen würde, seinen Herrn oder seine Herrin nicht wecken würde, dann wäre das das Werk der Elben. Warrigal kehrte zurück bis zu der Ecke, wo sich ein Pfeiler im Geländer befand. Er flog hinauf und blieb oben hocken, um den Hauptflur überblicken zu können. Als der Dachs sah, daß Warrigal seinen Platz eingenommen hatte, machte er sich erneut an die Arbeit, einen Weg durch die Tür zu schlagen. Kaum hatte er angefangen, als er auch schon Schritte aus dem Zimmer vernahm, und sein Herz klopfte erfreut bei der Erkenntnis, daß Nab auf der anderen Seite war. Er arbeitete sehr langsam; teils, um so wenig Lärm wie möglich zu machen, teils wegen der Schmerzen in seinen Tatzen, die angefangen hatten, während er noch an der Haustür arbeitete, und die jetzt fast unerträglich geworden waren. Es wurde noch schlimmer durch die Tatsache, daß er jetzt allein war und sich nicht ausruhen konnte, während Bruin ihn ablöste. Seine Fußballen hatten angefangen zu bluten, und als er kratzte, hinterließ er rote Flecken und Spuren. Sam bedeutete ihm, daß diese Tür weniger dick war als die andere, und glücklicherweise war das Holz auch nicht annähernd so solide. Trotzdem fragte er sich, als die Arbeit so langsam voranging, wie er sie je beenden sollte. Aber es mußte sein. Er fühlte sich verantwortlich dafür, daß dies alles passiert war, ganz gleich, was die anderen sagten, und es war undenkbar für ihn, seine Niederlage einzugestehen, wenn der Junge gleich auf der anderen Seite der Tür wartete. Das war Nab, den er als Baby in einer verschneiten Nacht vor langer Zeit gefunden hatte; den er in seinen Bau mitgenommen hatte und den Tara gesäugt und versorgt hatte wie ein Junges. Nein, wenn dem Jungen etwas zustieß, dann hätte das Leben für ihn all seinen Sinn verloren.

Als diese Gedanken Brock durch den Kopf gingen, wurden seine Tatzen taub. Er verlor jegliches Gefühl für Schmerz, und die Arbeit ging nun rein mechanisch vorwärts; er setzte seine Pfoten auf die richtige Stelle und setzte dann seine Schultermuskeln ein, um sie in die richtige Richtung zu ziehen. Sam stand in der Mitte zwischen Warrigal und der Tür. Den Kopf auf

eine Seite gelegt, die Ohren aufrecht, lauschte er auf ein Geräusch. Nach einer Zeitspanne, die allen Tieren wie eine Ewigkeit vorkam, sah Brock schließlich ein kleines Loch unten in der Tür. Er winkte Sam herbei, der es sich ansah. Während sie beide das Loch untersuchten, hörten sie ein leichtes, schlagendes Geräusch auf der Treppe, das nach oben kam. Sie drehten sich um und entdeckten Perryfoot, der gerade um die Ecke bog und stehenblieb, um mit Warrigal zu reden. Er sah besorgt aus und war offenbar in großer Hast von seinem Außenposten herbeigestürzt. Der Hund und der Dachs gingen leise den Flur entlang zu ihm.
»Ich habe ein Urkku-Fahrzeug den Weg entlangfahren hören. Wir sitzen in der Falle! Ganz bestimmt wird man das Loch in der Tür sehen und nachschauen, wer das gewesen ist.« Plötzlich, noch während Perryfoot redete, wurde die Dunkelheit auf dem Treppenabsatz von einem breiten Lichtstrahl zerrissen, der durch ein Fenster am Ende des Flures fiel, und dann konnten sie draußen den unbekannten, aber unverkennbaren Lärm eines Autos hören. Der Lichtkegel schien über den Flur zu wandern, als der Wagen in den Hof einbog, stehenblieb, und ein paar Sekunden später erstarb der Motorenlärm. In gedämpften Tönen meldete sich Sam.

»Das muß einer der beiden jungen Urkku sein. Sie gehen oft am Abend aus und kommen um diese Zeit zurück, aber sie sind nur selten zusammen unterwegs. Mit etwas Glück wird es also nur der eine sein. Ich hatte das ganz vergessen. Brock, du bist mit dem Loch fast fertig. Ich will versuchen, ihn, solange ich kann, unten aufzuhalten, während du hier zu Ende arbeitest, und dann bringt ihr Nab fort. Ich versuche, ihn in der Küche festzuhalten. Wenn ihr also durch die Haustür geht, werde ich links von euch sein. Aber wartet nicht auf mich.« Er brach ab, und jetzt hörten sie Schritte über den Hof kommen. Sam wandte sich ab und lief den Hauptflur entlang und die Treppe hinunter, während Brock zu Nabs Tür zurückkehrte und mit der inzwischen vertrauten Routine fortfuhr und Perryfoot

und Warrigal an der Ecke zurückblieben.
Als Sam die Treppe hinuntersprang, wirbelten die Gedanken durch seinen Kopf. Er mußte sich einen Plan ausdenken, wie es ihm gelingen konnte, seinen Herrn davon abzuhalten, nach oben zu gehen. Er beschloß, die Dinge einfach so zu nehmen, wie sie kommen würden. Als er unten ankam, öffnete sich gerade die Tür. Es war der, den sie Chris nannten. Von den beiden war er der Bruder, den Sam vorzog. Er schien nicht ganz so grausam zu sein wie der andere. Sam beschloß, es müßte so aussehen, als wäre er überglücklich, ihn zu sehen. Auf diese Weise könnte er Zeit gewinnen. Er wedelte wie wild mit dem Schwanz und sprang auf, keuchte vor Anstrengung bei dem Versuch, dem Mann das Gesicht zu lecken.
»Hallo, Sam. Was ist denn heute mit dir los? Du freust dich ja sehr, daß ich wieder da bin. Sonst bist du doch immer viel zu faul, dich vom Feuer wegzurühren. Ich frage mich, was in dich gefahren ist. Es hat doch wohl nichts mit der Tür zu tun? Das ist schon sehr merkwürdig.« Er bückte sich, um das Loch genauer in Augenschein zu nehmen. Zumindest gibt ihnen das Zeit, dachte Sam, aber ich muß ihn in die Küche bringen, sonst können sie nicht aus dem Haus fliehen. Als der Urkku aufstand, wedelte Sam wieder mit dem Schwanz.
»Was willst du denn? Vielleicht was zu trinken? Komm schon. Ich gebe dir was in deiner Schüssel in der Küche.« Dabei tätschelte er Sams Kopf, und sie gingen in die Küche. Es war leichter, als Sam vorausgesehen hatte, obwohl es nicht so geplant gewesen war. Sie traten ans Becken, Chris ließ Wasser in Sams Schüssel laufen und stellte sie in eine Ecke.
»Aber ich kann die Tür nicht die ganze Nacht über so lassen. Das wird ja eiskalt. Ich werde ein Stück Teppich davorlegen, und dann ab ins Bett. Gute Nacht, Sam«, und er schickte sich an, auf die offene Küchentür zuzugehen.
Jetzt ist es soweit, dachte Sam, der zwischen seinem Herrn und der Tür stand. Er wird nach oben gehen.

»Aus dem Weg, Sam. Laß mich vorbei.«
Der Hund wedelte weiter mit dem Schwanz.
»Du kannst nicht hungrig sein. Ich habe dir selbst etwas gegeben. Und Wasser hast du auch bekommen. Also nun komm, sei nicht albern, ich bin müde«, und er versuchte, um den Hund herumzugehen.
Ich werde ihn mit Gewalt hier festhalten müssen, dachte Sam und sprang ganz plötzlich zurück, so daß er die Tür versperrte. Dann fing er an zu knurren, so drohend er konnte. Er dachte an Rufus und an all die Gelegenheiten, bei denen er diesen Urkku hatte töten sehen, und seine Wut wurde so groß, daß die Haare auf seinem Rücken zu Berge standen und seine Lefzen die Zähne entblößten. Da stand er, die Füße breit auseinandergestemmt, mit bebendem Körper, jederzeit bereit zu springen. Kleine Speicheltropfen fielen zu Boden. Der Urkku bekam Angst. Sam konnte die Furcht riechen, und der Geruch machte ihn nur noch wütender.
»Sam!« befahl Chris. »Zurück! Was ist denn bloß in dich gefahren? Laß mich vorbei.« Aber hinter seinen Befehlen steckte keine Autorität. Die Zuversicht, daß all seine Befehle ohne zu zögern befolgt werden würden, war vor dieser veränderten Kreatur geschwunden.
Oben zerrte Brock verzweifelt mit der Schnauze an dem Loch, und zu seiner Erleichterung konnte er Nabs Finger auf der anderen Seite ebenfalls ziehen sehen.
Plötzlich wurde die Nacht von einem lauten Schrei von unten gestört.
»Jeff, komm und befrei mich von diesem Hund. Er ist verrückt geworden!«
Nab würde versuchen müssen, jetzt durch das Loch zu kriechen. Sie hatten keine Zeit mehr. Verzweifelt schauten Warrigal und Perryfoot Brock an, der den Jungen rief.
»Komm«, flüsterte er heiser.
Nab senkte den Kopf und steckte ihn durch das Loch, aber als er versuchte, die Schultern nachzuziehen, blieben sie zwischen den scharfen Splittern zu beiden Seiten stecken. Er versuchte es erneut, heftiger diesmal.

In den beiden Schlafzimmern erwachten die Urkku aus unruhigem Schlaf. Der Schrei von unten war schließlich in den Zustand des Halbschlafs gedrungen, in dem sie sich in den letzten zwei, drei Stunden unruhig hin und her geworfen hatten, und als der Schrei noch einmal erklang, warf der Urkku Jeff die Bettdecke zurück, fluchte leise vor sich hin und stieg aus dem Bett. Er bückte sich, holte sein Gewehr unter dem Bett hervor, schlüpfte in seine Pantoffeln und lief die Treppe hinab. Als er in die Küche kam, erblickte er seinen Bruder, der sich in eine Ecke kauerte, und vor ihm stand ein knurrender Sam.

Wie lange brauchen die denn noch, dachte Sam. Es war unmöglich für ihn, alle beide hier drin festzuhalten, und außerdem hatte er gesehen, was ein Gewehr anrichten konnte.

Oben quetschte der Junge noch immer Schultern und Arme durch das Loch, aber als er schob, schnitten die Splitter in seine Arme und rissen das Fleisch fort. In diesem Augenblick kam der alte Urkku aus seinem Schlafzimmer um die Ecke und sah sich einer Eule gegenüber, die auf dem Treppengeländer vor ihm hockte, neben sich einen riesigen Hasen, der am Boden kauerte. Warrigal starrte ihn an, blinzelte zweimal und erhob sich leise, flog den Flur entlang, gefolgt von dem Hasen.

»Mutter, komm her«, sagte er. »Ich glaube einfach nicht, was ich hier sehe.«

Nab zog gerade seinen Fuß durch das Loch, als Warrigal und Perryfoot zu ihm und Brock stießen. Die Eule sprach.

»Kommt schnell. Da sind zwei Urkku auf dem Treppenabsatz, die uns den Weg versperren. Wir müssen an ihnen vorbeistürmen. Brock, du gehst zuerst. Du bist groß genug, um sie umzurennen, wenn sie dir in den Weg treten. Dann du, Nab, und Perryfoot und ich kommen als letzte. Bleibt auf keinen Fall stehen und seht euch nicht um. Also los, lauft!«

Brock wappnete sich gegen die Schmerzen in seinen zerfleischten Pfoten, und mit aller Energie, die er aufbringen konnte, schoß er davon, den kleinen Flur entlang, um die Ecke und genau zwischen die Beine des alten Farmers, der gegen seine Frau taumelte, als sie aus dem Schlafzimmer trat.

»Sieh nur, Mutter!« rief er, und beide starrten verblüfft vom Boden empor zu Brock, der an ihnen vorbeizischte, gefolgt von dem Jungen und dann von einem Hasen und einer Eule. »Halte sie auf, Jeff!« brüllte der alte Mann. »Sie kommen die Treppe herunter!«

In der Küche hörte Sam, zu seiner großen Erleichterung, wie die Tiere die Treppe hinabpolterten, und sah den Urkku, den er als Jeff kannte, zur Tür hinüberschauen und darauf zugehen. Wenn Sam nicht schnell handelte, würden die Tiere erwischt, ehe sie durch die Tür laufen konnten. Der Hund sprang vorwärts und packte mit den Zähnen den Knöchel seines Herrn, zog und zerrte daran und versuchte, ihn zu Fall zu bringen. Mit einem Schmerzensschrei schwang Jeff den Gewehrkolben nach unten und traf Sam so heftig, daß er für einen Augenblick benommen war und losließ. In diesem Augenblick sah er Brock in der Tür, gefolgt von den anderen, und alle zwängten sich durch das Loch in der Haustür. Er raste in die Halle hinaus, gerade in dem Moment, als Perryfoots braunes Fell draußen verschwand.

»Schnell«, sagte Warrigal, der sich direkt über ihm befand. Sam blickte sich um, sah, wie Jeff aus der Küche auf sie zuhumpelte, das Gewehr an die Schulter gehoben.

»Das wirst du mir büßen, du verdammter Bastard!« brüllte er, aber er wurde am Schießen gehindert, weil der alte Herr und die Herrin unten am Fuß der Treppe auftauchten.

»Aus dem Weg, Papa!« Aber da war Sam schon durch das Loch geschlüpft, und die Eule war ihm gefolgt.

Vor der Tür sah sich Warrigal nach Bruin um. Dieser stand im Schatten zu seiner Rechten. »Lauf, Bruin«, forderte er ihn auf. Doch plötzlich öffnete sich die Tür, und der Hof wurde in Licht getaucht. Der Urkku

Jeff schoß heraus und stand, das Gewehr im Anschlag, bereit, auf die Tiere zu schießen, die den halben Weg zum Kuhstall am anderen Ende zurückgelegt hatten. Bruin sprang vor, stieß ihn zu Boden, und das Gewehr klapperte, als es auf den Beton fiel. Der alte Dachs stand da, die Pfoten auf der Brust des Mannes, und mit seinem ganzen Gewicht hielt er ihn am Boden, unfähig, sich zu rühren.

»Hilf mir, Chris!« rief er, und der Bruder eilte herbei und packte mit beiden Händen Bruins Vorderpfoten, versuchte, ihn fortzuziehen. Schnell vergrub der Dachs seine Fänge im linken Unterarm des Urkku, der mit einem Schmerzensschrei zurücktaumelte. Bruin blickte auf und sah Sam und Warrigal am anderen Ende des Hofes um die Ecke biegen und verschwinden. »Jetzt sollten sie sicher sein«, dachte er bei sich, sprang von dem Urkku und lief so schnell ihn seine alten Beine trugen hinter den anderen her. Aber er war nicht mehr so schnell wie in seiner Jugend, und obwohl er wußte, daß er sich bewegte, schien die Ecke nicht näher zu kommen. Als er den halben Weg zurückgelegt hatte, fingen seine Beine an, weh zu tun, und er fühlte sich schwer vor Müdigkeit. Der Urkku Jeff hatte genügend Zeit, sein Gewehr aufzuheben, sorgfältig zu zielen und beide Läufe in den alten Dachs zu entleeren.

11. Kapitel

Als Brock um die Ecke des Hofes gebogen war, hatte er gewartet, bis Nab an seiner Seite war, und dann waren sie beide weitergelaufen, ohne sich umzublicken, bis sie den Rand vom Nahen Wald erreicht hatten. Dort hatten sie gewartet, bei demselben Baum, unter dem sich die Tiere auf ihrem Weg zur Farm versammelt hatten, bis Sam und Perryfoot zu ihnen stießen. Von Bruin oder Warrigal war nichts zu sehen. Sie warteten, an die Eiche gekauert, um sich vor dem beißenden Wind zu schützen, doch als die Zeit verstrich, wurden ihre Herzen schwer, denn es wurde ihnen klar, daß etwas Schreckliches passiert sein mußte. Schließlich tauchte zu ihrer Erleichterung aus der Dunkelheit der Schatten der Eule auf, die auf sie zuglitt. Sie flog herbei und ließ sich auf einem niedrigen Ast nieder.

»Sie haben ihn getötet«, erklärte Warrigal schlicht, als die Tiere zu ihm emporblickten. »Ich blieb auf einem der Dächer im Dunkeln zurück, wo sie mich nicht sehen konnten, und habe alles beobachtet. Er starb, damit wir fliehen konnten.« Warrigal erzählte ihnen, was vor der Tür und im Hof geschehen war. Als er fertig war, schwiegen sie alle lange Zeit kummervoll, bis Warrigal sie aus ihrem Schockzustand aufschreckte und daran erinnerte, daß sie noch weit von zu Hause waren und viel zu dicht bei der Farm, um sicher zu sein, wenn der Morgen dämmerte. Müde machten sich die Tiere auf den Rückweg, am Waldrand entlang, dort, wo sie auch gegangen waren, als Bruin noch bei ihnen gewesen war. Der Zusammenstoß mit den Urkku hatte sie alle entsetzt, und der Verlust von Bruin hatte alles nur noch schlimmer gemacht. Brock empfand den Verlust seines Großvaters natürlich noch schmerzlicher als die anderen, doch Bruin war ein äußerst beliebter und hochangesehener Bewohner des Waldes gewesen, und so konnte es keiner von ihnen fassen, daß er tot war. Auch Rufus' Tod, da zwei der wichtigsten Mitglieder des Rates an einem einzigen Tage verloren waren. Als die Tiere langsam heimwärts zogen, hing jedes seinen Träumen nach, in denen sich wirre Visionen von Rufus, Bruin, dem Farmhaus, den Türen und den Urkku mischten und zu einem Alptraum wurden. Außerdem waren Brock, Nab und Sam schwer verletzt: Brock an den Ballen, die jetzt so taub waren, daß er sie kaum spürte, abgesehen von der Tatsache, daß das Blut sie am Gras kleben ließ, während er lief; Sam spürte den Schlag auf den Kopf, der jetzt im kalten Wind schmerzlich klopfte; und Nab hatte tiefe offene Schnitte an Armen und Schultern. Die Freude, die Nab empfand, als er die Tiere wiedersah, und die Erleichterung über seine Befreiung wurden überschattet durch den Verlust von Rufus und Bruin, die, das war ihm bewußt, beide für ihn gestorben waren. Als die Sonne langsam am grauen, winterlichen Himmel aufstieg, waren sie beim Teich. Sie konnten die vertrauten Bäume von Silberwald sehen, und es wurde ihnen bewußt, daß sie trotz des Todes von Bruin ein Abenteuer erfolgreich überstanden hatten, das ihnen fast unmöglich erschienen war, als sie sich auf den Weg gemacht hatten. Kurz darauf überquerten sie das Feld, und als sie unter dem Zaun hindurch und in den Wald geschlüpft waren, versammelten sie sich vor Brocks Bau unter der Großen Buche. Warrigal erklärte, er müßte zu Wythen fliegen und ihm berichten, aber die anderen sollten sich ausruhen. Sie würden sich bei Tagesanbruch am folgenden Tag erneut treffen.

»Wo soll ich bleiben?« fragte Sam. Sie hatten vergessen, daß es für ihn jetzt ganz unmöglich war, zu den Urkku zurückzukehren. Er würde im Wald bleiben müssen. Es wurde entschieden, daß der beste Platz für ihn, zumindest vorübergehend, in Nabs Rhododendronbusch wäre. Dann trennten sich die Tiere. Warrigal begab sich zu der Großen Eiche, Perryfoot zu der Hecke am Feld, Sam und Nab zum Rhododendron und Brock in seinen Bau, um Tara die traurige Nachricht von Bruins Tod, aber auch die gute von Nabs gesunder Rückkehr zu überbringen. Als er ihr von den

Verletzungen des Jungen erzählte, nahm sie Brock mit nach oben, und die beiden Dachse gesellten sich zu dem Jungen und dem Hund. Während Nab schlief, leckten sie seine Wunden sauber und leckten dann weiter, damit sie schneller heilen würden.

Die Tiere schliefen den ganzen Tag und die folgende Nacht, und da sie immer noch keine Anzeichen machten, aufzuwachen, als sie verabredet waren, ließ Warrigal, der ins Gebüsch gekommen war, um nach ihnen zu sehen, sie weiterschlafen bis zum Abend. Da waren Brock und Sam endlich wach und reckten und streckten sich in dem Versuch, die Steifheit in ihren Knochen zu verjagen. Sams Kopf und Brocks Pfoten schmerzten immer noch, aber jetzt, wo sie vom Schlaf erfrischt waren, waren sie weit besser in der Lage, damit fertig zu werden. In diesem Augenblick kam auch Perryfoot herein, und Brock lief zu Nab und leckte sein Gesicht. Verängstigt sprang der Junge auf, aber als er erkannte, wo er war, hätte er vor Freude fast laut aufgeschrien. Dann ging er herum und begrüßte nacheinander alle Tiere und bedankte sich bei ihnen für seine Rettung, denn dazu hatte er vorher noch keine Zeit gehabt. Er erzählte ihnen alles, was sich ereignet hatte, von dem Augenblick an, als Rufus die Urkku gesichtet hatte, bis zu dem Moment, als er das Klopfen am Fenster gehört und zu seiner Überraschung und Erleichterung Warrigal davor entdeckt hatte.

»Ich habe für heute nacht eine Ratsversammlung einberufen«, erklärte die Eule, als sich alle niedergelassen hatten. »Der Wald muß von den Ereignissen erfahren. Es gehen bereits Gerüchte über eine Massenschlachtung unter allen Ratsführern um. Seit wir zurückgekommen sind, ist noch kein Urkku in der Nähe des Waldes gesehen worden. Es scheint also, als wärest du zumindest für den Augenblick hier ganz sicher, Nab. Wythen hat den Elbenkönig aufgesucht, und er hat angedeutet, daß jetzt die Zeit gekommen ist, wo du zu ihm gehen mußt. Brock wird dich begleiten, und ich werde euch führen. Ich bin schon einmal dort gewesen, so, wie es Sitte ist, wenn eine Eule volljährig wird, und mein Vater ist der Meinung, daß ich jetzt, wo er älter wird, mit dem Elbenkönig besser bekannt werden soll. Wir werden gleich nach der Ratsversammlung aufbrechen.«

So, dachte Brock, das war nun also der Augenblick, den er immer gefürchtet hatte, seit Warrigal ihm erzählt hatte, daß der Elbenkönig damit zu tun hatte. Tatsächlich war es in gewisser Weise eine Erleichterung, daß der Augenblick endlich gekommen war. Nab war schrecklich aufgeregt über das Vorhaben, obwohl auch er vor Angst Schmetterlinge im Bauch hatte; nicht so sehr, weil er den Elbenkönig kennenlernen sollte, sondern weil er fürchtete, was dieser ihm über seine Zukunft enthüllen könnte. Seit er zurückdenken konnte, waren immer wieder verschleierte Andeutungen gemacht worden über die Rolle, die er für das Schicksal der Tiere spielte, und auch dahingehend, daß er die Erfüllung einer Legende verhieß. Jetzt würde er vielleicht erfahren, was das alles zu bedeuten hatte.

Warrigal unterbrach ihre Gedanken.

»Kommt«, forderte er sie auf. »Es ist Zeit, zu gehen.«

Die meisten der Tiere waren bereits eingetroffen und saßen im Halbkreis auf der anderen Seite des kleinen Flusses, begierig, die Wahrheit darüber zu erfahren, was zwei Nächte zuvor geschehen war, denn schon machten phantastische Erzählungen über die Rettung die Runde. Die Ratsmitglieder saßen alle an ihren Plätzen auf der anderen Seite des alten, gefallenen Baumstumpfes, aber die leeren Plätze am Ende, wo für gewöhnlich Bruin und Rufus gesessen hatten, machten es schmerzhaft deutlich, daß die Ereignisse jener Nacht fatal gewesen waren, zumindest für zwei der angesehensten Mitglieder des Waldes.

Alles war von silbernem Bodenfrost überzogen, der im Mondschein blitzte und funkelte und das abgestorbene Farnkraut am Boden hart und knisternd machte. So kam es, daß sich alle Augen ihnen zuwandten, als Brock, Tara, Sam, Perryfoot und, als letzter, Nab sich zu der Versammlung gesellten. Sie waren schrecklich verlegen und nahmen gleich links vom Eingang Platz, an einer Stelle, die hastig auf ein Zeichen von Pictor hin von ein paar Kaninchen geräumt worden war. Warrigal war über die Büsche hinweg in die Lichtung geflogen und hockte jetzt auf dem Ast einer Birke rechts von dem Baumstamm des Rates. Wythen wandte langsam den Kopf, bis er seinen Sohn entdeckte. Dann schaute er wieder zu dem Halbkreis der Waldbewohner hinüber, die nun gespannt darauf warteten, daß er die Versammlung eröffnete.

»Ich heiße euch alle willkommen«, sagte er, wie er das immer tat, wenn er eine Versammlung eröffnete. »Ich habe diese außerordentliche Ratsversammlung einberufen, um den Wald von gewissen dramatischen und in der Tat tragischen Ereignissen in Kenntnis zu setzen, die vor zwei Nächten stattgefunden haben. Grob umrissen betreffen sie die Gefangennahme und, wie ihr sehen könnt, die erfolgreiche Befreiung von Nab aus den Händen der Urkku.« Er wartete, bis das Scharren der Tiere, die sich alle nach dem Jungen umschauten, aufgehört hatte, und fuhr dann fort: »Wie ihr ebenfalls sehen könnt, haben diese Ereignisse zum Tode von Bruin dem Tapferen und Rufus dem Roten geführt. Beide starben durch die Hand der Urkku, und beide werden wir schrecklich vermissen, ich persönlich, weil sie meine Freunde waren, aber auch der Wald als ganzer. Ich bin jedoch überzeugt, daß ihre Namen und Taten in der Legende für alle Zeiten weiterleben werden, so daß sie nie wirklich sterben und ihre Geister über uns wachen werden.« Er machte eine Pause, und erwartungsvolle Stille breitete sich aus. »Ich möchte jetzt Nab auffordern, uns einen Bericht seiner Gefangennahme und der Ermordung von Rufus zu geben.«

Alles hatte sich so schnell ereignet und war so bestürzend gewesen, daß Nab noch immer halb betäubt war, und als Brock ihn vorwärts schob, hatte er keine Zeit, nervös zu werden. So gab er eine lebhafte Schilderung all der Vorfälle, die sich ereignet hatten, nachdem Rufus die Urkku vor dem Silberwald ausgemacht hatte. Als er es erzählte, durchlebte er alles noch einmal, und

seine Geschichte wurde dadurch sehr lebendig. Als er endete, herrschte Schweigen.
Er setzte sich, erschöpft von der gefühlsmäßigen Anstrengung, diese Nacht noch einmal zu durchleben. Brock, Perryfoot und Sam waren fast sprachlos vor Erstaunen über die Rollen, die ein jeder von ihnen gespielt hatte. Als sich alle beruhigt hatten, forderte Wythen Sam und Brock auf, die Geschichte aus ihrer Sicht zu erzählen, und zum Schluß erstattete Warrigal Bericht über Bruins tapferen Tod. So war das Bild vollständig, und die Geschichte würde zur Legende werden, immer wieder erzählt in Höhlen und Nestern, an lauen Sommerabenden oder in kalten Winternächten. Dabei würde einiges verlorengehen, aber anderes hinzukommen, und das Tier, das sie erzählen würde, würde stolz sein zu sagen: »Ich habe Sam gekannt« oder »Brock und ich pflegten uns lange zu unterhalten«.
Als Warrigal mit seiner Erzählung fertig war, flog Wythen, der spürte, daß es nichts weiter zu sagen gab, langsam zu seinem Sohn. Bei diesem Zeichen, daß die Versammlung beendet war, gingen die Tiere auseinander, gedankenverloren, jeder in seine eigenen Erinnerungen vertieft. Doch in ihren Heimen angekommen, gab es endlose Diskussionen über die Geschichte und die ernsthaften Konsequenzen, die sie eventuell nach sich ziehen würde. Als Nab damals in den Wald gekommen war, hatten viele von ihnen den Eindruck gehabt, an einem wichtigen Punkt der Geschichte angelangt zu sein, und manche von ihnen glaubten, daß hier und jetzt der Wendepunkt kam.
Während die anderen Tiere durch den Eingang oder zwischen den Bäumen hindurchschlüpften, flog Warrigal herab und erzählte Nab und Brock, daß Wythen sie unter der Silberbirke sprechen wollte, am Rande des Halbkreises. Und anschließend würden sie losziehen müssen. Der Dachs und der Junge wandten sich traurig den anderen zu und verabschiedeten sich. Warrigal sagte, daß das Ziel von Brock und Nab unter allen Umständen geheimgehalten werden mußte. Es war eine

Angelegenheit, die nicht bekanntwerden durfte, bis die Zeit dafür gekommen war. Brock und Tara rieben zärtlich ihre Nasen aneinander. Sie war sehr stolz auf ihn, jetzt, da er den Wald verlassen sollte, um den Elbenkönig zu besuchen, und sie war froh für ihn, denn seine Enttäuschung darüber, daß er nicht verhindert hatte, daß Nab gefangen wurde, schien vergangen zu sein. Er war wieder ganz der alte; zuversichtlich, ein bißchen arrogant und erfüllt von Erwartung und Aufregung hinsichtlich der Zukunft. Dann trat Nab zu ihr, vergrub seine Hände tief in dem Fell an ihrem Hals und rieb seine Stirn an ihrer. Sie war erfüllt von Ängsten und Vorahnungen über die Sicherheit dieses Jungen, den sie aus ganzem Herzen liebte. Sie erinnerte sich an die Zeit, als er noch klein gewesen war und sie zusammen gespielt hatten, und sie hatte ihm Geschichten erzählt, während sie ihn auf ihren Vorderpfoten wiegte. Das alles schien so lange her zu sein. Damals hatten die Prophezeiungen der Legende scheinbar einer anderen Welt angehört. Jetzt schien es, als wäre diese Welt näher gekommen, und es gab nichts, was sie hätte tun können. Die Bühne war bereit, die Schauspieler ausgewählt, und sie konnte nur noch zuschauen und ihre Rolle spielen, so gut sie konnte.

Es kam ihr wie eine Ewigkeit vor, und doch waren nur Sekunden vergangen, als Nab ihr Fell losließ, Sam und Perryfoot streichelte, sich dann abwandte und mit Brock und Warrigal auf die Birke zuging. Auch der Hund und der Hase brachten Nab eine Zärtlichkeit entgegen, die sie nicht erklären konnten. Sie hatten bereits einmal ihr Leben riskiert, um ihn zu retten, und sie wußten, daß sie es wieder und wieder tun würden, wenn es nötig sein würde, ohne auch nur darüber nachzudenken. Liebend gern wären sie mit den anderen gegangen, aber Warrigal hatte ihnen erzählt, daß Wythen vom Elbenkönig genaueste Anweisungen erhalten hatte, wen er sehen wollte, und daß sie in Silberwald bleiben mußten, falls sie gebraucht würden.

Als Brock und Nab bei der Birke ankamen, wo sie Wythen sprechen sollten, blieben sie stehen und blickten über die leere Lichtung zurück, dorthin, wo die anderen am Eingang standen und zu ihnen hinüberstarrten. Eine Sekunde lang schauten sich die beiden Gruppen an. Dann wandten sich die drei, angeführt von Perryfoot, ab und verschwanden durch die Lücke in den Bäumen. Da tauchte auch plötzlich Wythen auf, Warrigal neben sich. Er sprach sehr langsam und mit klarer Stimme, als wollte er, daß seine Zuhörer sich an jedes einzelne seiner Worte erinnern konnten.

»Ich habe Warrigal alles erklärt, und er wird euch führen. Keiner von euch war schon einmal im Hohen Wald. Dort residiert der Elbenkönig. In der Sprache der Alten heißt es Ellmondrill, der Verwunschene Wald. Es ist keine gefährliche Gegend, aber wenn man das erste Mal hinkommt, kann einen der Ort schon erschrecken, denn nicht alles ist das, was es zu sein scheint. Habt keine Angst; wenn ihr erst einmal dort seid, seid ihr in Sicherheit. Die Urkku gehen nicht in diesen Wald, denn er hat den Ruf, gefährlich zu sein. Diejenigen, die sich hineingewagt haben, kamen im Geist verändert heraus, denn die Elben setzen starke Zauberkräfte ein, um diesen Zufluchtsort zu erhalten. Jetzt steht der Mond an seiner höchsten Stelle. Wenn ihr vorsichtig wandert, euch gut versteckt haltet, dann solltet ihr morgen bei Abenddämmerung am Rande des Waldes anlangen. Hastet nicht. Es ist vor allem wichtig, daß ihr von niemandem gesehen werdet, denn das Mißtrauen der Urkku darf nicht weiter geweckt werden. Alsdann, lebt wohl.«

Sie wandten sich um und gingen langsam durch den Wald davon, und in Gedanken beschäftigten sie sich noch immer mit Wythens Worten. Warrigal wußte natürlich alles, was sein Vater gerade gesagt hatte, denn sie hatten sich fast ununterbrochen unterhalten, seit er nach Nabs Befreiung zurückgekommen war. Obwohl die junge Eule vage Vorstellungen und Kenntnisse von allem schon vorher gehabt hatte (und so getan hatte, als wüßte sie mehr), war dies doch das erste Mal gewesen, daß Wythen direkt mit ihm über die Elben gesprochen hatte, in dem Versuch, sein Wissen weiterzuge-

ben. Die Tatsache, daß Wythen nicht selbst mit Nab und Brock ging, deutete ebenfalls darauf hin, daß er von nun an das Patriarchat der Eulen mit seinem Sohn teilen wollte. Warrigal war erfreut und geschmeichelt, hatte aber auch ein wenig Angst beim Gedanken an diese neue Verantwortung.
Die Andeutungen von Gefahr und Zauber hatten gereicht, um die Ängste, die Brock und Nab verspürten, als sie durch den mondbeschienenen Wald wanderten, noch zu verstärken.
Es war eine wunderbare Nacht. Die Luft war frostklar. Nab atmete sie tief ein und wurde fast berauscht. Sein ganzes Sein summte vor Erregung, sein Geist schien zu schweben. All die Aufregungen und Tragödien und Schmerzen der vergangenen Tage mischten sich und erfüllten ihn mit einem Gefühl grenzenloser Energie, das scheinbar perfekt zum Geist der Reise paßte, die sie jetzt angetreten hatten. Er schaute zu Brock hinüber, und eine Woge warmer, zärtlicher Liebe überflutete ihn, als er die vertraute schwarz-weiße Gestalt neben sich einhertrotten sah, die Nase an den Boden gedrückt, versunken in die Düfte der Nacht. In einem Anfall von Heiterkeit fiel er plötzlich über den Dachs her, und sie rangen fröhlich miteinander, während unter ihnen das gefrorene Farnkraut raschelte und knisterte. Doch Warrigals Ruf aus einer Eiche am Waldesrand erinnerte sie daran, daß sie weiterziehen mußten, und sie liefen um die Wette dorthin, wo die Eule auf einer Wurzel hockte, sie beobachtete und leise vor sich hin kicherte vor Vergnügen, ihren alten Freund wieder so froh zu sehen, nachdem er so traurig und voller Selbstvorwürfe gewesen war, als der Junge sich in den Händen der Urkku befand. Irgend etwas an der Nacht hatte sie alle angesteckt, und sie fühlten das Abenteuerliche der Reise, auf der sie sich befanden.
Der Dachs und der Junge krochen unter dem untersten Draht eines alten, verrosteten Stacheldrahtzaunes hindurch, der den Wald einzäunte, und dann standen sie draußen auf dem mondbeschienenen Feld, stiegen den Hügel auf der Rückseite des Waldes empor und

folgten dem schweigenden Schatten vor ihnen, als er abbog und oben am Hügelkamm entlangflog. Immer wieder hielt Warrigal auf einem bequemen Baum inne und wartete, daß die anderen ihn einholten, und dann zogen sie weiter durch die Nacht.

Als die ersten rosaroten Streifen der Morgensonne am heller werdenden Himmel auftauchten, waren die drei unten am großen Fluß, nahe der Stelle, an der Nab das Mädchen getroffen hatte. Eine Zeitlang ging er schweigend weiter und dachte an sie, fragte sich, ob er sie je wiedersehen würde, und dann wurde ihm ganz allmählich klar, daß er die Landschaft um sich her nicht kannte, daß sie neu und fremdartig war, und aufgeregt erkannte er, daß er die Grenzen seiner bisherigen Erfahrungen überschritten hatte. So weit war er noch nie zuvor gekommen. Aufmerksam schaute er um sich, als die Morgensonne langsam hinter dem Hügel auftauchte und den Himmel mit leuchtendem Orange und flammendem Rot überzog. Das schmale Tal zwischen den steilen Hügeln, durch das sie gekommen waren, hatte sich allmählich geweitet, und sie befanden sich in einer Senke, zu deren beiden Seiten sich die Felder auf sanften Hügeln erstreckten. Es gab nicht mehr viele Bäume, nur noch dichte Dornenhecken, die die Wiesen und Felder in Rechtecke und Quadrate unterteilten und Schutz und Heimat für Vögel und manchmal Kaninchen darstellten. Der Fluß zu Nabs rechter Seite war ein wenig breiter geworden und lief fast gerade durch sein sandiges Bett, bis er sich plötzlich, ohne erkennbaren Grund, wieder hin und her wand und Blutweiderich in dichten, dicken Stauden an seinen Ufern wuchs. Warrigal blieb bei einer davon stehen und zeigte den anderen, wo zwei der Bäume über den Fluß gestürzt waren und so eine Brücke bildeten.

»Hier gehen wir hinüber«, erklärte Warrigal. »Dann durchqueren wir noch zwei Felder und halten uns auf den Baumgürtel zu, den ihr da hinten sehen könnt. Hinter diesen Bäumen liegt Ellmondrill. Ich glaube, ihr beiden solltet euch, wenn möglich, von jetzt an an der Seite der Hecke halten. Es könnten Urkku in der Nähe sein, und wir können gar nicht vorsichtig genug sein. Auf dem Hügel da rechts ist eine Farm. Könnt ihr sie sehen?«

Sie schauten hinüber und konnten eine Gebäudeansammlung entdecken, die sich in der Ferne oben auf dem Hügel erstreckte. Vorsichtig, Zentimeter um Zentimeter, balancierten sie über die gefallenen Pflanzen und gingen auf der anderen Seite des Flusses weiter, bis sie zu einer dicken Hecke kamen, die aus dem Feld darauf zulief. An ihr gingen sie entlang, hinaus aufs freie Gelände.

So wanderten sie den ganzen Rest des kurzen Wintertages weiter, immer bedacht, sich in der Deckung von Hecken zu halten. Immer wieder sahen sie sich um, schnupperten in der Luft, ob sie irgendwelche Gerüche mit sich führte, die Gefahr verhießen. Die Sonne schien strahlend aus einem klaren blauen Himmel, und der Morgenfrost taute bald und machte einem Tag Platz, der so warm war, daß die Tiere zweimal nachdenken mußten, um sich zu erinnern, daß sie sich mitten im Winter befanden. Die Sonne und die Gerüche, die sie hervorbrachte, als sie die Erde erwärmte, erfüllten sie mit Sehnsucht nach dem Frühjahr, und Nab und Brock unterhielten sich leise über vergangene Jahre und die schöne Zeit, die sie zusammen gehabt hatten. Nab bat den Dachs, ihm noch einmal die Geschichte jener Nacht vor so vielen Jahren zu erzählen, als Brock ihn im Schnee gefunden hatte. Er wurde es nie müde, sie anzuhören, und jedesmal, wenn sie erzählt wurde, klang sie anders. Und wenn die Geschichte zu Ende war, gab es immer endlose Fragen nach Einzelheiten, vor allem über die beiden Urkku, die ihn gebracht hatten. Irgendwie gab ihm die Geschichte immer ein Gefühl von Wärme und Sicherheit und tröstete ihn, wenn er ängstlich oder besorgt war. Auch jetzt hatte sie diese Wirkung, und die Nervosität, die ihn erfüllt hatte, je näher sie Ellmondrill kamen, ließ nach und wurde ersetzt durch ein Gefühl ruhiger Zuversicht und Gewißheit.

Etwa um die Zeit, als die Sonne am höchsten stand, wurden sie von einer Schafherde aufgehalten. Sie waren leise an der Hecke des Feldes entlanggegangen, auf dem die Schafe weideten, als diese plötzlich fremdartige Geräusche vernommen und den Dachs und den Jungen gesehen hatten. Sie waren unruhig geworden, und ein Urkku war über das Feld gekommen, in seinem Traktor, um der Sache auf den Grund zu gehen. Sie zwängten sich durch einen Spalt in der Hecke und beobachteten, wie er über das Feld fuhr. Er tuckerte laut und stieß graue Rauchwolken aus, die noch lange nachdem er fort war in der Luft hingen und immer größer, aber dabei weniger dicht wurden, so daß sie am Ende so dünn waren, daß sie schließlich ganz verschwanden.
Der Lenker des Fahrzeugs fuhr zwei- oder dreimal um das Feld herum. Dann war er überzeugt, daß alles in Ordnung war, wendete seinen Traktor und fuhr über die Felder zurück zur Farm.
Die Reisenden warteten kurze Zeit, bis sie sicher waren, daß er nicht zurückkommen würde, und bis sich die Schafe beruhigt hatten. Dann setzten sie ihren Weg fort. Seit dem frühen Morgen waren sie auf die fernen Bäume zugegangen und waren scheinbar doch nicht näher gekommen, aber jetzt, als sich der Nachmittag dahinzog und der blaue Himmel sich grau färbte, wurden die Bäume deutlicher, obwohl Nebel aufgezogen war, der die Felder mit einem grauen Schleier überzog und den Rand der Hecken verwischte. Die Felder schienen jetzt kleiner und die Hecken dichter, und bald darauf wanderten sie über einen schmalen Weg, der an beiden Seiten von Hecken gesäumt wurde, die so dicht waren, daß sie nicht hindurchsehen konnten. Es war, als befänden sie sich in einem Tunnel, und sie gingen auf den grauen Fleck zu, den sie am anderen Ende ausmachen konnten. Und plötzlich standen sie auf einer offenen Wiese, auf dem Kamm eines steilen Hanges, und blickten auf einen Fluß hinab, der rastlos am Fuße des Berges entlangzog. Er plapperte und gurgelte in der Stille, und hinter ihm erhob sich der Hohe

Wald, eingehüllt in Abendnebel, dunkel und undurchdringlich. Nur hier und da, wo es der Abendsonne gelang, den dichten Vorhang aus Nebel zu durchbrechen, blitzte etwas golden auf. Lange Zeit standen die drei einfach nur da, staunten ehrfürchtig über diese zauberhafte Ansicht, bis Warrigal schließlich die Stille brach.

»Kommt weiter«, sagte er. »Wir müssen den Fluß überqueren, ehe es dunkel wird, damit wir die Nacht im Wald verbringen können. Wenn wir erst einmal dort sind, sind wir sicher, und die Elben können sich mit uns in Verbindung setzen. Wythen hat gesagt, wir gehen nicht zu ihnen – sie werden uns aufsuchen. Wir müssen einfach bloß dort sein.«

Die Eule startete und flog langsam den Hang hinab, und die anderen folgten ihr, zu aufgeregt, um nervös zu sein. Als sie auf den Wald zugingen, tauchten die Bäume aus dem Nebel auf und schienen immer größer zu werden. Es war sehr feucht, und der Fluß rauschte so laut, daß sie rufen mußten, um sich miteinander zu verständigen. Warrigal hielt nach einer umgestürzten Eiche Ausschau, von der Wythen gesagt hatte, man könnte auf ihr den Fluß überqueren. Sie warteten, während er am Wasser entlangflog, und spazierten dann am Ufer weiter, bis sie ihn erreichten, nachdem er ihnen ein Zeichen gemacht hatte, daß er die Eiche gefunden hätte. Nab ging als erster. Er ließ sich rittlings auf dem Baum nieder und rutschte vorwärts, wobei er die Hände vor sich hielt, um sich zu stützen. Als er halb hinüber war, schaute er ins Wasser unter sich hinab. Das Flußbett war nach dem kürzlichen Regen voll Wasser und das wirbelte wütend am Ufer entlang. Er schaute wieder auf, starrte in die Finsternis des Waldes vor sich, ehe er vorsichtig weiterrutschte. Die Brücke war schlüpfrig. Die ständige Feuchtigkeit, die vom Fluß aufstieg, hatte den Baum mit schleimigem Pilz überzogen, und jetzt im Nebel war es besonders gefährlich. Ein-, zweimal glitt der Junge aus, wäre fast gefallen, aber seine starken Beine hielten ihn oben. Schließlich erreichte er zu seiner großen Erleichterung das gegenüberliegende Ufer und blieb dort stehen, während er Brock beobachtete. Normalerweise wären seine Krallen eine große Hilfe für Brock gewesen, denn sie hätten sich durch den Pilz in die Rinde klammern können, aber jetzt waren sie noch wund, und es fiel Brock schwer, sie richtig einzusetzen. Plötzlich, als er an eine besonders schwierige Stelle kam, fing er an zu wackeln, und als er seinen Fuß bewegte, um besseren Halt zu bekommen, fiel er vornüber und stürzte mit lautem Platschen ins Wasser. Dieser Anblick erschien Nab so komisch, daß er gegen seinen Willen lachen mußte. Und als er das Ufer hinabkletterte, um dem Dachs aus dem Wasser zu helfen, und sah, wie der dicke Pelz an seinem Körper klebte, lachte er nur noch lauter. Ja, er war so mit Lachen beschäftigt, daß es ihm entging, wie der Dachs sich neben ihn begab, und als Brock sich heftig schüttelte, traf ihn der erste Schauer eiskalten Wassers ganz überraschend. Er stand unbeweglich da, total entsetzt, während Brock ihn durchnäßte – sehr zur Belustigung von Warrigal, der noch immer am anderen Ufer hockte und leise vor sich hin lachte.

Als Nab sich so gut wie möglich mit einigen alten Farnkräutern abgetrocknet hatte, wandten sich die drei Tiere erneut dem Wald zu und suchten sich ihren Weg durch das Unterholz. Der Waldboden bestand aus einem dicken Teppich von verrottenden Blättern. Sie waren nicht golden und knirschten wie im Herbst, sondern schwarz und schleimig und fingen an zu faulen. Alle drei, vier Schritte erhob sich auf allen Seiten ein Baum, hoch und schwarz, und gelegentlich versperrte ein Busch ihren Weg, so daß sie gezwungen waren, darum herumzugehen. Warrigal flog von Baum zu Baum, ganz niedrig, und der Dachs und der Junge folgten. Sie waren noch nicht weit gegangen, als Nab sich nach dem Fluß umblickte und zu seiner Enttäuschung feststellte, daß er nicht mehr zu sehen war. Er konnte nicht einmal mehr den Waldrand sehen, denn nirgendwo war Licht. Furcht ergriff ihn, als er erkannte, daß er nicht in der Lage wäre, den Weg zurückzugehen, den sie gekommen waren. Er lauschte auf das Wasser, konnte aber nichts hören. Überall herrschte völlige Stille, abgesehen von dem sanften Rascheln der Baumspitzen, die im Wind hoch über ihnen schwankten, und dem Geräusch ihrer Schritte, als sie über die feuchten Blätter tappten oder ab und zu einen Ast zerbrachen. Selbst diese Geräusche wurden schnell von der Stille aufgesogen. Nach einer Weile fiel Nab noch etwas auf: Es gab keine Tiere oder Vögel, und der einzige Hinweis darauf, daß es hier Lebewesen gab, waren die riesigen Eichhörnchenspuren, die an den Bäumen hinaufliefen. Er fing an, ein wenig Angst zu verspüren. Es war kein Wunder, daß sich die Urkku niemals Ellmondrill näherten.

Als sie weiterliefen, merkte Nab, daß das Unterholz, das für gewöhnlich nicht höher reichte als bis zu seinen Knien, hier seine Brust streifte, und es war leichter, darunter hindurchzugehen als darüber. Er blieb einen Augenblick stehen und blickte auf. Er konnte die Spitzen der Bäume jetzt kaum noch sehen, und der Himmel sah aus wie kleine graue Tupfen zwischen fernem Laub. Als er wieder auf die Baumstämme blickte, erschienen sie ihm riesig, und er starrte auf die Wurzeln, die so groß waren wie er selbst. Verzweifelt schaute er sich nach den anderen um. Brock ging noch immer langsam und ruhig neben ihm, während Warrigal auf einem hohen Farnkraut vor ihnen saß. Er dachte an Wythens Worte, ehe sie auszogen: »Es ist nicht alles das, was es zu sein scheint; habt keine Angst«, und beschloß, sich seine Furcht nicht anmerken zu lassen.

Sie gingen weiter und tiefer in den Wald, und Nab fiel es immer schwerer, seine Angst im Zaum zu halten. Die Bäume schienen hier ganz anders zu sein, und er wanderte durch eine unterirdische Welt, in der die Pilze bis zu seinen Schultern reichten und die übriggebliebenen Nußschalen einer Eichhörnchenmahlzeit ein Hindernis darstellten, das nur unter Schwierigkeiten überwunden werden konnte. Die riesigen Eichen und Ulmen, die sich über ihm auftürmten, schienen ihn zu beobachten, wie die Götter die Kreaturen auf der Erde beobachten. Die Spalten und Ritzen in ihrer Rinde sahen aus wie tiefe Täler, jedes einzigartig in Muster und Farbe und jedes mit einem anderen Charakter. Nab wurde sich auch des Schweigens der Erde bewußt, das doch kein Schweigen war; ständiges Wispern und Summen, als wäre es das Geräusch des Lebens selbst.

Dann wandelte sich der Charakter des Waldes, das Unterholz blieb zurück, und statt dessen gingen sie jetzt über einen Teppich aus Tannennadeln und waren umgeben von Kieferduft. Das war eine andere Welt, eine Welt, in der die Bäume immer grün waren, in der die Jahreszeiten keine Spuren hinterließen; eine Welt beständigen Zwielichts. Hier konnten nicht einmal ihre Schritte gehört werden, und der Wind schien unfähig, die gedämpfte, stille Atmosphäre zu durchdringen. Nab wurde allmählich müde, aber seine Ängste ließen nach, als er sich immer mehr an den Wald gewöhnte. Warrigal hatte auf einer herausragenden Wurzel gesessen und starrte vor sich hin, als Brock und der Junge ihn einholten. Die Augen der Eule glänzten, erfüllt von einem seltsamen Leuchten, das die anderen noch nie darin erblickt hatten.

»Ellmondrill«, hauchte er langsam, und dann wiederholte er das Wort lauter, betonte es, als wäre es ein Zaubergesang. Eine Weile standen sie still. Die Eule blickte stur geradeaus. Keiner verspürte den Wunsch, die Stille zu stören, und alle waren es zufrieden, ihren Gedanken freien Lauf zu lassen. Nach einer Weile wurde Nab gewahr, daß Brock neben ihm grimmig flüsterte.

»Schau, schau nur da vorn«, sagte er und zeigte in die Richtung, in die Warrigal blickte. Es fiel Nab schwer, seine Gedanken zu sammeln und seine Blicke auf ein bestimmtes Ziel zu richten, aber wenn er sich große Mühe gab, konnte er in weiter Ferne durch den Nebel und die Dämmerung ganz schwach zwei helle Lichter erkennen, wie Sterne silbrig und funkelnd, die sich langsam auf sie zubewegten.

»Das sind Elben«, sagte Brock, und Verwunderung schwang in seiner Stimme.
Die beiden silbernen Sterne hüpften auf und ab und standen plötzlich direkt vor ihnen. Warrigal wandte sich den anderen zu.
»Wir müssen ihnen folgen«, erklärte er, und wie auf einen Befehl hin bewegten sich die Lichter wieder zurück. Hypnotisiert folgten die Tiere ihnen. Bald verließen sie das Gebiet der Tannen und befanden sich in einem Teil des Waldes, der offener war als bisher. Das Unterholz war hier eine Mischung aus Moos und Farn und Gras, und die Bäume schienen sehr alt. Oft stießen sie auf einen riesigen umgestürzten Stamm und mußten sich entscheiden, ob es leichter war, hinüberzuklettern oder um ihn herumzugehen, während Warrigal geduldig oben hockte. Die beiden Lichter schienen immer in derselben Entfernung zu verharren, und manchmal schien es, als jagten sie einander in der Luft im Kreis, als spielten sie miteinander. Wenn er genau hinschaute, meinte Nab manchmal, er könnte im Licht kleine Gestalten erkennen, aber wenn er dann blinzelte, verschwanden sie, und er mußte die Augen zusammenkneifen, um nicht von der Helligkeit geblendet zu werden. Dann tauchten die Gestalten wieder auf. Er vertiefte sich vollkommen in dieses Spiel und vergaß Müdigkeit und Angst. Brock an seiner Seite staunte über all das und schien von einer Energie getrieben, wie er sie nicht mehr gekannt hatte, seit er noch ein Jüngling gewesen war. Sie hatten keine Ahnung, wie weit sie gegangen waren oder wie lange es gedauert hatte. Die Zeit schien ausgesetzt zu haben, seit sie den Wald betreten hatten, und je tiefer sie gegangen waren, desto schwieriger war es geworden, sich eine Welt außerhalb vorzustellen. Es schien eine Ewigkeit her zu sein, daß sie auf dem Hügel im Feld gestanden und zum ersten Mal auf Ellmondrill herabgeschaut hatten.
Die Lichter waren jetzt stehengeblieben und tanzten vor einem Baumgürtel, der so dicht zu sein schien, daß die Tiere nicht wußten, wie sie hindurchkommen sollten. Die Bäume standen so dicht nebeneinander, daß

sie sich fast berührten. Jetzt bewegten sich die Lichter langsam zu einer Seite, und die Tiere folgten ihnen, bis sie nach einer kurzen Strecke wieder stehenblieben und Nab eine Lücke zwischen zwei großen Eichen ausmachen konnte. Die Lichter verschwanden darin, und dann machte Warrigal Nab eine Zeichen, daß er als erster gehen sollte. Der Junge ließ sich auf Hände und Knie nieder und kroch langsam durch einen Tunnel zwischen den Bäumen. Innen war es dunkel, aber das Licht, das vom anderen Ende hereinfiel, ermöglichte es ihm, zu sehen, wohin er ging, und auch die dunklen, polierten Holzwände waren schwach zu erkennen. Das Holz unter seinen Händen fühlte sich glatt an und erinnerte ihn an die Wurzeln an der Innentür des Baus im Silberwald: abgenutzt und geglättet von Generationen. Das Licht hinter ihm wurde verdunkelt, als Brock und dann auch Warrigal den Gang betraten, und die drei Tiere schlurften langsam vorwärts. Das Geräusch ihres Atmens hallte laut wider.

Bald darauf tauchten sie aus der Dunkelheit des Tunnels und fanden sich auf einer großen Lichtung wieder. Der Baumgürtel umgab sie auf allen Seiten, und der Rand der Lichtung war voll von Lichtern, ähnlich jenen, die sie geführt hatten. Alle tanzten und hüpften herum und durch die Luft. Der Boden war bedeckt von Moos und Flechten, die sich miteinander vermischten und ineinander übergingen, so daß sie einen Teppich aus Samt bildeten, so weich, daß Nabs Füße bis über die Knöchel darin versanken. Über allem lag Nebel, aber nicht so wie der Nebel im übrigen Wald, der grau gewesen war. Dieser hier war golden und ruhig, als würde die Abendsonne durchscheinen, und er umgab die Bäume und Gräser mit einem weichen Licht.

Mitten auf der Lichtung befand sich ein Teich, dunkel und schwarz wie die Nacht. Sein Wasser glänzte wie ein Juwel, und mitten im Teich erhob sich eine kleine Insel, auf der eine riesige Eiche stand, deren knorrige Finger sich darüber erstreckten und ihren Schatten in das tiefe Wasser warfen.

Nab schaute seine beiden Freunde an, die an seiner Seite standen, wie verzaubert bei diesem Anblick, und er legte eine Hand auf Brocks Kopf. Er mußte sich vergewissern, daß sich sein Körper nicht in dem goldenen Dunst aufgelöst hatte, der sie alle umgab.
Plötzlich tauchten wieder zwei Lichter vor ihnen auf, aber Nab war sich nicht sicher, ob es ihre Führer waren oder nicht. Er konnte die Elben in dem Licht jetzt recht deutlich erkennen und sah, daß das Licht einfach der silberne Glanz war, den ihre Körper ausstrahlten.
»Kommt, Lord Wychnor erwartet euch«, sagte der eine, und wie der Blitz war er verschwunden, hinab zum Ufer des Teiches. Langsam und vorsichtig gingen die Tiere durchs Moos, das schwammig wurde, als sie sich dem Wasser näherten, so daß sie von Zeit zu Zeit Angst bekamen einzusinken. Nab fiel auf, daß sogar Warrigal ging, ein Anblick, der ihm nie zuvor vergönnt gewesen war. Er vermutete, daß die Eule aus Respekt das Fliegen unterließ.
Am Rande des Teiches trieb etwas, das in Nabs Augen wie ein riesiges braunes Eichenblatt aussah. Sanft hüpfte es auf dem Wasser auf und nieder, und seine Ränder bogen sich leicht nach oben.
»Bitte, tretet ein«, sagte der Elb. Da sie von Ehrfurcht vor ihrer Umgebung überwältigt und von dem Elb mehr als beeindruckt waren, war dies eine Bitte, die zu erfüllen den drei Gefährten sehr schwerfiel. Sie errieten jetzt, daß der Elbenkönig auf der Insel inmitten des Teiches hauste und daß sie irgendwie dorthin gelangen mußten, aber der Gedanke, in diesem dürftigen kleinen Schiff über das schwarze Wasser zu schwimmen, war eine Aussicht, die ihnen überhaupt nicht behagte.
»Ich gehe nicht in diesem Ding über das Wasser«, flüsterte Brock Warrigal zu. Er hatte genug davon, ins Wasser zu fallen, und außerdem war der Fluß schmal, verglichen mit dem Teich, den sie jetzt überqueren sollten. Warrigal schien jedoch alles andere als Mitgefühl für den Dachs zu empfinden und befahl ihm einzusteigen.

»Komm schon«, sagte er zu ihm, und Brock kletterte

zögernd und übervorsichtig in das Gefährt und setzte sich auf eine Seite.
»Jetzt du«, sagte Warrigal zu Nab, und der Junge, dessen Ängste seiner Aufregung nicht nachstanden, kletterte auf die andere Seite. Dann folgte auch Warrigal und nahm im Heck Platz. Schließlich hüpfte der Elb hinein und ging zum Bug. Dort stand er, das Gesicht zum Himmel erhoben, und fing an zu singen, mit einer fremdartigen Stimme, die die Lichtung zu erfüllen schien. Er sang in einer Sprache, die den Tieren vollkommen fremd war, wenngleich Warrigal dachte, daß er einige der Töne als Worte wiedererkannte, die Wythen gelegentlich in einer Unterhaltung benutzt hatte.
»Es ist die Sprache der Alten«, sagte er leise zu den anderen beiden, die gebannt auf den Elb starrten.
Das Lied endete so abrupt, wie es begonnen hatte, und die Tiere sahen, wie das Wasser am anderen Ende des Teiches sich in Bewegung setzte und kleine Wellen schlug. Sie beobachteten, wie eine Welle näher und näher kam, bis sie schließlich vor ihrem Gefährt einhielt. Der Elb beugte sich über den Rand und machte sich irgendwie im Wasser zu schaffen. Endlich war er fertig und wandte sich zu den Tieren um, und in diesem Augenblick setzte sich das Blatt langsam in Bewegung auf die Insel zu.
Der Elb lächelte ihnen zu. »Dafür, daß es uns über das Wasser bringt, verlangt es ein Lied«, erklärte er, und die drei Tiere nickten verständnisvoll. Keines von ihnen wollte seine Unwissenheit verraten, indem es fragte, wer genau das Lied verlangte.
»Wen meint er?« flüsterte Brock Warrigal zu, aber die Eule tat so, als hätte sie es nicht gehört. Nab schaute über den Rand in die schwarze Tiefe unter ihnen und meinte, einen großen, ovalen Schatten zu sehen, der unter Wasser mit ihnen zog, aber er war sich nicht sicher, und es konnte ebensogut eine Spiegelung sein.
Bald waren sie in der Mitte des Teiches angekommen und weit entfernt vom Strand. Jetzt, da sie sich bequem gesetzt hatten, fühlten sich die Tiere wohler und genossen das Gefühl, in einem Gefährt zu schwimmen;

etwas, das noch keiner von ihnen zuvor getan hatte. Was sie besonders merkwürdig fanden, war das Gefühl, sich zu bewegen, während sie dasaßen und nichts taten. Sie kamen jetzt recht schnell voran, und obwohl es in der Lichtung so still war, verursachte ihre Geschwindigkeit ihnen das Gefühl, es ginge eine leichte Brise, die Warrigals Federn raufte und durch Brocks Fell blies. Nab wandte den Kopf direkt hinein, so daß sein Haar aus dem Gesicht geblasen wurde, und als er die Augen schloß, schienen seine Gedanken hinter ihm herzuschweben. Dann öffnete er die Augen wieder und schaute zum Strand zurück; er war entsetzt, als er sah, wie weit der zurückgeblieben war. Er betrachtete die Welle, die das Blatt hinter sich herzog; er schaute über die Seite ins Wasser und hielt vorsichtig einen Finger hinein, so daß er einen gurgelnden Riß verursachte. Als er wieder aufsah, waren sie der Insel ganz nah, und das Blatt schien seine Geschwindigkeit zu verringern. Plötzlich wurden sie von einer Reihe von Erschütterungen erfaßt, als es im seichten Wasser zum Stehen kam. Wieder beugte sich der Elb ins Wasser, und dann zogen die Wellen davon, ans jenseitige Ufer, von wo sie gekommen waren.

Mit einem Gefühl des Bedauerns stiegen sie aus dem Blatt, denn entgegen all ihren Erwartungen hatten sie die Fahrt genossen. Anders als am jenseitigen Ufer war der Boden hier von toten Blättern bedeckt, die alle so groß waren wie das, auf dem sie über das Wasser gekommen waren. Als sie fast am Fuß des Baumes angekommen waren, trug ihnen der Elb auf zu warten und verschwand aus ihren Augen, ging auf die andere Seite des Stammes. Die drei Tiere sahen sich um, blickten über das Wasser zur Lichtung hinüber. Es wurde allmählich dunkel, und am jenseitigen Ufer zeigten sich die silbernen Lichter der Elben so klar wie Hunderte von kleinen Sternen, wie der Tau, der an einem Herbstmorgen funkelt und blinkt. Der Nebel hatte sich jetzt verzogen, und das Fleckchen Himmel, das sie über sich sehen konnten, wandelte sich von hellem Blau zu dunklem Blau. Es war dieser unbeschreibliche, zauberhafte Augenblick, wenn aus einem Winterabend Nacht wird. Gleich darauf kam der Elb zurück. »Kommt mit mir«, sagte er, und sie folgten ihm um den Stamm des Baumes.

12. Kapitel

Der Eingang zu dem Baum – denn er war hohl – bestand aus einem großen, spitzen Tor, dessen Pfosten mit Moos bewachsen waren. Der Elb führte die Tiere durch das Tor in eine runde Halle, deren Boden ebenfalls mit einem Teppich aus grünem Moos bedeckt war. Rundherum waren Sitze in das Holz geschnitzt worden, und sie wurden auf eine Seite der Halle geführt und gebeten, für eine Weile Platz zu nehmen. »Willkommen in der Elbeneiche«, sagte der Elb. »Mein Name ist Reev, und ich werde euer Führer und Freund sein, solange ihr hier seid. Ich habe mit Lord Wychnor gesprochen, und er wünschte, daß ihr die Nacht mit uns verbringt, denn er will euch am Morgen empfangen. Ich muß jetzt gehen und mich um Nahrung kümmern; ich bin sicher, ihr müßt sehr hungrig sein. Ich werde euch bald rufen.« Damit schritt er leichtfüßig über den samtenen Teppich zu einer runden Treppe, die ebenfalls in die Wand geschlagen war und die sich um die Innenseite der Halle wand, bis sie schließlich über ihnen durch die Decke verschwand. Als er fort war, entspannten die Tiere sich und schauten sich um. Dabei redeten sie miteinander und untersuchten alles. Was ihnen zuerst merkwürdig vorkam, war, daß es draußen jetzt dunkel, in der Halle aber noch hell war. Aber als Nab die Wände genauer betrachtete, entdeckte er kleine Flecken leuchtend orangefarbener Flechten, die ein warmes Glühen ausstrahlten, und dieses, zusammen mit dem Licht, das von einer Anzahl kleiner im Moos wachsender Pilze ausging, erlaubte es ihnen, wie im Dämmerlicht eines Sommerabends zu sehen. Als sie umhergingen, fanden sie merkwürdige Schnitzereien im Holz. Einige stellten mythische Ereignisse dar, mit denen der alte Bruin sie vertraut gemacht hatte, andere wiederum erzählten Legenden und Geschichten, die sie nie zuvor gehört hatten. Als ihre Augen sich besser an die Beleuchtung gewöhnt hatten, sahen sie, daß selbst die Stufen und die Sitze mit kunstvollen Mustern verziert waren, und Warrigal erklärte, das wären Ruinen aus grauer Vorzeit. Es gab eine Anzahl von Türen in den Wänden, und zweimal, während sie warteten, kam ein Elb heraus, grüßte sie und verschwand durch den Torbogen in

die Nacht. Wenn die Tür offenstand, konnten sie dahinter Stufen sehen, die nach oben führten, aber sie waren kleiner als die Haupttreppe.

Während sie gerade eine besonders große Schnitzerei betrachteten und Warrigal versuchte, sie zu erklären, rief Reev nach ihnen, und als sie sich umwandten, stand er auf halbem Weg die Treppe hinauf.

»Euer Zimmer ist jetzt bereit«, sagte er, und die Tiere, die nichts mehr gegessen hatten, seit sie Silberwald verlassen hatten, gingen dankbar durch die Halle und kletterten die Stufen hinauf. Die letzte Treppe, die sie gesehen hatten, war in der Urkku-Behausung, in der Nab gefangengehalten worden war, und sie schauderten vor Angst und Abscheu, als die Erinnerungen daran zurückkehrten. Doch diese hier war anders. Das dunkle Holz war vom steten Gebrauch glatt, die Kanten der Stufen abgerundet, und es war ein Vergnügen, sie hinaufzusteigen. Als sie höher kamen, schauten sie über das Geländer in die Halle unter ihnen und sahen das orangefarbene Glühen seinen flackernden Schein auf die Holzschnitzereien werfen. Plötzlich standen sie am Ende eines gewundenen Korridors mit Türen zu beiden Seiten, und Reev führte sie von der Treppe fort, die noch weiter nach oben anstieg, und um ein paar Ecken, bis sie schließlich vor einer Tür standen, die er öffnete.

Dann schob er sie hindurch.

»Hier werdet ihr heute nacht bleiben«, sagte er. »Ich denke, ihr findet alles, was ihr wünscht. Essen steht auf dem Boden in der Ecke. Aber wenn ihr noch irgend etwas wünscht, zieht einfach an dem Strauch, den ihr vom Dach herabhängen seht. Ich werde euch am Morgen holen, wenn der Elbenkönig mit euch sprechen will.« Er machte eine Pause und lächelte ihnen zu. »Ich wünsche euch eine gute Nacht. Mögen eure Träume von Silber berührt sein.«

Der Raum war klein, aber ausgesprochen komfortabel. An einer Wand lag eine Unmenge Mädesüß für Brock und Nab, um darauf zu schlafen, und für Warrigal war ein dicker Ast besorgt worden. Er lag auf dem dunklen Holzboden, neben einem kleinen, runden Loch in der Außenwand, durch das der Mond schien und den kleinen Raum in Silber tauchte. Die Tiere gingen zu dem Fenster hinüber und schauten auf die Lichtung. Warrigal war natürlich daran gewöhnt, die Dinge aus großer Höhe zu betrachten, aber für Nab und Brock war es wunderbar, eine Szene von oben zu beobachten. Der Mond schien aus dem Teich zu leuchten, so hell wurde er von dem ruhigen, schwarzen Wasser reflektiert, und die Bäume funkelten, als der Frost ihre Zweige mit Glitzer überzog. Lange Zeit blieben sie so stehen und starrten auf das Bild unter ihnen, bis es sich so fest in ihr Gedächtnis gegraben hatte, daß sie es jederzeit abrufen konnten, wenn sie sich später daran erinnern wollten, in allen Einzelheiten und immer mit einem Gefühl der Ruhe und des Ernstes.

Schließlich erinnerten sie ihre Mägen daran, daß sie hungrig waren, und zögernd wandten sie sich ab und gingen zu der Ecke hinüber, in der sich, wie Reev erklärt hatte, etwas zu essen befand. In geschnitzten Holzschüsselchen und Tellern fanden sie dort eine Auswahl an Speisen und Getränken, die in ihrer Vielfalt verwirrend war. Da waren all die üblichen Dinge, an die sie gewöhnt waren, aber aus allen Jahreszeiten, nicht bloß aus dem Winter, und Nab staunte über ihren vorzüglichen Geschmack und die merkwürdige Tatsache, daß sie soviel besser zu schmecken schienen als daheim. Da waren ein paar Gerichte, die aus bekannten Sachen bestanden. Aber sie waren warm, als wären sie in der Sonne erhitzt worden. Da waren andere Gerichte aus Nahrungsmitteln, die sie nie zuvor gesehen hatten, und sie ließen sich lange Zeit, diese neuen Gerichte zu untersuchen. Dabei erklärte jeder den anderen, was er vom Inhalt einer Schüssel hielt, und wurde dann aufgefordert, aus einer anderen Schüssel zu probieren, die sie soeben erkundet hatten. Zwischen den Gerichten standen Schüsseln mit kristallklarem Wasser, das funkelte und prickelte und den Trinkenden mit Energie zu versorgen schien. Die Tiere entdeckten, daß selbst diese Schüsseln unterschiedlich waren. Einige waren von zartem Rosa und schmeckten süß wie Hagebutte, während andere mehr einen rötlichen Ton aufwiesen und die Tiere an Klee erinnerten. Da war eines, das Brock besonders gern mochte. Es hatte eine tiefgoldene Farbe und schmeckte so, wie sich der Dachs den Geschmack von Mädesüß vorstellte, wenn man es trinken könnte. Er fand, es schmeckte besonders gut mit der heißen Federkrone des Löwenzahns, und verbrachte lange Zeit neben den beiden Schüsseln, die diese Delikatessen enthielten. Schließlich, als der Mond schon hoch am Nachthimmel stand, hörten die Tiere auf zu essen. Sie fühlten sich so sicher und zufrieden wie schon lange nicht mehr, als sie sich jetzt zum Schlafen legten; Brock und Nab mit dem frischen Duft von Mädesüß in der Nase, der Brock an Tara und seinen Bau und Nab an die Tage erinnerte, als er noch jung war und sich des Nachts an Taras warmes Fell kuschelte, und Warrigal, der auf seinem Zweig hockte, die flüssig-braunen Augen geschlossen, dachte an Wythen und an die vielen Male, die sein Vater hier übernachtet haben mußte. Ihre lange Reise und die Aufregung, die sie durchgemacht hatten, hatten sie mehr erschöpft, als es ihnen bewußt geworden war, und kaum hatten sie die Augen geschlossen, da fielen sie auch schon in einen leichten, aber erholsamen Schlaf, und ob es das Essen oder die Getränke oder der Mond war – ihre Träume schienen tatsächlich von Silber berührt, so, wie Reev es ihnen gewünscht hatte.

Am nächsten Morgen weckte sie der Sonnenschein, der durch das Fenster fiel, und als sie nach draußen schauten, konnten sie eine dicke Schicht von Frost auf den Bäumen liegen sehen, und alles war weiß. In diesem Augenblick trat Reev ein.

»Willkommen für diesen Tag«, sagte er, und der Singsang seiner Stimme verjagte die Schatten. »Habt ihr schon hinausgeschaut? Wir sind mit Frost gesegnet; ein herrlicher Tag. Ein guter Tag für euch, um Lord Wychnor zu sehen.« Er tanzte zu den leeren Schüsseln hinüber und kicherte still vor sich hin. »Hei, ihr wart wirklich hungrig. Euer Essen hat euch geschmeckt.« Er zog an der Dornenranke, und drei Elben kamen herein. Sie trugen noch mehr gefüllte Schüsseln und stellten sie an die Stelle der alten, die sie auf hölzernen Tabletts hinaustrugen.

»Der Morgen gehört euch«, sagte er. »Wenn ihr gegessen habt, mögt ihr tun, wie es euch beliebt; draußen umherspazieren, den Teich erforschen; ich werde euch unten in der Halle treffen, wenn die Sonne am höch-

sten steht, und dann werde ich euch zum Elbenkönig führen.« So plötzlich, wie er gekommen war, ging er auch wieder hinaus. Die Tiere stellten zu ihrer Überraschung fest, daß sie wieder sehr hungrig waren, und so fingen sie erneut zu essen an.
»Ich werde noch vergessen, wie es ist, wenn man selbst sein Futter suchen muß«, meinte Brock, die Schnauze voller Blaubeeren. Aber ganz gegen seinen Willen und trotz all der Magie und des Wunderbaren dieses Ortes ertappte er sich dabei, daß er mit ein bißchen Heimweh an Silberwald dachte.
»Ich nehme an, wenn wir Lord Wychnor getroffen haben, müssen wir wieder gehen«, sagte Nab, der wußte, was der Dachs fühlte. Aber seine eigene Aufregung gestattete es ihm nicht, an daheim zu denken. Er wußte, daß er bald mehr über sich selbst erfahren würde, und seine Sorge bei dem Gedanken daran, gekoppelt mit starker Neugier, sorgte dafür, daß er schrecklich nervös wurde und außerdem erkannte, daß sie, fasziniert von ihrer Umgebung, den Hauptzweck ihres Besuches hier vergessen hatten.
Als die Schüsseln wieder leer waren und die Tiere satt, stieß Nab die Tür zu ihrem Zimmer auf, und sie gingen den Korridor entlang und die Treppe hinab in die Halle, wo sie letzte Nacht gewartet hatten. Jetzt, wo der Sonnenschein durch den Eingang fiel, sah sie ganz anders aus. Die Ecken, in die kein Licht drang, schienen dunkel, und die Sonne warf breite Lichtstreifen auf den moosbewachsenen Boden, verwandelte alles in ein klares Smaragdgrün. Elben eilten herein und hinaus, lachten und schwatzten miteinander, während sie ihren Geschäften nachgingen. Auf die Tiere machten sie den Eindruck, als wären sie ständig in Bewegung, voll von rastloser Energie, mit Quecksilber-Geistern und -Körpern, die unaufhörlich herumtänzelten. Ihre Stimmen erfüllten die Halle mit Musik und erinnerten Nab an das Geräusch des Flusses hinter Silberwald, wenn dieser seinen Weg über die Kiesel in dem sandigen Bett suchte. Im Sonnenschein schien der Glanz ihrer Körper weniger hell, aber er war immer noch da,

und wenn sie sich bewegten, schien er eine Spur hinter ihnen zurückzulassen wie eine Schleppe, so daß es schwer war, zu sagen, wo genau sie sich in einem bestimmten Augenblick aufhielten, außer, sie standen gerade still, und das dauerte niemals lange.

Die Tiere gingen langsam durch die Halle. Sie fühlten sich schwerfällig und ein wenig plump, aber gleichzeitig auch bemerkenswert. Alle Elben schienen sich ihrer Anwesenheit bewußt zu sein, und keiner zeigte Überraschung, als sie vorübergingen. Jeder begrüßte sie auf andere Weise, aber alle hießen sie willkommen, ehe sie ihren Weg fortsetzten.

Nab trat als erster in die Sonne hinaus und mußte für kurze Zeit die Augen zusammenkneifen, bis er sich daran gewöhnt hatte. Dann schlenderten sie alle zum Strand hinab. Die Eichenblätter am Boden knirschten unter ihren Schritten, noch starr vom Frost, als sie am Teich entlanggingen. Sie waren seltsam erleichtert, als sie eine Weile gegangen waren und feststellten, daß sie außer Sichtweite waren, und sie ließen sich auf einem Stein hinter einigen hohen Binsen nieder. Lange saßen sie dort, ohne ein Wort zu sagen, starrten ins Wasser und lauschten auf das Geräusch der kleinen Wellen, die von einer leichten Brise aufgerüttelt worden waren und jetzt sanft an den Strand plätscherten. Es tat gut, wieder allein zu sein, und schließlich fühlten sie sich alle entspannt und fingen an, sich über alles zu unterhalten, was seit ihrer Ankunft in Ellmondrill geschehen war. Bald sprachen alle auf einmal, jeder von seinen verschiedenen Vorstellungen, Ansichten und Meinungen, bis Warrigal unterbrach.

»Kommt, wir gehen besser wieder zurück. Die Sonne steht schon sehr hoch«, sagte er, und ein bißchen traurig standen sie auf und gingen, die Sonne im Rücken, zum Eingang zurück und hinein in die Halle.

Die Geschäftigkeit des Morgens hatte sich jetzt gelegt, und nur einige wenige Elben befanden sich in der Halle. Hier drinnen schien es sehr dunkel, nachdem sie draußen in der hellen Sonne gewesen waren, und es dauerte eine Weile, bis sich ihre Augen daran gewöhnt hatten und sie klar sehen konnten. Reev hatte sie von der anderen Seite aus entdeckt und trat jetzt zu ihnen, ehe sie Gelegenheit hatten, ihn zu sehen.

»Ihr habt euren Morgen genossen«, sagte er. »Ihr riecht nach Sonnenschein. Kommt, Lord Wychnor wartet«, und er ging vor ihnen her die Haupttreppe hinauf. Die Tiere folgten ihm, als er den Weg einschlug, den sie gestern zu ihrem Zimmer gegangen waren, an ihrer Tür vorbei, bis zum Ende des Korridors und dann eine weitere Treppe hinauf, die ewig weiterzugehen schien. Immer wieder befand sich ein Loch oder ein Spalt in der Wand, und wenn sie vorsichtig hindurchspähten, stellten sie fest, daß sie höher und höher stiegen, daß die Lichtung unter ihnen kleiner wurde und sie bald auf eine Höhe mit den Baumwipfeln gelangten. Sie konnten die Nester der großen Eichhörnchen zwischen den schwarzen, kahlen Winterzweigen ausmachen, und manchmal entdeckten sie auch ein Eichhörnchen, das geduldig im Geäst saß und über die Baumwipfel auf den Rest des Waldes und die Felder dahinter schaute.

»Sie halten ständig Wache, falls sich ein Urkku nähert oder sonst Gefahr droht«, sagte Warrigal, als Nab ihn fragte, was sie täten.

Plötzlich tauchte vor ihnen eine Tür auf, eine große Tür in einem hohen Torbogen, schwer und mit Silberriegeln verziert. An einer Seite hing ein Seil aus miteinander verknüpften Brombeerzweigen, und Reev zog daran, während die Tiere nervös warteten. Dann wurde die Tür geöffnet, und sie wurden in ein hohes, kreisförmiges Zimmer geführt. Zwei in Grün und Braun gewandete Elben führten sie einen langen Gang entlang, der gerade durch die Mitte lief und direkt auf eine erhöhte Plattform am anderen Ende zu. Nab, dessen Herz im Halse schlug und dessen Magen flatterte, warf einen verstohlenen Blick um sich. Überall hatten sich kleine Gruppen von Elben versammelt. Einige tanzten, andere saßen am Boden und schienen mit ihren Händen zu arbeiten, während wieder andere Musik auf seltsamen Instrumenten spielten; einige Instrumente bestanden aus Saiten, an denen sie zupften, andere wiederum hielten sie an die Lippen und entlockten ihnen hohe, kristallklare Töne. Nab fühlte, wie die Musik seine Seele erfaßte und in die Luft jagte, bis er das Gefühl hatte, sie wäre durch das Dach des Zimmers gedrungen und hinaus in den grauen, winterlichen Himmel geflogen; sie erfüllte ihn mit Energie, und als er weiterging, folgte sein Körper dem Rhythmus der Musik, und er tänzelte im Takt hinter Reev her. Ihm fiel auch auf, daß die Elben sie alle ziemlich neugierig musterten, und dann hörten die Elben mit ihrer Beschäftigung auf, steckten die Köpfe zusammen und redeten aufgeregt miteinander. Nab fühlte, daß ihre besondere Aufmerksamkeit vor allem ihm galt, und er spürte Hunderte von Augenpaaren, die ihn beobachteten, als er mitten durch das riesige Zimmer ging, in das die Sonne durch kleine Fenster in der Außenwand ihre Lichtstrahlen sandte. Auch hörte er, wie sich das Stimmengemurmel erhob, wenn er in die Nähe kam, und wieder leiser wurde, wenn er vorbei war. Schließlich – es erschien ihnen wie eine Ewigkeit – erreichten sie das Podium am Ende. Sie stiegen ein paar Stufen hinauf und überquerten es dann nervös, bis sie dorthin gelangten, wo Lord Wychnor saß und auf sie wartete.

»Willkommen«, sagte er, und der Ton seiner Stimme sandte Schauer ihren Rücken hinab. »Ich muß mich für ihre Grobheit entschuldigen; sie hätten nicht so starren dürfen, aber ihr müßt verstehen, daß sie sehr neugierig waren, euch zu sehen. Kommt; wir wollen in mein eigenes Gemach gehen, wo wir unter vier Augen miteinander reden können.«

Er erhob sich, und sein langer grün-silberner Umhang fiel zu Boden und rauschte hinter ihm her, als er auf eine kleine Tür zuschritt, sie öffnete und die Gefährten hindurchschob. Nab warf einen Blick zurück auf den riesigen Thron, auf dem er gesessen hatte. Er war aus schwarzer Eiche gefertigt und schien aus dem Boden zu wachsen. Tatsächlich sah er überhaupt nicht so aus, als wäre er angefertigt worden, sondern vielmehr so, als hätte er schon immer dort gestanden. Es gab

keine Verzierung außer der, die sich im Holz selbst befand, und die Enden der Armlehnen glänzten dort, wo die Handflächen des Elbenkönigs seit Anbeginn der Zeit geruht und sie poliert hatten, so daß sie jetzt leuchteten wie Wasser. Der Thron war in einen See aus Sonnenschein getaucht, Licht, das sich durch ein Fenster hoch oben im Dach ergoß. Die Sonne schien auf das dunkle Holz und brachte die Farben zum Vorschein: Blautöne, Purpurtöne, Rottöne von tief innen.
Der kleine Raum, in dem sie jetzt standen, war rundherum mit Moos getäfelt, und hier und da befanden sich kleine Flecken der orangefarbenen Flechten inmitten des Grüns, die den Raum mit Licht versahen. Die hölzerne Decke war niedrig und verlieh dem Raum eine gemütliche Atmosphäre, ganz anders als die Pracht und Würde des großen Saales davor. Dies hier erinnerte Brock und Nab an den Bau. Es gab zwei kleine, runde Fenster in gegenüberliegenden Wänden, und durch sie konnte die ganze Lichtung überblickt werden. Brock schaute hinaus und sah, daß die Sonne langsam blaß wurde und der Nebel anfing, vom Wasser aufzusteigen und sich zwischen den Bäumen auszubreiten.
Der Elbenlord setzte sich in einen Sessel, der in die hölzerne Wand neben einem der Fenster geschnitzt war, und Nab und die Tiere ließen sich zu seinen Füßen am Boden nieder. Er lächelte sie lange Zeit an, schaute dabei von einem zum anderen, und sein Lächeln hatte die Wärme des Alters. Sie schauten tief in seine trüben grauen Augen und verloren sich in den Mysterien der Zeit, bis sie das Gefühl hatten, in einem Wolkenmeer zu schwimmen. Schließlich, als die Sonne im Winternachmittag versank und noch einmal durchs Fenster schien, wobei sie einen goldenen Kranz um sein Haupt zu spannen schien, hob er an zu sprechen, und seine Stimme klang ernst.
»Die Zeit ist gekommen«, sagte er, »daß ihr etwas über unsere Welt erfahren sollt. Im Anfang waren nur die Efflinchs, mit Namen Aschgaroth und Dréagg. Und Aschgaroth der Große, Herr des Guten, hatte Dréagg

den Mächtigen, Herrscher des Bösen, bekämpft seit Anbeginn aller Zeiten.

Und das Universum hallte wider vom Lärm und der Wut der Efflinch-Kriege. Ihre Natur mag von uns nicht nachvollzogen werden können, aber ihren Schrecken und ihr Entsetzen können wir vielleicht in den schwärzesten und wildesten unserer Alpträume erahnen.

Und in ihrem Kampf um die Vorherrschaft verarbeiteten die Efflinch Materie aus sich selbst, schleuderten sie durch die endlose Nacht des Alls.

Und nach Äonen der Zeit, so unendlich, daß sie nicht erfaßt werden können, ermüdete Dréagg der Mächtige und wurde besiegt, und Aschgaroth trompetete seinen glorreichen Sieg in die Himmel. Und Dréagg verbannte er in die Gefilde des Dragorn, auf daß er für alle Zeiten in ihrer fauligen Atmosphäre dahinsieche. Dréagg jedoch pflegte seine Wunden und brütete lange über die Bitterkeit seiner Niederlage.

Und Aschgaroth blickte auf die Verwüstung des Krieges und sah ein Universum voll von Kampfgeschossen. Und da er seinen Sieg feiern wollte, wählte er ein solches und schwor, es umzuformen, wollte es zu seinem Juwel machen, das für alle Zeiten leuchten sollte, eine Erinnerung an den Triumph des Herrn des Guten.

Und er segnete es mit dem Geschenk des Lebens und er verlieh diesem Leben Farbe und Form.

Zuerst schuf er die grünen, wachsenden Dinge: die Bäume und Gräser, das Moos und die Flechten; dann die Blumen und die Gemüse der Erde, und ihre Farben glühten und leuchteten, auf daß er froh werde.

Und er schuf die Berge als Gipfel seiner Macht, um bis in den Himmel zu reichen; und er verlieh ihnen Kraft und Wildheit, die seine eigene widerspiegelten.

Und er schuf die See, und ihr Blau war so tief und leuchtend, als sollte keine Auge den Anblick ertragen.

Und aus Freude über seine Schöpfung versah er sie mit einem Bruchstück seiner eigenen Macht, so daß es sich hob und senkte und rollte, wenn er atmete.

Und endlich bevölkerte er die Meere und das Land mit

den Kreaturen des Lebens, den Tieren, den Vögeln und Insekten. Und sie sollten darin leben und durch Obst und Beeren überleben. Und Harmonie und Frieden herrschten unter dem Leben, das er geschaffen hatte, und sie fühlten sich wohl miteinander, und alles war so, wie er es sich gewünscht hatte, denn die Erde leuchtete als Schöpfung des Herrn des Guten.
Und das Licht war stark und erreichte auch Dréagg, der in den Gefilden des Dragorn hauste, die sich außerhalb des Universums befinden, und Wut wallte in ihm auf, als das Licht ihn reizte, ihn heimsuchte mit den bitteren Erinnerungen an seine Niederlage. Und so nährte er sich von den unheimlichen und dampfenden Flüssigkeiten, die die Gefilde durchzogen, und gewann allmählich seine Kraft und Macht zurück.
Und der Aufenthalt unter diesen schädlichen Dämpfen hatte aus Dréagg einen listigeren Gegner gemacht, der dadurch nur noch gefährlicher war, und so kehrte er langsam und hinterhältig zurück, voll Heimlichkeit und Tücke. Und er ließ die Tiere zu Feinden werden, so daß sie einander bekämpften und vom Fleisch ihrer Kameraden lebten, und die Bewohner der Erde wurden von Leid und Qual heimgesucht, und die Wasser färbten sich rot.
Und in seinem neuerlichen Kampf mit dem Herrscher des Bösen schuf Aschgaroth eine Rasse, die den Einfluß von Dréagg bekämpfen und Frieden und Unschuld seines erwählten Juwels wiederherstellen sollte. Und diese Rasse nennt sich Elben, und sie sind reine Magie. Sie wurden geformt vom Wind und den Sternen, und ihr Kern kommt aus den Tiefen der mächtigen See und ihr Geist von den grünen, wachsenden Dingen der Wälder und der Bäume, und ihre Seelen stammen ab von den wilden, vergessenen Bergen.
Und er setzte drei Elben über die Erde, entsprechend den drei unermeßlichen Weiten der Schöpfung, als da waren Malcoff, Herr der Berge; Saurélon, Herr der Meere, und Ammdar, Herr über Wälder und grüne, wachsende Dinge.
 Und die Elbenkönige bekämpften die Macht Dréaggs

viele Monde hindurch, und die Geschichten von ihrem Kampf sind in die Legende eingegangen, denn groß war die Tapferkeit der Elben, und mächtig waren ihre Helden. Aber noch größer war die Macht Dréaggs, und Magie allein reichte nicht aus, um seine schreckliche Bosheit zu bekämpfen, und sein Einfluß wuchs und wurde stark, und die Erde wurde scheußlich durch die Schrecken, die sie im Übermaß erfüllten.

Und die Elbenkönige ersuchten den Mächtigen Aschgaroth, ihnen Hilfe zuteil werden zu lassen in Zeiten des Bedarfs. Und so geschah es, daß er den Elben die zweite der Duâin Elrondin (oder der Mächte des Lebens) verlieh, die Logik, und von den beiden – als da sind Magie und Logik – ist diese zweite die gefährlichere. Aber große Furcht war im Herzen Aschgaroths, als er diese Gabe verlieh, und er warnte sie vor der Gefahr und erklärte, daß sie äußerst sparsam verwendet werden sollte, denn wenn man zuließ, daß sie Überlegenheit erlangte, dann würde sie die Erde zerstören.

Und damit keiner der Elben in der Lage sein sollte, diese Macht ohne die anderen zu benutzen, teilte Aschgaroth sie in drei Teile, das sind die Drei Samen der Logik, und jeden Samen steckte er in einen Behälter aus brüniertem Kupfer aus den tiefsten Minen von Mixon. Und jeden Behälter übergab er dem Besitz eines der drei Elbenkönige. Und so kam es, daß die Macht der Logik nicht eingesetzt werden kann, wenn nicht die Drei Samen zusammengebracht und wie einer freigesetzt werden. Und wenn sie einmal freigesetzt worden sind, können sie nicht wieder verwendet werden.

Und so gab es drei Herren über die Erde; aber der größte von diesen dreien war Ammdar, Herr der Wälder, dessen Macht so groß war, daß sich das Gras silbern färbte, wenn er hindurchschritt, und die Blätter zu Gold wurden, wenn er es so wünschte. Und er schritt durch die Wälder, seine Domäne, und alles verbeugte sich vor ihm und bestaunte seine Macht, und er bekämpfte Dréagg und war oftmals siegreich.

Und Dréagg betrachtete die Macht Ammdars und sah

in ihrer Größe seine Chance, auf die er gewartet hatte. Und in den dunkelsten Nächten, wenn die Erde schlief, flüsterte er zu Ammdar aus der Ferne, so daß dieser nicht wußte, daß die Worte Worte von Dréagg waren. Und als die Zeit verstrich, wurde Ammdar, der Silberne Krieger, eitel und stolz und war sich seiner Kraft bewußt. Und im selben Maße wurde er gierig, und Dréagg nährte seine Gier, auf daß sie wuchs, bis sie so groß war, daß Ammdar seinen Herrn Aschgaroth verschmähte.

Und schließlich, als Dréagg die Zeit für gekommen hielt, gab er sich selbst zu erkennen und pflanzte seinen Plan in den Geist Ammdars. ›Mit den Samen der Logik in deinem Besitz‹, sagte er, ›würdest du tatsächlich über alle Welt hinausragen. Und ich will dir bei dieser Aufgabe behilflich sein, wenn du mich als deinen Herrn akzeptierst, so daß wir gemeinsam Aschgaroth besiegen können.‹

Und das Verlangen nach Macht, das wie eine Krankheit an Ammdars Seele genagt hatte, war so, daß er Dréagg willig als seinen Herrn willkommen hieß.

Und so begann eine Saga von Täuschung und Verrat, in welcher Dréagg Ammdar assistierte, Elblinge von seinem Volk und von den beiden anderen Großen Herrschern zu finden, die ihm bei der Suche nach den Samen behilflich waren. Und er verhieß ihnen Macht, wenn sie Aschgaroth leugneten und auch ihre eigenen Herren, zugunsten des Herrschers des Bösen. Und viele, denen er sich näherte, verweigerten sich Ammdar und wurden auf entsetzliche Weise zerstört, aber es gab auch einige, die ihn akzeptierten, und diese nennt man Trolle, denn es sind gefallene Elben.

Den Trollen wurden von Dréagg die Kräfte des Bösen verliehen, und sie wurden geschmäht und gefürchtet, und gar mächtig war ihre List, und so schlichen sie sich in Vertrauensstellungen bei Malcoff und Saurélon und den Wächtern der Samen.

Und so kam es schließlich, daß Ammdar, Herr der Wälder, zu einer Zeit im Besitz der Drei Samen der Logik war. Die Macht konnte nicht den Trollen gewährt

werden, denn sie waren Magie, und Magie und Logik gehen nicht zusammen. So kam er auf den Gedanken, daß er wirklich die ganze Erde überragen würde, wenn er den Tieren die Gabe der Logik zuteil werden ließe im Austausch dafür, daß sie ihn und die Herrschaft des Bösen akzeptierten. So wäre die Vernichtung Malcoffs und Saurélons vollständig.
Und so kam es, daß er in einer Nacht, in der der Mond nicht schien und die Luft still war, die Führer der Tiere in sein Lager in den tiefsten Wäldern von Spath rief, und dort bot er ihnen diese mächtige Gabe unter der Voraussetzung, daß sie sich ihm allein verpflichteten.
Aber die Macht Aschgaroths war stark in den Tieren, und sie lehnten das Angebot Ammdars ab, auf daß sie im Lichte Aschgaroths verbleiben durften.
Und große Wut kam über den Herrn des Waldes ob seiner Zurückweisung, und sein Zorn war schrecklich zu sehen, und die Tiere flohen in Furcht, und die Bäume schüttelten sich, bis sie sich von der Erde losrissen, und die mächtigen Äste spalteten sich wie Grashalme.
Und Dréagg beobachtete die Zerstörungen Ammdars mit großer Zufriedenheit, denn der Herr der Wälder war jetzt wie Wachs in seinen Händen, das er benutzen konnte, wie er wollte.
›Laß uns Rache nehmen für deine Zurückweisung‹, flüsterte er Ammdars Geist zu, ›an all diesen Kreaturen, die deine Macht geringschätzen.‹
Und so geschah es also, daß Ammdar und der Herrscher des Bösen, der mächtige Dréagg, eine Rasse von Wesen erschufen, die sie Menschen nannten; wir nennen sie, in der Sprache der Alten, Urkku, was soviel bedeutet wie ›Der Große Feind‹.
Und in ihnen allen steckt der Zorn Ammdars gegen die Tiere, so daß sie keine Achtung vor ihnen hatten, und Dréagg pflanzte die Wurzel der Grausamkeit tief in die Urkku, und so waren sie grausam ihnen gegenüber, denn der Mensch war als ein Instrument der Rache geschaffen.
Und der Mensch wurde geschaffen mit der Macht der

Drei Samen, so daß er aus purer Logik war; und Magie, die Gabe des Mächtigen Aschgaroth an die Elben, wurde ihm versagt. Klug war das Werk Dréaggs, denn so, wie Aschgaroth die Elben mit Eigenschaften seiner selbst versehen hatte, so verlieh Dréagg dem Menschen, neben der Wurzel der Grausamkeit, die Arroganz, so daß er sich selbst für das höchste Wesen der Erde hielt und glaubte, allen anderen Kreaturen überlegen zu sein. Und nach seiner Logik rechtfertigte das seine Behandlung der Tiere.

So begann der Mensch seine Herrschaft über die Erde, und Dréagg war hoch erfreut, denn Aschgaroths Juwel war entzweit und die Farben verblaßt, und die grünen, wachsenden Dinge verwelkten und erstarben, und die Erde wurde zu einer unfruchtbaren Einöde. Und nur, was zur Unterstützung des Vergnügens der Urkku notwendig war, durfte überleben.

Und die Geschöpfe Aschgaroths, die Elben, deren Mächte magisch waren, wurden vom Menschen vertrieben und lebten in den geheimen, versteckten Plätzen tief in den Festungen der Erde weiter, die nur den Tieren bekannt sind.

Und Ammdar war auch hoch erfreut, als er zuschaute, denn eine wahrhaft schreckliche Rache wurde an den Tieren genommen, und groß war ihr Leid.

Und die Geschichte ihrer Verfolgung und Mißhandlung ist euch so vertraut wie die Luft, die ihr atmet.

Aber einige waren unter den Urkku, die den Einfluß von Dréagg vertrieben, und in ihnen versagte die Wurzel der Grausamkeit und Arroganz. Und sie wandten sich an Aschgaroth, und er öffnete ihnen die Augen, so daß sie die Erde sehen konnten, wie es die Elben und die Tiere tun, und sie sahen den Zauber in den Bergen und den Bäumen und der See, und sie waren eins mit den Tieren, und deshalb nennen wir sie ›Eldron‹ oder ›Die Freunde‹.

Und zu jeder Zeit während der Herrschaft des Menschen hat es die Eldron gegeben, aber es sind nur wenige an der Zahl. Und wegen ihrer Lebensweise hat man über sie gelacht, hat sie geächtet und verhöhnt,

und großer Zorn wohnt in ihnen, denn sie sehen das Leid und Entsetzen, das ihre eigene Rasse den Tieren auferlegt; und sie spüren deren Pein, wie sie die Schmerzen spüren würden, die man ihnen zufügte, denn für sie ist Grausamkeit schändlich.
Für Ammdar, Herrn der Wälder, war der Geschmack der Macht bittersüß und nur kurz, denn Dréagg hatte keine Verwendung mehr für ihn und spürte in ihm einen Appetit, der selbst seinem Geschmack noch Konkurrenz zu machen schien. So säte der Herrscher des Bösen die Saat der Unzufriedenheit in Ammdars Lager in den Wäldern von Spath, und ein Troll mit Namen Degg wurde mit der Macht versehen, Ammdar zu zerstören, was heißt, daß das Schwert Deggs aus dem Fluch der Zeit hergestellt war. Denn als Ammdar von Aschgaroth abgefallen war, hatte er die Unsterblichkeit der Elben verloren, und Dréagg konnte die Trolle jetzt zerstören, wie er wollte, indem er einfach die Zeit anhielt.
Und der Anblick der Zerstörung Ammdars war wahrlich entsetzlich, und sein Heulen über den Schmerz dieses Verrates, noch dazu durch Dréagg, der geschworen hatte, ihn groß und mächtig zu machen, hallte aus den Wäldern von Spath und klang laut und nachhaltig viele Monde lang über die Erde, so daß die Elben zitterten, obwohl sie sich über sein Ende freuten.
Und seit jener Zeit verweilen die Düfte von Korruption, Verrat und Täuschung in der Nähe des Lagers der Trolle in den Wäldern von Spath, und sie haben beständig untereinander gekämpft und gestritten, vergessen selbst von dem, der sie ins Leben gerufen hat. Und sie benutzen einander, um ihren Appetit nach Grausamkeiten und bösen Spielen zu befriedigen. Doch manchmal benutzt Dréagg sie im Kampf gegen uns, so daß wir sie nicht außer acht lassen dürfen.
Und mit der Zerstörung von Ammdar wurde ich, Lord Wychnor, von Aschgaroth zum Herrn der Wälder und der Grünen Wachsenden Dinge berufen.
Und so kommt es, daß im Schatten Dréaggs die Erde

verweilt. Die Elben und die Tiere riefen Aschgaroth an, daß sie verlassen worden waren, denn sie waren wahrhaft machtlos gegenüber den Elrondin der Puren Logik. Und sie flehten Aschgaroth an, ihnen zu helfen. Und er antwortete ihnen und sagte ›Habt Geduld‹, denn es war, wie er gesagt hatte, die Logik war gefährlich, denn im Menschen war sie ohne Rücksicht auf ihre Kraft verwendet worden und barg in sich die Saat der Selbstzerstörung.

Und Aschgaroth versprach ihnen weiterhin, daß er, wenn die Zeit gekommen war und die Sterne am Himmel an ihrem wahren Platz ständen, ihnen einen Erlöser senden würde, der wahrhaft von der Duâin Elrondin sein würde, so daß in ihm Magie und Logik liegen würden. Und diesem Erlöser wollte er den Weg zeigen, und durch ihn würden sie errettet werden.

Und die Geschichte seines Kommens ist so, wie es geschah: Er sollte geboren werden von zwei Eldron, so daß er Logik besitzen würde, aber sein Geist sollte von Aschgaroth stammen, damit er auch über Magie verfüge. Und in ihm würde der Einfluß Dréaggs nicht existieren, so daß er weder mit Grausamkeit noch mit Arroganz behaftet sein würde. Und er sollte unter den Tieren aufwachsen, um eines von ihnen zu werden.

Und so kommt es, Nab, daß wir glauben, daß du dieser Erlöser bist, und ich, Wychnor, als der Elbenkönig, der dir am nächsten wohnt, habe über dich gewacht seit dem Tag, an dem deine Eltern, die Erwählten Eldron, dich im Schnee verlassen haben.

Aber du mußt reisen, um die beiden anderen Elbenkönige aufzusuchen, damit sie dich erkennen und kennenlernen können. Sie hausen in anderen Gegenden, jenseits der Meere, aber sie werden hierherreisen und dich in einem Teil ihres Königreiches empfangen, das sich in unserer Nähe befindet.

So wird König Saurélon dich am Meer empfangen, dort, wo es donnert und tost, im westlichsten Teil seines Landes, an einem Ort, den ich dir noch genau benennen werde. Und danach wirst du weiterziehen, um König Malcoff an einer hohen Stelle zwischen den

Bergen zu treffen, die sich an der nördlichen Grenze unseres Landes erstrecken.
Und Aschgaroth bestimmt, daß jeder der Elbenkönige dir einen kleinen Behälter geben soll, in dem sich die Essenz seines Königreiches befindet, das Korn, das wir Faradon nennen. Und wenn du diese drei besitzt, wird dir der Mächtige Aschgaroth den Weg enthüllen, dir und nur dir allein.
Du wirst über die Alten Pfade reisen, entlang der Geheimen Wege, die nur die Elben und die Tiere kennen, die aber auch du mit deinen magischen Kräften jetzt kennenlernen wirst. Und du wirst auf deiner Reise nicht allein sein, denn mit dir reisen deine Kameraden aus dem Silberwald: Perryfoot der Flinke und der Hund Sam, du, Brock, und du, Warrigal.
Und auch ein sechster Reisender wird noch bei euch sein, den ihr jetzt als einen Urkku kennt, der aber in Wirklichkeit ein Eldron ist; das Mädchen, das ihr am Fluß getroffen habt. Sie wird eine Freundin deiner eigenen Rasse sein, und du wirst viel von ihr lernen auf dieser Reise, vor allem über die Art des Menschen.
Wenn ihr diesen Ort verlaßt, werdet ihr zuerst dorthin gehen, wo sie lebt. Sie wird warten, denn Aschgaroth hat im Schlaf ihren Geist berührt, und sie ist auf dein Kommen vorbereitet. Und damit sie weiß, daß du es bist, den er schickt, wirst du ihr diesen Ring geben.«
Er hörte auf zu sprechen, und lange, lange Zeit herrschte Schweigen, während die drei Reisenden ihn anstarrten, und ihre Köpfe wirbelten von allem, was sie gehört hatten. Er saß beim Fenster und schaute sie freundlich an, umrahmt vom Licht des frühen Mondes, denn die Sonne war jetzt untergegangen. Nab wünschte, er könnte für alle Zeit hier sitzen und dieser Stimme lauschen und in diesem kleinen Zimmer sicher sein. Irgendwie hatte er Angst zu gehen, denn er wußte, wenn er dieses Zimmer verließ, würde er anders sein. Es war, als wäre er vorher sicher gewesen, eingehüllt in einen Kokon aus Unwissenheit, aber jetzt war die Welt ein ganz anderer Ort, und seine Rolle erschreckte ihn zutiefst. Er war ein einfacher Zuschauer

gewesen, der am Rand gestanden hatte, und jetzt war er plötzlich im Mittelpunkt. Er schaute zu Brock und Warrigal hinüber und stellte fest, daß sie ihn anstarrten, und er fragte sich, ob sich ihre Haltung ihm gegenüber ändern würde.

Für den Dachs und die Eule hingegen waren die Worte des Elbenkönigs über Nab keine Überraschung gewesen, sondern vielmehr eine Bestätigung der Vermutung, die sie seit jener Nacht gehegt hatten, als er im Wald angekommen war. Ihre Geister versuchten verzweifelt, mit dem Reichtum an Wissen fertig zu werden, das ihnen soeben zuteil geworden war, und mit der unglaublichen Geschichte, die dahintersteckte. Brock gab es bald auf, aber für Warrigal war es wie die Vervollständigung eines Puzzles. Endlich fügten sich all die kleinen Stücke von Geschichten und Legenden zusammen, die er im Laufe der Jahre gesammelt hatte.

Die Stimme des Elbenkönigs unterbrach ihre Gedanken.

»Ihr werdet heute nacht mit mir speisen als meine Gäste«, sagte er, »und morgen, ehe ihr loszieht, werde ich den Ring und das Kästchen mit dem Faradon überreichen. Kommt mit mir.«

Er stand auf und winkte ihnen, ihm zu folgen, als er das kleine Zimmer durchquerte und wieder die Tür zur Halle öffnete. Als sie in das riesige Zimmer hinaustraten, bot sich ihren Augen ein herrlicher Anblick. Den ganzen Mittelgang entlang erstreckte sich eine lange Matte. Sie war aus grünen und braunen Materialien gewebt und reichte fast bis ans andere Ende, und auf der Matte war eine Auswahl erlesener Speisen und Getränke in kleinen Silber- und Kupferschüsselchen angerichtet, von denen ein jedes ein anderes Muster aufwies und einen Teil der Geschichte darstellte, welche sie soeben vernommen hatten. Lord Wychnor führte sie zum Kopf der Matte, wo er sich auf ein Kissen aus leuchtenden Farben niederließ. Dann bedeutete er Nab, sich zu seiner Linken niederzulassen, und Warrigal und Brock rechts von ihm. Als alle vier saßen, setzten sich auch die Elben, die bislang längs der Matte gestanden hatten, und alle wandten sich Wychnor zu. Dieser erhob sich, hob den Silberbecher, der vor ihm stand, und wandte sich an Nab, um ihm tief in die Augen zu schauen. Dann trank er aus dem Kelch, und die Elben frohlockten und erhoben ebenfalls ihre Becher und tranken. Als Brock sich vorbeugte, um an seinem Becher zu nippen, denn er vermutete, daß dies von ihm erwartet wurde, entdeckte er zu seiner Freude, daß ein zartes Bild von einem Dachs in seine Schüssel graviert war, der rückwärts durch einen verschneiten Wald zog, ein Bündel unter den Vorderbeinen. Aufgeregt betrachtete er die anderen Schüsseln um sich her und stellte fest, daß sie ebenfalls Szenen aus seinem Leben mit Nab darstellten. Da war ein Bild von seinem Bau, wo er und Tara mit Nab spielten, dann die erste Ratsversammlung und viele mehr, und alle riefen warme und befriedigende Erinnerungen in ihm wach. Er schaute zu Nab hinüber und dann zu Warrigal, und auch sie betrachteten verwundert und in Gedanken verloren ihre Silberschüsselchen. Der Junge hob den Kopf und erwiderte Brocks Blick, und eine Träne lief langsam über seine Wange und fiel auf die Matte. Dann setzte sich der Elbenkönig, und alle fingen an zu essen und zu trinken.

»Gefallen sie euch?« fragte Wychnor und deutete auf die Bilder. »Unsere Handwerker haben sie fertiggestellt, als ihr heute nachmittag an ihnen vorübergingt, um mich aufzusuchen. Seht, hier ist eines von euch dreien, wie ihr durch Ellmondrill zieht, und hier ist ein anderes, wo ihr gerade mit Reev über das Wasser kommt. Oh, da kommen die Musik und die Tänzer. Es wird ein ganz neuer Tanz sein, der euch zu Ehren aufgeführt wird. Selbst ich habe ihn noch nicht gesehen.«

Die große Tür am Ende der Halle hatte sich geöffnet, und Elben strömten tänzelnd herein. Einige trugen Instrumente, mit denen sie Musik machten, andere waren in Kostüme gehüllt, an denen Hunderte von kleinen Lichtern schimmerten und funkelten. Die Eule, der Dachs und der Junge sahen ehrfürchtig erstaunt zu, wie die Musiker sich rundum an den Wänden niederließen und zu spielen anfingen, und die Tänzer bewegten sich im Takt der Rhythmen, und ihre Bewegungen spiegelten die Erinnerungen der zeitlosen Bilder wider, die die Musik in ihren Köpfen wachrief. Nab erkannte kleine Bruchstücke von Tönen wieder, die er am Nachmittag gehört hatte, als sie probten, und wieder verspürte er in sich den Drang zu tanzen. Er sah den Tänzern zu, wie sie sich durch die Halle bewegten, und ihre Kostüme formten einen Wirbel von Farben, in denen er sich verlor, und durch den Nebel aus Tönen und Licht und Farben fühlte er, wie er sich von seinem Kissen erhob und hinübertanzte, um sich ihnen anzuschließen. Kaum hatte er sich erhoben und der Musik überlassen, da schien er nicht mehr Herr über seinen Körper zu sein. Er schien durch die Luft zu fliegen, hinüber zur gegenüberliegenden Wand und dann hinab, wo er am Boden kauerte, zu einer winzigen Kugel zusammengerollt, bloß, um dann wieder zu explodieren, in Einzelteile zu zerspringen, von denen ein jedes an eine andere Stelle der Halle zu fliegen schien.

Brock und Warrigal staunten über ihn, und die Elben lachten, und bald darauf waren die Kissen um die Matte herum so leer, wie der Boden mit Tänzern gefüllt war, jeder fröhlich in seine eigene Welt der Bewegung verloren. Der Dachs und die Eule suchten Nab, und dann hüpften und sprangen und lachten die drei, bis sie sich nicht mehr rühren konnten, und als der Mond die höchste Stelle am Nachthimmel erreicht hatte, kehrten die Besucher müde und glücklich in ihr kleines Zimmer unten zurück, und die Elben zogen sich alle zurück, um zu schlafen. Alle bis auf Wychnor, der in sein Privatgemach ging und dort allein am Fenster saß, hinausstarrte auf den Mond, der die Lichtung beleuchtete. Und seine Gedanken weilten in der Vergangenheit.

Am nächsten Morgen wurden die Tiere von Reev geweckt, der in ihr Zimmer kam und ihnen das brachte, was er ihren »Reiseproviant« nannte. Die Sonne schien sehr hell durch das Fenster, und sie wußten, was diese

Helligkeit bedeutete; in der Nacht war Schnee gefallen. Sie gingen hinüber, um nach draußen zu sehen, und konnten die Lichtung kaum wiedererkennen, eine so dicke weiße Schicht bedeckte sie und ließ alles rund und weich und sanft erscheinen. Der Elb blieb bei ihnen, während sie aßen, und sie unterhielten sich über den vergangenen Abend. Er war einer der Tänzer gewesen, aber keines der Tiere hatte ihn in seinem Kostüm erkannt. Tatsächlich konnten sie sich vor lauter Wundern an fast gar nichts mehr erinnern, so beschäftigt waren sie gewesen. Aber wenn sie an ihr Gespräch mit Wychnor zurückdachten, erfaßte ein kalter Schauer ihre Herzen. Im Zauber der letzten Nacht waren sie in der Lage gewesen zu vergessen, aber jetzt, im kalten Licht des neuen Tages, fluteten die Dinge, die er ihnen erzählt hatte, zurück, und sie hatten plötzlich keinen Hunger mehr.

»Ihr müßt essen. Eßt alles auf. Ihr braucht all eure Kraft für die Zeit, die vor euch liegt«, sagte Reev in ruhigem, tröstendem Ton. »Wenn ihr fertig seid, werde ich euch noch einmal zu Lord Wychnor bringen, und dann werdet ihr uns verlassen.«

Als sie sich sattgegessen hatten, führte Reev sie durch die gewundenen Flure der Elbeneiche und durch die Halle, die jetzt leer war und ganz anders aussah als am vergangenen Abend, bis sie schließlich wieder vor der Tür zu Wychnors kleinem Zimmer standen. Reev zog an einer Schnur, und der Elbenkönig öffnete und hieß sie willkommen. Dann schloß er die Tür hinter ihnen, während Reev davonging.

»Da sind einige Dinge, die ich euch geben muß«, sagte er, »und Worte, die ich sagen muß. Hier, Nab, ist der Gürtel des Ammdar. Er trug ihn, um die Drei Samen der Logik sicher aufzubewahren. Wie du siehst, ist er aus jungen Weidenschößlingen gewoben, und drei silberne Medaillons befinden sich dazwischen. Ich habe das Faradon der Bäume und der grünen, wachsenden Dinge in das Medaillon geschlossen, das am weitesten vom Verschluß entfernt ist. Es ist gut, daß der Gürtel jetzt dazu dienen wird, das Böse zu besiegen, das

Ammdar über die Welt gebracht hat. Trag ihn, wie er ihn getragen hat, dicht an deinem Körper, unter deiner Kleidung.«

Nab betrachtete den breiten Gürtel voll Erstaunen und Furcht. Die Vorstellung, diesen Gürtel zu tragen, der dem gefürchteten und mächtigen Ammdar gehört hatte und von ihm getragen worden war, ihm, dem gefallenen Elbenkönig, behagte ihm nicht sonderlich. Er schaute Wychnor an, der wußte, was der Junge dachte.

»Nimm ihn«, forderte er ihn auf. »Er wird dir helfen auf seiten Aschgaroths, so, wie er Ammdar auf seiten Dréaggs geholfen hat.«

Der Elbenkönig reichte ihm den Gürtel, den Nab mit zitternden Händen entgegennahm. Trotz seiner Breite und der drei silbernen Behälter, die er jetzt ganz deutlich zwischen den grünen Strängen eingebettet erkennen konnte, war er überraschend leicht. Ja, wenn er ihn nicht in seinen Händen hätte liegen sehen, hätte er nicht gewußt, daß er ihn hielt. Von Wunder ergriffen schaute er ihn an, und Brock und Warrigal umringten ihn, um einen Blick auf dieses Fragment lebender Legende zu werfen. Vorsichtig streckten sie die Hände danach aus und berührten ihn, um sich zu vergewissern, daß er nicht bloß in ihrer Einbildung bestand.

»Der Gürtel des Ammdar«, hauchte die Eule, als zitiere sie einen Zauberspruch.

Als Nab schließlich genug Mut zusammengebracht hatte, schob er seine Kleider hoch und band sich den Gürtel um, über dem vielfarbigen Schal, den er immer direkt auf der Haut trug. Dann näherte er die kunstvoll ziselierten Kupferverschlußteile einander und stellte zu seiner Überraschung fest, daß sie von selbst zusammenzuhaften schienen, kaum daß sie einander nah genug waren. Der Gürtel paßte ihm genau und fühlte sich merkwürdig tröstend an, als er sicher um seine Taille geschlungen war.

»Hier ist der Ring, den du der erwählten Dame der Eldron geben sollst«, sagte Wychnor. »Leg ihn zur Sicherheit in einen der Behälter.«

Der Ring war von tiefgoldener, durchsichtiger Farbe,

mit eingelegten Silberfäden, die aussahen wie Nebelschwaden an einem herrlichen Herbstmorgen. Oben befand sich ein silberfarbener Edelstein, der tief eingelassen war und mit einem Licht durch das Gold schimmerte, das den ganzen Ring leuchten ließ. Während er ihn entgegennahm, verspürte Nab den schwachen Duft von Kiefern. Als er dies später Warrigal gegenüber erwähnte, sagte die Eule, daß ihrer Meinung nach das Gold Wachs der Kiefernbäume war, die zuerst auf der Erde gelebt hatten und das die Elben abbauten, nachdem diese Bäume schon längst ausgestorben und Teil des Bodens geworden waren. Wie die Silberfäden hineingebracht worden waren, konnte er nicht sagen. Als Nab den Ring ansah, hatte er den Eindruck, daß sie sich bewegten, wie es der Nebel tut, wenn eine leichte Brise geht, und das goldene Licht schien zu schwinden, als hätte die Sonne den Mittag erreicht und würde nun in den Abend sinken.

Wychnor zeigte dem Jungen, wie er die Behälter öffnen konnte, indem er eine Sicherung auf der Rückseite drückte. Dadurch löste sich der Deckel und flog auf, Nab ließ den Ring hineinfallen und drückte den Deckel dann wieder herab, bis er mit einem Klicken anzeigte, daß der Behälter fest verschlossen war. Dann richtete Nab seine Kleider, so daß der Gürtel mit seinem kostbaren Inhalt verborgen war, und schaute auf. Die großen grauen Augen des Elbenkönigs ruhten auf den drei Reisenden.

»Jetzt heißt es leb wohl. Reev wird euch durch Ellmondrill begleiten und euch zu dem Heim der Eldron führen. Dort wird er euch verlassen, und ihr werdet mit ihr in den Silberwald zurückkehren, um Perryfoot und Sam zu holen. Danach werdet ihr eure Reise antreten. Die Gründe dafür und alles, was ich euch erzählt habe, müssen geheim bleiben. Das heißt, die Mitglieder des Rates wissen natürlich schon Bescheid. Auch Dréagg weiß jetzt, nachdem du von den Urkku gefangengenommen worden bist, von deiner Existenz, Nab, aber er kennt deine Bedeutung noch nicht. Also hütet euch, denn er wird euch beobachten, und wenn er glaubt, die

Zeit sei reif, wird er zuschlagen. In der Minute, in der er vom Zweck eurer Reise erfährt, wird er handeln, aber solange er nichts davon weiß, wird er warten und versuchen, mehr zu erfahren, indem er euch folgt. Deshalb gebt euch Mühe, nicht von den Urkku gesehen zu werden, denn sie sind die Augen und Ohren Dréaggs. Haltet euch an die geheimen Pfade und die alten Stätten, die euch die Magie in euren Körpern bezeichnen wird.« Er brach ab, und sie warteten, während er eine Sekunde lang aus dem Fenster schaute, ehe er sich ihnen erneut zuwandte.

»Da ist noch ein letztes«, sagte er. »Ich habe euch erklärt, daß die Samen der Logik, die bei der Schöpfung der Urkku verwendet wurden, die Mittel zur Selbstzerstörung beinhalten. So kommt es, daß die Welt der Urkku, und damit unsere Welt, die Welt des Juwels von Aschgaroth, dem Ende zusteuert. Eure Aufgabe muß erfüllt sein, ehe es dazu kommt. Andernfalls werden wir alle mit untergehen. Doch schon jetzt geht das Gerücht, daß es großen Ärger unter den Urkku gibt und daß ihre zerstörte Welt zusammenbricht. Darum zögert nicht; folgt eurem Ziel sicher und so flink, wie es die Vorsicht zuläßt. Und nun lebt wohl; möge das Licht Aschgaroths mit euch sein.«

Sie wandten sich langsam um und folgten Reev, eine tiefe Traurigkeit im Herzen, als er sie durch die Halle und die Elbeneiche hinabführte, bis sie sich erneut auf dem Wasser befanden, das jetzt im Kontrast zu dem Schnee am Boden und in den Bäumen doppelt schwarz aussah. Am jenseitigen Ufer stiegen sie aus und richteten ihre Schritte direkt auf die Lücke zwischen den Bäumen, durch die sie gekommen waren. Ehe sie den Tunnel betraten, blieben sie noch einmal stehen und schauten zurück auf die Lichtung, die heiter und friedlich vor ihnen lag, weiß schimmernd unter dem blauen Himmel. Nirgends gab es ein Zeichen von Bewegung, nichts war zu hören. Wäre da nicht Reev gewesen, der auf sie wartete und dessen grünbraunes Gewand sich sanft in der Brise blähte, die vom Wasser herüberwehte, und der Gürtel, den Nab spüren konnte, als er weiterging, hätte die ganze Episode ein Traum gewesen sein können. Dann rissen sie sich los, und bald waren sie auf der anderen Seite des Tunnels und marschierten wieder durch die riesigen Bäume und das Unterholz des Waldes. Es war jetzt noch schwieriger, wo der Schnee alles bedeckte, und häufig brachen Nab und Brock durch einen Haufen Farnkraut oder einen kleinen Busch, während Reev über die Spitze hinwegzutanzen schien, als wiege er nicht mehr als eine Feder, und auch Warrigal hatte sich wieder aufs Fliegen verlegt und glitt vor ihnen einher, offensichtlich hocherfreut, wieder in seinem Element zu sein.

Nab erkannte die Gegend, durch die Reev sie führte, nicht wieder. Tatsächlich erschien ihm der ganze Wald verändert – die Bäume nicht mehr so groß und die Atmosphäre freundlicher. Die Eule und der Elb mußten ständig warten, bis die anderen sie einholten, und Nab sah sie weiter vorn auf einer Lichtung, in Sonnenstrahlen getaucht, die zwischen den Bäumen hindurchfielen, während er und Brock durch den Schnee auf sie zustapften. Die Sonne taute ihn auf, und hier und da schüttelte ein Zweig seine Last auf sie ab ohne Vorwarnung, und der Wald hallte von dem krachenden Geräusch wider, wenn der Schnee durch all die niedrigeren Äste fiel und dafür sorgte, daß auch der Schnee von diesen zu Boden fiel. Anschließend herrschte wieder tiefe Stille, nur unterbrochen vom Keuchen des Jungen und des Dachses, denen jetzt von der Anstrengung, durch den Schnee zu laufen, warm geworden war.

Endlich erreichten sie den Fluß und ruhten eine Weile aus, dicht am Waldrand, von wo aus sie auf die weißen Felder der anderen Seite hinüberblicken konnten, durch die sie erst vor zwei Tagen gekommen waren – wenngleich es eine Ewigkeit her zu sein schien. Der Fluß, vom schmelzenden Schnee angeschwollen, eilte gurgelnd und plätschernd an ihnen vorüber. Immer wieder riß er Schnee von den Ufern mit, der sich einen Augenblick bemühte, weiß und ganz zu bleiben, aber dann doch unter das schwarze Wasser sank und sich geschwind auflöste. Die Mittagssonne stand hoch am Himmel, schien auf den Schnee herab und erfüllte die Welt mit ihrem silbrigen Licht. Aus einem kleinen Beutel, den er an seinem Gürtel trug, zauberte Reev einen kleinen Vorrat an Nüssen, Pilzen und Beeren hervor, und dankbar knabberten die Tiere daran, während sie sich ausruhten. Nab fing an, daran zu denken, wohin sie gingen, und er erkannte, daß er bislang so mit dem beschäftigt gewesen war, was um sie her geschah, daß er über diesen Teil der Enthüllungen des Elbenkönigs kaum nachgedacht hatte, und die volle Bedeutung dämmerte ihm erst jetzt allmählich. In diesem Augenblick zogen sie dahin, um das Urkkumädchen zu besuchen, das er vor drei Sommern gesehen hatte und das er niemals wirklich hatte vergessen können. Und gemäß Wychnors Worten war sie Teil seines Lebens und würde seine Reise mit ihm machen. Aber nicht einmal der Elbenkönig wußte, was ihnen dort geschehen würde. Je mehr er darüber nachdachte, desto aufgeregter wurde er, und er ertappte sich dabei, daß er sich nach ihr sehnte. Er dachte daran, wie er sie das letzte Mal gesehen hatte, als sie am Ufer des Flusses stand und ihm zuwinkte und ihr rotes Kleid und das lange goldene Haar sich in der Nachmittagsbrise dieses schönen Frühlingstages blähten und sie in der Hand den Strauß hielt, den sie für ihre Mutter gepflückt hatte. All das Wunderbare und Zauberhafte dieses Tages kehrte in seine Erinnerung zurück, aber nicht nur Heiterkeit erfüllte ihn, sondern auch Zweifel, Sorgen und Ängste, und er fühlte, wie er wieder nervös wurde. Es war unmöglich zu glauben, daß sie einfach ihr Heim verlassen würde, ihre Eltern und ihre Freunde, um mit ihm die Reise zu Orten anzutreten, die nicht einmal er kannte. Und dann wurde ihm schmerzhaft bewußt, daß er ihr nicht einmal würde sagen können, wohin und warum sie reisten, denn sie sprach die Sprache des Waldes nicht. Seine düsteren Gedanken wurden plötzlich von Reev durchbrochen, der neben ihm saß und aus dem Ausdruck von Nabs Gesicht erraten hatte, was im Kopf des Jungen vorging.

»Hab Vertrauen in die Mächte Aschgaroths und vergiß nicht, sie ist vom Stamme der Eldron«, sagte er, »und du hast den Ring.«
Nab wandte sich ihm zu, und der Elb lächelte warm, so daß alle Ängste des Jungen zu schwinden schienen.
»Komm«, sagte Reev, »es wird Zeit, daß wir weiterziehen.«
Sie erhoben sich und fühlten sich sehr erfrischt, als sie die wenigen Schritte zum Ufer zurücklegten. Zur Überraschung der Tiere waren sie genau an der Stelle aus dem Wald gekommen, wo der gefallene Baum die Brücke bildete, von der Brock auf ihrem Hinweg gestürzt war. Diesmal geschah nichts weiter, abgesehen von der erstaunlichen Weise, auf die Reev über den Fluß zu springen schien: Eben war er noch im Wald, und in der nächsten Minute stand er am anderen Ufer und wartete breit grinsend auf die Tiere. Das Seltsame war, daß sie ihn nicht in der Luft gesehen hatten, als er sprang.
Bald darauf marschierten sie frisch und munter den Hügel hinauf auf die beiden Dornenhecken zu, die den Korridor bildeten, und dann gingen sie schon zwischen ihnen entlang und ließen Ellmondrill hinter sich, das majestätisch in der Sonne lag und schimmerte. Der Rest des Rückwegs fand schweigend statt. Jedes der Tiere war eingehüllt in einen tröstenden Kokon aus eigenen Gedanken, ließ Bruchstücke dessen, was der Elbenkönig ihnen erzählt hatte, in seine Gedanken eindringen und verarbeitete sie, eines nach dem anderen, nahm sie auf und verdaute sie, ehe das nächste Bruchstück folgen durfte, um ebenfalls genauestens durchdacht zu werden. Jetzt, da sie Ellmondrill hinter sich gelassen hatten und wieder auf vertrautes Gebiet kamen, fühlten sie sich zuversichtlicher, als hätten sie ihr eigenes Schicksal wieder mehr unter Kontrolle, und das Abwägen und Aussortieren all der neuen Dinge, die sie erfahren und erlebt hatten, ermöglichte es ihnen, Dinge zu verstehen, die vorher unter einer Flut von Verwirrung begraben gewesen waren. Für Nab und Warrigal war es leichter zu verstehen als für

Brock, der vieles von Wychnors Geschichte verwirrend und unklar fand. Aber er verstand eines, nämlich, daß er von Anfang an recht gelebt hatte mit seinem Gefühl von Schicksal, das in ihm aufgekommen war, als er Nab zum ersten Mal gesehen hatte. Und er verstand auch, daß er den Silberwald und Tara für lange Zeit verlassen würde. Als er Reev danach gefragt hatte, hatte der Elb geantwortet, daß jede Gruppe von mehr als sechs Tieren, die zusammen reisen würde, die Urkku mißtrauisch machen mußte. Sechs waren an sich schon zuviel, aber Wychnor war der Ansicht, daß die Vorzüge überwiegen würden, wenn die Fähigkeiten all jener, die ausziehen würden, vereint waren. Außerdem, fügte Reev hinzu, war Tara nicht so kräftig wie der Rest von ihnen. Die Anstrengung der Schwangerschaften und Geburten war nicht spurlos an ihr vorübergegangen. Und Brock hatte ihn verstanden, aber das hatte den Schmerz nicht verringert, den er empfand, wenn er daran dachte, von ihr getrennt zu sein.

Endlich, als die Sonne anfing, an diesem kurzen Winternachmittag unterzugehen, erreichten sie die Felder, die zur Rückseite vom Silberwald führten, und in der Ferne konnten sie die Baumwipfel ausmachen. Reev forderte die Tiere auf anzuhalten und erklärte ihnen, daß sie sich jetzt direkt zum Haus der Eldron begeben würden. Deshalb wäre es vernünftiger und schneller, nicht durch den Wald zu gehen, sondern den Weg rechts davon einzuschlagen. Beim Anblick der vertrauten Bäume und Hügel erfüllte die Tiere Heimweh, aber sie trösteten sich selbst mit dem Gedanken, daß sie zurückkehren würden, sobald sie das Mädchen abgeholt hatten. Und so folgten sie dem Elb, als er die Felder in einem Winkel überquerte, der sie noch einmal vom Wald fortführte.

Es war schon Abend, als Reev erneut anhielt. Sie befanden sich knapp unter der Kuppe eines Hügels auf einem Feld.

»Die Behausung der Eldron befindet sich auf der anderen Seite dieses Hügels«, sagte er. »Ich werde euch jetzt verlassen. Ihr braucht mich nicht mehr. Wenn ihr

Silberwald mit dem Mädchen verlaßt, schlagt den Weg ein, der auf die Baumgruppe in der Ferne zuführt. Das wird euch auf den richtigen Weg bringen. Lebt nun wohl.«

Er war gegangen, noch ehe die Tiere Gelegenheit gehabt hatten, ihm Lebewohl zu sagen. Das Silberlicht, das ihn umgab, tanzte in die Dunkelheit des Abends, bis es schließlich auf der anderen Seite der Hecke verschwand. Ihre letzte Verbindung mit den Waldelben war dahin, und sie waren wieder auf sich selbst angewiesen.

»Kommt«, sagte Nab, und knirschend setzten sie ihren Weg durch den gefrorenen Schnee fort, bis sie die Hügelkuppe erreichten. Sie schauten hinab, und da, zwischen zwei Hügeln gebettet, stand ein kleines Häuschen. Der Hügel, auf dem sie standen, befand sich im Rücken des Häuschens, und davor lag ein dichter Wald. Aus drei Fenstern im Erdgeschoß fiel Licht; aus zwei Fenstern zeigte es eine warme, orange Farbe, aus dem dritten, das sich an einem Ende befand, ein leichtes Rot. Rauch zog nach oben aus einem Kamin an diesem Ende, und der Geruch eines Holzfeuers hing in der kalten Luft und erinnerte die Tiere an den Herbst. Nab schaute sich um, betrachtete den stahlgrauen Abendhimmel, die weißen, gefrorenen Felder und den Wald, der dunkel und bedrohlich unter den ersten Sternen lag. Einen Augenblick lang verzehrte ihn ein unerklärliches Sehnen, sich im Haus aufzuhalten, wo es warm und sicher war, fern der Kälte der Nacht. Es kam von irgendwo tief aus seinem Innern und verging ebenso schnell, wie es gekommen war, aber seine Sehnsucht war so intensiv, daß eine tiefe Traurigkeit in ihm aufstieg, wenn er sich später an diesen Augenblick erinnerte.

Leise gingen sie den Hügel hinab auf das Haus zu und kletterten bald darauf durch einen groben Holzzaun, der das Feld von einem Garten auf der Rückseite trennte. Dieser Garten war nur klein, und ein paar Bäume bildeten eine Grenze um ihn herum. Sie standen so dicht beieinander, daß sie wie eine große Hecke wirkten. Dort versammelten sich die Tiere, um zu überlegen, was sie tun sollten.

»Ich glaube, es wäre besser, wenn ich allein hinginge«, wisperte Nab. »Sie könnte sich fürchten, wenn sie uns alle drei auf einmal sieht. Schließlich hat sie mich schon einmal gesehen.«

Warrigal und Brock stimmten zu. Die Eule flog in einen der Bäume hinauf, wo sie auf einem Ast hockte, von dem aus sie einen guten Überblick über die ganze Rückseite des Hauses hatte, und der Dachs verschmolz mit den Schatten, angespannt und wachsam, bereit, hervorzustürzen und zu helfen, sobald seine Hilfe benötigt wurde. Zu seiner Überraschung stellte er fest, daß ihm das gefiel. Er glaubte nicht, daß große Gefahr bestand, aber zumindest reichte es, um seine Gedanken von der Zukunft abzulenken, ihn für eine Weile nur im Jetzt leben zu lassen. Er ließ sich unter den überhängenden Zweigen eines der Bäume nieder, ganz dicht am Stamm, und als er hinausspähte, sah er, daß Nab das Ende der Baumhecke erreicht hatte und anfing, an der Hauswand entlangzukriechen, auf das erste der Fenster zu. Das letzte Abendlicht war fast geschwunden, und die Nacht senkte sich auf sie herab. Vor dem dunkler werdenden Himmel sah der Dachs eine einsame Krähe heimwärts fliegen, und plötzlich erfüllte ihn der Wunsch nach alten Zeiten, als er um eben diese Zeit zu seinem Abendspaziergang aufgebrochen war. Jetzt war das alles anders. Das Schicksal hatte ihr Leben in die Hand genommen.

13. Kapitel

Beth war im mittleren Zimmer damit beschäftigt, den Weihnachtsbaum zu schmücken. In diesem Jahr waren sie spät, denn alle waren so beschäftigt gewesen; ihr Vater in der Arbeit, ihre Mutter mit dem neuen Baby, und sie selbst hatte auch keine Zeit dafür gefunden, wegen all der kleinen Arbeiten, die um diese Zeit des Jahres getan werden mußten: Geschenke für die Familie besorgen, Großmütter und Großväter besuchen und Freunde treffen. Auch gab es eine Menge mehr für sie im Haus zu tun, denn die Zeit der Mutter schien völlig von dem kleinen James in Anspruch genommen zu werden, und so war es ihr überlassen worden, Essen zu kochen, zu waschen und zu putzen, mehr als gewöhnlich. Und jetzt war Heiligabend, Schnee bedeckte die Erde, die Atmosphäre im Haus war erfüllt von Aufregung und Vorfreude, und sie hängte bunte Kugeln an den Baum. Das Leben war vollkommen. Und doch war sie nicht zufrieden. Seit jenem Frühlingstag, als sie plötzlich diesem außergewöhnlichen Jungen am Fluß Auge in Auge gegenübergestanden hatte, war sie nicht mehr richtig in Frieden mit sich selbst gewesen. Sie hatte niemandem davon erzählt, und das Geheimnis hatte in ihr gebrannt, war nur noch stärker geworden durch das Bemühen, mit niemandem darüber zu reden. Aber zu ihrer Überraschung war es ihr gelungen, ruhig zu bleiben. Irgend etwas war an dem Jungen gewesen, das in ihr eine Rastlosigkeit geweckt hatte, die ihr seitdem immer Probleme verursacht hatte, und so war sie dazu übergegangen, lange, einsame Spaziergänge durch den Wald und die Felder zu unternehmen. Zuerst noch in der Hoffnung, ihn zu treffen, aber als dies mehr und mehr unwahrscheinlich wurde, als die Tage vergingen und sie immer noch kein Zeichen von ihm gesehen hatte, war sie einfach spazierengegangen, weil sie nur dort draußen, zwischen den Bäumen und auf dem Feld, zufrieden sein konnte.

Schließlich hatte sie dieses Gefühl in sich bekämpft und hatte sich wieder ihrer Schularbeit gewidmet, denn ihre Leistungen hatten beträchtlich unter ihrer Unfähigkeit, sich zu konzentrieren, gelitten. Für alle, die mit ihr lebten, war sie wieder fast die alte geworden, für ihre Mutter, ihren Vater, ihren älteren Bruder, ihren Lehrer und ihre Freunde. Wieder war sie ein hübsches, fleißiges, sorgfältiges, höfliches und fröhliches kleines Mädchen. Sie war froh darüber, denn sie liebte all diese Menschen, und es schmerzte sie, ihnen Sorgen zu bereiten, aber sie wußte, daß es nur gespielt war, eine Rolle zu ihren Gunsten, und daß sie dahinter noch immer unruhig und rastlos und gelangweilt war wie zuvor. Dennoch hoffte sie, daß dieses Gefühl irgendwann vergehen würde, wenn sie nur hart genug daran arbeitete, und als die Zeit verging und die Erinnerung an sein Gesicht und diese dunklen Augen zu verblassen begann, glaubte sie tatsächlich, daß sie Erfolg hätte. Im vergangenen Herbst und Winter hatte sie einige Gesellschaften besucht, und es hatte ihr sogar Spaß gemacht. Auch heute abend sollte sie zum Tanz in der Dorfhalle gehen. Sie freute sich darauf und sobald sie mit dem Baum fertig war, wollte sie in ihr Zimmer hinaufgehen und sich fertig machen.

Aber erst wenige Wochen zuvor hatte sie einen Traum gehabt. Es war kein unerfreulicher Traum, eigentlich sogar das Gegenteil, aber er hatte all ihre alten Gefühle der Rastlosigkeit zurückgebracht. Sie hatte von seinem Gesicht geträumt, und im Traum war es so lebendig gewesen, als hätte er vor ihr gestanden. Seine vor Leben sprühenden Augen hatten ihren Blick gesucht, genauso wie an jenem bewußten Tag, und sie fühlte sich merkwürdig zu ihm hingezogen. Dann waren da unzusammenhängende Bruchstücke anderer Bilder. In einem von ihnen ging sie an seiner Seite einen Bergpfad entlang, und ihnen folgten ein Hund, ein Dachs, ein Hase und eine große braune Eule; dann wieder gab er ihr einen Ring, einen wunderschönen Ring aus einem tiefen goldfarbenen Material, mit hauchzarten Silberfäden darin. Diese Träume waren fast jede Nacht wiedergekehrt, und wenngleich die Bilder von seinem Gesicht, dem Ring und den Tieren konstant blieben, so änderte sich das übrige, so daß sie manchmal an einem Bach entlanggingen und das Meer brauste an den Strand, und dann wieder befanden sie sich in einem Sumpf, einsam, verzweifelt und verloren inmitten der Nacht. Die Träume waren so real und kehrten so häufig wieder, daß sie manchmal das Gefühl hatte, diese wären ihr wahres Leben und es sei ihr Alltagsleben, das der Traum war. Sie fing an, in einer merkwürdigen, dämmrigen Welt zu leben, wo sich die beiden miteinander mischten und verflochten, in einem solchen Ausmaß, daß sie häufig, untertags, überrascht war, sich nicht bei dem Jungen und den Tieren zu befinden; und dann wieder ertappte sie sich dabei, daß sie sich auf Vorfälle aus ihrem Traumleben bezog, wenn sie sich mit ihrer Mutter oder ihren Freunden unterhielt.

Aber jetzt war Weihnachten, und sie hoffte, daß die Aufregungen und Freuden dieser Zeit ihr helfen würden, wieder normal zu werden. Das hoffte sie, und doch war das Merkwürdigste von allem, daß sie sich nach dem Ende des Tages sehnte, wenn sie wieder in ihren Träumen leben konnte und mit der kleinen Gruppe von Freunden durchs Land ziehen durfte.
Gerade legte sie letzte Hand an die Anordnung der Lichter am Baum, als ihre Mutter sie von der Küche her rief.
»Beth, deck bitte den Tisch, Liebes, ja? Euer Vater wird bald heimkommen, und das Essen ist fast fertig. Hol auch Sherry-Gläser für uns heraus; du darfst auch

eines haben.« Es gab eine Pause, in der Beth das Klappern von Pfannen in der Küche hörte. »Bist du mit dem Baum fertig? Ich nehme an, Vater muß noch einmal nach den Lichtern sehen. Sie funktionieren nie; es ist jedes Jahr dasselbe.«

Beth schaltete sie ein, aber nichts geschah.

»Nein, sie sind nicht angegangen, Mami«, sagte sie und trat einen Schritt zurück, um ihr Werk zu bewundern. »Aber der Baum sieht hübsch aus«, rief sie.

Sie ging zu der großen Eichenanrichte hinüber, die an einer Wand des Zimmers stand, und zog die Besteckschublade heraus, damit sie den Tisch decken konnte. Sie nahm die Sets von einem Sims, das um die Anrichte herumlief, ging in die Mitte des Zimmers und fing an, für vier Personen zu decken. Der große, ovale Eßtisch roch nach Möbelpolitur und glänzte im flackernden Licht der Kerzen, die sie in seiner Mitte aufgestellt hatte. Von oben konnte sie Geräusche hören, als ihr älterer Bruder, der mit seinen fünfzehn Jahren zwei älter war als sie – wenn er auch manchmal so tat, als wären es zehn! –, von dem Tisch aufstand, an dem er gesessen und ein Buch gelesen hatte, und zur Tür seines Zimmers ging.

»Wie spät ist es, Beth?« brüllte er nach unten.

»Fünf Uhr«, gab sie ihm zur Antwort. »Komm und bring diese Lichter in Ordnung, ehe Vater heimkommt.«

»Bring sie doch selber in Ordnung.«

»Schwein!«

»Kinder, zankt euch heute abend nicht. Ich habe schon genug damit zu tun, James zu füttern und das Essen fertigzubekommen, auch ohne daß ihr beiden aufeinander losgeht.«

Beth deckte den Tisch fertig.

»Ich gehe nach oben und ziehe mich um«, rief sie in die Küche hinüber, »dann kann Papi mich zum Tanz fahren, sobald wir mit dem Essen fertig sind.«

»In Ordnung, Liebes. Ich habe dein neues Kleid gebügelt. Es liegt über dem Stuhl in deinem Zimmer. Und beeil dich, Papi wird jeden Augenblick kommen.«

Das Mädchen ging zu der Holztreppe hinüber, die in einer Ecke des kleinen Zimmers nach oben führte. Sie liebte diesen Raum. Er war der alte geblieben, der immer hier gewesen war, seit sie zurückdenken konnte, nicht so wie der neue Raum am Ende, der erst vor vier Jahren angebaut worden war und den sie nie als einen Teil des Hauses betrachtet hatte, obwohl er passend dazu entworfen worden war. Er war zu gut geplant, zu glatt. Aber der alte schien aus der Erde selbst gewachsen zu sein, und sie fühlte sich darin nie eingesperrt, denn er gab ihr das Gefühl, draußen im Wald zu sein. Wenn der Wind heulte und der Regen an Winterabenden niederschüttete, hatte sie das Gefühl, sich irgendwo unter der Erde zu befinden, und die rauhen und knorrigen schwarzen Eichenbalken in der Decke, die im Feuerschein glommen, waren die Wurzeln eines großen Baumes. Selbst wenn sie in ihrer rastlosen Stimmung war, fühlte sie sich hier zufrieden, und oft saß sie ganz allein hier und las, wenn die anderen ins neue Zimmer gegangen waren, um fernzusehen. Der Zauber der Bücher, die sie las, schien noch verstärkt zu werden durch den Raum mit seinen flackernden Schatten und seiner Atmosphäre von geheimer Geschichte.

Beth hatte die Treppe erreicht und wollte gerade hinaufsteigen, als ihr Blick von einer Bewegung vor dem Fenster angezogen wurde. Sie blieb stehen und beugte sich vor, um durch die Scheibe zu sehen. Und da war es, sie konnte es kaum glauben, das Gesicht, das ihr in ihren Träumen so vertraut geworden war, das Gesicht des Jungen vom Fluß. Sie schloß die Augen, zählte bis zehn und öffnete sie wieder, um sicher zu sein, daß es kein Traum war, aber das Gesicht war immer noch da, schaute sie an, die brennenden Augen drangen bis in ihre Seele. Jetzt war der Traum Wirklichkeit geworden, und sie war merkwürdig ruhig; so oft war sie mit dem Jungen in ihren Träumen beisammen gewesen, daß es jetzt war, als würde sie ihn schon seit langer Zeit kennen. Dies war ein Augenblick, den sie unzählige Male durchlebt hatte, in der Dämmerwelt, in der sie gelebt hatte, und so wußte sie genau, was sie tun würde.

Auf der anderen Seite bestand Nab nur aus Zweifeln und Unsicherheit. Er war am ersten Fenster gewesen, und als er in dem Zimmer dahinter niemanden gesehen hatte, war er vorsichtig weitergeschlichen zu diesem und hatte dort gestanden und Beth geraume Zeit beobachtet, während sie den Tisch deckte. Bei ihrem Anblick war er unfähig gewesen, etwas anderes zu tun, als zu starren, sie wie gebannt anzuschauen, während sie im Zimmer umherging. Natürlich war sie älter als an jenem Frühlingstag, als er sie zuerst gesehen hatte, und ihre Bewegungen hatten eine Grazie angenommen, die ihn gefangenhielt; die Art, wie ihr Haar um ihr Gesicht floß, wenn sie ging, und die Art, wie sie es hinter die Ohren strich, damit es ihr nicht im Weg war, wenn sie sich bückte, um das Besteck auf den Tisch zu legen; die Art, wie sie die Arme verschränkt hatte, als sie nach oben rief, und wie sie die Lippen zusammengekniffen hatte, als eine Stimme antwortete; und die Art, wie sie stand, als sie mit ihrer Mutter redete, beide Hände in die Gesäßtaschen ihrer Jeans gestopft. Da waren Hunderte kleiner Eigenarten, unerklärlich und unbewußt, und alle zusammen verwoben sich zu einem Zauber, der Nab gefangennahm. So kam es, daß er nicht wußte, was er tun sollte, als sie durchs Fenster blickte, und er wußte, daß sie ihn gesehen hatte. Dann fiel ihm der Ring ein, und er fummelte unter seinen Kleidern, bis er das zweite Kästchen an seinem Gürtel fand. Mit vor Verwirrung zitternden Händen drückte er auf den Verschluß, der Deckel sprang auf, und er steckte zwei Finger hinein, um ihn herauszuziehen.
Als ihr der Junge vorsichtig den Ring hinhielt, auf einer Hand, die dunkel und schwielig war, wußte Beth, was sie zu tun hatte, ohne auch nur eine Sekunde zu zweifeln. Sie würde mit ihm gehen. Der Ring schimmerte in den Farben eines Herbstmorgens, genau so, wie sie es in ihren Träumen gesehen hatte. Sie blickte in das besorgte Gesicht des Jungen auf, und ihre Blicke trafen sich. Sie wußte, daß er nervös und angespannt war wie damals, als sie sich zum ersten Mal begegnet waren. Da stand er nun, zerlumpt und wild, während

die Brise sanft die Rinde bewegte, die um ihn hing, und ihm sein Haar ins Gesicht blies, so daß nur noch die Augen zu sehen waren. Er war wie ein wildes Tier. Die Spannung in seinem Körper erfüllte ihn mit der Energie, die an der Quelle des Lebens selbst ist, sein ganzes Sein war dem Rhythmus der Erde angepaßt. Gleichzeitig waren seine Augen, die sie verzweifelt brennend anstarrten, voll von Trauer und Mißtrauen, zeugten von beständiger Verfolgung, aber tief innen brannte auch Zorn, so resolut und so stark, daß er Beth ängstigte. »Ich möchte nicht der Grund für diesen Zorn sein«, dachte sie bei sich. »Er könnte die Welt zerstören.« Sie wußte es nicht, und Nab ebensowenig, aber was sie da gesehen hatte, war der Zorn Aschgaroths.
Lange Zeit schauten sie einander an, und Welten wanderten zwischen ihnen hin und her, denn dies war die einzige Art, auf die sie sich verständigen konnten. Plötzlich hörte Beth ihre Mutter aus der Küche rufen. Es klang ganz fern, als dringe es durch einen mit Watte angefüllten Raum, aber Nab hörte es, und sein Gesicht gefror.
Er beobachtete durchs Fenster, wie sie ihrer Mutter etwas zurief. Dann wandte sie sich wieder ihm zu, legte einen Finger an die Lippen und zeigte erst auf die Treppe, dann wieder nach unten und schließlich hinaus zu ihm.
Während Nab noch darüber nachdachte, fing sie an, die Treppe hinaufzugehen, und da erkannte er, was sie meinte. Er kauerte sich unter dem Fenster an der Rückwand nieder, um auf sie zu warten.
Beth ging an der Tür zum Zimmer ihres Bruders vorüber in ihr eigenes, das gleich daneben lag. Dankbar schloß sie die Tür hinter sich und setzte sich einen Augenblick aufs Bett, um ihre Gedanken zu sammeln. Jetzt, wo der Junge nicht mehr direkt vor ihr stand, fragte sie sich wieder, ob es nicht bloß einer ihrer Träume gewesen war. Und selbst wenn es nicht so war, war sie verrückt, daß sie daran dachte, in dieser eisigen, verschneiten Nacht mit einem Jungen davonzulaufen, den sie in ihrem ganzen Leben nicht länger als

zehn Minuten gesehen hatte. Und der Junge! Je mehr sie darüber nachdachte, desto unglaublicher erschien ihr die Vorstellung. Jedes nur erdenkliche Argument sprach dagegen, und es gab nichts, um das, was sie zu tun beabsichtigte, logisch zu rechtfertigen. Dann fiel ihr der Ring ein, und irgendwie erfüllte sie der Gedanke an ihn mit einem sonderbaren Gefühl von Sicherheit. Das war kein bloßer Zufall gewesen, und genausowenig war es ein Teil ihres Traumes gewesen. Irgend etwas rief zu ihr, und sie mußte gehen. Was es war, wußte sie nicht, aber daß es da war, daran bestand für sie kein Zweifel. Sie hatte keine rechte Wahl, denn wenn sie nicht ging, würde sie für den Rest ihres Lebens nicht mit sich leben können.

Nachdem sie also sicher war, überlegte sie, was sie mitnehmen sollte. Sie stand auf und ging zu ihrem kleinen Tisch in der Ecke. Zärtlich fuhr sie mit den Händen an ihm entlang. Sie liebte ihn, hatte stundenlang daran gesessen und über alles und nichts nachgedacht. Und als sie ihn und all die anderen liebgewonnenen Sachen jetzt anschaute, schossen ihr Erinnerungen aus der Vergangenheit durch den Kopf.

All das verließ sie jetzt, und wenngleich sie seit Monaten von einer unersättlichen Rastlosigkeit beherrscht worden war, jetzt, wo sie tatsächlich ging, war sie unfähig, ohne eine gewisse Traurigkeit zu gehen. Sie lächelte reumütig vor sich hin beim Anblick all der Dinge, die sie da sah. Nichts davon würde sie jetzt benötigen, dachte sie und wandte sich hastig ab, um nicht zu weinen anzufangen. Sie mußte eine Nachricht für ihre Mutter und ihren Vater hinterlassen. Sie würden sich natürlich Sorgen machen, aber vielleicht könnte sie ihre Ängste ein wenig verringern. Sie nahm Bleistift und Papier zur Hand, aber die Worte, nach denen sie suchte, wollten sich nicht einstellen. Wie konnte sie ausdrücken, was sie empfand, wie erklären, warum sie fortging? Sie saß und kämpfte mit den Sätzen, und dann, ganz plötzlich, schienen sie aus dem Nichts zu kommen, schienen sich selbst zu schreiben. Es waren
 Worte der Poesie, sanfte, magische Worte, erfüllt von

Ehrfurcht und Schönheit, und als ihre Eltern die Nachricht später fanden, waren sie froh, selbst in ihrem Kummer darüber, Beth verloren zu haben, denn sie zweifelten nicht daran, daß sie sicher und glücklich war und immer sein würde. Sie wußten es, denn sie waren Eldron.

Als sie damit fertig war, wählte sie von ihren Kleidern drei T-shirts, grün, rot und schwarz, und drei Pullover, eine recht locker gestrickte Weste und zum Schluß einen mächtigen Sweater, den sie erst in diesem Winter bekommen hatte. Er war von dunkelgrüner Farbe und hatte einen rot-weiß gemusterten Streifen um die Brust. Als sie diese Sachen angezogen hatte, zog sie eine große braune Kordjacke aus dem Schrank, der neben dem Tisch stand, und über alles zog sie schließlich noch das dunkelbraune Tweedcape mit dem Löwenkopfverschluß, das einmal ihrer Großmutter gehört hatte. Diese hatte es Beth zu ihrem zehnten Geburtstag geschenkt, nachdem sie es immer bewundert hatte, wenn sie die Großmutter besuchte. Es war ideal, dachte sie jetzt. Abgesehen von der rein praktischen Seite, daß es nämlich das einzige war, das sie über all diesen Kleidern tragen konnte, und daß es herrlich warm war, hatte sie auch das Gefühl, daß es das einzig Richtige war, wenn man über mondbeschienene Felder wanderte. Sie hatte immer das Gefühl gehabt, daß es etwas Besonderes an sich hatte, und aus diesem Grund hatte sie es nie zuvor getragen, sondern hatte es vorgezogen, auf eine Gelegenheit zu warten, die seiner würdig war. Sie legte das schwere Cape um ihre Schultern; es fiel in schweren Falten bis zum Teppich hinab. Mit den Händen grub sie in der Schublade, bis sie den rehbraunen Wollhut fand, den sie suchte, und als sie ihn aufgesetzt hatte, stülpte sie noch die Kapuze des Umhangs über und war fertig.

Sie warf noch einen letzten Blick in den Spiegel und wandte sich dann der Tür zu. Das hübsche rote Kleid, das ihre Mutter für die Tanzveranstaltung für sie gebügelt hatte, lag über der Rückenlehne eines Stuhles auf der anderen Seite des Zimmers. Komisch, dachte sie, vor einer halben Stunde war noch alles so normal und gewöhnlich. Das Kleid sah verloren aus, wie es so dalag und darauf wartete, angezogen zu werden, und unter all ihrer Aufregung war Beth auch ein wenig traurig. Dann fielen ihr plötzlich die Weihnachtsgeschenke ein, und sie griff unters Bett, wo sie sie versteckt hatte, und legte sie obenauf. Zum Glück hatte sie sie schon gestern abend eingepackt und kleine Karten mit den Namen angeheftet. Da war ein Armband für ihre Mutter und ein Stift für ihren Vater, eine Schallplatte für ihren älteren Bruder, und für das kleine Baby James hatte sie einen großen braunen Teddybären gekauft. Für die beiden Großmütter hatte sie einen Kalender, genau den gleichen, damit es nicht zum Streit kommen könnte, welche der Großmütter beliebter war, und für die beiden Großväter Socken. Der Anblick all dieser Geschenke, die in einer Reihe auf dem Bett lagen, in fröhliches Weihnachtspapier gewickelt, und die Vorstellung, sie morgen früh unter dem Baum zu verteilen, waren fast zuviel für sie, und Tränen liefen über ihre Wangen.

Sie mußte jetzt gehen, ohne noch weiter nachzudenken. Entschlossen schritt sie zur Tür, öffnete sie und trat hinaus, ohne sich noch einmal umzusehen. Leise ging sie die Treppe hinunter und zu dem Schrank gegenüber der Hintertür, wo sie ihre Gummistiefel aufbewahrte. In einem steckte ein Paar dicke weiße Wollsocken, die sie anzog, ehe sie die Gummistiefel über ihre Jeans zerrte. Dann hörte sie das vertraute Miau von Meg und spürte, wie sich der schwarze, pelzige Körper der Katze an ihre Beine schmiegte, und es versetzte ihr einen schmerzlichen Stich. Sie bückte sich und hob sie auf, und Meg schloß die Augen und fing laut an zu schnurren. Beth drückte die Katze eng an sich und hob sie dann hoch, so daß sie sich Auge in Auge anblickten.

»Paß gut auf dich auf, kleine Freundin«, flüsterte sie liebevoll. »Ich werde dich nie, nie vergessen.« Dann setzte sie die Katze vorsichtig auf den Boden, wo sie hockenblieb und zu Beth emporblickte. »Ich muß jetzt gehen«, sagte sie, und ohne es zu wagen, Meg noch einmal anzublicken, legte sie die Hand auf den Türknauf und drehte ihn. Die Tür quietschte, als sie sie langsam öffnete.

»Bist du das, Beth?« rief ihre Mutter aus der Küche.

»Ich geh' nur noch Kohle für das Feuer holen«, rief sie zurück, und ihr Herz klopfte heftig vor Angst, entdeckt zu werden. Wie sollte sie erklären, warum sie all diese Kleider trug?

»Bleib nicht zu lange, Liebes. Dein Vater wird gleich heimkommen.«

Als sie hinaustrat, schlug ihr die eisige Luft der kalten Winternacht entgegen, und unwillkürlich zitterte sie. Dann schloß sie langsam die Tür, und erst als sie die Hand vom Griff nahm, wurde ihr die volle Bedeutung dessen, was sie getan hatte, bewußt. Sie legte ihre Hand vor die Augen, als wollte sie sich vergewissern, daß es einen Fluchtweg gab, sollte irgend etwas schiefgehen, und suchte in den dunklen Schatten unter dem Fenster verzweifelt nach dem Jungen. »Nein, es war alles nur ein Traum«, dachte sie und kam sich plötzlich schrecklich dumm vor. Aber dann, gerade als sie wieder ins Haus gehen wollte, sah sie ihn aufstehen und nervös auf sie zukommen. Bei seinem Anblick vergingen all ihre Zweifel und Ängste. Das war jetzt ihre Welt, und er, wer immer er auch war und was immer er auch tat, war ihr Leben. Er blieb stehen, seiner selbst nicht sicher, und sie ging langsam auf ihn zu. Als sie nur noch einen Schritt entfernt war, lächelte sie, und überwältigt von Gefühlen flog sie dann plötzlich auf ihn zu und schlang die Arme um seinen Hals. Sie klammerte sich an ihn, und je länger sie ihn hielt, desto deutlicher spürte sie, wie all die Rastlosigkeit und Sorge, die sie erlitten hatte, seit sie ihm das erste Mal begegnet war, dahinschwanden. Und während sie ihn so hielt, war sie auch in der Lage, ihre Sorgen und die tiefe Traurigkeit darüber zu vergessen, daß sie ihr Heim und all die Menschen verließ, die sie liebte. Das war die einzige Art, in der sie kommunizieren konnten. Durch ihren Körper versuchte sie all diese Gefühle und Ängste zu übermitteln, versuchte ihm zu zeigen, daß sie neben ihren Ängsten auch froh und glücklich war, ihn wiederzusehen und bei ihm zu sein. Es war, als wäre ein Damm, hinter dem sich seit drei Jahren das Wasser staute, plötzlich gebrochen, und alles Wasser strömte hervor.

Nab war zuerst, als das Mädchen die Arme um ihn legte, nicht fähig zu verstehen, was das bedeutete, und war nur noch angespannter und ängstlicher geworden. Aber jetzt begann er sich zu entspannen und reagierte, indem er langsam die Arme hob und sie um Beth schloß. Wie bei allen Tieren waren auch seine Sinne auf Gefühle abgestimmt; er verstand, was sie ihm zu sagen versuchte. Und auf die einzige Weise, die ihm möglich war, versuchte er sie zu beruhigen und zu trösten, ihr in ihrer Unsicherheit und Traurigkeit zu helfen. Als Beth fühlte, wie sich sein Körper entspannte und er die Arme um sie legte, hätte sie vor Freude und Erleichterung weinen mögen. Zum ersten Mal, seit sie noch sehr klein gewesen war, fühlte sie sich ganz in Frieden mit sich selbst. Die kalte Nachtluft, die sie atmete, stieg ihr zu Kopf, und die Bäume im Garten, die sich düster und kahl vor dem dunklen Himmel abzeichneten, ihre Zweige wie die langen, knochigen Finger eines Hexenmeisters, schienen ihre Freunde und Hüter zu sein.

Lange blieben sie so in den Schatten auf der Rückseite des Hauses stehen, während jeder versuchte, den anderen zu beruhigen und zu trösten. Und so verloren waren sie in ihre eigene Welt, daß nichts weiter zählte als der Augenblick, und der war zeitlos. Doch plötzlich wurde ihre Welt von zwei riesigen Lichtkegeln zerrissen, die durch die Dunkelheit schnitten, sie einen Moment erfaßten und schließlich in der Garage rechts vom Haus verschwanden.

»Vater ist da. Wir müssen uns beeilen«, sagte sie, und obwohl Nab nicht verstand, was sie sagte, erkannte er doch die Dringlichkeit in ihrer Stimme. Außerdem hatte er ohnehin das Gefühl, daß sie so schnell wie möglich davonlaufen sollten. Als sie hörten, wie der

Motorenlärm erstarb, waren sie schon halb durch den Garten gelaufen, und als das Garagentor knallend geschlossen wurde, passierten sie den Baumgürtel, unter dem Brock voller Sorge – und auch ein wenig Wut – darauf gewartet hatte, daß sie endlich vom Haus fortkamen. Er wußte nicht, wie lange sie noch dort gestanden hätten, wenn der Wagen nicht gekommen wäre, und er wollte auch lieber nicht darüber nachdenken. Er war dankbar, daß Nab endlich mit dem Mädchen hier war und daß sie sicher waren.

Beth fragte sich, was der Junge trieb, als er Geräusche in Richtung auf die Bäume ausstieß, aber als dann der Dachs verstohlen aus den Schatten auftauchte, war sie überhaupt nicht überrascht, oft hatte sie ihn in ihren Träumen so gesehen. Dennoch war sie äußerst aufgeregt. Trotz all ihrer Zeit im Wald, vor allem zur Dämmerung, die sie besonders liebte, hatte sie nie zuvor einen lebenden Dachs gesehen. Und jetzt spazierte hier einer neben ihr und schenkte ihr nicht einmal einen verstohlenen Blick. Dann entdeckte sie die Eule, die auf dem Zaun hockte und offensichtlich auf sie wartete. Sie hörte den Jungen neuerlich Töne ausstoßen, und zu ihrem Erstaunen antwortete die Eule. Und dann erkannte sie die Wahrheit: Obwohl er die Menschensprache nicht sprechen konnte, war er in der Lage, die Sprache der Tiere zu sprechen, und sie sprachen auch zu ihm. Die Geräusche, die er ihr gegenüber hervorgestoßen hatte, waren in jener Sprache gewesen, und deshalb hatte sie ihn natürlich nicht verstehen können.

Sie krochen gerade durch den Holzzaun, als sie das Knirschen von Schritten hörten, die über den Kiesweg von der Garage zum Haus liefen, und dann das Geräusch der Haustür, die sich öffnete und schloß, und schließlich, ein wenig erstickt aus dem Haus, die übliche abendliche Begrüßung der Eltern. »Hallo, Liebling. Hattest du einen schönen Tag?« – »Ja, danke, und du? Ist Post gekommen?« Dann entstand eine Pause, während er einen Blick auf die Briefe warf, die gekommen waren. »Was gibt es zum Essen?« würde er

schließlich fragen, ehe er nach oben ging, um seine Arbeitskleidung abzulegen.
Beth hörte jedes kleine Stück dieses Familienlebens und fragte sich, ob es wohl zum letzten Mal sein würde. Die Sicherheit dieser Routine war die Basis ihres Lebens gewesen. Jetzt kletterte sie einen Hügel hinauf, mit einem Dachs an ihrer Seite, diesem merkwürdigen und schönen Jungen an der anderen, und einer großen braunen Eule, die vor ihnen über das Feld flog und den Weg wies. Sie wußte nicht, wohin sie ging, nicht einmal, warum, aber jetzt, wo sie auf dem Weg war, konnte sie das triumphierende Gefühl von Freude und Freiheit kaum unterdrücken, das sie erfüllte. Und dann, als sie oben auf dem Hügel ankamen, hörte sie einen anderen Ton aus dem Haus und wußte, daß das Puzzle, zumindest für eine Weile, unterbrochen worden war. Es war die Stimme ihres Vaters, die sie hörte, der ihrer Mutter von Panik erfüllt zurief: »Wo ist Beth? Hast du sie gesehen?« Und dann flog die Hintertür auf, ein Strom von Licht ergoß sich in die Dunkelheit, als ihre Mutter herausstürzte, um nachzusehen, ob sie noch immer im Kohlenschuppen war, und sie stand in der Tür und rief ihren Namen laut über die Felder. »Be-eth, Be-eth«, ein langgezogener Schrei, der in dem Mädchen Schuldbewußtsein und Reue weckte. Fast wäre sie zurückgerannt, um ihnen zu sagen, daß es ihr gutging, daß sie in Sicherheit war und daß sie sie liebte. Aber sie wußte, daß sie das nicht konnte. Sie hatte sich an Nabs Schulter geklammert, als sie ihren Vater rufen hörte, und jetzt standen sie beide da und blickten auf diese von Panik beherrschte Szene hinab. Nab verstand den Schmerz, den sie empfand; es war, als wenn er Brock und Tara verlassen müßte, sie vielleicht nie wiedersehen würde, und er fand ihre Hand, die kalt und schlaff an ihrer Seite hing, und ergriff sie. Sie wandte sich ihm zu, und ihre Augen waren trüb und glänzten von Tränen, und noch einmal umarmten sie sich zum Trost ganz fest, bis die Stimme ihres Vaters erklang, ruhiger jetzt, und ihre Mutter ins Haus rief, wo sie sich etwas anschauen

sollte. Er hatte die Nachricht in ihrem Zimmer gefunden. Beth konnte nichts mehr tun. Hastig wandte sie sich vom Haus ab, und einander noch immer bei den Händen haltend, gingen die beiden langsam über den gefrorenen Schnee davon, bis sie Brock und Warrigal fanden, die unter einer großen Esche am Rande des Feldes auf sie warteten. Dann machten sich die vier im Licht des Mondes auf den Weg zum Silberwald.

14. Kapitel

Sie beeilten sich nicht, in den Wald zurückzukommen. Statt dessen zogen sie langsam und gemächlich unter den Sternen dahin, denn sie fühlten, daß die Nacht von Zauber erfüllt und extra für sie geschaffen war. Es ging kaum Wind. Die Luft war ruhig, und der Mond schien von einem Himmel herab, der so tief blau war, daß er schon fast schwarz aussah. Er wurde von den weißen Feldern reflektiert, und wären nicht die Schatten unter den Hecken und Bäumen gewesen, die sich dunkel vom Schnee abhoben und wie schweigende Wächter der Nacht dastanden, überall wäre es hell gewesen wie bei Tage. Der Kummer, den Beth verspürt hatte, als sie ihr Heim verließ, ließ allmählich nach, als sie sich in einer Welt verlor, die so neu für sie war, als wäre sie gerade erst geboren worden. Sie war schon früher bei Nacht draußen auf dem Feld gewesen, aber jetzt hatte sie das Gefühl, daß ihre Augen damals geschlossen gewesen waren, denn nie hatte es so ausgesehen wie jetzt. Vorher hatte sie der anderen Seite angehört; jetzt stand sie auf ihrer Seite, der Seite des Dachses und der Eule und all der anderen wilden Wesen. Statt eines Beobachters war sie jetzt ein Mitglied ihrer Welt. Für Nab, der das Wunder und die Freude in ihren Augen sah, war es, als ob er selbst alles neu sehen würde, und ihr Glück wurde auch seines. Immer wieder blieben sie stehen, und das Mädchen bückte sich und streichelte Brock und vergrub sein Gesicht in seinem Nackenfell, wie er es so liebte. Dann hielt sie seinen Kopf und blickte dem Dachs tief in die Augen und sprach mit ihm in ihrer seltsamen Sprache, mit einer Stimme, aus der Musik und Sanftheit klangen. Anschließend stand sie auf und schaute zu Warrigal hinüber, der auf einem Ast hockte, und die Eule erwiderte ihren Blick mit großen, runden Augen, ohne zu blinzeln, und dann stieß Warrigal einen ganz tiefen Schrei aus, als wollte er ihr sagen, wie froh er wäre, daß sie bei

ihnen sei. Sie lächelte ihm zu und hob die Hand, um ihm ganz vorsichtig über den Kopf zu streichen, und seine Lider senkten sich über die Augen, so lange, daß Brock und Nab schon dachten, er wäre eingeschlafen. So gewann sie ihre Herzen, wie sie auch schon Nabs gewonnen hatte, und bald war sie für die Tiere wie Nab, und sie sahen in ihr keine Urkku mehr, denn dies ist die Art der Eldron.
Dann wieder hatten sie ihren Spaß auf dem Weg zurück zum Wald, indem sie einander jagten, um die Wette auf ein Tor oder einen Baum oder eine Hecke zuliefen, und wenn sie dort ankamen, lachten sie vor Vergnügen. Warrigal gewann natürlich immer, und Nab wäre als nächster gekommen, aber sein instinktives Gefühl für gute Manieren sagte ihm, das Mädchen gewinnen zu lassen. Brock jedoch war nicht so höflich und tat sein möglichstes, um sie zu schlagen, und manchmal lief er ihr vor die Füße, so daß sie beide in den Schnee purzelten, sie lachend und er vor Vergnügen bellend und quiekend.
Beth brachte Nab auch das Vergnügen einer Schneeballschlacht bei. Er war ein kleines Stück vor ihr gegangen, und als er plötzlich merkte, daß sie nicht mehr an seiner Seite war, und sich nach ihr umdrehte, traf ein eisiger Klumpen Schnee ihn auf die Brust. Als sie sich dann bückte, um eine neue Handvoll aufzuheben, machte er es ihr nach und traf sie zu seinem Entzücken voll auf die Schulter, bloß um festzustellen, daß er seinerseits im Nacken getroffen war und daß der kalte Schnee anfing, in seine Kleidung zu kriechen. Von diesem Augenblick an lieferten sie sich eine heiße Schlacht, bis ihre Hände kalt wurden. Und wieder ahmte Nab sie nach, als sie die Hände vor den Mund hielt und kräftig blies, und zu seiner Überraschung stellte er fest, daß es sie wärmte. Es gab so viel, das er von ihr lernen konnte, dachte er. Seine Neugier in bezug auf die Lebensweise der Urkku erwachte, aber zuerst mußte er versuchen, ihre Sprache zu lernen. Er sah sie an und lächelte, und sein Herz hüpfte vor Freude, als sie sein Lächeln erwiderte.

So vertieft waren sie in all ihr Glück auf diesem Weg, daß sie gar nicht merkten, wie weit sie schon gekommen waren, bis sie plötzlich das Tor am Teich erreichten und in der Ferne die Baumwipfel vom Silberwald erspähten. Der Gedanke an daheim ließ ihre Schritte leichter und eiliger werden, und schon bald krochen sie unter dem Zaun hindurch auf das flache Feld vor dem Wald. Und zu diesem Zeitpunkt fingen sie langsam an zu begreifen, daß etwas nicht in Ordnung war. Der Wald war zu still; kein Ton war zu hören, keine Bewegung zu sehen, weder das Rufen von Wythen noch das Hasten der Kaninchen am Waldrand, wo sie sonst am Abend immer spielten und aßen. Aber es war nicht nur das Fehlen jeglicher Lebenszeichen, das die Herzen der Tiere schneller schlagen ließ. Auch der Wald selbst schien anders auszusehen. Selbst auf diese Entfernung hin konnten sie normalerweise die großen schattenhaften Formen der Rhododendronbüsche und den vertrauten Anblick der Alten Buche ausmachen, die in der Mitte an der Vorderseite des Waldes stand, aber mit einem Gefühl wachsender Panik und des Entsetzens suchten sie vergeblich danach. Je näher sie kamen, desto mehr verloren sie die Orientierung, bis sie schließlich nicht mehr wußten, wohin sie sich wenden sollten. Sie rannten jetzt, schnell, blindlings, und das silbrige Mondlicht, das ihnen zuvor so zauberhaft erschienen war, leuchtete jetzt kalt und grausam auf eine schreckliche Szene. Sie hatten jetzt den alten Zaun erreicht, der den Wald umgab, und vor sich konnten sie deutlich die Überreste ihres Heims erkennen. Das Blut pochte in ihren Ohren, ihre Mägen drehten sich vor Übelkeit und Verzweiflung, als sie auf die Spuren starrten, die die Traktoren im weichen Boden hinterlassen hatten, als sie die Rhododendren ausrissen und auf einer Seite stapelten. Und sie sahen die Stümpfe der Bäume, sahen die Spuren der Säge, die sie zerteilt hatte, so daß sie krachend zu Boden fielen, wo diejenigen von ihnen, die noch nicht zersägt worden waren, nutzlos zwischen dem Unrat lagen, der einmal der Waldboden gewesen war. Noch waren nicht alle

Bäume gefällt worden. Die Männer hatten vorne angefangen und arbeiteten sich nach hinten durch, und die Bäume, die sie von weitem gesehen hatten, waren die Bäume aus dem hinteren Teil des Waldes gewesen, an dem kleinen Fluß. Überall hing der Geruch von Urkku in der Luft. Der Gestank der Traktoren, der Rauch von Zigaretten und Papierfetzen übersäten den Boden, waren entweder angefroren oder schwebten in den Windböen dahin, die von den Hügeln in der Ferne herüberkamen. Und dann entdeckte Nab das erste der vertrauten roten Röhrchen, die er so fürchtete. Überall lagen Patronenhülsen herum, und als die Tiere sich langsam ihren Weg durch die Furchen suchten, die die Erdarbeiter hinterlassen hatten, stießen sie immer wieder auf dunkle Blutspuren auf der schwarzen Erde, auf Fellbüschel, die am Boden lagen.

Ganz langsam jetzt, denn sie waren vor Entsetzen wie betäubt, gingen sie inmitten des Durcheinanders, das einmal ihr Heim gewesen war. Wenn ein Gebiet von Bäumen gesäubert worden war, waren die Erdarbeiter gekommen und hatten den Farn, die Setzlinge, einfach alles fortgeschafft, so daß die Tiere hier keine Spur des Waldes mehr erkannten. Aber dort, wo das noch nicht geschehen war, konnten sie sich noch mühsam orientieren, und so gelangten sie schließlich zu der Stelle, wo die Alte Buche halb gefällt am Boden lag. Der frisch zersägte Baumstumpf leuchtete sehr hell im Mondlicht. Lange Zeit starrten sie ihn an, unfähig, ihren Augen zu trauen. Beth stand hinter ihnen. Sie begriff, daß der Wald ihr Heim gewesen war, und verstand ihren Kummer darüber, was geschehen war. Sie selbst hatte oft von weitem zum Wald hinübergeschaut und gedacht, wie schön er doch sei, und als sie im Dorf gehört hatte, daß er gerodet werden sollte, hatte sie großes Mitleid für die Tiere empfunden, die dort lebten.

Brock, Nab und Warrigal starrten auf den Eingang zum Bau, der jetzt offen und für alle sichtbar dalag, und der Gedanke an Tara drängte sich in ihre betäubten Köpfe, bis sich Brock schließlich langsam über den

vertrauten Boden vor dem Bau schleppte, der jetzt zerrissen und vernarbt von dem Traktor vor ihm lag, der Nabs Rhododendronbusch fortgezerrt hatte. Gerade wollte er durch das Loch nach unten kriechen, als eine Bewegung sein Auge auf sich zog, eine Bewegung in den Büschen, die gleich neben dem Bau aufgestapelt lagen. Auch die anderen hatten sie bemerkt und schauten sich um, als Sam langsam aus seinem Versteck trat. Er hielt den Kopf gesenkt und den Schwanz zwischen die Hinterbeine geklemmt, so daß es aussah, als hätte er einen Buckel. Sein braunes Fell, das für gewöhnlich lebhaft glänzte, war jetzt schmutzverklebt und seine rechte Schulter dunkelrot von getrocknetem Blut. Auf seiner Schnauze befand sich ebenfalls eine Verletzung. Sie fing als roter Streifen an, der von der schwarzen Spitze zur Stirn hinauflief, wo sie in einem tiefen, klaffenden Schnitt endete. Schwerfällig hinkte Sam auf sie zu, ohne auch nur den Kopf zu heben, und blieb stehen, als er Brock erreichte. Warrigal und Nab traten vor, aber Beth blieb, wo sie war, entsetzt durch die Verwandlung dieser Nacht von höchster Freude zu dem Kummer, dessen Zeuge sie jetzt wurde.
Sams Stimme war leise und unsicher, als er sprach, und die anderen traten näher, um zu verstehen, was er sagte.
»Sie kamen, kurz nachdem ihr gegangen wart«, sagte er. »Zuerst mit Gewehren. Hundert von ihnen, die alles umbrachten, was sich bewegte. Es war schrecklich; die Schreie der Verwundeten, als sie zu fliehen versuchten, und der Lärm; Hunderte von Explosionen, ohrenbetäubend, bis ich nicht mehr denken konnte. Überall waren Terror, Panik, Blut, der Geruch des Todes, der Geruch ihrer Gewehre. Niemand konnte entkommen; sie waren überall im Wald; Treiber am einen Ende, Gewehre am anderen. Kaninchen, deren Beine abgeschossen worden waren und die sich wanden, deren Blut in den Schnee sickerte und ihn rot färbte, Fasane, die wie Regen vom Himmel fielen. Der Gestank von Blut.« Er brach ab, unfähig weiterzusprechen – der Alptraum war mehr, als er erzählen konnte.

Schließlich, nach einem Schweigen, das von keinem gebrochen wurde, fuhr er fort.

»Und als die Gewehre fort waren, kamen sie mit dem langen weißen Rohr, in alle Höhlen, Erdlöcher, Baue. Und das Schweigen, das über allem hing, wurde nur von den erstickten Schreien und dem Sterben unter der Erde durchbrochen. Und schließlich kamen sie mit Maschinen und rissen den Wald auf. Den ganzen Tag über Scheppern, Knirschen, Rattern und Rufen. Ich bin aus deinem Busch geflohen, gerade ehe sie ihn niedermachten, Nab. Er ist irgendwo da drüben, in dem Haufen.«

Neuerliches Schweigen senkte sich über sie, und dann sagte Brock leise: »Tara?«

Zum ersten Mal blickte Sam auf, und die Trauer in seinen tiefbraunen Augen verriet Brock das Schlimmste. Er wandte sich langsam ab und ging ins Feld hinüber. Nab folgte ihm, und sie gingen beide immer weiter, bis zu dem Zaun am anderen Ende, wo sie stehenblieben und dann den Rückweg antraten. Es gab nichts zu sagen. Kummer brannte in ihnen beiden, und das Entsetzen über den endgültigen Verlust durch den Tod versetzte sie in einen Zustand der Trance. Wie im Traum schritten sie ungläubig auf und ab, versuchten, die Tatsache zu begreifen, daß sie von ihnen gegangen war und daß sie sie nie wiedersehen würden. Bilder von ihr schossen ihnen durch den Kopf, aber wenn sie versuchten, eines festzuhalten, löste es sich auf. Erinnerungen fluteten zurück; für Brock an ihre gemeinsame Jugend, als sie ihr Heim eingerichtet hatte, an die Kinder, das Leben mit Bruin, die Art, wie sie ihn nach einem seiner Abenteuer ausschalt, die zärtliche Liebe in ihren Augen. Und dann die Ankunft von Nab, die Aufregungen und Vorahnungen der ersten Tage; die Freude in ihrem Gesicht, wenn sie ihn säugte, die Art, wie sie in der ersten Nacht das Bett für ihn bereitet hatte. Nab dachte an Winterabende bei ihr im Bau, als er noch jung war und sich in ihr dichtes, weiches Fell gekuschelt hatte, und an Sommerabende, an denen sie vor dem Bau unter der Großen Buche gesessen und geredet hatten, während die Tauben gurrten und Brock auf Futtersuche war. Dann, als er älter war, waren da die Wärme und das Verständnis reiner Liebe, die sie ihm immer entgegenbrachte, wenn er ein Problem hatte oder sich Sorgen machte. Jetzt war sie nicht mehr, und es war, als wäre die Sonne für immer von ihnen gegangen und es würde keinen Sommer mehr geben. Er dachte, er hätte sich daran gewöhnt, mit dem plötzlichen und gewaltsamen Tod fertig zu werden, nachdem er Rufus und Bruin verloren hatte, aber jetzt erkannte er, daß es unmöglich war, sich jemals an dieses Gefühl absoluten Verlustes zu gewöhnen, das tief im Körper brennt, wenn man jemanden verliert, den man geliebt hat. Tränen verschleierten seine Augen, als er versuchte, sie auf den Boden zu heften, während sie nebeneinander gingen, er und Brock, auf und ab, auf und ab. Sie würden sie nie wiedersehen. Dieser Gedanke wühlte sich in ihren Kopf, brannte sich in ihre Gedanken, bis er bloß noch aus leeren Worten bestand, und dann, plötzlich, traf der Verlust sie wieder, und eine Welle von Schmerz hüllte sie neuerlich ein, trieb brennende Tränen über Nabs Gesicht und ließ ihn krampfhaft und verzweifelt schluchzen, bis ihm die Kehle schmerzte und sein Magen rebellierte.

Lange Zeit gingen sie so, und die anderen beobachteten sie, traurig und einsam, aus den Überresten des Waldes. Als endlich das Gefühl von Unwirklichkeit und der Schock über den Tod der Wut gewichen waren, gingen der Junge und der Dachs langsam zu ihren Freunden zurück. Aus ihren Augen war die Verzweiflung gewichen, und an ihrer Statt konnten die anderen eine schreckliche Wut entdecken. Haß strahlte von ihnen aus wie Hitze von einem Feuer, Haß auf das, was mit ihrem Heim geschehen war, und Haß für den abscheulichen Tod Taras. Brock war nicht in der Lage, nach unten zu gehen und sie ein letztes Mal zu sehen, denn als er seine Nase in den Eingang steckte, trieb das Gas ihn keuchend und würgend zurück. Und das war das Schlimmste, das Empörendste, daß sie dort unten lag, gebrochen und allein. Er stellte sich vor, wie sie auf dem Mädesüß lag, von panischer Angst erfüllt nach Atem rang und ihre Lippen sich über die Zähne zurückzogen, halb lächelnd, halb knurrend, ein typisches Zeichen des Gifttodes. In diesem Augenblick fielen ihm Wychnors Worte wieder ein: ». . . und Dréagg pflanzte die Wurzel der Grausamkeit tief in die Urkku, und so waren sie grausam den Tieren gegenüber, denn der Mensch war als ein Instrument der Rache geschaffen.« Nab dachte ebenfalls an diese Worte, und sie waren eine Hilfe, denn jetzt kannten sie wenigstens den Grund für ihr Leiden.

Lange Zeit blieben sie beim Stumpf der Großen Buche stehen, aneinandergekauert in der Kälte, versunken in ihr Unglück und ohne zu wissen, was sie jetzt tun sollten. Dann hörten sie ein Geräusch vom Feld her, und als sie aufsahen, entdeckten sie ein Tier, das im Mondschein langsam auf sie zukam. Es war Perryfoot. Als er näher kam, konnten sie erkennen, daß er, ebenso wie Sam, verwundet worden war. Er zog ein Hinterbein hinter sich her und ließ eine rote Spur im Schnee zurück, und die Bewegung schien ihm Schmerzen zu verursachen. Aber sie waren höchst erfreut und erleichtert, ihn zu sehen, und ihm erging es nicht anders.

»Ihr wart lange fort«, sagte er, und sie lächelten ihm traurig zu, reumütig, weil er selbst in dieser verzweifelten Stunde noch ein bißchen der alte war und sie mit neuer Hoffnung erfüllte. Dann sah Perryfoot Beth hinter ihnen stehen, die ihn mit Freundlichkeit und Sanftmut in den Augen ansah, und er erkannte in ihr das kleine Mädchen, vor dem er sich an jenem schönen Frühlingstag mit Brock und Nab produziert hatte. Und nun versuchte Warrigal, ihm und Sam zu erklären, daß der Elbenkönig ihnen gesagt hatte, sie sei ein Teil ihrer Mission und würde sie auf der langen Reise begleiten, die sie alle zusammen antreten sollten.

»Es gibt vieles zu erklären«, sagte er, »aber wir werden es euch später erzählen. Für den Augenblick möge es genügen, zu sagen, daß sie keine Urkku ist, sondern eine Eldron und damit unsere Freundin.«

 Beth wußte nicht, was sie sagten, erriet aber aus der

Art, wie der Hund und der Hase, den sie von irgendwoher zu kennen glaubte, sie ansahen, als die Eule mit ihnen sprach. Sie trat vor, kniete nieder und strich mit einer Hand über Sams Kopf, während sie mit der anderen Perryfoot streichelte. Zuerst waren sie angespannt und wachsam, aber als sie sie weiter streichelte und sanft zu ihnen sprach, gewannen sie Vertrauen und entspannten sich. Sie schaute sich die Wunden der beiden an. Sie mußten wirklich gründlich ausgewaschen werden, ehe sie sagen konnte, wie schlimm sie waren. Sie kannte ihre Pläne nicht, wußte auch nicht, ob diese scheußliche Zerstörung ihrer Heimstätten sie verändert hatte, aber wenn sie blieben, konnte sie vielleicht einen Fluß und Wasser für die Wunden finden.

Während ihr diese Gedanken durch den Kopf gingen, wurde sie plötzlich eines dunklen Schattens gewahr, der vom Himmel auf sie hinabglitt, und als sie aufblickte, sah sie eine zweite braune Eule, die auf dem Baumstumpf landete und zu ihnen zu sprechen anfing. Die Tiere waren erleichtert, zu sehen, daß Wythen noch lebte. So gut er konnte, erklärte er ihnen, was passiert war, seit sie fortgegangen waren. Aber selbst er, der normalerweise so kühl und objektiv war, fand es stellenweise schwer, über die Greueltaten zu sprechen, deren Zeuge er geworden war, und häufig mußte er sich unterbrechen und krampfhaft schlucken, ehe er weitersprechen konnte. Er erzählte ihnen, wie auf Sam geschossen worden war, als er die Urkku angriff, die die lange weiße Röhre in den Bau hinunterschoben. Und obwohl er verwundet worden war, war es ihm gelungen, einen Urkku zu Boden zu bringen, ehe der andere ihn niederschlug und für tot liegenließ. Das war es, was die Wunde an seinem Kopf hervorgerufen hatte.

Dann erzählte die Eule, wie Perryfoot versucht hatte, die Aufmerksamkeit der Urkku mit den Gewehren vom Wald abzulenken, und wie er deshalb gegen ihre Beine gelaufen war und dann langsam aufs Feld hinaus, so daß sie ihm gefolgt waren. Er hatte sie direkt zum Teich geführt, immer im Zickzack laufend, so daß sie keinen sicheren Schuß auf ihn abfeuern konnten, aber dann war plötzlich ein Urkku vor ihm aufgetaucht, und Perryfoot war einen Moment stehengeblieben. Das hatte gereicht, und er war ins Hinterbein geschossen worden. Er war fortgekrochen und hatte sich in der Hecke versteckt, und die Urkku hatten solche Angst gehabt, die gute Jagd im Wald zu versäumen, daß sie sich nicht die Mühe gemacht hatten, nach ihm zu suchen.

Wythen erzählte den Tieren diese beiden Geschichten, weil er wußte, daß in dieser Zeit der Trauer und des Verlustes Sam und Perryfoot zu bescheiden sein würden, um sie selbst zu erzählen, wie sie es unter normalen Umständen getan hätten. Aber Geschichten wie diese müssen erzählt und behalten werden.

Traurig fuhr er dann fort: »Nur sehr wenige der anderen Tiere haben überlebt. Pictor wurde vergast, nachdem er seine Kaninchen während der Schießerei ins Gehege getrieben hatte. Ich glaube nicht, daß irgendeins der Kaninchen übriggeblieben ist. Thirkelow wurde durch einen Schuß am Flügel verletzt, als er versuchte, die anderen Tauben schneller vom Wald fortzubringen, und Sterntaler, dem es wieder nicht gelungen war, seine Fasanen daran zu hindern aufzufliegen, wurde erschossen, während er einen der Urkku angriff; er lebt noch, aber kaum, und ich bleibe bei ihm in dieser letzten Nacht, die er erleben wird. Er sendet euch allen Grüße und wünscht euch Glück. Ich habe ihm von eurer Mission erzählt, und er wird glücklich sterben, überzeugt von eurem Erfolg. Digit, Cawdor und Remus sind alle tot, und Bibbington hat den Wald verlassen. Alle übrigen Überlebenden sind geflohen, obwohl es keinen Ort gibt, zu dem sie sich retten können. Ich werde bleiben, solange es einen Baum gibt, in dem ich mich niederlassen kann, obwohl das nicht mehr lange sein wird.«

Eine Pause entstand, in der die alte Eule zu Boden schaute, und als sie aufblickte, waren die riesigen runden Augen von Traurigkeit erfüllt. Aber als er wieder sprach, klang keine Verzweiflung aus seiner Stimme.

»Aber nun gibt es Hoffnung«, sagte er. »Ihr seid bei Lord Wychnor gewesen und wißt alles, was es zu wissen gibt. Ihr habt das Mädchen der Eldron; eure Mission hat einen guten Anfang genommen, aber da ist etwas, das ihr wissen müßt. Laßt euren Ärger und euren Haß über das, was ihr heute nacht gesehen habt, keinen Einfluß auf euren Vorsatz nehmen, denn er würde eure Urteilsfähigkeit mindern. Ich verstehe sehr gut, was ihr fühlen müßt. Aber dennoch sage ich, lenkt euren Haß in Entschlossenheit um, damit eure Mission erfolgreich verläuft, denn nur das wird zum siegreichen Ende führen. Und jetzt möchte ich euch losziehen sehen, denn ihr könnt nicht länger hierbleiben. Ihr müßt auf die fernen Hügel zugehen. Ich werde hierbleiben und euch nachschauen, bis ihr außer Sichtweite seid.«
In einer Reihe zogen die Reisenden an ihm vorbei, und er schaute einem jeden tief in die Augen, als wollte er ihm einen Teil seiner großen Weisheit übermitteln. Und tatsächlich fühlten sie sich irgendwie anders, als sie sein Blickfeld verließen und ins Feld hinauszogen. Als sie aus dem Wald traten, wandten sie sich nach links und gingen an der Vorderseite ihrer verwüsteten Heimat entlang. Als sie die Ecke erreichten, blieben sie stehen und sahen sich um. Wythen war noch immer da, hockte auf dem Stumpf und schaute ihnen nach, die Brise zauste an seinem braunen Gefieder, und er hielt den Kopf stolz erhoben. Dann wandten sie sich wieder nach vorn, und ohne sich noch einmal umzusehen, marschierten sie über die gefrorenen Felder. Wythen schaute ihnen nach, bis sie hinter einer Hecke verschwanden. Noch lange blieb er auf dem Stumpf sitzen, nachdenklich, aber jetzt war sein Kopf gesenkt, und er sah alt aus, denn er hatte seine letzten Kraftreserven, seine letzte Energie verbraucht, um sie mit Mut für ihre Reise zu erfüllen. Jetzt war es nicht mehr nötig, die Szenen des Gemetzels, das er beobachtet hatte, und die Zerstörung seines Heimes lasteten schwer auf ihm, seine Schultern fielen herab, und seine Augen umwölkten sich vor Kummer und Sorge. Schließlich

riß er sich zusammen und flog zu der Höhle zurück, wo er den sterbenden Sterntaler verlassen hatte. Als er sich neben seinem Freund niederließ, läuteten die Mitternachtsglocken das Weihnachtsfest ein, und ihr Ton hallte über die Felder und in den zerstörten Wald hinein. Durch einen Nebel von Schmerzen hörte Sterntaler sie und war dankbar, daß er die endgültige Zerstörung der wenigen überlebenden Tiere, die die Glocken immer ankündigten, nicht mehr miterleben würde.

Wythen schaute in die Augen des Fasans hinab, die vom Schmerz getrübt waren, und flüsterte ihm leise zu: »Alter Freund, du magst mit Hoffnung im Herzen sterben, denn sie sind aufgebrochen, und ich glaube, sie werden erfolgreich sein. Und dann wird all unser Leiden und das Leid derjenigen vor uns nicht vergebens gewesen sein. Hörst du mich, alter Freund? Es gibt Hoffnung.«

Und da wich die Panik aus Sterntalers Augen, und sie wurden ruhig, und als er in den Wellen des Todes versank, hielt er sich an der Hoffnung in Wythens Augen fest, und so geschah es, daß sein Herz, als er starb, endlich Frieden gefunden hatte. Dann verließ die Eule die Seite ihres toten Freundes und flog zu der Großen Eiche hinauf. Dort ließ sie sich auf einem der hohen Äste nieder, um über das hinzuschauen, was einmal der Wald gewesen war, und auf das Ende zu warten.

15. Kapitel

Schweigend schritten die Tiere durch die gefrorenen Felder, und ein jedes hegte seinen Kummer für sich, wie eine Wunde. Nach dem Verlust ihrer Heimat fühlten sie sich, als würden sie ziellos im Nichts umhertreiben. Sie gingen wie im Traum. Ihre einzige Sicherheit war jetzt die Sicherheit der Reise, und ihr einziges Heim der Ort, an dem sie sich zufällig in einem bestimmten Augenblick aufhielten. Sie hatten soeben alles verloren und waren noch nicht in der Lage, die Sicherheit zu schätzen, daß sie nichts mehr zu verlieren hatten. Niemals würden sie den Schmerz dieser Nacht vergessen, aber mit der Zeit würde er weniger scharf werden, würde einfach ein Teil ihrer selbst werden, anstelle der riesigen, dunklen Wolke, die sie beherrschte und ständig zu bedrohen schien, die über ihnen hing, so daß sie unfähig waren, ihrem Schatten zu entfliehen. Und Brock und Nab, die niemals an Tara denken konnten, ohne daß ihnen Tränen in die Augen traten, würden schließlich in der Lage sein, von ihr und der Zeit mit ihr zu sprechen, und es würden glückliche Erinnerungen sein.

Sie mußten wegen Sams verletztem Bein langsam gehen, denn es wurde immer schlimmer, je weiter sie gingen, jetzt hinkte er bereits stark, und die Wunde war wieder aufgebrochen und hatte erneut angefangen zu bluten. Aber schlimmer noch war die Tatsache, daß die Kälte in die klaffende Wunde an seinem Kopf drang und ihm schreckliche Kopfschmerzen verursachte.

Perryfoot hatte es unmöglich gefunden, überhaupt zu laufen, und gleich zu Anfang, als sie kaum außer Sichtweite des Waldes gelangt waren, hatte Beth einen Streifen von einem ihrer T-Shirts gerissen und daraus eine provisorische Schlinge geformt, die sie um Nabs Nakken geschlungen hatte, ehe sie den Hasen hineingesetzt hatte – sehr zur Überraschung des Jungen und zu Perryfoots Entzücken. Zuerst hatte er ein wenig Angst gehabt, aber als er sich dann daran gewöhnt hatte, auf diese Weise getragen zu werden, schaute er sich mit ein wenig seiner alten Arroganz um, und Nab entdeckte ein vertrautes Zwinkern in seinen schwarzen Augen. Wenn er wachsam war, standen seine Ohren hoch aufrecht, und jetzt kitzelten sie Nabs Gesicht; aber nach einer Weile sorgten die Erschöpfung, der Rhythmus und die Wärme von Nabs Körper dafür, daß der Hase in tiefen Schlaf sank, sich seine Ohren flach an den Rücken legten und somit auch nicht mehr störten.

Warrigal flog vor ihnen einher, ganz dicht über den Feldern, und es kam Nab, der ihn wie einen Schatten dahingleiten sah, so vor, als hätte er die letzte Hälfte seines Lebens damit verbracht, auf diese Weise zu reisen, immer mit der Eule gerade in Sichtweite, die sie ihrem Ziel zuführte. Er schaute in Perryfoots geschlossene Augen hinab und lächelte innerlich darüber, daß zumindest der Hase sich in einem Zustand friedvollen Vergessens befand. Beth, die an seiner Seite seine Hand hielt, hatte es schon längst aufgegeben zu versuchen, einen Sinn in dem zu finden, was sie tat, und überließ sich ganz dem Rhythmus ihres Gehens. Es schien jetzt lange her zu sein, daß sie das Häuschen verlassen hatte, und das Bild ihrer Mutter, die in der Tür stand und verzweifelt nach ihr rief, mochte einer vergessenen Welt angehören. Selbst das Glück, das sie auf ihrem Weg zum Silberwald empfunden hatten, schien eine Ewigkeit zurückzuliegen, so düster war die Wolke des Unglücks, die jetzt über den Tieren hing. Und sie teilte ihren Kummer, denn in gewissem Sinn hatte auch sie ihr Heim und die geliebten Menschen verloren. Schon kam es ihr vor, als würde sie den Jungen seit Jahren kennen, so wohl und entspannt fühlte sie sich mit ihm, trotz der Tatsache, daß sie keine zwei Worte miteinander wechseln konnten. Aber das empfand sie als unwichtig, da das Einfühlungsvermögen und Verständnis zwischen den beiden so groß war. Sie wandte leicht den Kopf nach rechts, um ihn anzuschauen. Sein Kopf war jetzt gesenkt, und der Zorn, der seine dunklen Augen erfüllt hatte, war einem dumpfen Kummer gewichen, der sich sogar auf die Art ausgewirkt hatte, wie er ging. Wo ihn vorher grenzenlose Energie angetrieben zu haben schien, wirkten seine Schritte jetzt müde und schleppend. Sie spürte plötzlich ein großes Mitgefühl für ihn und empfand den Wunsch, ihn zu beschützen, für ihn zu sorgen und ihn wieder glücklich zu machen. Sie hatte keine Ahnung, wohin sie alle reisten oder warum, aber sie spürte, daß sie irgendwie dazu beitragen würden, Geschichte zu machen, und daß der Junge irgendwie im Mittelpunkt stand und all die Liebe und Fürsorge benötigen würde, die sie ihm in den Tagen geben konnte, die vor ihnen lagen. Sanft drückte sie seine Hand, und er sah sie an, als verstünde er alles, was sie dachte, und wäre dankbar. Sie lächelte, und er erwiderte ihr Lächeln, und für einen Augenblick befreite er sich aus den Klauen des Alptraumes, der ihn gefangenhielt und an seinen Nerven zerrte. Wenn sie lächelte, war es, als hätte ein Sonnenstrahl einen dunklen Raum durchdrungen, und es machte ihm Mut und Hoffnung für die Zukunft: Es war wie ein Schimmer von Freude am Ende eines düsteren Tunnels, der in ihm das Bedürfnis hervorrief, vorwärts zu streben, in die Helligkeit und Herrlichkeit hinein. Nab fragte sich, ob er ohne sie noch den Willen gehabt hätte weiterzumachen. Er schaute sich kurz um und sah, ein Stück weiter zurück, die hinkende Gestalt von Sam und an seiner Seite Brock, der alt und verbraucht aussah. In der Schlinge an seiner Brust lag Perryfoot, der nicht einmal laufen konnte, und nur Warrigal vor ihnen schien annähernd in der Lage, die riesige Aufgabe auf sich zu nehmen, die vor ihnen lag.

Als um Mitternacht die Weihnachtsglocken läuteten und ihre Musik über die mondbeschienenen Felder sandten, wurde Beths Herz von Heimweh gepackt, aber die Tiere blieben stehen und schauten einander an, grimmig, denn sie dachten an das Gemetzel, das sie ankündigten.

In den alten Tagen wäre im Silberwald eine Ratsversammlung einberufen worden, um die Taktiken zu besprechen und den Wald vorzubereiten. »Jetzt sind sie fast alle tot«, dachte Brock. »Nur Wythen ist noch übrig.«

Seine Gedanken wanderten zurück zu der Ratsversammlung vor so langer Zeit, als er die Neuigkeit der Ankunft des Urkku-Babys überbracht hatte. Und dann erkannte er ebenso wie die anderen, daß sie äußerst vorsichtig sein mußten, auch wenn sie weit vom Wald fort waren, wenn das Töten beginnen würde.

Und so trotteten sie langsam weiter, und ihre Gedanken wanderten in die Vergangenheit, die Zukunft und die Gegenwart, und das einzige Geräusch, das sie hörten, war das Knirschen des gefrorenen Schnees unter ihren Füßen. Die Bäume, die dunkel, schattenhaft und mysteriös im Mondschein standen, schienen sich anerkennend zu bewegen, als sie vorüberzogen, senkten leicht die Zweige, und die leichte Brise im Geäst schien sie zu grüßen und ihnen viel Glück für ihre Reise zu wünschen.

Die kleinen Hügel in der Ferne, die Wäldchen, auf die ihre Blicke geheftet waren, hoben sich deutlich vom Horizont inmitten der relativ flachen Moore ab, die sie umgaben. Schon bald wurde die Farbe des Himmels hinter dem Wäldchen lichter, und die Tiere befanden sich zwischen den sanften Ausläufern der Hügel, die zu der flachen Kuppe führten, und als sich die ersten rosaroten Streifen der Morgendämmerung am Himmel zeigten, um den neuen Tag, den Weihnachtstag, zu verkünden, da standen sie und blickten über das riesige, freudlos-trübe Moorland, in dessen Mitte sich das Wäldchen befand. Der Schnee war hier tiefer und der Wind recht stark, so daß er den Schnee in die kleinen Vertiefungen geweht hatte und das Gehen recht schwierig wurde. Brock und Sam kamen jetzt nur noch sehr langsam voran, und die anderen mußten immer wieder auf sie warten. Der Wind war hier oben viel kälter, und Beth war dankbar, daß sie so warm angezogen war. Wenn sie Nabs bloße Beine ansah, verursachte ihr das einen Schauder, und sie kuschelte sich noch tiefer in den Umhang ihrer Großmutter. Sie sa-

hen keine anderen Tiere, aber gelegentlich stießen sie auf die Spur eines Hasen im Schnee, und ein- oder zweimal hörten sie das Glucken eines Moorhuhns aus der Ferne. Schließlich, als die blasse, wäßrige Sonne am klaren Morgenhimmel erschien, erkletterten sie den Hügel und betraten das Wäldchen. Sie stiegen weiter, zwischen Fichten hindurch, bis sie die Kuppe erreichten, auf der keine Bäume mehr wuchsen und auf der sich überall scharfe Felsbrocken zeigten, dort, wo der Wind den Schnee fortgeblasen hatte. Der Schnee war auch vom Heidekraut geblasen worden, und hier und da klammerte es sich an die Erde zwischen den Felsen, so daß es aussah, als wüchse es aus dem Stein selbst. Es bewegte sich im Wind wie Algen in den Wellen, und die starken Böen schienen zu versuchen, es auszureißen, rupften und zerrten heftig daran.
Zwischen diesen Felsen fand jeder der Reisenden eine geschützte Stelle und setzte sich, blickte über die riesige Öde unter ihnen, wo sich das Moorland in die Ferne erstreckte, ehe es scharf in die Täler abfiel. Und dann, hinter neuen Hügeln, dehnte sich eine weite Ebene. Obwohl sie ihn nicht sehen konnten, wußten sie doch, daß am anderen Ende dieser Ebene der Ozean war, ihr Ziel. Als sie dort saßen und der Wind in ihre Gesichter blies, so daß ihre Augen tränten, als sich scheinbar die ganze Welt zu ihren Füßen erstreckte, da spürten sie, wie die Macht dieses Ortes sie mit Kraft und Energie erfüllte. Jeder von ihnen schien innerlich zu wachsen, bis ihrer aller Geist größer war als ihr Körper und die körperlichen Grenzen sprengte, die ihn so lange gefangengehalten hatten, um in die Bergluft zu springen und fröhlich im Wind zu tanzen. Die Leiden ihrer Körper schienen nicht mehr wichtig. Alle schienen neben sich selbst zu stehen, in den Himmel zu schweben und im Wind zu fliegen. Dieser Ort war einer der »Scyttels« oder »Orte der Macht«, auf deren Existenz in Legenden und Liedern hingewiesen wird, aber die nur die Elben und diejenigen mit der Macht der Magie kennen. In diesen Scyttels versammeln sich die Elben, um ihre Zauberkraft zu erneuern, und im

größten, so heißt es, besucht Aschgaroth die Elbenkönige. Deshalb hatte Lord Wychnor diesen Wald als ihren Ausgangspunkt erwählt. Hier sollte Nab, als jemand mit der Macht der Magie, lernen, seine Last zu tragen und den Strömen der Erde zu folgen, hin zum Elbenkönig der See und der Berge, über die geheimen Wege oder »Roosdyche«, die die Scyttels untereinander verbinden.

Nab und Beth hockten nebeneinander in einer kleinen Felsspalte zwischen zwei riesigen Steinbrocken. Ihre Körper stemmten sich gegen den Wind, und sie schwelgten in der Macht dieses Ortes und der Wärme des anderen, als sie sich eng aneinanderschmiegten. So saßen sie, bis die Sonne hoch am blauen Himmel stand, und dann überwältigte sie die Müdigkeit, und sie legten sich hinter einem Felsen nieder, wo sie vor dem Wind geschützt waren, um zu schlafen. Nab schlief ein, sobald er die Augen geschlossen hatte, aber Beth hatte noch eine lange Weile wach gelegen, hatte nachgedacht und zu einem Habicht hinaufgestarrt, der hoch über ihnen seine Kreise zog. Sie staunte über die tiefe Zufriedenheit, die sie in sich verspürte, und genoß das friedvolle Gefühl. Schließlich, als der Habicht nicht mehr zu sehen war, wandte sie sich Nab zu, der neben ihr lag. Sein Körper hob und senkte sich im Rhythmus seines tiefen Atmens, und seine Beine hatte er bis hoch an die Brust gezogen, während sein Kopf auf seinen beiden Händen ruhte wie auf einem Kissen. Sie lächelte leise vor sich hin und schlang vorsichtig ihre Arme von hinten um ihn, kauerte sich an ihn und schlief ebenfalls ein.

Auch die anderen schliefen. Sam, Brock und Perryfoot zusammen in einer kleinen Vertiefung hinter einem Stein direkt unterhalb von Nab und Beth, und Warrigal auf einer alten Wurzel von Heidekraut, die er auf einer Seite der Senke entdeckt hatte. Sie verschliefen den ganzen Rest des Weihnachtstages und auch noch die ganze Nacht und wachten schließlich zur Morgendämmerung am nächsten Tag auf, wunderbar erfrischt. Die Wolke aus Sorgen, die sie vom Silberwald mitgebracht hatten, schien wie fortgeblasen. Zurück blieben traurige Erinnerungen, aber ohne die Beklemmung durch ihr früheres Elend. Jetzt fühlten sie sich bereit und waren ungeduldig weiterzuziehen. Sie erhoben sich aus der Wärme ihrer Schlafplätze, besahen sich noch einmal liebevoll ihr erstes Heim auf dieser Reise und machten sich dann auf den Weg von den Felsen hinab.

Gerade hatten sie den Fuß des Baumgürtels erreicht und wollten auf den heidebewachsenen Hang hinaustreten, als Warrigal vor ihnen hielt, sich auf einen Ast niederließ und langsam die Flügel auf und ab bewegte. Das war das Zeichen zu warten, und einen Augenblick später entdeckten sie eine Reihe von Urkku, die langsam am Rande des Moors unter ihnen entlangzogen. Alle hielten Gewehre in den Armbeugen, und zwar so, daß die Spitzen von ihnen fort und zu Boden zeigten. Sie waren genauso wie die organisierten Schlächter, die die Tiere durch den Silberwald hatten kommen sehen, und sie stießen dieselben merkwürdigen Geräusche aus, um die Tiere zu erschrecken, damit sie sich zeigten. Nab und die anderen erstarrten, wo sie waren, und ließen sich dann langsam hinter den Bäumen nieder. Beth fühlte, wir ihr Handgelenk gepackt wurde, und so leise und vorsichtig, wie sie konnte, reagierte sie auf die Zeichen des Jungen. Die Männer gingen langsam an ihnen vorbei, ohne nach rechts oder links zu schauen, und zur Erleichterung der Tiere wandten sie sich auch nicht dem Hügel zu. Bald war nichts weiter zu sehen als eine Reihe von Rücken, die in der Ferne verschwanden. Aber dann hörten sie das schnelle, verängstigte Glucken eines Moorhuhns und eine Sekunde später das Krachen der Gewehre, als der Morgen seinen Tribut forderte. Und dann entdeckte Perryfoot, der an Nabs Seite lag, zu seinem Entsetzen einen großen Berghasen, der plötzlich aus dem Versteck sprang, in dem er die Nacht verbracht hatte, und vor die Gewehre lief. Die Schüsse schienen den Hasen zurückzureißen, als wäre ein Stück Seil an seinem Hals befestigt, das plötzlich zu kurz geworden war. Sie beobachteten,

wie er schreiend und sich windend am Boden lag, bis einer der Urkku zu ihm trat, ihn mit dem Fuß herumdrehte und dann mit dem Kolben seines Gewehrs über den Kopf schlug. Perryfoot wimmerte und zitterte vor Angst, als er sah, was auch ihm fast zugestoßen wäre, und an seiner anderen Seite konnte Nab fühlen, wie Beth versuchte, ihre Hand loszureißen und aufzustehen. Sie war noch nicht an einen solchen Anblick gewöhnt wie die anderen, und die Wut in ihr brannte grimmig und hell wie eine Flamme, die soeben erst zum Leben erwacht ist. Nab machte ihr ein Zeichen, sich zu setzen und aufzuhören, an seiner Hand zu ziehen, aber sie achtete nicht darauf. Gegen den festen Griff des Jungen konnte sie jedoch nichts ausrichten, und so gab sie es bald auf und fing an, leise zu schluchzen. Nab und die anderen stellten überrascht fest, daß Wythens Abschiedsworte ihnen halfen, ihre Gefühle zu beherrschen: »... Lenkt euren Haß in Entschlossenheit um, damit eure Mission erfolgreich verläuft, denn nur das wird zum siegreichen Ende führen.« Und so ging ihr Zorn unter, denn sie bekämpften die Urkku jetzt auf bessere Weise. Dies hier war bloß eine Schlacht – sie jedoch kämpften den Krieg. Was sie soeben gesehen hatten und zweifellos noch oft sehen würden, ehe das Ende erreicht war, verstärkte nur ihre Entschlossenheit, erfolgreich zu sein.
Und doch war es unmöglich, uninteressiert und objektiv zu bleiben, als sie sahen, wie dieses herrliche Geschöpf, das einen Augenblick zuvor noch vor Leben vibrierte, nun langsam zu Tode geprügelt wurde, und Nab fühlte, wie Tränen aus seinen Augen und langsam über sein Gesicht liefen.
Endlich verschwanden die Urkku in der Ferne, und die Tiere konnten sich wieder entspannen. Warrigal flog zu ihrem Platz zwischen den Bäumen herüber, und sie beschlossen, zu bleiben, wo sie lagen, bis die Urkku wirklich fort waren.
»Wir werden uns also hier ausruhen bis zum Nachmittag«, sagte Warrigal, »und dann werden wir die Nacht über weiterziehen müssen.« Das gefiel ihm und Brock

natürlich gut, aber Sam und Perryfoot fühlten sich bei Tage wohler. Nab war es gleichgültig, denn er fühlte sich Tag und Nacht gleichermaßen wohl, aber sie stimmten alle darin überein, daß es sicherer war, während der Nacht weiterzuziehen, weil dann kaum Urkku unterwegs waren. Der Himmel war noch immer hell und klar, und die Morgensonne war überall dort, wo sie vor dem kalten Wind geschützt waren, recht warm. So ließen sie sich wieder einmal hinter Heidekrautbüscheln nieder und schliefen bald einen leichten Schlaf, während die Sonne warm auf ihre Lider brannte.

Sam war der erste, der am Nachmittag erwachte, und er weckte die anderen. Es war ein ganz anderer Tag als vorhin, als sie die Augen geschlossen hatten. Der Himmel war übersät mit düsteren schwarzen Wolken, und der Wind hatte ein wenig nachgelassen und auch die Richtung gewechselt, so daß auch er jetzt wärmer war.

»Regen«, erklärte Brock, als er die Nase in die Luft reckte und schnupperte, und gerade als sie die Bäume verließen, fielen die ersten großen Tropfen. Beth stülpte die Kapuze ihres Umhangs über und war dankbar, daß sie sie hatte. Sie liefen über das Moorland, durch das die Urkku am Morgen gekommen waren. Wieder einmal führte Warrigal sie an. Aber jetzt mußte er immer öfter anhalten und sich mit Nab beraten, denn es war der Junge, der die Strömungen der Erde am stärksten fühlte, die ihnen sagten, welchem Weg sie folgen sollten. Der Regen verwandelte die harte, knirschende Oberfläche des Schnees bald in feuchten, weichen Matsch, und das Gehen wurde beschwerlicher, als sie die Spur verließen, auf der die Urkku gegangen waren, und auf ein Sumpfgebiet zuhielten, in dem grünes, schwammiges Moos unter ihren Füßen quatschte und Beths Gummistiefel fast bis zum Rand versanken. Perryfoot war immer noch nicht in der Lage, mit den anderen Schritt zu halten, obwohl es ihm schon viel besserging, und er mußte wieder von Nab getragen werden. Sam hatte ebenfalls große Schwierigkeiten, denn seine Beine versanken immer wieder im

Schlamm, und Brock mußte ihm dann heraushelfen. Glücklicherweise hatten sie den Sumpf bald hinter sich und begannen den Abstieg durch die Ausläufer der Berge. Sanfte grüne Hänge und Täler umgaben sie, nur hier und da sahen sie eine Schafherde, deren Tiere sich überhaupt nicht um das Wetter zu kümmern schienen. Dann spazierten sie durch ein besonders tiefes Tal mit einem rauschenden Fluß auf einer Seite. Sie waren durch die steilen Ufer völlig verdeckt, an denen Dornbüsche wuchsen und wo sich die Überreste des Farns vom vergangenen Jahr dunkelbraun vor Nässe abzeichneten. Der Himmel vor ihnen strahlte in Rosa und Karmesin, als die Sonne unterging, die dunklen Wolken waren aufgebrochen, und kaltes Wintersonnenlicht fiel hindurch. Der Regen hatte aufgehört, aber gleichzeitig war der kalte Wind zurückgekehrt, und so fühlten sie sich noch unwohler, denn sie waren alle noch immer durchnäßt. In gewisser Weise machte es der Sonnenschein noch schlimmer für sie, denn er ließ sie an Wärme denken und zeigte ihnen nur noch deutlicher, wie kalt und naß sie waren. Erschöpft liefen sie auf einem schlammigen Pfad durch das Tal, dicht am Fluß entlang. Sams Wunden schmerzten wieder stark, und er und Brock blieben weiter und weiter zurück. So kam es, als die Dämmerung anbrach, daß die anderen immer wieder halten mußten, um sie aufholen zu lassen, sonst hätten sie sich gegenseitig aus den Augen verloren. Verschwunden war die Euphorie des Scyttels, wo die Kraft der Felsen und des Windes sie mit einem Gefühl grenzenloser Energie und Unbesiegbarkeit erfüllt hatte. Jetzt erfüllte sie der Gedanke, die ganze Nacht hindurch weiterzulaufen, mit unaussprechlicher Verzweiflung. Um alles noch schlimmer zu machen, regnete es wieder heftig, ja, es war so kalt, daß die Tropfen als Hagelkörner herabfielen, in ihre Gesichter und Nacken schlugen und sie überall dort, wo sie hintrafen, wund werden ließen. Sie waren hungrig. Seit sie Ellmondrill verlassen hatten, hatten die Tiere nichts mehr gegessen, Beth seit dem Mittagessen vor zwei Tagen nichts mehr. Seltsamerweise war es ihr bislang gar nicht aufgefallen. Die Aufregung hatte keinen Raum für Gedanken an Essen gelassen, aber jetzt machte es ihr allmählich doch Angst, als ihr Magen anfing zu knurren und sich hohl und leer anfühlte. »Was werde ich bloß essen?« fragte sie sich. Sie würde das essen müssen, was auch der Junge aß, was immer es sein würde. Sie fragte sich, wann sie gegen den Hunger etwas unternehmen würden und ob überhaupt. Dann ergriff sie Nabs Hand, damit er sie ansah, und deutete mit dem Finger auf ihren offenen Mund. Zu ihrer Erleichterung nickte er und blieb stehen.

Sanft und sehr leise rief Nab nach Warrigal, die Eule flog zurück und ließ sich auf einem Ast nieder. Dann warteten die vier auf Sam und Brock, und als sie ebenfalls eingetroffen waren, wurde ausgemacht, daß Perryfoot und Sam im Schutz des Baumes bleiben sollten, wo es ziemlich trocken war, während die anderen auszogen, um Futter zu suchen. Warrigal würde etwas für Sam bringen, Brock für Perryfoot, und Nab und Beth würden selbst für sich sorgen. Anschließend trennten sie sich, und Beth wurde von dem Jungen zum Fluß hinuntergeführt. Darin planschten sie entlang und hielten am feuchten, tropfenden Ufer Ausschau nach Eßbarem. Er zupfte kleine grüne Schoten und Wurzeln ab, reichte sie ihr, und sie aß. Das meiste schmeckte merkwürdig und fremdartig, aber einiges war ihr vertraut und erinnerte sie an Salat, wie zum Beispiel die Wasserkresse, die sie schon häufig zuvor gegessen hatte. Aber anderes wieder war sauer oder schmeckte nach gar nichts. Manchmal erkannte sie auch die Pflanze, aber sie hatte sie nie zuvor gegessen, wie zum Beispiel die Sternmiere. Meistens hatte sie jedoch überhaupt keine Ahnung, was sie da aß. Hin und wieder fand Nab auch einen Pilz und reichte ihn ihr mit einem Ausdruck von Stolz und Befriedigung, denn in dieser Jahreszeit war es schwierig, eßbare Pilze zu finden. Dann schloß sie die Augen und biß kleine Stückchen ab und schluckte sie, ohne nachzudenken. Sie liebte Pilze, aber einige von diesen hier waren schleimig, als sie ihre Kehle hinabglitten, und sie mußte hart kämpfen, damit ihr von den Pilzen nicht übel wurde.

Nachdem sie eine Weile im Fluß entlanggegangen waren, kletterten sie das steile Ufer empor, und Nab führte sie zu einem Flecken, wo Gestrüpp wucherte. Auch hier gab er ihr kleine Stücke Laub und Blätter zu essen. Endlich, Beth schätzte, daß etwa zwei Stunden vergangen waren, stand er auf, und sie traten den langen Rückweg zu dem Baum an, in dessen Schutz sie Sam und Perryfoot zurückgelassen hatten. Sie fühlte sich kaum besser und hoffte nur, daß das, was sie gegessen hatte, ausreichen würde, um sie die Nacht durchstehen zu lassen. Sehnsüchtig dachte sie an die Mahlzeiten daheim, an das wunderbar befriedigende Gefühl von Wärme und Gesättigtheit nach einem guten Abendessen, und leise Panik stieg in ihr auf. Aber wenn es den Jungen am Leben erhielt, mußte es auch für sie in Ordnung sein, dachte sie und versuchte, all ihre Gedanken an Essen zu verbannen. Doch zu ihrem Ärger tauchten immer wieder riesige Riegel Nußschokolade vor ihrem inneren Auge auf und ließen ihr das Wasser im Mund zusammenlaufen und den Magen knurren. Als sie zurückkamen, stellten sie fest, daß Warrigal und Brock schon wieder dort waren und daß Perryfoot und Sam dankbar das Futter verzehrt hatten, das sie besorgt hatten.

»Also, dann kommt«, forderte Nab sie auf. »Vor Sonnenaufgang müssen wir noch eine ganze Strecke zurücklegen.« Er schaute Perryfoot an, der seine Ohren hängen ließ, so daß sie schlaff zu beiden Seiten seines Gesichtes herabhingen. Er sah unbeschreiblich elend aus. »Ich nehme an, du willst immer noch getragen werden«, sagte der Junge, und das Gesicht des Hasen hellte sich sichtbar auf. Neidisch sah Sam zu, als Perryfoot wieder in seine Schlinge gehoben wurde, dann setzte sich die kleine Prozession wieder in Marsch. Es war jetzt dunkel, und sie gingen langsamer und dichter beieinander. Zu ihrer Erleichterung hatte es zu regnen aufgehört, und fast der ganze Schnee war fortgespült, der Wind aber war noch immer sehr kalt. Über ihnen

blinzelte gelegentlich der Mond hinter einer schwarzen Wolke hervor, und manchmal konnten sie auch einen Stern entdecken, der fröhlich funkelte. Die Ruhe hatte Sams Bein gutgetan, und sie kamen die ganze Nacht über stetig vorwärts. So hatten sie, als die Morgendämmerung einen neuen, grauen Wintertag ankündigte, fast den Fuß der Hügel erreicht und konnten eine riesige Ebene erkennen, die sich erstreckte, so weit das Auge reichte, nur unterbrochen von einem kleinen Wäldchen hier und da. Auf der anderen Seite der Ebene, fast schon außer Sichtweite, erhob sich eines dieser Wäldchen höher als die anderen, und ganz oben konnten sie mit Mühe eine Anzahl großer stehender Steine ausmachen.
»Dorthin wollen wir gehen«, erklärte Nab seinen Begleitern.
Sie standen auf einem kleinen Hügel, der vor ihnen steil in ein geschütztes, grasbewachsenes Tal abfiel. Die Reisenden zogen hinab und rollten sich dort am Boden zusammen, so daß sie alle windgeschützt waren. Fast sofort fielen sie alle in Schlaf und erwachten nicht vor dem späten Nachmittag. Beth fühlte sich schrecklich. Ihre Beine zitterten, und sie war so schwach und benommen, daß sie kaum stehen konnte. Trotzdem hatte sie Angst, es den anderen zu zeigen. Sie mußte sich überwinden und zu laufen anfangen. Vielleicht würde sie sich besser fühlen, wenn sie erst einmal unterwegs waren. Ganz offensichtlich war Eile geboten, und sie durfte die anderen nicht von ihrem Ziel abhalten, was immer das sein mochte. Außerdem fragte sie sich, wie die anderen wohl reagieren würden, wenn sie eine Last für sie wurde, und zum ersten Mal fragte sie sich, warum sie sie überhaupt mitgenommen hatten. Vielleicht war es bloß dem Jungen zuliebe, weil er sie nach der Begegnung am Fluß bei sich haben wollte. Und wenn sie krank wurde, dann würde er sich vielleicht entschließen oder gezwungen werden, ohne sie weiterzugehen.
Langsam und vorsichtig ging sie voran, immer bedacht, nicht zu stolpern, aber anstatt sich besser zu

fühlen, wurden ihre Beine immer unsicherer. Sie gingen nun alle los, und sie wappnete sich, aber nach ein paar Schritten schaute Nab sie an, und in seinen Augen lagen Mitleid und Sorge. Dann brachen plötzlich die Beine unter ihr zusammen, und sie fühlte, wie sie ins Gras fiel. Es war, als stände sie neben ihrem Körper und beobachtete, wie jemand anderer fiel, und alles schien im Zeitlupentempo vor sich zu gehen. Das letzte, an das sie sich erinnerte, ehe sie ganz ohnmächtig wurde, war ein Kreis von besorgten Gesichtern, umrahmt vom gelben Abendhimmel, die alle auf sie herniederstarrten.

»Wir müssen sie schnell irgendwohin bringen, wo es trocken und warm ist«, erklärte Nab.

»Ich habe ein Steingebäude gesehen, gleich dort hinter dem Hügel«, berichtete Warrigal. »Ich sehe nach, ob irgendwelche Urkku in der Nähe sind und ob es sicher ist«, damit flog er davon.

Während er fort war, versuchte Nab, das Mädchen wieder zu Bewußtsein zu bringen, indem er ihren Kopf in seinem Schoß wiegte, aber ihr Gesicht blieb bleich und aschfahl, und er hatte Angst. Sam sprach ruhig und leise.

»Sie ist nicht daran gewöhnt, im Freien zu leben. Sie leben ganz anders als wir. Sie haben auch anderes Essen. Selbst ich habe einige Zeit gebraucht, um mich daran zu gewöhnen, so zu leben wie ihr. Ihr seid alle in dieses Leben hineingeboren worden; ich nicht und sie auch nicht.«

Schweigend warteten sie, bis der dunkle Schatten der Eule wiederauftauchte und sich im Gras neben ihnen niederließ.

»Perfekt«, erklärte Warrigal. »Das Gebäude ist voll von Heu, also wird es warm sein, und an einer Seite ist ein kleinerer Raum mit einer Anzahl Hühnern. Sie werden uns warnen, wenn Urkku in die Nähe kommen. Ich habe ihnen nicht von dem Mädchen oder dir erzählt, Nab, also mußt du dich mit ihr außer Sichtweite halten. Wahrscheinlich können wir ihnen vertrauen, aber wir können nicht vorsichtig genug sein.

Ich habe ihnen eine Geschichte erzählt, daß wir auf der Suche nach einer neuen Heimat sind. Ich glaube, sie haben sie mir abgenommen. Es hat allerdings lange gedauert, bis ich mich mit ihnen verständigen konnte. Sie hatten große Schwierigkeiten, unsere Sprache zu verstehen, und ich konnte ihnen nicht so recht folgen. Aber da war auch ein alter Hahn, der einen tapferen und weisen Eindruck machte. Es sollte also wohl in Ordnung gehen.«

Sam unterbrach ihn. »Wir könnten ihr ein paar Eier geben. Sie mögen Eier gern, und sie werden ihr guttun.«

Zutiefst erleichtert hob Nab den schlappen Körper des Mädchens über seine Schulter, und sie machten sich auf den Weg zum Heuschober. Bald waren sie dort, stießen die große Holztür vorne auf, die glücklicherweise nicht versperrt war, und befanden sich am Fuß einer Treppe, die nach oben ins Heu führte. Unten war die Scheune angefüllt mit Maschinen und Werkzeug, das aber wohl nicht sehr oft benutzt wurde, den Spinnweben nach zu schließen, die überall daranhingen. Vorsichtig stieg Nab die Stufen hinauf, und als er oben ankam, legte er Beth sorgsam auf einen Heuhaufen. Dann stieg er hinterher und zog sie vom Rand fort, bis er eine kleine Vertiefung in der Mitte fand und es ihr dort bequem machte. Alle anderen, außer dem Hasen, hatten unten gewartet, und Nab ließ Perryfoot neben Beth, ehe er wieder zu den anderen hinunterstieg. Er stellte fest, daß Warrigal und Sam eine Tür weiter gewesen waren, wo die Hühner lebten, und ein paar Eier geholt hatten. Der Hund hatte eins in der Schnauze getragen, die Eule hatte eines mit jedem Fuß umklammert und sie vorsichtig auf den Boden der Scheune gelegt, als sie landete.

»Wir haben sie fortgenommen, als niemand zugesehen hat«, erklärte Sam, und in seiner Stimme schwang ein leiser Unterton von Triumph mit, denn das war seine Idee gewesen.

Dann folgten sie Nab die alten Holzstufen empor und hinüber zu Beth in ihrem Nest aus Heu.

»Deckt sie zu, damit sie es warm hat«, schlug Warrigal vor, und sie zerrten Heu aus den Ballen und legten es auf das Mädchen, bis nur noch ihr Gesicht zu sehen war und darum herum, wie ein Teich aus Gold, ihr zerzaustes Haar.

»Jetzt können wir nichts weiter tun als warten und hoffen, daß sie wieder zu sich kommt«, sagte Warrigal. »Ich werde mich in das offene Fenster am anderen Ende hocken und Wache halten.« Damit flog er davon, zwischen dem Heu und dem Dach hin.

»Ich gehe hinunter und passe dort auf«, erklärte Sam, hinkte über das Heu zurück und vorsichtig die Treppe hinab, die ein bißchen glitschig und recht beschwerlich war.

Brock rollte sich auf dem Heu bei dem Mädchen zusammen und schlief bald darauf, während Perryfoot sich in Brocks dichten Pelz kuschelte und auch bald mit zuckender Nase und bebenden Beinen ins Land der Träume hinüberwechselte. Nab saß daneben und fühlte sich merkwürdig friedlich. Der Duft des Heuschobers war neu für ihn. Er hatte schon manchmal schwach den Geruch von Heu im Wind gerochen, wenn es in der heißen Sommersonne getrocknet war, unten am Fluß, aber auf den Feldern nahe des Silberwaldes hatten sie niemals Heu gemacht. Jetzt stellte er fest, daß der süße, fast Übelkeit erzeugende Geruch ihn nahezu überwältigte. Kein Geräusch drang zu ihnen durch, und die unwirkliche Stille trug nur noch zu seinem Gefühl bei, in einer anderen Welt zu sein. Aber es war warm. Wenn es Wärme war, die ihr fehlte, dann mußte es ihr bald bessergehen. Er schaute in ihr Gesicht hinab und schwelgte in dem Luxus, jedes einzelne Teil davon wirklich gründlich anzusehen, solange er wollte. Er vertiefte sich in ihre zarten Züge; ihr Mund, ihre Nase, ihr Kinn, alles an ihrem Gesicht verzauberte ihn. Plötzlich überkam ihn der Wunsch, sie zu küssen. Es schien die einzige Art, all seine Gefühle für sie auszudrücken. Langsam beugte er sein Gesicht über sie, und in seinem zarten Kuß lag all die Wärme, das Mitleid und die Liebe, die er für sie hatte, und er schien sie mit neuer Kraft und Energie zu erfüllen. Als er sein Gesicht fortzog, sah Nab, wie ihre Lider flatterten, und zu seiner Freude öffnete sie die Augen und lächelte ihn an.

Zuerst fiel es Beth schwer, geradeaus zu blicken, und eine Sekunde lang wußte sie nicht, wo sie war. Das letzte, an das sie sich erinnerte, war, daß sie in einer tiefgrünen Senke aufgewacht war und Hunger hatte, sich schwach fühlte. Und jetzt lag sie hier in einem Heuschober. Aber es war so herrlich warm! Die Wärme unter dem Heu brachte das Leben in ihren Körper zurück, und wieder schloß sie für eine oder zwei Sekunden die Augen, schwelgte in dem luxuriösen Gefühl. Dann erinnerte sie sich ganz schwach an Nabs Kuß, und sie sah zu ihm auf und streckte die Hand nach ihm aus, ergriff die seine, die an ihrer Seite lag. Sie fühlte sich glücklich und zufrieden. Lange Zeit blieben sie so, schauten einander tief in die Augen und hielten sich bei den Händen. Mit der anderen Hand streichelte Nab sanft über ihre Wange und glättete ihr Haar. Nur das Grunzen und Schnarchen von Perryfoot und Brock unterbrach die Stille hier oben. Das einzige Licht kam von dem kleinen Fenster am anderen Ende, durch das der Mond gelegentlich einen Silberstrahl ins Heu sandte und in dem Warrigal hockte und in die Nacht hinausstarrte. Endlich sorgten Wärme und Erschöpfung dafür, daß auch die beiden einschliefen, Nab zusammengerollt an ihrer Seite.

Als sie am nächsten Morgen erwachten, fühlte Beth sich viel besser, und die Farbe war in ihr Gesicht zurückgekehrt. Nab zeigte ihr die Eier, und sie zwang sich dazu, sie roh zu essen. Vorsichtig zerbrach sie die Schale und goß den Inhalt hastig ihre Kehle hinunter. Sie würden ihr auf jeden Fall guttun, sagte sie sich, und tatsächlich wurde sie kräftiger, als der Tag dahinging. Am Nachmittag holten Sam und Warrigal noch drei Eier, und später drei weitere für den Abend. Den ganzen Tag lang goß es in Strömen, pladderte aufs Dach und tropfte von den Rinnen. Am nächsten Morgen gingen Beth und Nab hinüber zu dem Fenster, wo Warrigal Wache gehalten hatte. Sie starrten hinaus in den Regen über den grünen Feldern und Tälern, der Bäche und Flüsse füllte und die Erde durchtränkte. Etwas sehr Tröstendes und Anheimelndes ging davon aus, den Regen aus der Wärme hier unter dem Dach zu beobachten. Beth hatte sehr gern daheim aus ihrem Schlafzimmerfenster geblickt, wenn ein Sturm losbrach, und Nab fühlte sich an die Zeiten erinnert, wo er aus seinem Rhododendronbusch im Silberwald geschaut hatte. Als sie nebeneinander am Fenster saßen, beschloß Beth, daß sie anfangen würde, Nab ihre Sprache beizubringen, und vielleicht konnte sie seine lernen. Jetzt war eine gute Gelegenheit, damit anzufangen, denn es gab sonst nichts zu denken, und nichts konnte sie ablenken. Sie zeigte nach draußen und hielt eine Hand unter einen Tropfen. »Regen«, sagte sie und zeigte dann auf Nabs Mund, in der Hoffnung, er werde verstehen, daß er es wiederholen sollte. Langsam und sorgfältig tat er es; und dann zeigte sie auf ihn, damit er ihr das Wort für »Regen« sagen sollte. Nab verstand schnell, was sie wollte. »Aschgaroth y Draisch«, sagte er. Für Beth klang es wie eine Menge Quiekser und Grunzer, denn es gibt in dieser Sprache keine Buchstaben, kein Alphabet, wie die Urkku es kennen, sondern nur Geräusche. Trotzdem versuchte sie, so schwer es war, die Geräusche nachzuahmen, und ihr Versuch ließ ihn in lautes Gelächter ausbrechen, das so ansteckend war, daß sie einfach mitlachen mußte. Dann versuchte sie es erneut, und Nab nickte und lächelte, um ihr zu zeigen, daß sie der Sache schon näher gekommen war.

Danach brachte sie dem Jungen ihren Namen bei, den er leicht auszusprechen fand, und er lehrte sie seinen, den sie ebenfalls recht einfach fand, denn er war kurz und bestand nur aus einem Ton. Für den Rest des Nachmittags fuhren sie damit fort, zeigten auf die Dinge um sie herum oder berührten sie. Im großen und ganzen fand Nab es leichter, ihre Worte zu lernen, als umgekehrt, und noch schwieriger als die Aussprache war es für sie, seine Worte zu behalten. Dennoch war sie entschlossen, damit fortzufahren. Zumindest hatten sie einen Anfang gemacht, und sie war überrascht, wie schnell und leicht Nab die menschliche Sprache lernte.

Als der Abend anbrach, hellte sich der Himmel auf, der Regen ließ nach und hörte schließlich ganz auf. Warrigal flog von dem Dachsparren herbei, auf dem er den ganzen Tag über geschlafen hatte, und sprach zu Nab.

»Wir sollten weiterziehen«, sagte er. »Wie geht es ihr, was meinst du?«

»Viel besser«, antwortete Nab. »Ich werde versuchen, ihr klarzumachen, was ich denke, und fragen, ob sie bereit ist.«

Das tat er. Er zeigte hinaus und dann auf alle Tiere und dann wieder nach draußen. Beth verstand. Sie nickte mit dem Kopf, um ihm zu zeigen, daß sie glaubte, sie wäre wieder ganz in Ordnung, obwohl sie eigentlich lieber noch eine Nacht in der Scheune geblieben wäre. Aber sie fühlte sich wirklich viel besser, und da die Nacht klar war, war es wahrscheinlich eine ganz gute Zeit, um wieder aufzubrechen. Die drei kehrten zu Perryfoot und Brock zurück, die immer noch schliefen, weckten sie, und nachdem Beth vorsichtig die drei restlichen Eier in eine Innentasche ihres Umhangs gesteckt hatte, stiegen sie die Treppe hinab und holten Sam, der auf der untersten Stufe gelegen hatte. Mit Perryfoot wieder in seiner Schlinge zwängten sie sich durch die halbgeöffnete Tür und traten in die Nacht hinaus.

16. Kapitel

Den ganzen kalten Januar hindurch stapften sie weiter über die Ebene. Der Mantel des Winters lag schwer über dem Land; die Bäume waren kahl und düster, das Gras kurz und die Felder gefroren. Es gab manchmal Schnee, aber keinen Regen. Dafür war es zu kalt, und die Tiere waren dankbar, denn Regen bringt Feuchtigkeit, und Feuchtigkeit ist der Feind jedes wilden Geschöpfes. So gefror der Schnee, überzog die Bäume mit Glitzer, der im Mondlicht schimmerte, und bedeckte die Felder mit einer frischen weißen Oberfläche, auf der es sich leicht ging und man keine Fußabdrücke hinterließ. Aber obwohl sie vom Regen verschont blieben, gab es doch einen eisigen, schneidenden Wind, der von den Hügeln herabblies, die sie gerade überquert hatten, der an ihnen nagte, bis er einen Weg zu ihren Körpern fand. Beth war dankbar, daß sie ihren Umhang und all ihre Kleider hatte. Sie waren zwar schwer und behinderten sie beim Gehen, aber sie hielten sie zumindest sehr warm.

Sie verhielten sich wieder wie zuvor. Bei Tage schliefen sie unter Hecken oder in Bodensenken, und wenn dann die Sonne anfing unterzugehen, machten sie sich auf den Weg durch die kalten, klaren Nächte, in denen die Sterne auf sie herabblinzelten und der Mond ihren Weg beleuchtete. Die meiste Zeit befand sich der Scyttel der stehenden Steine, auf den sie zugingen, außer Sichtweite, aber Nab hatte keine Schwierigkeiten, die Ströme des Roosdyche zu finden. Bisweilen stießen sie unterwegs zufällig auf einen kleineren Scyttel. Manchmal war er durch einen Stein gekennzeichnet, dann wieder war es einfach ein kleiner Hügel oder ein Wäldchen oder Bäume oder ein Ort, wo Wasser aus der Erde quoll. Zu anderen Zeiten nahm er die Form einer Grotte am Fluß an oder war eine Ansammlung riesiger Felsbrocken. An diesen Orten hielten sie eine Weile und fühlten, wie die Kraft und Macht des Scyttel ihnen neue Energie und Klarheit der Gedanken verlieh, und wenn sie das Glück hatten, gegen Morgenanbruch an einem vorbeizukommen, dann schliefen sie dort den ganzen Tag und fühlten sich beim Erwachen wunderbar erfrischt und gestärkt.

Sams Verletzungen waren inzwischen fast völlig geheilt, und er verfügte über eine prächtige Kondition. Sein Fell schimmerte in einem tiefen Goldton, seine Augen blickten klar und hell. Auch Perryfoot ging es besser, und eines Nachts hatte Nab ihn einfach aus der Schlinge genommen, denn er hatte den Eindruck, daß er einfach zu bequem zum Laufen war. Ohne die Schlinge hätte er wahrscheinlich gar nicht überlebt, zumindest wäre es ihm nie bessergegangen, aber jetzt war er fast wieder gesund, obwohl er noch stark hinkte und nie wieder seine alte Geschwindigkeit erreichen würde.

Beth stellte fest, daß sie sich an die Gräser, Wurzeln und Beeren gewöhnt hatte, die Nab für sie fand, und einige von ihnen schmeckten ihr sogar. Zumindest konnte sie damit überleben, und sie freute sich aufs Frühjahr und den Sommer, denn sie wußte, daß die Auswahl dann weit größer sein würde. Schon war sie in der Lage, einige der Pflanzen zu erkennen, und sammelte ihr Essen größtenteils selbst. Aber Nab bestand darauf, daß sie ihm die Pilze immer zeigte, falls sie giftig sein sollten.

Während sie durch die Nächte wanderten, brachten sie sich weiterhin gegenseitig ihre Sprache bei, und es dauerte nicht lange, da beherrschte Nab Beths Sprache gut genug, um ihr von seinem Leben und ihrer gemeinsamen Aufgabe zu erzählen. Sie hörte zu, überrascht und fasziniert, als er ihr von der Zeit mit Brock und Tara erzählte, davon, wie er gefunden worden war, und von seinen Abenteuern und Freundschaften mit den anderen Tieren im Silberwald. Er erzählte ihr auch die Geschichten und Legenden der Mitglieder des Rates, berichtete von Rufus, Bruin, Sterntaler und Pictor, die jetzt alle tot waren, und er erzählte ihr die Geschichten der großen Helden der Vergangenheit, so, wie sie auch ihm erzählt worden waren, erzählte von den Zeiten, als die Urkku auf die Erde kamen, und von den Mythen der Vor-Menschen-Zeiten. Als ihre Reise weiterging, enthüllte sich Beth eine ganz neue Welt. Eine Welt, von deren Existenz sie bisher nichts gewußt hatte, eine Welt, über der sich der Schatten der Urkku allmächtig, dunkel und furchterregend auftürmte. Sie hatte das Gefühl, daß ihr langsam die Augen geöffnet wurden, und als Nab ihr schließlich, so gut er konnte, die Sage erzählte, die ihm von Lord Wychnor dargetan worden war, wurden viele Fragen, die sie lange Zeit gequält hatten, beantwortet. Jetzt war das Puzzle vollständig. Sie war demütig und stolz, von Aschgaroth erwählt worden zu sein, Nab zu begleiten, und sie war froh, daß die Bedeutung ihrer Träume aufgeklärt war. Sie sollte eine Rolle in dieser Sage spielen, eine Rolle, die sie und die anderen erst dann voll verstehen würden, wenn sie ihre Mission beendet hatten und Aschgaroth sie ihnen enthüllen würde. Als Nab geendet hatte, suchte er mit der Hand unter seiner Rindenkleidung, fand den Behälter am Gürtel des Ammdar, der den Ring enthielt, drückte auf den Verschluß und steckte die Finger hinein, um ihn hervorzuholen.

»Hier, der gehört dir. Es ist dein Geschenk von Aschgaroth. Lord Wychnor hat ihn mir als Zeichen für dich gegeben«, sagte Nab zärtlich.

Beth nahm den kostbaren Ring entgegen, an den sie sich aus ihren Träumen so deutlich erinnerte. Die silbernen Fäden tief in seinem Innern schimmerten und bewegten sich graziös in dem goldenen Licht, das der Edelstein ausstrahlte. Langsam und vorsichtig steckte sie ihn auf den langen Mittelfinger ihrer rechten Hand, und er schien eine Aura aus Licht um sie zu zeichnen, so mächtig war sein Glanz. Dort sollte er für alle Zeiten bleiben, sollte niemals wieder abgenommen werden, und die Kraft seiner Schönheit erfüllte Beth mit Wundern, sooft sie ihn betrachtete. Er half ihr durch die schwere Zeit, die vor ihr lag, half ihr immer, wenn Zweifel, Furcht oder Unsicherheit sie erfüllten. Er war ihr Bindeglied zu der Welt, die Nab ihr gezeigt hatte; ihr Beweis, daß sie tatsächlich erwählt worden war, und eine beständige Erinnerung an die Macht und Magie dieser Welt und die Tiefe ihrer Mysterien.

Das Land, durch das sie wanderten, war nicht so flach, wie es von weitem ausgesehen hatte. Kleine Flüsse und Täler durchschnitten es, und es gab große Gebiete Waldland. An ihnen zogen sie immer hastig vorüber, damit sie nicht von den Wesen gesehen wurden, die darin lebten. Die Existenz von Nab und Beth mußte bis zum Ende geheimgehalten werden, und alles, was in einem Wald geredet wurde, würde schnell an Dréaggs Ohren dringen. Als sie weiterzogen, wurde das Land fruchtbarer, die Felder kleiner und die Urkku-Behausungen zahlreicher. Überall gab es Bauernhäuser, und manchmal war es unmöglich, nicht in Sichtweite zu geraten. Dann krochen sie in Gräben oder an Hecken entlang, während das Licht aus den Fenstern der Bauernhäuser über die Felder fiel und der Lärm der Kühe, die in den Ställen gemolken wurden, das Surren der Melkmaschinen oder das Scheppern der Eimer durch die frostige Luft tönte. Zu anderen Zeiten bellte wohl auch ein Hund, und stets erstarrten die Reisenden, wenn sich eine Tür öffnete und ein Urkku in die Nacht hinausspähte, um zu sehen, was die Störung hervorgerufen hatte, ehe sie wie schweigende Schatten ihren Weg fortsetzten.

Es war auch zu jener Zeit, als sie auf Straßen stießen, diese großen Bänder aus Beton, die das Gesicht des Landes durchqueren. Beth erklärte Nab ihren Sinn, und er wiederum erzählte es den anderen, obwohl sie alle schon Straßen gesehen hatten. Beth erklärte ihnen auch, wie gefährlich es war, die Straße zu überqueren, wenn eines der Urkku-Fahrzeuge darauf entlangfuhr. Sie führte sie immer über diese Straßen, stand am Straßenrand, hielt Ausschau nach Scheinwerfern, und wenn sie es dann für sicher hielt, winkte sie ihnen, und einer nach dem anderen ging hinüber. Manchmal waren zwei von ihnen sicher auf der anderen Seite, für gewöhnlich Perryfoot und Brock, denn sie gingen meist als erste, da tauchte aus dem Nichts eine ganze Autoschlange auf, und die Tiere legten sich verängstigt hinter der Böschung nieder oder versteckten sich in einem Graben, während die Autos in einem Sturm aus Lärm und Licht vorbeibrausten, sie in Staub und Rauch einhüllten und zitternd vor Furcht zurückließen. Einmal waren sie in einer Kurve über die Straße gegangen, und Beth, die gedacht hatte, es wäre sicher, hatte Perryfoot hinübergewinkt. Gerade war er auf die Teerstraße gehoppelt, als ein Auto um die Ecke bog und ihn mit den Scheinwerfern einfing. Der Hase war erstarrt, hypnotisiert, wie Nab es noch von dem Vorfall am Rande von Silberwald in Erinnerung hatte. Aber glücklicherweise hatte Beth gerade noch Zeit genug gehabt, vorzuspringen und ihn zurückzuzerren, ehe er von den Rädern zermalmt wurde. Der Fahrer hatte das Mädchen im Licht seiner Scheinwerfer gesehen und weiter unten an der Straße gehalten. Beth war zu ihm gegangen, als er ausstieg, und hatte ihm erzählt, daß er fast ihren kleinen Hund überfahren hätte, den sie nun am Rande der Straße an einem Baum angebunden hätte. Er bot ihr und dem Hund an, sie heimzufahren, denn es war eine kalte Nacht und schon elf Uhr vorbei, aber sie lehnte sein Angebot höflich dankend ab und erklärte, daß sie nicht weit entfernt wohne und nur den Hund zu seinem letzten Gang ausführe. Daraufhin hatte der Mann ihr eine gute Nacht gewünscht, war zu seinem Wagen zurückgegangen und davongefahren. Er war ein wenig verwirrt vom Anblick dieses wild aussehenden, hübschen jungen Mädchens in dem braunen Tweedumhang, deren Augen ihn zu durchbohren schienen und deren blondes Haar wie eine Mähne um ihre Schultern fiel. Sie hatte gesagt, sie wohne in der Nähe, aber die nächsten Häuser, an denen er vorbeigekommen war, waren acht Meilen entfernt. Als er wieder in der vertrauten Umgebung seines Autos saß, war es fast, als hätte er das alles nur geträumt.

Einige Zeit später stießen sie auf ihre erste Stadt. In der vorangegangenen Nacht hatten sie am dunklen Himmel einen roten Schein ausgemacht und sich gefragt, woher er käme. Als der Morgen anbrach, hatten sie am Fuß einer riesigen Eiche haltgemacht und sich den ganzen Tag ausgeruht. Am Abend waren sie wieder aufgebrochen, und der Schein war vor ihnen geblieben, bis sie gegen Mitternacht ein beständiges Summen hörten, das der Wind zu ihnen herübertrug. Es war ein Gewirr von Geräuschen, so vielfältig und gemischt, daß es sich nicht erfassen ließ, und es erinnerte die Tiere an einen starken Wind, der durch die Bäume blies. Als sie näher kamen, wurde der Schein heller, der Lärm lauter, grober, abgerissener. Jetzt konnte man über dem Summen das gelegentliche Hupen eines Autos hören oder das Geräusch eines schweren Lastwagens, der sich durch die Straßen quälte, oder ein Motorrad, das eine leere Straße entlangbrummte.

Sie näherten sich dem Gipfel einer steilen Erhebung in der Wiese; dann waren sie oben, und vor ihnen erstreckte sich die Stadt. Sie war nicht besonders groß, aber den Tieren kam es vor, als wäre sie ohne Ende. Ihre Ohren schienen von dem Lärm angegriffen zu werden, der Himmel strahlte wider von dem Licht. Verschwunden war der verhältnismäßig sanfte rote Schein. Dies hier war ein Mahlstrom aus Rot-, Orange- und Weißtönen, die die Dunkelheit der Nacht vertrieben. Und wie die gekrümmten Speichen eines riesigen Rades erstreckten sich rote Bänder in alle Richtungen, dorthin, wo die Peitschenlampen den Straßen in die Vororte folgten. Manchmal konnten sie Lichtpaare sehen, wenn ein Auto spät heimkehrte oder wenn sich ein Lastwagen seinen einsamen Weg durch die Stadt suchte. Wenn sie am Rande der Stadt um eine Ecke bogen, strahlten diese Lichter manchmal in die Dunkelheit der umgebenden Landschaft hinaus, und ein- oder zweimal schienen sie direkt auf die Tiere, blendeten sie einen Moment lang, ehe sie ihren Weg fortsetzten.

Die Luft war schwer von Rauch und Abgasen der Industrie. Hier waren auch die Lichter heller, und es gab mehr Lärm und Geschäftigkeit. Der Gestank stieg in ihre Nasen und verursachte einen seltsam metallischen

Geschmack im Mund. Sie konnten nicht mehr richtig atmen, und Angst und Verzweiflung erfaßten sie, als sie feststellten, daß jedesmal, wenn sie einatmeten, diese seltsame Luft durch ihre Lungen wanderte und sie zum Würgen reizte.

Eine Weile blieben sie oben auf dem Hügel stehen, fasziniert und erschreckt von etwas, das auf sie wie ein riesiges Ungeheuer wirkte, das Rauch und Feuer atmete und selbst im Schlaf das endlose Getümmel in seinem Innern nicht anhalten konnte. Nab stellte Beth eine Menge Fragen, und sie beantwortete sie, so gut sie es vermochte, denn sie war mit dem Leben in der Stadt nicht sehr vertraut. Als sie ihm alles erzählte, was sie wußte, wurde ihm kalt vor Angst, denn es wurde ihm klar, daß er darin niemals überleben könnte. Das Leben inmitten dieser Masse aus Beton und Lichtern und Lärm wäre für ihn wie ein Alptraum.

»Wir können da nicht hindurchgehen«, sagte er zu Warrigal, der an seiner Seite stand. »Ich könnte dort den Roosdyche nicht fühlen und würde unsere Orientierung verlieren. Wir müssen außen herumgehen und hoffen, daß wir ihn auf der anderen Seite wiederfinden.«

»Das wird uns viel Zeit kosten«, entgegnete die Eule.

»Wir haben keine Wahl. Wenn wir uns da drinnen verlaufen, dauert das viel länger. Wir würden niemals herausfinden. Und ganz sicher würden wir entdeckt werden. Beth hat gesagt, zahllose Urkku hausen dort. Nein. Wir müssen außen herumgehen.«

So machten sie sich auf den Weg um die Stadt herum, immer in der gleichen Entfernung von ihr. Es dauerte fünfzehn Nächte; fünfzehn Nächte, in denen die Stadt ihr ständiger Begleiter war. Am Ende hatten sie fast das Gefühl, als würden sie sie kennen. Sie hatten die wechselnden Stimmungen bemerkt, als sich die Woche dahinzog, von der verzweifelten Fröhlichkeit des Samstags über das geschäftige Alltagslärmen der Wochentage bis zu dem sanften, trägen Schlummer des Sonntags, ehe es wieder von vorne anfing, um sich wie-

der und wieder zu wiederholen, unaufhörlich.
Sie mußten wegen der zahlreichen Häuser außerhalb der Stadt sehr langsam gehen, und auch wegen der belebten Hauptstraßen, auf denen die Autos vorüberzischten und -brausten. Aber es gab keine Panne, obwohl sie manches Mal so dicht an einem Haus vorüber mußten, daß sie Stimmen hören konnten. Wenn Beth die vertrauten Geräusche eines Haushalts durch die Luft hörte, das Klappern von Töpfen in der Küche oder das Pfeifen eines Kessels oder dumpfe Schritte, die eine Treppe hinaufstiegen, dann verursachte ihr das immer ein merkwürdiges Gefühl. Sie riefen sie zurück in ihre andere Welt, in die Welt, der sie so lange angehört hatte und die sie jetzt hinter sich gelassen hatte, und sie erinnerte sich an ihre Eltern und ihr Heim. Zu diesen Zeiten rollten Wellen der Nostalgie über sie dahin, wurden aber schnell unterdrückt.
Und während die Menschen fernsahen oder schlafend in ihren Betten lagen, wanderte draußen in der kühlen, klaren Nacht die kleine Gruppe langsam und vorsichtig weiter um die Stadt herum, bis sie endlich in der Ferne den Scyttel sichteten. Es dauerte lange, bis Nab die Erdströmungen entdeckte, die ihm verrieten, daß sie wieder auf dem alten Weg waren, und sie richteten ihre Schritte auf den fernen Hügel zu, erfüllt von Erregung und Erleichterung. Sie fühlten, daß sie jetzt wirklich und wahrhaftig auf ihrem Weg waren und daß es nicht mehr lange dauern würde, bis sie bei den See-Elben anlangten, wo sie den Elbenkönig der See aufsuchen würden. Und damit wäre der erste Teil ihrer Reise beendet.

Bald erreichten sie den Berg, den sie so lange in der Ferne vor sich hatten liegen sehen. Er war kleiner, als sie von weitem gedacht hatten; eigentlich handelte es sich bloß um einen großen, flachen Hügel mit einem Kreis aufrecht stehender Steine im Gras. Einige der ersten Urkku hatten mit Hilfe der Logik erkannt, daß diese Orte magische Kräfte enthielten, und sie hatten versucht, ihre Kraft zu konzentrieren, indem sie diese Steine dort aufstellten. Denn ihnen war die Magie ver-

wehrt, und sie waren gezwungen, Logik einzusetzen, um die Macht herauszuziehen und anzuwenden. Doch nur, wo die magische Kraft am stärksten war, konnten sie sie spüren, und so gibt es Myriaden kleinerer Scyttel, die ihnen völlig unbekannt sind und von deren Existenz nur die Elben und die Tiere wissen, denn nur diejenigen, denen Magie verliehen ist, können intuitiv spüren, wo sie sich befinden. So kamen die Tiere nur selten an diese großen und mächtigen Scyttels. Der Tag, den sie an diesem hier verbrachten, war ein wilder, windiger Tag Anfang Februar. Der Himmel war schwer von riesigen, dunklen Wolken, die einander jagten, während der Wind über die Ebene heulte. Sie kauerten hinter einem der Steine, windgeschützt, fasziniert von der Wolkenarmee, die über ihren Köpfen dahinzog, und ließen die Kraft des Scyttel auf sich einwirken. Sie spürten die Energie dieses Ortes so stark, daß sie nicht schlafen konnten, ja, auch gar kein Bedürfnis danach hatten. Ausgestreckt hinter ihrem Stein, konnten sie die gesamte Ebene überblicken, über die sie gekommen waren, während vor ihnen ein weiteres kleines Vorgebirge lag, das sie überqueren mußten, und sie fühlten, daß dahinter das Meer lag.
Als die Nacht anbrach, machten sie sich auf den Weg über den schmalen Streifen Ebene, der noch zwischen ihnen und den Bergen lag, und um Mitternacht kletterten sie wieder. Bald lagen die saftig-grünen Weiden des Tieflandes hinter ihnen, und der Boden wurde felsig. Das Gras war hier kurz und mager, und statt Kühen sahen sie nur Schafe an den seltenen Grasflecken rupfen, die zwischen Felsen und Gestrüpp auftauchten. Am nächten Tag brachte der Wind Schnee mit, und als sie am späten Nachmittag erwachten, war alles mit einer dicken weißen Decke überzogen. Zum Glück schneite es nicht mehr, und der Himmel hatte sich aufgeklart, so daß der Mond jetzt hell auf die Berge herabschien. Das Gehen war jetzt leichter, denn der Schnee gefror auf der Heide und dem Gestrüpp, und sie kamen gut voran, vor allem, weil es hier oben keine Urkku-Behausungen gab und auch sonst nichts, was

auf deren Anwesenheit hindeutete.
Sie brauchten noch zwei weitere Nächte, um die andere Seite der kleinen Gebirgskette zu erreichen. Schließlich standen sie oben auf einem steilen Hang und blickten auf einen dichten Teppich aus Nebel herab. Schon graute der Morgen, und so rasteten sie hinter der Felsenspitze und schliefen, ehe sie sich am Abend an den Abstieg machten. Zu ihrer Enttäuschung hatte es wieder zu regnen angefangen, es war wärmer geworden, und bald wich die Fröhlichkeit des Wanderns durch klare, frische Nächte, in denen Mond und Sterne ihnen den Weg gewiesen hatten, der bedrückenden Feuchtigkeit.
Kein Mond war zu sehen, und der Regen machte es selbst für Warrigal und Brock schwierig, etwas in der Ferne zu erkennen. Langsam stiegen sie schmale Pfade hinab, die vom Regen schlüpfrig geworden waren; noch war das Eis nicht geschmolzen, sondern war mit einer dünnen Schicht Wasser überzogen, was die Wege recht tückisch machte. Mehrmals glitt Beth aus, und einmal rollte sie eine steile Böschung hinunter, bis sie am Rand eines kleinen Flusses liegenblieb. Von da an hielt Nab sie fest bei der Hand, denn einige der Wege führten dicht an steilen Hängen entlang.
Als sie den niedrigsten der Vorberge erreicht hatten und fast am Fuß des Gebirges angelangt waren, wurde die Sicht plötzlich sehr viel schlechter, denn sie befanden sich inmitten eines dichten, wirbelnden Nebels. Der Regen hatte jetzt aufgehört, aber die kalte, klamme Feuchtigkeit des Nebels durchnäßte sie bis auf die Haut. Eine Weile gingen sie noch weiter, angeführt von Nab, der dem Roosdyche besser folgen konnte als Warrigal. Dieser hockte auf Nabs Schulter und spähte ins Dunkel, lenkte ihn, so gut er konnte, auf scheinbar grünen Fußwegen entlang, zu deren beiden Seiten der Boden abzufallen schien und schwarz und brüchig aussah.
»Heute nacht können wir nicht viel weiter gehen«, meinte Nab plötzlich. »Ich habe den Roosdyche verloren. Wir werden hier bis zur Morgendämmerung war-

ten. Dann können wir vielleicht erkennen, wo wir sind.« Warrigal flog herab und ließ sich auf einem alten, verrotteten Baumstumpf vor ihnen nieder. Seine Augen waren rotgerändert und brannten vor Müdigkeit, und seine Federn waren zerzaust und ungepflegt von der Nässe. Die anderen versammelten sich in einer kleinen Gruppe hinter ihm, schweigend und elend, während der Nebel sie gespenstisch umgab.

»Wir haben beschlossen, bis zum Morgen hierzubleiben«, verkündete Nab, und ohne ein Wort zu sagen, legten sie sich alle auf dem durchnäßten Boden nieder. Es war unmöglich, Schlaf zu finden. Irgendwie hing über dem Ort etwas Böses; der Nebel schien aus Gestalten zu bestehen, die tanzten und ihnen aus dem Dunkel gehässige Blicke zuwarfen, dann weiterrasten, nur um von anderen und dann wieder von anderen ersetzt zu werden. Jede Gestalt war anders als die vorhergehende, bis sie schließlich wie betäubt waren vor Entsetzen. Schließlich überwältigte Beth die Müdigkeit, und sie fiel in unruhigen, leichten Schlaf, in dem die teuflischen Gestalten, die vor ihr im Nebel paradiert hatten, gigantische Ausmaße annahmen. Aus dem Himmel lachten sie auf sie herab, ihre langen Finger schlangen sich um ihren Körper, hoben sie auf, warfen sie wie eine Stoffpuppe von einem zum andern. Ihr Fleisch schien aus einer Art schleimiger, gelatineartiger Substanz zu bestehen, und dort, wo sie sie anfaßten, fühlte sie sich schrecklich feucht und kalt. Die Feuchtigkeit durchdrang ihren ganzen Körper, wickelte die eisigen Finger um ihre Seele und zerrte daran, als wollte sie sie ihr herausreißen. Sie wehrte sich, wollte sich aus ihrem Griff befreien, aber die Gestalten lachten nur und warfen sie wieder hoch in die Lüfte, wo sie verzweifelt mit den Armen wedelte, bis sie von einem anderen aufgefangen wurde. Entsetzliche Furcht breitete sich in ihr aus, ließ ihr Herz gefrieren und verwandelte ihre Beine zu Gelee, als ihr ihre völlige Hilflosigkeit in dieser Situation bewußt wurde. Schon wollte sie den Kampf aufgeben und sich der Verzweiflung überlassen, als sie sich von einem anderen, wärmeren Griff geschüttelt fühlte und eine vertraute Stimme eindringlich ihren Namen rief. »Beth, Beth«, sagte sie, und langsam schüttelte das Mädchen den Alptraum ab. Sie öffnete die Augen und sah Nabs besorgtes Gesicht auf sie herabblicken. Obwohl es so kalt war, fühlte sie, wie sich kleine Schweißtropfen mit der Feuchtigkeit auf ihrer Stirn mischten.

»Halt mich fest«, sagte sie mit leiser, erschreckter Stimme, und das tat er, versah ihren Körper mit neuem Leben und schmolz die Kälte in ihrer Seele mit der Wärme seiner Liebe.

»Du hast dich im Schlaf hin und her gewälzt und geschrien. Wir hatten Angst um dich«, erklärte er.

Sie erzählte ihm von ihrem Traum, und die anderen saßen um sie herum und lauschten angstvoll. Als sie endete, herrschte Stille. Sie saßen im feuchten Dämmerlicht des frühen Morgens und wußten nicht, was sie denken oder tun sollten. Bald darauf versuchte eine bleiche, wäßrige Sonne, den Nebel zu durchdringen, und sie erkannten, daß sie von einer freudlosen Landschaft aus knorrigen, verkrüppelten Bäumen und flachem Sumpf umgeben waren, der sich düster und schleimig erstreckte, so weit ihr Auge reichte. Sie waren einen von mehreren erhöhten Pfaden entlanggekommen, auf dem Gras wuchs, aber derjenige, auf dem sich sich jetzt befanden, hörte wenige Schritte weiter auf und versank im Morast. Über allem hing der schwere, faulige Geruch verrottender Vegetation, und wie Finger stießen hier und da tote Baumstümpfe aus dem Sumpf, überwachsen von Pilzen und Flechten und Moos.

»Das ist ein teuflischer Ort«, wisperte Warrigal leise vor sich hin, als hätte er Angst, der Sumpf könnte ihn hören.

»Wir müssen umkehren und einen anderen Weg suchen«, sagte Nab, aber er rührte sich nicht. Sein Körper schien in einen tiefen Trog aus Verzweiflung versunken, und er war unfähig, sich daraus zu erheben.

Plötzlich rief Brock laut aus: »Was ist das? Seht! Da kommt etwas durch den Nebel!«

Ganz schwach konnten sie eine große weiße Gestalt erkennen, die langsam und entschlossen durch das Moor auf sie zuschritt, und zarte Schritte drangen kaum vernehmbar an ihr Ohr.
»Das ist ein Reiher«, sagte Brock. Der Vogel kam auf sie zu, hob seine langen, spindeldürren Beine und setzte sie sorgsam wieder im Sumpf auf.
Dabei bewegte sich sein Kopf mit dem tödlichen, scharfen und spitzen Schnabel rückwärts und vorwärts, im Rhythmus seiner Schritte. Gelegentlich hatten die Tiere ein solches Geschöpf gesehen, denn ab und zu waren Reiher an den Bach auf der Rückseite von Silberwald gekommen, aber das war nur sehr selten gewesen, und niemals waren sie einem so nah gewesen. Jetzt stand er vor ihnen, die langen weißen Flügel zu beiden Seiten seines Körpers zusammengelegt, und ihre Spitzen erinnerten Beth an einen altmodischen Frack. Von jedem Auge erstreckte sich eine schmale schwarze Linie bis zum Oberkopf, die sich in der Kopffeder fortsetzte. Für Beth sah es aus, als trüge er eine Brille mit dicken schwarzen Rändern. Wenn er sprach, zitterte der lange Nacken, der zwischen die Schultern gelegt war, ganz leicht mit.
»Ich bin Golconda, der Große Weiße Reiher, Wächter der Sümpfe von Blore. Ich habe eure Ankunft seit geraumer Zeit erwartet, denn die See-Elben kündigten mir euer Kommen an. Meine Aufgabe ist es, die Reisenden sicher durch die Sümpfe zu führen. Wir müssen achtgeben, denn eure Anwesenheit hier hat unzählige Trolle angelockt. Eine Horde von ihnen haust im Sumpf, und zu normalen Zeiten leben wir in einem unsicheren Waffenstillstand. Eure Wichtigkeit ist ihnen jedoch bekannt, vielleicht sogar euer Ziel, und sie werden tun, was sie können, um euch aufzuhalten.«
»Aber niemand hat uns gesehen«, wandte Nab ein. »Wir waren äußerst vorsichtig. Woher wissen sie, daß wir hier sind?«
Der Reiher lachte, ein tiefes, rasselndes Geräusch, das von der Sohle seiner Füße ausgehend durch seinen Körper zu kratzen schien.

»Den Augen Dréaggs kann man nicht entgehen. Seine Spione sind überall. Von dem Augenblick an, da ihr euren Wald verließt, wußte er immer, wo ihr seid. Unterschätzt ihn nicht. Jetzt folgt mir, aber seid äußerst vorsichtig. Es gibt nur einen einzigen Weg durch den Sumpf. Wenn ihr davon abkommt, werdet ihr unverzüglich vom Moor verschlungen.«

Sie brachen auf, jeder trat in die Fußstapfen des anderen vor ihm, mit Ausnahme von Warrigal, der wieder einmal auf Nabs Schulter hockte. Während sie dahingingen, fragte Nab den Reiher, warum er hier den Roosdyche nicht fühlen konnte.

»Das kommt, weil Dréagg diesen Ort vergiftet hat«, erklärte Golconda. »Er gehört den Trollen, die weder Licht noch die Kraft der Erde brauchen. Aschgaroth und seine Gaben sind hier unbekannt. Spürt ihr nicht das Böse, das euch überall umgibt?«

»Warum bleibst du dann hier?« wollte Warrigal wissen.

»Ich habe es euch bereits erzählt; jemand muß die Reisenden führen. Es gibt keinen anderen Weg zum Meer, außer man wählt den Umweg über die hohen Berge, und das würde zu lange dauern und wäre noch gefährlicher. Im Winter ist es auf jeden Fall unmöglich, der Weg ist dann unpassierbar. Und ich kann mit dem, was ich im Moor finde, überleben. Die Trolle ahnen nicht, daß ich mit den Elben arbeite. Ich bin ein einzelner Vogel, lebe wie ein Einsiedler, und sie lassen mich in Ruhe. Ich bin so unwichtig, daß Dréagg keine Mühe auf mich verschwendet, also bleibe ich, und niemand belästigt mich. So ist es immer gewesen.« Er brach ab, während sie unter den überhängenden Zweigen einer kleinen Eiche hindurchgingen, die fast bis zum Boden reichten. Der Stamm war mit dichten grünen Flechten bedeckt, und auf den Wurzeln, die aus dem grünen Morast aufragten, wuchsen Hunderte von kleinen, orangefarbenen Pilzen, die in starkem Kontrast zu den düsteren Grün- und Brauntönen standen.

»Aber ihr«, fuhr Golconda fort, »von euch weiß ich al-

les, was ich über eure Reise und eure Mission wissen will, und ich wünsche euch Glück, denn das werdet ihr brauchen. Aber erzählt mir von eurem Wald, von den Tieren darin und von deiner Kindheit, Nab; und die Urkku, die bei euch ist, vom Stamme der Eldron – erzählt mir auch von ihr. Ich sehe, daß sie in eurer Sprache zu euch spricht. Ich würde es gern sehen, wenn sie mir vom Leben der Urkku berichten würde.«
Die Zeit verging schnell, während sie sich unterhielten. Sie vergaßen das Böse, das sie umgab, während sie ihre Geschichten und die Legenden aus dem Silberwald erzählten, und als Nab den Reiher über seine Kindheit informierte, schienen Sonne und Lachen seine Gedanken zu erfüllen. Als sie ans Ende kamen, unterbrach der Reiher sie und bat Beth, ihm aus ihrem Leben zu erzählen, und fasziniert und erstaunt hörten sie zu, als sie ihnen mitteilte, wie sie gelebt hatte, wie die Menschen überhaupt lebten.
Es machte ihnen Spaß, mit ihm zu reden, denn er war ein guter Zuhörer, der sie nur gelegentlich unterbrach, um eine Frage zu stellen oder etwas hinzuzufügen, was ihm selbst aufgefallen war. Er erinnerte sie alle, sowohl durch seine Größe als auch durch sein Verhalten, an Wythen. Sie fragten sich – und es stimmte sie traurig –, ob sie die alte Eule jemals wiedersehen würden. Schon bald, ehe sie sich versahen, senkte sich Dunkelheit herab, und die Nacht brach an.
»Wir müssen uns eilen«, forderte Golconda sie auf, als Warrigal ihn fragte, ob sie in der Nacht irgendwo ausruhen würden. »Man kann nicht wissen, was die Trolle planen, und je früher ihr sicher durch die Moore gelangt, desto besser werde ich mich fühlen.«
Der wirbelnde Nebel hatte sich den ganzen Tag über nicht verzogen, aber jetzt in der Dunkelheit schien er noch dicker und dichter zu sein. Er fühlte sich an wie schwerer Nieselregen, und wieder wurden ihre Pelze durchnäßt. Sie gingen jetzt schweigend weiter, konzentrierten sich darauf, dem Reiher zu folgen, der vor ihnen ging, denn sie konnten nur noch sehr wenig sehen. Plötzlich hörte Nab, der direkt hinter ihm ging,

einen erstickten Aufprall und einen leisen Schrei, der fast umgehend erstickt wurde, so daß er nicht sicher war, ob er ihn tatsächlich gehört oder sich nur eingebildet hatte. Eine Sekunde lang blieb er stehen und flüsterte mit Warrigal.

»Hast du das gehört?«

»Ja«, antwortete die Eule leise.

»Was war das?«

»Irgendein Wesen, würde ich sagen. Ich habe auch ein Aufplatschen gehört. Komm weiter, sonst verlieren wir Golconda aus den Augen.«

Nab blinzelte durch das Dunkel nach vorne. Einen Augenblick lang konnte er nichts sehen außer den Gestalten, die der Nebel formte, doch dann entdeckte er zu seiner Erleichterung die vertraute Gestalt des Reihers, der vor ihnen dahinschritt. Seine große weiße Gestalt war von Nebelschwaden umgeben.

»Beeil dich«, drängte Warrigal, und Nab fühlte, wie sich die Krallen der Eule in seine Schulter preßten. »Er scheint einen großen Vorsprung zu haben. Besser, wir rufen ihn nicht, falls Trolle in der Nähe sind. Komm schon.«

Schnell ging Nab vorwärts, und die anderen folgten ihm. Bald darauf trotteten sie schweigend und in Gedanken versunken weiter, immer dem kaum sichtbaren Reiher nach. Das leise, nagende Gefühl von Panik, das Nab empfunden hatte, als er den Schrei gehört hatte, wich bald, als er sich darauf konzentrierte, Golconda zu folgen. Dennoch war er immer noch beunruhigt, und als die Zeit verging und die Gestalt vor ihm resolut vorwärtsschritt, ohne sich auch nur einmal umzudrehen oder näher zu kommen, kroch die Angst Nabs Rücken hinauf. Schließlich spürte er, wie ihm die Haare im Nacken zu Berge standen. Ganz gleich, wie schnell oder langsam sie gingen, der Reiher schien immer in exakt derselben Entfernung von ihnen zu bleiben. Warum wartete er nicht, bis sie ihn einholten? Wenn er sich doch bloß einmal umdrehen würde, damit sie sein Gesicht sehen könnten, oder wenn er etwas sagen würde. Das Moorland schien dicker und dicker

zu werden, und der Geruch feuchter, verrottender Vegetation hing so schwer in der Luft, daß sie ihn fast wie eine Wolke über dem dunklen, brackigen Wasser hängen sehen konnten. Zu beiden Seiten des erhöhten Weges wuchs Sumpfmoos, und die wirbelnden Wolken aus Feuchtigkeit spielten ihren Augen Streiche – es kam ihnen so vor, als würden sich die toten Stümpfe der Bäume bewegen. Immer wieder türmte sich einer von ihnen vor den Tieren auf, schien sich aus dem Nebel auf sie stürzen zu wollen wie eine bösartige Kreatur des Sumpfes.

Nabs Augen waren so konzentriert auf die Figur vor ihm gerichtet, daß er das Ende des Pfades übersah. Plötzlich hielt eine Masse aus grünem Schlamm seine Füße gefangen, und als er versuchte, sie herauszuziehen, mußte er feststellen, daß das unmöglich war. Je mehr er versuchte, einen zu befreien, desto weiter sank der andere ein. Warrigal war auf den Weg zurückgeflogen und rief den anderen zu, sich zu beeilen. Beth war nur ein kurzes Stück hinter ihm, aber als sie ihn erreichte, stieg ihm der Sumpf schon bis über die Knie. Brock, Sam und Perryfoot liefen die wenigen Schritte bis zu der Stelle, wo der Weg im Sumpf versank, und mit Entsetzen betrachteten sie das Bild, das sich ihnen bot. Nab schlenkerte verzweifelt mit den Armen, versuchte, sich vorwärts ans Ufer zu werfen, aber je mehr er sich abmühte, desto tiefer versank er. Er fühlte, wie er mit einer Kraft nach unten gezogen wurde, die er nicht bekämpfen konnte. Bald waren seine Beine überhaupt nicht mehr zu bewegen, denn das Moor reichte schon bis an seine Schenkel. Beth beugte sich vor, so weit sie konnte, aber immer noch konnte sie seine Hand nicht ergreifen. Und dann fielen ihr Szenen aus Filmen und Büchern ein, in denen jemand im Treibsand gefangen war. Hastig schlüpfte sie aus ihrem Umhang, rollte ihn im Gras zu einem Seil zusammen, und dann legte sie sich mit dem Gesicht nach unten auf den Weg, so nah an den Rand, wie sie es eben noch wagte, bis der Gestank des Sumpfes ihr in die Nase stieg.

»Brock, ich will mich an dir festhalten, und du, Sam, legst dich über meine Beine«, befahl sie.
Die Tiere begriffen, was sie wollte, und so griff sie mit der linken Hand nach Brocks Vorderbein, der an ihrer Seite stand, und nachdem Sams Gewicht sie niederhielt, warf sie mit der freien Hand das Cape aus. Aber es flog nicht gerade und fiel ein kurzes Stück vor Nabs suchender Hand nieder.
»Beeil dich!« rief er, und schon fühlte er, wie sich das Moor über seine Taille schob.
Beth zog den rechten Arm ganz zurück, so daß das Cape auf dem Weg hinter ihr ausgestreckt lag. Dann warf sie es mit aller Kraft über den Schlamm. Dieses Mal wurde seine Länge ausgenutzt, und ihr Arm lag ganz gestreckt. Ihr Herz hämmerte wild, und sie wagte kaum, den Kopf zu heben und zu schauen, aber als sie es tat, sah sie, daß es ihm gerade noch gelungen war, den äußersten Zipfel zu fassen, und sie war erleichtert. Dann spürte sie, wie er an dem Umhang zog, und hatte das Gefühl, als sollte ihr Arm aus dem Gelenk gerissen werden. Sie schloß die Augen und knirschte mit den Zähnen, als eine Woge von Schmerz sie überrollte. Das Problem war jetzt, ihn aus dem Moor zu ziehen. Sie versuchte, den Arm zu beugen und zu ziehen, aber es war unmöglich; sie hatte nicht genug Kraft. Dann merkte sie, wie ihre Hand den Halt verlor, aber es gelang ihr, die Finger um den Löwenkopfverschluß zu krallen. Als nächstes versuchte sie, sich auf dem Bauch rückwärts zu schieben und ihn so herauszuziehen, aber auch das erwies sich als unmöglich. Verzweifelt überlegte sie, dann rief sie Brock und Sam zu, sie sollten sie bei den Beinen packen und ziehen. Das taten sie, packten ihre Jeans mit den Zähnen und zogen sie mit aller Kraft vom Rand fort. Zuerst passierte überhaupt nichts, aber dann, ganz langsam, Zentimeter um Zentimeter, fühlte Beth, wie sie zurückrutschte.
»Wir schaffen es!« rief sie Nab überglücklich zu. »Es klappt!« Sie betete, daß der Stoff ihrer Jeans durchhalten würde. Ganz allmählich fühlte Nab, wie er aus dem Schlamm gezogen wurde. Bald steckte nur noch der

untere Teil seiner Beine fest, und er konnte mit den Händen am Umhang entlangfahren und sich dadurch schneller heraushieven. Nie im Leben würde er das schöne Gefühl vergessen, das er verspürte, als ein Teil seines Körpers nach dem anderen wieder freikam.
Endlich lag er auf dem festen Weg, Beth an seiner Seite, keuchend vor Anstrengung und Erschöpfung. Die Stelle, wo ihr rechter Arm in die Schulter überging, pochte und klopfte schmerzhaft, und die Schnauzen von Sam und Brock bluteten, aber vor Erleichterung waren sie fast wahnsinnig. Als Nab sich ein wenig von seiner Tortur erholt hatte, stand er langsam auf, dankte ihnen allen mit ernstem Gesicht, zupfte eine Handvoll Gras ab und begann den stinkenden Schlamm von seinem Körper zu wischen. Überall herrschte Totenstille. Doch ganz plötzlich kehrten seine Gedanken zu Golconda zurück, den er in dem Drama, das er soeben durchgemacht hatte, ganz vergessen hatte. Er mußte sie doch inzwischen bestimmt vermißt haben und zurückgekehrt sein? Aber nirgends entdeckte er eine Spur von dem großen weißen Reiher. Verzweifelt starrte Nab in die Dunkelheit, doch alles, was er sehen konnte, waren Nebelschwaden, die fröhlich tanzten. Einen Augenblick lang täuschten ihn seine müden Augen, und er hätte fast gedacht, sie lachten ihn aus. War der Reiher nur Einbildung gewesen? Nein, sie hatten ihn alle gesehen und mit ihm gesprochen. Schlimmer noch: War er also ein Verbündeter der Trolle? Er hatte sie alle mitten in den Sumpf geführt, indem er sich ihr Vertrauen erschlichen und sie dann im Stich gelassen hatte, damit sie für alle Zeiten an diesem schrecklichen Ort umherzogen, bis einer nach dem anderen vom Sumpf verschluckt wurde, wie es ihm eben fast passiert war.
Seine Gedanken wurden plötzlich von der Stimme Warrigals unterbrochen, der auf einem Stumpf neben ihm hockte.
»Wir haben keinen Führer«, erklärte er einfach. »Wir haben keine andere Wahl, als auf diesem Weg zurückzugehen, bis wir einen anderen finden, und dann müs-

sen wir sehen, wohin der Weg uns dann führt.«
»Wo ist Golconda?« fragte Nab.
»Ich weiß nicht, aber ich fürchte, wir werden ihn nie wiedersehen. Du mußt die anderen wecken, wir müssen weiter.«
Beths Augen waren geschlossen, und die anderen Tiere schliefen ebenfalls. Es schien eine Schande, sie zu stören, während sie noch den Triumph ihres Erfolges genossen und ehe ihnen die verzweifelte Lage bewußt wurde, in der sie sich befanden. Aber Nab stimmte mit Warrigal überein, daß sie nicht zögern durften.
Nachdem Nab sie sanft geweckt hatte, brachen sie schließlich auf, gingen den Weg zurück, über den Golconda sie am Abend geführt hatte. Es fiel ihnen schwer, jetzt noch an das fast glückliche Gefühl dieser Wanderung zu denken. Es war fast, als hätten sie es nur geträumt. Plötzlich, als sie die Stelle erreichten, an der Nab den Schrei vernommen hatte, stolperte er über etwas am Boden und wäre fast gefallen, so daß Warrigal von seiner Schulter fiel. Er bückte sich und sah einen Pfeil auf dem Weg liegen. Der Schaft war aus rauhem Holz gefertigt, der Kopf ein Stein. Er blickte auf und stellte fest, daß die anderen alle auf einen Baumstumpf auf der anderen Seite des Weges starrten. Er folgte ihren Blicken, und dann sah auch er Golconda. Sein Kopf war abgetrennt und auf den Stumpf gesteckt worden. Die Augen waren weit aufgerissen und starrten sie an, und der lange, scharfe Schnabel stand offen. Der Rest seines Körpers war zerlegt worden, und jedes Teil war an einem anderen Stück des Stumpfes befestigt worden, so daß das ganze eine garstige Karikatur bildete. Die schneeweißen Federn waren dort, wo das Blut geronnen war, fleckig und dunkelrot. Wie gelähmt vor Entsetzen starrten sie ihn alle an, eine Ewigkeit lang, wie es ihnen schien, und eisige Furcht griff nach ihren Herzen und ließ das Blut in ihren Adern gefrieren, so daß sie unfähig waren, sich zu rühren. Und dann gewann die körperliche Seite ihres Entsetzens die Oberhand, und sie fingen alle an zu würgen, ihre Mägen drehten sich um, und es schüttelte sie, bis sie ganz

schwach waren. Beth entwickelte plötzlich eine innere Kraft, von der sie selbst nicht gewußt hatte, daß sie sie besaß. Sie riß sich zusammen und rief den anderen zu weiterzugehen, und als keiner darauf reagierte, ging sie nacheinander zu jedem der Tiere und schüttelte es heftig an der Schulter, bis die Benommenheit des Entsetzens abgeschüttelt war. Endlich fingen sie alle an, sich zu bewegen. Zuerst stolperten sie ganz langsam dahin, wie im Traum, aber als sich der Nebel in ihren Gehirnen lichtete, gingen sie schneller und immer schneller, bis sie fast rannten in ihrem Bemühen, diesen entsetzlichen Ort hinter sich zu lassen. Wie lange sie so weiterliefen oder wie weit sie kamen, wußten sie nicht, aber schließlich überkam sie alle zur selben Zeit Erschöpfung, und sie sackten zusammen. Jetzt dämmerte Nab die schreckliche Wahrheit. Das Platschen und der Schrei, den er und Warrigal gehört hatten, war der Augenblick gewesen, als der Pfeil sein Opfer gefunden hatte. Die Trolle hatten Golconda in den Wald hinausgeschleift. Die Gestalt, der sie dann gefolgt waren, war nicht Golconda gewesen, sondern irgendein Geschöpf des Sumpfes, das von den Trollen beherrscht wurde. Es könnte sogar der Nebel selbst gewesen sein, von den Trollen angerufen, ihnen zu helfen, der sie dann weiter und weiter in die Tiefen des Sumpfes gebracht hatte, während die Trolle ihr grausiges Werk verrichtet hatten. Denn sie wußten, daß jeder Überlebende auf diesem Weg zurückkommen mußte. Ihm schoß der Gedanke durch den Kopf, daß man mit ihnen spielte, und ein Gefühl äußerster Hoffnungslosigkeit überkam ihn. Er schaute sich nach den anderen um, die auf dem durchweichten Boden saßen oder lagen, der sie davor bewahrte, in den Sumpf zu sinken. Ihr Pelz war durchnäßt und schlammverklebt, und in ihren Gesichtern entdeckte Nab nichts als Kummer und Verzweiflung. Selbst Warrigal starrte zu Boden. Seine Augen blickten düster und lustlos, und seine Schultern hingen herab, drückten Apathie und Erschöpfung aus. Beth lag mit dem Gesicht nach unten, den Kopf in den Armen vergraben, und ihr Körper bebte leicht, als sie leise vor sich hin schluchzte. Neben ihr saß Perryfoot, starrte über das Moorland hinweg, die Ohren dicht an den Rücken gepreßt, und an seiner Seite lagen Brock und Sam wie zwei Gespenster. Sie konnten nicht weitergehen, dachte Nab. Das war es also. Die Trolle hatten ihr grausiges Werk gut vollbracht. Jeglicher Wille weiterzuziehen war durch den Anblick dort hinten am Weg vollkommen erstickt worden.

Während diese Gedanken durch seinen Kopf zogen, hatte er schon einige Zeit ein Geräusch vernommen, das über das Moor zu ihnen drang. Zuerst dachte er, es wäre nichts weiter als der Wind, der durch die Binsen rauschte, aber als es langsam lauter wurde, konnte er das Murmeln leiser Unterhaltung und das Auftreten von Schritten unterscheiden. Auch die anderen hatten es gehört und schauten auf, starrten in die Richtung, aus der das Geräusch kam. Der Ausdruck in ihren Gesichtern hatte sich von Verzweiflung zu Entsetzen gewandelt. Näher und näher kam das Geräusch, bis plötzlich das Gemurmel abbrach und sie nur noch die Schritte hören konnten, die auf sie zuwanderten. Dann hörten selbst die auf, und durch die Dunkelheit und den Nebel sahen sie eine lange Reihe von Schatten, die schweigend und reglos standen, gerade noch in Sichtweite, aber nicht nahe genug, um genauer gesehen zu werden.

»Trolle«, flüsterte Brock leise vor sich hin, aber es war so still, daß sie ihn alle hören konnten.

Die Schatten standen eine ganze Ewigkeit dort, jedenfalls kam es den erschreckten Tieren so vor, dann bewegten sie sich wieder weiter. Jetzt konnten sie die einzelnen Gestalten erkennen, als sie weitermarschierten. Dann ertönte plötzlich ein Schrei über dem Sumpf, der die schreckliche Stille zerriß. Es war ein Schrei, der durch die Dunkelheit schoß und die Luft mit Licht und Schönheit zu erfüllen schien, und augenblicklich fühlten die Reisenden, wie ihre Herzen von dem kalten Terror befreit wurden, der sie umklammert gehalten hatte. In ihm lagen das Glück des ersten Schreies des

Brachvogels nach dem Winter und die Wärme und der Trost des ersten Sonnenscheins im Frühling. Der Morgen dämmerte gerade herauf, und in dem goldenen, schillernden Licht der frühen Sonne, die durch den Nebel brach, konnten die Tiere sehen, wie die düstere Reihe auseinanderstob, als Elben auf sie einstürmten, deren Schwerter in der Sonne glitzerten und funkelten. Gebannt beobachteten sie, wie die Trolle sich ungeordnet zurückzogen und die Luft von Kampflärm erfüllt war. Das Klirren von Schwert an Schwert und die schrecklichen Schreie der Trolle, wenn sie verwundet oder getötet wurden, erfüllten die Luft. Doch die häßlichen Wesen nahmen die Niederlage nicht so leicht hin und kämpften mit schrecklicher Kraft. Ihre kurzen, eckigen Körper wirbelten die schweren Schwerter umher, als wären es Federn. Aber sie waren langsam und schwerfällig, und die Elben tanzten um sie her, verwirrten und foppten sie, so daß sie wütend wurden und wild angriffen, bis sie müde wurden und ihre Kräfte sie verließen. Dann kamen die Elben und machten ihnen schnell und geschickt ein Ende. Die Schlacht wütete den ganzen Morgen, aber schließlich flohen auch die letzten Trolle über den Sumpf davon, und die Luft war wieder still. Dann sahen die Tiere die Elben auf sich zukommen. Sie gingen langsam, denn es war ein langer und harter Kampf gewesen, und sie waren erschöpft. Auch waren sie traurig, denn das Töten liegt nicht in der Natur eines Elben, und sie vermeiden es, wann immer es möglich ist. Selbst das Töten von Trollen ist für sie eine böse Tat, und eine siegreiche Schlacht war für sie niemals Grund zum Frohlocken. Bald darauf standen die Elben auf dem Weg, und ihr Anführer sprach.

»Ihr seid in Sicherheit«, sagte er. »Willkommen im Lande Sheigras. Ich bin Faraid, Gefechtsführer der See-Elben, und gekommen, euch zu Saurélon zu führen, dem König der See. Es kam uns zu Ohren, daß ihr von den Streitkräften Dréaggs angegriffen worden seid, und außerdem wart ihr lange überfällig. Kommt nun, trinkt dies hier. Es wird euch wiederbeleben, bis

ihr in den Höhlen von Elgol ruhen und speisen könnt.«
Faraid zog ein Fläschchen unter seiner Kleidung aus gesponnenem Silber hervor und reichte es Nab, der es an die Lippen setzte und von der funkelnden Flüssigkeit darin trank. Die Farbe konnte er nicht sehen, aber der Geschmack erinnerte ihn an die Süße sonnengereiften Klees, und er konnte fühlen, wie sie durch seinen Körper strömte und ihn erfrischte und belebte. Er reichte die Flasche an Beth weiter, dann nahm Faraid sie zurück und goß den Inhalt in eine große, schüsselförmige Muschel, die mit Perlmutt ausgelegt war, so daß auch die Tiere davon trinken konnten.
Als sie alle genug getrunken hatten und Lebenskraft und Energie aus ihren Augen sprachen, führte Faraid die kleine Gruppe durchs Moor, und die Elbenarmee folgte ihnen. Sie schauderten vor Ekel, als sie durch das Gebiet kamen, in dem die Schlacht stattgefunden hatte, und sahen, wie das schwarze Blut aus den Wunden der Trolle lief und sich mit den öligen Wassern des Sumpfes vermischte. Die ganze Gegend war erfüllt vom fauligen Gestank, der von diesen Wunden ausging, und die Tiere hatten große Schwierigkeiten, zu atmen. Sie suchten sich ihren Weg zwischen den fetten, häßlichen Gestalten, die lagen, wo sie gefallen waren, und konnten es kaum ertragen, in die Gesichter zu schauen, die im Tod noch abscheulicher aussahen als zu Lebzeiten. Die schrecklichen, aufgedunsenen Gesichter waren verzerrt und die vollen Lippen zu einem Ausdruck von Haß und Verachtung verzogen, so daß sie selbst im Tod den Tieren noch Angst machten. Der Anblick des Todes erinnerte Nab an Golconda, und er erzählte Faraid, wie die Trolle den Reiher behandelt hatten. Aber die Elben wußten bereits davon, denn sie waren auf ihrem Weg an dem schrecklichen Bild vorübergekommen.
»Er ist wieder ganz und wird zufrieden ruhen«, sagte der Elb, und Nab war erleichtert, denn er hatte ein schlechtes Gewissen, weil er an Golconda gezweifelt hatte, und außerdem fühlte er sich irgendwie verant-

wortlich. Hier war noch ein Tier, das sein Leben für ihn gelassen hatte, und der Gedanke an Liebe und Treue ließ ihn demütig werden.

Während sie gingen, wurde der Nebel allmählich dünner und der Grund weniger sumpfig. Dann waren sie plötzlich geblendet von der Sonne eines warmen März-Nachmittags. Das goldene Licht schien sie zu baden, schien all das Böse und Entsetzliche des Sumpfes abzuwaschen, bis nur noch die Erinnerung blieb. Jetzt standen sie am Rand eines kleinen Gebietes, das flach und mit Bäumen, Heidekraut und hohen Gräsern bewachsen war, eine Patchwork-Decke aus Braun und Grün, und am jenseitigen Ende konnten sie die See sehen, wie sie glitzernd und funkelnd in der Sonne lag. Keiner von ihnen außer Beth hatte je zuvor das Meer erblickt, und dieser erste magische Anblick blauer Größe war etwas, das sich für immer in ihr Gedächtnis einprägte. Für Beth, die das Meer ebenso liebte wie das Land, war es wie eine Heimkehr, und ihr Herz klopfte vor Aufregung und Erwartung, als die Schreie der Möwen und die salzige Brise, die in ihr Gesicht blies, Erinnerungen in ihr wachriefen. Und ihr Geist und ihre Seele waren plötzlich erfüllt von der Erinnerung an all die zauberhaften Augenblicke, die sie in der Vergangenheit am Meer erlebt hatte.

17. Kapitel

Die Tiere standen oben auf den Klippen und blickten staunend aufs Meer hinaus. Es ging ein starker Wind, und die Oberfläche war aufgewühlt, so daß Hunderte von kleinen weißen Pferden aufs Ufer zurasten, an Geschwindigkeit und Stärke gewannen, je näher sie kamen, und schließlich unten an dem kleinen, felsigen Strand, über dem sie jetzt standen, zerschellten. An beiden Enden des Strandes ragte eine riesige Felssäule ins Meer hinaus, und wenn die Wellen daran aufprallten, sprühten Fontänen zu ihnen empor, um dann als harmlose Tropfen sanft um sie herniederzufallen. Manchmal fing die Sonne die Tropfen ein und formte einen Regenbogen, aber er hielt nie länger als ein Wimpernzucken und war auch schon wieder fort. Nab und Beth hatten die Arme umeinander geschlungen, denn der Wind, der ihnen das Haar aus dem Gesicht blies, war kalt, und die Feuchte des Moores steckte noch in ihren Körpern. Die wilde Kraft und Macht der Natur, die man im Inland spüren, aber selten sehen kann, war hier freigelegt, sichtbar und ehrfurchteinflößend, und in der Nähe dieser gewaltigen, sich ständig bewegenden Masse fühlte sich Nab demütig und sehr klein. Seine Probleme und Sorgen schienen ihm von den sich beständig ändernden blaugrünen Tiefen abgenommen zu werden, schienen sich in Wellen und Strudeln des Wassers zu verlieren, wenn es zwischen die Felsen rauschte. Er war gebannt von all dieser Bewegung und überließ sich völlig dem Muster und den Rhythmen der Wellen, die hereinstürzten und sich dann wieder zurückzogen, herein und hinaus, wieder und wieder, bis er eins mit der See wurde.

Beth fror zwar schrecklich, aber sie war froh und erleichtert, daß ihre Tortur im Moor vorüber war. Jetzt betrachtete sie die Elben, die einzeln oder zu zweit am Rand der Klippen standen. Obwohl Nab ihr von den Waldelben aus Ellmondrill erzählt hatte, war sie doch nicht auf die Faszination vorbereitet gewesen, die sie für sie empfinden würde. Sie war wie verzaubert. »Elben«, sagte sie langsam vor sich hin, als wäre es ein Zauberwort, und dann noch einmal, als könnte sie nicht glauben, daß sie tatsächlich da waren: »Ich bin hier mit den Elben.« Unter den Urkku geht natürlich das Gerücht von ihrer Existenz, und Beth erinnerte sich an einige der Geschichten, die sie von ihrer Mutter gehört hatte, wenn sie ihr abends vorgelesen hatte. Aber niemand, nicht einmal die Eldron, glaubten, daß es sie wirklich gab. Woher die Vorstellung von den Elben kam, wußte niemand zu sagen, aber dennoch wurden sie als Phantasie abgetan. Phantasie! Hier waren sie, die goldene Sonne leuchtete auf ihren Helmen und Schilden, und sie hielten ihre Gesichter dem Wind zugewandt. Die Schlacht mit den Trollen hatte ihren Tribut gefordert, und hier, auf diesem ihrem Scyttel, gewannen sie ihre verlorene Energie und Kraft zurück. Sie saßen oder standen schweigend hier oben und ließen seine Macht auf sich einwirken. Beth starrte sie an, überrascht, daß sie so lange nichts von ihrer Existenz gemerkt haben konnte, und der Anblick ihrer zarten, zerbrechlichen Schönheit zerrte an ihrem Herzen und trieb Tränen der Melancholie in ihre Augen. Die anderen Tiere saßen in einer Reihe nebeneinander. Alle schauten still übers Meer hinaus und spürten, wie der Zauber dieses Ortes und dieses Augenblicks das Böse aus dem Sumpf fortwusch, bis sie sich wieder sauber fühlten und die schrecklichen Erinnerungen verblaßt waren. Nur die große weiße Gestalt Golcondas, wie er wie ein heller, strahlender Stern in einer mondlosen Nacht vor ihnen durch die Dunkelheit schritt, blieb in ihrem Gedächtnis haften, als einzige Erinnerung an ihre Zeit im Moor. Er war wieder ein Ganzes, und als sie jetzt zum Horizont hinüberblickten, glaubten sie manchmal, ihn weit draußen auf dem Meer dicht über den Wellen fliegen zu sehen. Seine großen Schwingen schlugen langsam auf und ab, und sein langer Schnabel zeigte nach vorn, schnitt seinen Weg durch die Luft. Aber wenn sie dann blinzelten, war er verschwunden, um Augenblicke später an anderer Stelle erneut aufzutauchen.

Schließlich, als die Sonne anfing vom Himmel zu steigen, erhob sich Faraid, zog eine große wie ein Horn geformte Muschel aus seinem Gürtel und blies darauf. Ein langer, tiefer, trauriger Ton erklang, der noch lange nachdem er das Horn von den Lippen genommen hatte, über das Meer zu dröhnen schien. Er wartete eine Weile und blies dann erneut, und der Ruf hallte von den Klippen wider, prallte an den Felsen unter ihnen ab und rollte über die Wellen dahin, bis er in der Ferne verklang. Diesmal ertönte eine Antwort vom Meer her, erzwang sich ihren Weg durch das Tosen der Wogen und den Schrei des Windes, bis sie die Stelle erreichte, wo sie standen: ein Ton, erfüllt von Trauer und Leid aber nicht von Verzweiflung, denn in seiner Tiefe lag Hoffnung. Die Elben standen auf und fingen an, sich an der Klippe entlangzubewegen, und Faraid kam zu ihnen herüber.

»Ihr seht besser aus«, erklärte er glücklich, denn ihre Augen, die leer und von Elend erfüllt gewesen waren, als er sie im Sumpf gefunden hatte, funkelten jetzt hell. Auch hatten der Wind und die Sonne sie getrocknet, und der Schlamm und Schmutz, der ihre Pelze und die Kleider von Nab und Beth verklebt hatte, war getrocknet und hatte sich leicht entfernen lassen. Brock, der es haßte, schmutzig zu sein, hatte viel Zeit damit verbracht, sich zu säubern, und dann hatten er und Sam sich gegenseitig gestriegelt, so daß ihr Fell jetzt glänzte. Das eine tiefschwarz wie Ebenholz und das andere so golden wie die Sonne an einem Herbstnachmittag. Warrigals Federn lagen glatt und ordentlich, und Perryfoot stand auf den Hinterbeinen, die Ohren aufrecht und am ganzen Körper zitternd vor Wachsamkeit.

»Kommt«, forderte Faraid sie lächelnd auf. »Saurélon wartet auf der Insel des Elgol auf uns.« Mit diesen Worten deutete er auf ein kleines, felsiges Eiland, ein Stück vom Strand entfernt. Hier donnerten die Wellen nicht mit der Wut, die sie anderswo zeigten, sondern schleckten an den glatten, felsigen Ufern. Beth fühlte sich an einen dreistöckigen Kuchen erinnert: Die unterste Schicht, die immer unter Wasser war, war dunkelbraun und glänzte von Seetang; die Mittelschicht war rehbraun von den Entenmuscheln, die sie überzogen, und dazwischen befanden sich immer wieder kleine blauschwarze Trauben von Muscheln; die dritte Schicht, ganz oben, war dunkelgrün von Seealgen, Flechten und Schimmel. An einem Ende saß eine Gruppe Austernfischer auf einem vorspringenden Felsen, bis sich plötzlich alle auf einmal wie eine schwarz-weiße Wolke erhoben, wobei sie ihre schrillen, wütenden Schreie ausstießen. Elegante Kormorane mit ihren langen Hälsen flogen schnell und tief über dem Wasser dahin, hin und her zwischen Elgol und der Küste, und dann verschwanden sie hinter einer Krümmung des Festlands, so plötzlich, wie sie gekommen waren, und die ganze Zeit kreischten über ihren Köpfen die weißen Möwen, trieben auf den Luftströmungen und kreisten hoch hinauf in den blauen Himmel.

Die Elben hatten jetzt eine Stelle auf den Klippen erreicht, von der ein steiler, schmaler Pfad zum Strand hinabführte, und schon gingen sie darauf hinunter.

»Kommt«, forderte Faraid sie erneut auf und führte die Tiere zu dem Weg. Zuerst senkte er sich ganz allmählich, führte über kurzes Gras, aber dann, plötzlich, fiel er steil ab, als er sie die Felsenklippen hinabführte. Faraid ging als erster, um ihnen den Weg zu zeigen, und die anderen folgten in einer Reihe, als sich der Pfad im Zickzack über schmale Simse und Vorsprünge bewegte. Warrigal flog neben ihnen her. Er zeigte einen etwas hochmütigen Ausdruck, denn er war erleichtert, daß er den Weg nicht benutzen mußte. An mehreren Stellen trat frisches Wasser aus den Felsen und lief über den Weg, der matschig und schlüpfrig wurde, und Warrigal beobachtete, wie die anderen vorsichtig hinüberstiegen. Am meisten Angst von allen hatte Beth. Sie haßte die Höhe, und manchmal war sie der Panik nahe, wenn sie über diese heimtückischen Stellen von

Schlamm gehen sollte, auf einem schmalen Pfad, mit einem steilen Abhang an einer Seite, dem Wind, der vom Meer hereinblies, und mit nur winzigen Griffen in der Klippe auf der anderen Seite, an denen sie sich festhalten konnte, und ihre Angst wich auch nicht, als Nab, der zuerst gegangen war, mit ausgestreckter Hand auf sie wartete, um sie zu packen, sobald sie in Reichweite kam.

Als sie weiter nach unten kamen, wurde das Brausen der Wellen lauter, und sie empfanden die See wie eine große beschützende Barriere vor sich. Vor Aufregung schlugen ihre Herzen auf den letzten Schritten schneller, und schließlich sprangen sie mit einem Gefühl von Erleichterung und Freude polternd auf die runden Steine und Kiesel am Strand. Von hier aus sah die See ganz anders aus. Von den Klippen aus hatte sie sich ihnen wie ein Gemälde dargestellt, aber jetzt waren sie in dem Gemälde, waren ein Teil davon, vollkommen aufgegangen in den Geräuschen und Gerüchen, die sie auf allen Seiten umgaben. Die grenzenlose Energie und Kraft des Meeres schien sie zu erfüllen, bis sie meinten zu explodieren. Sie wurden von dem unwiderstehlichen Drang gepackt, am Strand entlangzulaufen, und plötzlich rannte Sam los, raste, so schnell er konnte, an den Rand des Meeres und sauste dann wieder durch das seichte Wasser an den Stellen, wo sich die Wellen am Strand brachen, davon. Die anderen rannten hinter ihm her; Perryfoot um die Wette mit Brock, und Nab jagte Beth. Sie platschten durch das Wasser, und Wind und Salzwasser schlugen ihnen ins Gesicht, bis sie die Felsen an der anderen Seite vom Ufer erreichten. Dann liefen sie zurück zu der Stelle, wo Warrigal und Faraid warteten. Ihre Augen sprühten vor Glück, und Faraid lachte, als sie keuchend vor ihm standen.

»Ich freue mich, daß euch das Meer gefällt«, sagte er, und das Geräusch seines Lachens mischte sich mit den Wellen und den Schreien der Seevögel, bis es schien, als lachte der ganze Strand mit ihm. Er führte sie in die entgegengesetzte Richtung davon, bis zu den Felsen am anderen Ende. Die Kiesel unter ihren Füßen knirschten, und näher am Wasser glänzten sie und waren naß vom zurückweichenden Wasser. So kam es, daß sie nicht die langweiligen Grau-, Schwarz- und Weißtöne der größeren Steine weiter oben am Strand zeigten, sondern wie Juwelen glänzten. Da waren tiefrote, grüne, orange und pechschwarze. Einige waren gefleckt oder gestreift oder ganz schwarz mit einem schmalen oder breiten reinweißen Streifen, aber alle waren vom Meer glatt und abgeschliffen. Andere fielen durch ihre besondere Form auf. Da waren kreisrunde oder ovale und wieder andere, die aussahen wie Miniaturfelsen. Immer wieder blieben Nab und Beth stehen, hoben sie auf und betrachteten sie. Jeder einzelne war einzigartig und kostbar, und sie wünschten, sie könnten sie alle behalten. Zögernd warfen sie sie dann wieder zurück, wo sie für alle Zeiten im Meer verloren waren.

Schließlich erreichten sie die Felsen und fingen an, über sie hinüberzusteigen. Zuerst waren sie trocken, und die Entenmuscheln boten ihnen guten Halt, so daß die Tiere keine Schwierigkeiten hatten, aber als die Felsen weiter ins Meer hinausragten, waren sie von braunem und grünem Seegras bewachsen, das sie feucht und schlüpfrig machte, so daß vor allem Perryfoot, Brock und Sam es schwierig fanden, darauf zu gehen. Sie waren an Wälder und Felder gewöhnt und hatten keine Ahnung, welche Techniken sie in dieser völlig anderen Welt anwenden sollten. Nab und Beth konnten sich recken und strecken, so daß es für sie verhältnismäßig leicht war, aber immer wieder mußten sie auf die anderen warten oder zurückgehen, um ihnen zu helfen – sehr zum Mißvergnügen der Tiere –, indem sie sie hinabhoben oder von einem Fels zum anderen trugen. Ihre Pfoten, die an Erde gewöhnt waren, wurden wund und schmerzten von den scharfen Muscheln, und manchmal traten sie aus Versehen auf eine Napfschnecke, und die pfeilscharfe Muschel bohrte sich schmerzhaft in ihren Fuß. In ihrem Bemühen, sie loszuwerden, glitten sie dann fast aus. Nach einiger

Zeit waren sie so weit draußen auf den Felsen, daß sie sich umdrehen und zum Strand zurückschauen konnten, und sie sahen die Wellen an ihrer Seite vorbeirauschen. Die Prile zwischen den Steinen, die vom Meer zurückgelassen worden waren, wurden größer und tiefer, als die Flut hereinkam, und als sie sich umdrehten, waren einige der Steine, über die sie gekommen waren, vom Wasser bedeckt. Sie waren vom Land abgeschnitten und hätten nicht zurückgehen können, selbst wenn sie gewollt hätten, und dieser Gedanke ließ Nab vor Aufregung erschauern. Das Seegras in den Prilen wirbelte und tanzte im Rhythmus der See, und als sie in die Nähe kamen, schossen kleine Fischchen hastig in Deckung. Einige der Prile waren jetzt so groß, daß es leichter für Nab und Beth war, hindurchzuwaten und die anderen zu tragen, und das taten sie auch. Beth machte sich Sorgen, daß das Wasser über den Rand ihrer Gummistiefel reichen könnte, und Nab genoß das Gefühl des wirbelnden Wassers an seinen Knöcheln. Schließlich umrundeten sie einen großen Felsbrocken und sahen Faraid, der direkt vor ihnen stand, ein paar der Elben neben sich versammelnd. Sie waren ans Ende der Felsreihe gekommen, und vor ihnen erstreckte sich nur das Meer bis hin zum Horizont: eine lange, gerade Linie in weiter Ferne, die mit Gold betupft war, wo sich die Sonne gerade anschickte, dahinter zu versinken. Zu ihrer Überraschung entdeckten sie dann die Seehunde, deren graue Köpfe im Wasser auf und nieder hüpften. Die Seehunde waren ebenso überrascht, die Tiere zu sehen, und da sie ungemein neugierig waren, konnten sie ihre Augen nicht von ihnen wenden und starrten sie an. Doch schließlich hatten sie das Gefühl, die Grenzen der Höflichkeit überschritten zu haben, schwenkten im Wasser herum, wandten ihnen ihre Rücken zu – nur um schließlich, scheinbar unfähig, ihre Neugier zu unterdrücken, den Kopf zu wenden und sie erneut anzustarren. Ihre runden schwarzen Äuglein blinzelten aus glänzenden, gewölbten Köpfen. Faraid rief sie an, und sie kamen dicht an die Felsen heran, woraufhin die verbleibenden

Elben auf ihre Rücken kletterten und die Seehunde mit ihnen über das Wasser davonschossen, hinüber nach Elgol.

»Sollen wir so das Meer überqueren?« fragte Brock besorgt, als er vorsichtig zu dem Felsen hinüberkam, auf dem die anderen standen. Faraid drehte sich um und lächelte.

»Es gibt keine andere Möglichkeit, außer ihr könnt schwimmen«, sagte er, und der Dachs stöhnte innerlich.

»Ich nehme dich mit mir«, beruhigte ihn Nab lachend.

»Ich schaffe es allein«, entgegnete Brock eindringlich.

Perryfoot war das letzte Stück ihres Weges über die Felsen fast nur noch getragen worden, und Sam mit seinen längeren Beinen hatte es leichter gehabt als der Dachs, aber Brock hatte jegliche Hilfe abgelehnt. Nun sah er sich einer anderen Situation gegenüber, die all seinen Mut auf eine harte Probe stellte. Für Warrigal war das ja alles schön und gut, dachte er, als er zu dem Vogel hinüberblickte, der auf einem Felsen hockte und aufs Meer hinausstarrte. Aber Warrigal war nicht so unbesorgt, wie Brock dachte. Er dachte bei sich, daß er nie zuvor über eine so große Wasserfläche geflogen war, noch dazu mit solch heftigem, böigen Wind, der ihn aus dem Gleichgewicht bringen konnte. Er beobachtete eine Gruppe von Möwen und versuchte, ihre Flugtechnik zu erkennen, bewunderte die Art, wie sie den Wind ausnutzen, anstatt zu versuchen, gegen ihn anzukämpfen.

Nab und Beth setzten sich zusammen auf einen Felsen am Rand des Wassers und starrten in die grauen Tiefen hinab. Sie waren so weit draußen, daß die Wellen sich nicht am Stein brachen. Statt dessen hob und senkte sich das Wasser und erinnerte Nab an die Worte Wychnors, die er vor scheinbar so langer Zeit gehört hatte: »Und aus Freude über seine Schöpfung versah er sie mit einem Bruchstück seiner eigenen Macht, so daß sie sich hob und senkte und rollte, wenn er atmete.« Gebannt beobachtete er, wie sich das Wasser zwischen den Felsen hindurchzwängte, dort, wo sie glatt und rund geschliffen waren. Wütend rauschte es herein und wurde dann fast ebenso schnell wieder hinausgesaugt, und die Wellen holten zu einem neuen Angriff aus. Dann hörten sie draußen vom Meer noch einmal diesen langen, traurigen Ton, den sie oben auf der Klippe als Antwort auf Faraids Horn vernommen hatten. Als er aufsah, erblickte er die zurückkehrenden Seehunde. Also waren sie es gewesen, die dieses Geräusch gemacht hatten. Irgendwie paßte es zu ihnen, denn diese graziösen Kreaturen schienen für Nab die Verkörperung allen Leids der Tiere zu sein, während sie gleichzeitig deren wesentlichste Eigenschaften besaßen: Reinheit, Unschuld, Kraft und nun vielleicht noch ein neues Element – Hoffnung. Als sie jetzt allein schwammen, verbrachten sie viel Zeit unter Wasser. Ihre Köpfe verschwanden plötzlich und tauchten dann wieder auf, ein Stück weiter, vollkommen unerwartet. Bald waren sie neben den Felsen, heftig atmend, und gelegentlich schnaubten sie durch ihre Nüstern, so daß ihre langen Bärte zitterten, und die ganze Zeit über starrten sie auf diese merkwürdige, aber sehr interessante Ansammlung von Landkreaturen, die aus irgendeinem Grund sehr nervös und wasserscheu zu sein schienen.

Nab wandte sich an Beth. »Ich helfe dir hinunter«, sagte er und versuchte, tapfer und unbesorgt zu erscheinen, aber in Wirklichkeit war er ebenso verängstigt wie alle andern. Tatsächlich war es wohl Beth, die am wenigsten nervös war, denn sie war schon ein- oder zweimal mit ihrem Vater auf einer Jacht gewesen, als sie die Ferien bei Freunden verbracht hatten, die am Wasser wohnten. Außerdem schwamm sie recht gut. Sie hielt sich an Nabs Hand fest und kletterte rückwärts den Felsen hinab, bis sie fühlte, daß ihre Stiefel im Wasser waren. Dann schwang sie eines ihrer Beine auf die andere Seite des Seehundes, der herbeigeschwommen war und sich jetzt mit Hilfe seiner Flossen dicht neben dem Felsen hielt. Sie ließ sich auf seinen Rücken hinab, umklammerte ihn fest mit den Beinen und ließ Nabs Hand los. Schon fühlte sie, wie sie auf und ab wogte, und es war sehr bequem, wenn sie davon absah, daß ihre Jeans bis zu den Knien hinauf naß wurden und sich kalt und klamm an ihren Beinen anfühlten.

»Ich gehe mit dir«, drängte Perryfoot, und Beth lächelte zu ihm empor.

»Also gut, du fauler Kerl, spring auf«, sagte sie, und Nab reichte ihn zu ihr hinunter. Beth hielt ihn unter sich, während sie sich vorbeugte und beide Arme um den Nacken des Seehunds schlang, so daß ihr Gesicht auf seinem Rücken ruhte, nur wenige Zentimeter über dem Wasser.

»Überhaupt keinen Stolz«, sagte sich Brock, aber von allen Tieren war Perryfoot mit seinen kurzen Beinen derjenige, der sich am schlechtesten an einem Seehund festklammern und die Reise allein hätte machen können.

Beth versuchte, dem Seehund etwas zu sagen, aber er schien es nicht zu hören. Faraid rief herunter: »Sie sprechen eure Sprache nicht, sie kennen nur die Sprache der See. Ich werde ihm sagen, wenn er losschwimmen soll. Bist du bereit?«

Sie bejahte, und Faraid sprach zu dem Seehund, der plötzlich durchs Wasser lossauste. Zuerst fiel es Beth schwer, sich festzuhalten, so schlüpfrig war er, und Panik ergriff sie, als sie einen Mundvoll Salzwasser schluckte. Aber nachdem sie sich erst einmal an den kraftvollen Rhythmus seines Schwimmens gewöhnt hatte und mehr oder weniger erraten konnte, wann sie auf eine Welle trafen, so daß sie ihren Atem anhalten konnte, fing sie an, es zu genießen. Die See unter ihrem Gesicht rauschte blaugrün vorbei, und wenn sie sich umschaute, konnte sie die weißschäumenden Wellen sehen, die die Flossen des Seehundes verursachten. Sie drehte den Kopf zur Seite, so daß sie den Himmel sehen konnte, dort, wo er am Horizont mit dem Meer zusammenstieß, und als sie weiter hinauskamen, konnte sie auch noch andere Buchten und Strände an der Küste ausmachen. Abgesehen von vereinzelten Häuschen, die in den Bergen klebten, die sich wie eine

Festung aus dem Meer erhoben, schien die Küste verlassen zu sein. Sie fragte sich, ob irgend jemand aufs Wasser hinausschauen würde und was die Leute wohl denken würden, wenn sie sie sahen: ein Mädchen in einem braunen Umhang, das auf dem Rücken eines Seehundes ritt. Wahrscheinlich kneifen sie sich, um sich zu vergewissern, daß sie nicht träumen, sagte sie. Aber jetzt waren sie schon zu weit draußen, um deutlich erkennbar zu sein.

»Wie geht es dir?« fragte sie Perryfoot, aber über dem Brausen der See konnte er sie nicht hören. Er hatte die Augen fest zusammengepreßt und zitterte vor Angst. Seine Beine waren über dem dunklen, schlüpfrigen Rücken des Seehundes gespreizt und die Krallen in dem Versuch ausgefahren, Halt zu finden.

Sie drehte den Kopf, damit sie zu den anderen hinten in den Felsen zurückschauen konnte. Sie schienen soeben starten zu wollen. Brock, der versucht hatte, auf dem Rücken eines der Seehunde zu sitzen, war ins Wasser gefallen und mußte von Nab herausgehievt werden. So hatte er jetzt eingewilligt, mit Faraid zu reiten, und saß rittlings auf dem Seehund, den Elb hinter sich, der ihn festhielt. Sam ritt mit Nab. Wie Beth war auch er schon einmal mit dem Urkku, dem er gehört hatte, am Meer gewesen, und es war für ihn nicht ganz fremd. Tatsächlich war er in den Teichen in der Nähe vom Silberwald sogar oft geschwommen und hatte daran gedacht, selbst nach Elgol hinüberzuschwimmen. Aber der Anblick der Wellen behagte ihm nicht, und außerdem war es ein ganzes Stück vom Strand entfernt.

Das Wissen jedoch, daß er schwimmen konnte, wenn er herunterfiel, flößte Sam viel Vertrauen ein, und das wiederum half Nab, als er sich zitternd hinter ihm auf den Rücken des Seehundes setzte.

»Sag ihm, er soll langsam machen«, rief er über die Wellen Faraid zu, und der Elb redete mit dem Seehund, ehe sie sich von dem Felsen entfernten.

»Sam«, brüllte Nab, »sitz still!«, denn der Hund zappelte vor ihm herum im Versuch, seine Schnauze ins

Wasser zu stecken, damit er mit den Wellen spielen konnte.

»Keine Angst; ich halte dich, wenn du abrutschst«, antwortete Sam lachend.

Über ihren Köpfen flog Warrigal gegen den Wind an, und er hatte ziemliche Schwierigkeiten mit den starken Luftstömungen, bis ein Kormoran kam und ihm half, indem er ihm zeigte, wie er dicht über dem Wasser fliegen sollte, wo der Wind gleichmäßiger und weniger böig war. Die Eule hatte Angst. Je näher sie am Wasser flog, desto kleiner war der Raum, einen Fehler zu korrigieren, ehe sie ins Wasser fiel. Aber als Warrigal tiefer ging, stellte er fest, daß es klappte, und bald glitt er mit Vergnügen dicht über die Wellen dahin, neben den anderen her, die ihn neiderfüllt beobachteten.

Bald entspannten sich selbst Brock und Nab ein wenig und fingen an, den Ritt zu genießen. Der Anblick des Nichts vor ihnen, abgesehen von dem weiten Ozean, der im Schein der Spätnachmittagssonne glänzte, erheiterte sie, und ihre Laune hob sich, als sie den Wind in ihrem Haar und das Sprühwasser in ihrem Gesicht spürten. Sie sahen den leichten Aufprall voraus, wenn der Seehund auf eine Welle traf, und wappneten sich aufgeregt für den nächsten. Nur Perryfoot, klein und vollkommen aus dem Element gerissen, dessen Herr er war, blieb so verängstigt, daß er nicht einmal die Augen öffnen konnte.

Bald waren sie dicht an der dem Land zugewandten Seite Elgols und ritten langsam am Rand entlang. Andere Seehunde, die auf kleinen Felsvorsprüngen lagen, blickten auf, als sie vorüberkamen, und riefen ihren Kameraden etwas zu. Die Reisenden starrten fasziniert auf die steilen Felswände. Sie waren dicht verkrustet von Muscheln, und Unmengen von Seegras flossen wie ein schützender Vorhang um ihre Basis. Bald darauf umrundeten sie eine Ecke, so daß sie vom Strand aus nicht mehr gesehen werden konnten, und vor ihnen lag eine winzige Bucht mit einem Kiesstrand, auf dem eine Anzahl von Elben stand. Die Seehunde schwammen auf den Strand zu, und als sie näher ka-

men, entdeckten die Besucher eine Gestalt, die etwas größer als die Elben war, in ihrer Mitte stand und ihnen zuwinkte. Sie hatte langes weißes Haar, das bis auf die Schultern reichte und weiter bis zur Taille hinab, und ein weißer Bart fiel wie ein Wasserfall über ihre Brust. Die Seehunde konnten nicht bis direkt an den Strand schwimmen und hielten ein Stück weit entfernt. Nab und Faraid kletterten von ihren Rücken ins Wasser, und während Nab Brock trug und Beth Perryfoot, der sich von seiner Tortur erholte, schwamm Sam neben ihnen her. Warrigal, der nicht vor den anderen am Strand eintreffen wollte, flog langsam dicht neben ihnen her. Er genoß seine neugewonnene Fähigkeit und wich den Wellenkämmen geschickt aus.
Endlich planschten sie aus dem Wasser und standen feucht und zitternd in dem kalten Märzwind, der vom Meer herüberblies. Faraid führte sie den flachen Hang empor über die Kiesel, bis sie die Gruppe der Elben erreichten. Die Menge teilte sich, und durch den Gang, der sich für ihn geöffnet hatte, schritt der große Weißhaarige. Er ging langsam und ein wenig gebeugt, und als er näher kam, erkannten sie, daß sein Gesicht braun und wettergegerbt, seine Haut faltig und runzlig war wie ein alter Apfel. Vor ihnen blieb er stehen und schaute sie aus zwei hellblauen Augen an, die vor Weisheit und Vergnügen funkelten und blitzten, so daß die Jugend, die in seiner Seele hauste, auf merkwürdige Art das Alter seines Körpers ergänzte.
Um seine Schultern und bis auf den Strand hinab hing ein langer Umhang, der genau dieselbe Farbe wie das Meer zu haben schien, und so war er in diesem Augenblick von einem dunklen, tiefgrauen Ton, nur unterbrochen von kleinen weißen Flecken. Später erfuhren sie, daß er tatsächlich die Farbe wechselte, genau wie das Meer, so daß er draußen auf See fast unsichtbar war. Um seinen Kopf wand sich ein schmales Band aus Silber mit einem schlichten dunkelgrünen Stein an der Vorderseite.
»Saurélon, Herr der See«, sagte Faraid und schob die Tiere ein Stückchen weiter auf ihn zu, bis sie ziemlich

nervös in einer Reihe vor ihm standen. Obwohl Saurélons Erscheinung ein ehrfurchteinflößender und wundersamer Anblick war, hatten sie doch keine Angst vor ihm. Der Reihe nach trat er zu jedem von ihnen und legte seine Hand auf ihre Köpfe oder faßte sie bei den Schultern, wenn er in ihre Gesichter blickte, und als er ihnen zulächelte, schienen ihre Körper vor Wärme zu glühen, als würde die Sommersonne scheinen. Zu Nab kam er zum Schluß und stand geraume Zeit vor ihm, bis es schien, als würde er für immer bleiben, und Nab glaubte zu sehen, daß sich Tränen in seinen Augenwinkeln bildeten. Aber er erzählte es niemals jemandem, vielleicht war es auch nur die Sonne, die vom Umhang widerstrahlte.

»Wir haben lange Zeit auf euch gewartet«, sagte er, und in seiner Stimme lag die Musik des Meeres. »Lange, lange Zeit. Kommt, folgt mir. Ihr müßt frieren, hungrig und müde sein nach eurer Tortur im Sumpf.«

Die Sonne wanderte jetzt am Horizont herab, und der Himmel war erfüllt vom Gold des Abends. Die weißen Wolken, die den ganzen Tag lang über das Blau gezogen waren, waren jetzt verschwunden, und der Himmel verdunkelte sich. Sie folgten Saurélon den Strand entlang, gefolgt von den Elben, und er führte sie in eine große Höhle. Anfangs war sie dunkel, und das Knirschen ihrer Schritte auf dem Kies hallte laut. Weiter im Innern roch es mehr und mehr nach Seegras, denn die Sonne reichte nie bis hierhin, um zu trocknen, was die Flut zurückgelassen hatte. Ihre Augen hatten sich jetzt besser an die Dunkelheit gewöhnt, und sie konnten die glänzenden Wände der Höhle erkennen, entdeckten auf beiden Seiten, ungefähr auf der Höhe von Nabs Schultern, ein breites Sims, in das die See kleine Vertiefungen gemeißelt hatte. In ihnen wuchsen rote und grüne Seeanemonen, schwenkten ihre zarten Glieder hin und her. Der Boden dieser kleinen Tümpel war oft leuchtend rosa, so daß die bunten Farben wie ein Miniaturgarten wirkten, und Nab und Beth konnten nicht widerstehen, sie anzuschauen, und blieben

immer wieder zurück. Sie untersuchten sie mit den Fingern, bewegten die Wäldchen aus grünem Seegras und beobachteten die kleinen Fische, die hervorschossen, um sich ein anderes Versteck zu suchen. Kleine, leuchtendgelbe Schnecken krochen langsam am Boden entlang, als würden sie von der Last ihrer Häuschen niedergedrückt, und einmal sahen sie einen Einsiedlerkrebs vorsichtig seine Fühler aus der leeren Muschel recken, in der er sich eingerichtet hatte.

Die Höhle öffnete sich jetzt und wurde geringfügig größer. Saurélon blieb stehen, und die Elben zogen sich in verschiedene dunkle Ecken zurück, wo sie ihren eigenen Aufgaben nachgingen. Obwohl sie ein ganzes Stück vom Ufer entfernt waren und den Strand nicht mehr sehen konnten, war die Höhle selbst bemerkenswert hell. Die Tiere sahen, daß der Fels selbst Streifen aus Gelb und Silber enthielt, die glänzten. Von ihnen ging das Licht aus. An der gegenüberliegenden Wand hatte das Meer einen Sitz in den Stein gegraben, dessen Rücken- und Armlehnen von unzähligen Tiden geglättet worden waren.

»Mein Thron, wenn ich hier bin, was nicht oft genug der Fall ist«, erklärte Saurélon, führte sie hinüber und nahm Platz. »Mir gefällt es hier«, fuhr er fort, »es ist einer meiner Lieblingsplätze. Ich war erfreut, als ich hörte, daß ich euch hier, im Land des Sheigra, begrüßen sollte, auf der Insel Elgol, denn ich habe nur selten Gelegenheit hierherzukommen, und es macht mir immer sehr viel Freude.« Er brach ab, als wären seine Gedanken gewandert, und starrte schweigend zu Boden, bis die Elben herbeikamen und in kleinen Muschelgefäßen Speisen und Getränke brachten. Diese reichten sie den Besuchern, ehe sie zurückkehrten und ihre eigenen holten. Als sich die Elben hin und her bewegten, bemerkte Beth, daß das silbrige Licht, das in der Dunkelheit des Höhleneingangs von ihnen ausgestrahlt war, im Licht des Hauptteils der Höhle verblaßt war. Jetzt funkelten sie nicht mehr, sondern waren von einem schwachen weißen Glühen umgeben, ähnlich dem Licht des Mondes, wenn er am späten Nachmittag auftaucht oder am Morgen noch nicht verschwunden ist. Bald darauf saßen sie alle auf den feuchten Kieseln des Höhlenbodens und aßen und tranken eifrig, denn sie waren hungrig, und das einzige Geräusch, das zu hören war, war das entfernte Rauschen der See und das Klappern der Muschelbecher und Teller.

Das Essen war einfach, im Gegensatz zu der Vielfalt von Speisen, die ihnen von den Waldelben vorgesetzt worden waren und die Beth das Wasser im Munde hatten zusammenlaufen lassen, als Nab ihr davon berichtete. Jetzt erhielten sie einfach eine Schüssel, in der sich ein wenig Perltang und Riementang befand. Es schmeckte beides ein bißchen bitter, aber dazu gab es delikaten grünen Seesalat, frisch und leicht süßlich, und gemeinsam gegessen schmeckte es recht gut. Das Getränk in ihren Bechern war dasselbe, das Faraid ihnen auch angeboten hatte, als er sie aus dem Moor gerettet hatte, und es schmeckte jetzt ebenso gut wie damals, erwärmte sie durch und durch und spülte die letzten Reste von Düsterkeit aus ihren Gedanken. Die Reisenden waren hungriger, als sie gemerkt hatten, denn sie waren ohne Nahrung, seit sie Blore betreten hatten, und bald waren ihre Schüsseln und Becher geleert. Faraid, der neben ihnen saß, winkte zwei andere Elben herbei, die aufsprangen und ihre Becher und Schüsseln entgegennahmen, um sie erneut zu füllen. Noch einmal spielte sich das alles ab, bis sie endlich wirklich satt waren.

Als Saurélon sicher war, daß sie genug gegessen hatten, sprach er.

»Erzählt uns von euch«, bat er. »Laßt uns eure Geschichte von Anfang an hören, denn wenngleich uns Teile davon zu Ohren gekommen sind, so sind es doch nur die Teile eines Mosaiks, die zusammengefügt werden müssen, um ein Bild zu ergeben.«

Die Elben hatten aufgehört zu reden und schauten die Tiere erwartungsvoll an, und Saurélon lächelte von seinem Sitz im Fels auf sie herab. Nab sah Brock an. »Komm«, flüsterte er, »du mußt anfangen. Jeder erzählt den Teil, den er am besten kennt.«

Brock wurde an die Zeit erinnert, als er vor der Ratsversammlung im Silberwald reden mußte. Wie lange war das her! Damals hatte er dieselbe Geschichte erzählen müssen, die er auch jetzt vortragen sollte, aber wenig hatte er damals geahnt, wie sich alles entwickeln sollte. Hätte ihm damals jemand vorhergesagt, daß er die Geschichte einmal Saurélon, dem Herrn der See, und einer Gruppe von See-Elben auf der Insel Elgol im Land des Sheigra erzählen würde, er hätte bloß gelacht. Tara wäre jetzt stolz auf ihn gewesen. Wie sehr wünschte er, sie wäre noch am Leben und könnte jetzt bei ihm sein, denn es war ebensosehr ihre Geschichte wie die seine. Er schaute zu Warrigal hinüber, genau, wie er es damals getan hatte, und die Eule nickte ihm aufmunternd zu. Warrigal wußte, was er dachte, denn auch er erinnerte sich ganz deutlich an jene Ratsversammlung, bei der sie versucht hatten, Wythen und Bruin und Rufus und Sterntaler und Pictor und all die anderen zu überreden, Nab im Wald bleiben zu lassen. Jetzt dachte er an sie, die fast alle tot waren, und fragte sich, was mit dem alten Wythen geschehen war. Brock begann mit seiner Erzählung, und die Eule lauschte sorgsam und bemühte sich, nicht zu unterbrechen, wenn der Dachs etwas vergaß oder etwas anderes ein klein wenig falsch erzählte, denn unter den Tieren gilt es als Zeichen äußerst schlechter Manieren, jemanden zu unterbrechen, während eine Geschichte erzählt wird.

Als die Geschichte zu Ende war, tönte das Geräusch der Wellen laut in die Höhle, denn die Flut war schon weit gekommen. Sie alle hatten einen Teil der Geschichte erzählt, selbst Beth, die von ihrem Leben als Urkku berichtet hatte und von dem Tag, an dem sie Nab begegnet war, und schließlich von ihrer Flucht mit ihm nach Silberwald. Als die Geschichte zu Ende war, herrschte Stille, nur das Plätschern der Wellen gegen die Seitenwände der Höhle war zu vernehmen. Die Elben blieben schweigend sitzen, noch ganz versunken in die Geschichte, und starrten die Reisenden fasziniert an, bis Saurélon sich endlich vernehmen ließ.

»Das Meer wird uns gleich erreichen. Kommt, ihr müßt müde sein. Faraid wird euch zu eurer Höhle führen, und wir werden uns morgen wiedersehen. Mögt ihr den Schlaf der Delphine schlafen.«
Langsam erhob er sich von seinem Sitz und stieg ein paar stufenähnliche Rinnen in der Höhlenwand empor, bis er das breite Sims erreicht hatte. Er ging darauf entlang, bis er eine Stelle erreichte, an der sich eine Vertiefung befand, und setzte sich. Faraid folgte ihm die Stufen hinauf und winkte dann den Besuchern, ihm zu folgen. Als sie das Sims erreichten, zeigte sich vor ihnen eine schmale Öffnung im Stein. Sie sahen den Elb dadurch verschwinden und einen schmalen Gang entlanggehen. Das Dach war so niedrig, daß nur Warrigal und Perryfoot aufrecht gehen konnten. Die anderen mußten bäuchlings entlangrutschen, und nur der silbrige Glanz, der von Faraid ausstrahlte, zeigte ihnen den Weg. Perryfoot ging als letzter den Tunnel entlang, und ehe er losging, schaute er sich noch einmal um. Alle Elben saßen jetzt auf dem Sims und schauten auf die See unter ihnen hinab, die die Stelle überspülte, auf der sie eine kleine Weile zuvor noch gesessen, gegessen und ihre Geschichte erzählt hatten. Der Lärm und Geruch der See erfüllte alles. Er wandte sich ab, und kaum folgte er den anderen, da wurde das tosende Brüllen leiser. Der Tunnel war nur kurz, und bald darauf kam er auf den Boden einer anderen Höhle, viel kleiner als die, die sie soeben verlassen hatten, und auch nicht so tief; denn obwohl sie jetzt an der rückwärtigen Wand standen, konnten sie aus dem Eingang ganz deutlich den schwarzen Nachthimmel und auch die Wellen erkennen, die vor dem Eingang über die Kiesel rollten.
»Bis hierher reicht das Meer niemals«, sagte Faraid. »Wenn ihr morgen aufwacht, werdet ihr finden, daß der Rhythmus der Wellen so sehr ein Teil von euch geworden ist wie das Geräusch eures eigenen Atems. Ich wünsche euch friedlichen Schlaf.« Er lächelte ihnen noch einmal zu und ging. Wieder einmal waren die Reisenden sich selbst überlassen, waren seit ihrem Er-

lebnis im Moor zum ersten Mal allein. Jetzt, da sie entspannen konnten, fühlten sie sich vollkommen erschöpft. Und kaum hatten sie sich niedergelegt, als sie auch schon in einen tiefen und erholsamen Schlaf versanken. Das Geräusch der Wellen draußen am Strand spülte ihre Sorgen fort, und der schwarze Vorhang des Nachthimmels mit wenigen blinkenden Sternen, die in der Dunkelheit strahlten, bildete einen Schleier vor dem Höhleneingang.

18. Kapitel

Als sie am nächsten Morgen erwachten und aus der Höhle schauten, stellten sie fest, daß der klare blaue Himmel des Vortages vergangen war. Statt dessen türmten sich graue, bedrohliche Wolken über der See, und die Luft war erfüllt von einem feinen Nieseln. Es war gerade Ebbe, und sie machten einen Spaziergang an dem kleinen Strand. Langsam schlenderten sie an der Linie aus Seegras entlang, das von der Flut der vergangenen Nacht zurückgeblieben war, und fanden Stücke von Treibholz, ohne Rinde und vom Meer silbrigweiß gebleicht, und Beth hob sie auf, um sie mit in ihre Höhle zu nehmen. Sie sammelten auch ein paar der Kieselsteine und Muscheln am Strand, die denen vom Festland ähnlich waren.

Warrigal wagte sich aufs Wasser hinaus, setzte seine neugewonnenen Erkenntnisse und Fähigkeiten ein, und Sam, Perryfoot und Brock liefen um die Wette am Strand entlang, ehe sie sich zögernd zu Nab und Beth gesellten, die auf den Felsen saßen und über die graue See hinblickten. Es war, wie Faraid gesagt hatte. Sie hörten die Wellen tatsächlich nicht mehr an den Strand rauschen; statt dessen war der Ton ein Teil von ihnen geworden, den sie vermißt hätten, wenn er plötzlich aufgehört hätte. Lange Zeit saßen sie so und beobachteten, wie das Meer stieg und Wasser die Stellen zwischen den Felsen ausfüllte, auf denen sie saßen, und neues Leben in das Seegras brachte, das schlaff und flach dazwischen hing. Aber jetzt trieb es langsam wieder, und die Farbe kehrte zurück. Als das Nieseln ihnen dann zu stark wurde und sie anfingen, richtig naß zu werden, riefen sie Warrigal und liefen zur Höhle zurück. Die Elben hatten ihnen Speisen und Getränke hingestellt, und jetzt saßen sie gleich am Eingang der Höhle, starrten auf den Regen, der draußen herabtropfte, und aßen langsam und nachdenklich von dem erwärmten Seegras und tranken den heißen Inhalt

ihrer Muschelbecher. Es war dasselbe, was sie am Vorabend bekommen hatten, aber es schmeckte anders, so warm, und jegliches Gefühl von Kälte und Feuchtigkeit schien zu vergehen, als sich die Wärme des Getränkes in ihrem Körper ausbreitete.
Die Seeluft und das Geräusch des Regens ließen sie wieder schläfrig werden, und bald darauf rollten sie sich alle an der Rückwand zusammen und schliefen tief und fest, während draußen die See gegen die Felsen brauste und riesige Fontänen von Sprühwasser in die Luft schleuderte. Als Nab erwachte, sah er Beth im Eingang stehen und hinausschauen, und leise stand er auf und trat zu ihr. Die anderen schliefen noch fest. Als er über den Boden der Höhle zu ihr ging, bemerkte er, daß die Kiesel und das Treibholz, das sie gesammelt hatten, sorgfältig rundherum an den Wänden auf kleine Vorsprünge gelegt worden waren. Sie fuhr überrascht herum, als sie Schritte hinter sich hörte, und dann lächelte sie, als sie erkannte, wer es war. Traurig stellte Nab fest, daß ihre Augen gerötet waren und daß Tränen über ihre Wangen liefen.
»Was ist los?« erkundigte er sich sanft, und ohne ein Wort zu sagen, warf sie ihre Arme um seinen Hals und vergrub ihren Kopf an seiner Schulter, schluchzend. Er versuchte sie zu trösten, streichelte über ihr Haar und hielt sie dicht an sich gepreßt. Schließlich erstarb ihr Schluchzen, und aus tränenfeuchten Augen sah sie ihn an und sagte: »Ich habe daran gedacht, was aus uns werden wird. Was die Zukunft bringt. Ich habe Angst. Ich weiß nicht, irgendwie läßt das Gefühl von Glück und Sicherheit hier bei den Elben auf Elgol alles andere wie einen Alptraum erscheinen. Ich möchte hier bleiben, Nab. Ich möchte nicht fort von hier. Und ich möchte ein Heim für uns haben. Werden wir jemals ein richtiges Zuhause haben? Wohin wird all diese Reiserei führen?«
»Ich weiß es nicht«, antwortete er, »aber ich verstehe, was du meinst. Ich war in Silberwald glücklich. Das war mein Heim, und ich denke die ganze Zeit daran. Aber für mich ist es einfacher, das weiß ich. Ich bin fast

mein Leben lang darauf vorbereitet worden, und mein wirkliches Zuhause gibt es auch sowieso nicht mehr. Aber für dich! Du hast alles verlassen müssen, hierfür.« Er brach ab, denn er fühlte sich für ihren Kummer und Schmerz verantwortlich. Er war es gewesen, der sie fortgeholt hatte. Er hatte keine Sekunde gezweifelt, was er zu tun hatte, und die Geschichte, die ihm Lord Wychnor erzählt hatte, war einfach das letzte noch fehlende Stückchen seines Puzzles gewesen. Sie aber war unter den Urkku aufgewachsen. Wie konnte man erwarten, daß sie an die Wahrheit und Richtigkeit dessen glaubte, was sie taten?

Beth spürte, was er dachte, und das war nicht der Grund für ihre Tränen. »Nab«, sagte sie, aber er wollte sie nicht ansehen. »Nab, sieh mich an. Das ist es nicht. Ich weiß genausosehr wie du, daß es richtig ist. Ich fühle es mit meinem Herzen. Und ich würde überall mit dir hingehen. Es ist einfach so, wie ich sage. Ich möchte, daß wir ein Heim haben, irgendwann in der Zukunft, und ich habe Angst, wie sich die Dinge entwickeln. Wir kennen das Ende nicht. Wir wissen nicht, was geschehen soll. Das ist es, was alles so schwierig macht.«

Lange Zeit hielten sie einander umschlungen, eine dunkle Silhouette vor dem grauen Himmel. Dann, als hätte Aschgaroth ihre Ängste gesehen und wollte ihnen Kraft geben, brachen die grauen Wolken auf, Flekken von Blau erschienen, und Strahlen goldener Abendsonne zeigten sich. Plötzlich wurden sie im Höhleneingang von einem Sonnenstrahl erfaßt und in goldenes Licht getaucht. Als sie aufsahen, stellten sie fest, daß sich der Nebel gelichtet hatte und die See im Sonnenschein funkelte. All ihre Zweifel und Ängste schienen plötzlich lächerlich. Wie hatten sie jemals unsicher sein können? Sie schauten einander an und lachten vor Freude, und dann liefen sie hinaus und rasten am Strand entlang, dorthin, wo sich die Wellen am Ufer brachen. Arm in Arm zogen sie weiter, planschten durchs Wasser und ließen sich den Wind, der von der See kam, ins Gesicht wehen.

Als sie zur Höhle zurückkamen, spielten die anderen Tiere davor herum. Brock, der durch den Nebel seines Schlafes ganz schwach das Geräusch von Beths Weinen vernommen hatte, war froh und erleichtert, das Lachen in ihren Gesichtern zu sehen. Was sie taten, war für keinen von ihnen einfach, aber sie begriffen alle, daß es für Beth am schwierigsten war. Brocks Schlaf war unruhig gewesen, als er an ihren Kummer dachte, denn er liebte und respektierte sie fast ebensosehr wie Nab. Jetzt lief er zu ihnen, und sie bückten sich beide und streichelten ihn. Dann gingen sie zu den anderen am Höhleneingang hinüber.
»Kommt«, forderte Perryfoot sie auf, »laßt uns die Elben suchen. Sie sind nicht in der Höhle. Wir haben nachgeschaut, während wir auf euch gewartet haben.«
Sie spazierten über die felsige Insel und fanden die Elben auf der anderen Seite, wo sie Seegras sammelten. Auch die Seehunde waren dort, spielten im Wasser oder sonnten sich auf den Felsen, und die Elben sprachen mit ihnen in der Sprache der See. Saurélon saß ein wenig abseits von den anderen, und als er die Tiere sah, winkte er sie zu sich, um mit ihnen zu reden. Er erkundigte sich nach ihrem Tag und wie sie sich fühlten, und dann bat er Nab, ihm mehr von Wychnor, dem Herrn der Waldelben, zu erzählen.
»Es ist viele, viele Zeiten her, daß ich ihn gesehen habe«, sagte Saurélon. »Er war damals jung und mächtig. Es gab niemanden sonst, der es wert gewesen wäre oder auch nur fähig dazu, all den Schaden auszubessern, den Ammdar verursacht hat, und das Chaos zu ordnen, das er hinterlassen hatte. Aschgaroth rief mich und Malcoff zusammen und fragte uns, wer unserer Meinung nach Ammdars Nachfolge antreten sollte, wenn er zerstört worden war. Es war eine stürmische Nacht. Er hatte uns in die Wälder von Smoo berufen, im Osten, und der Regen fiel in Strömen herab, so daß alles durchnäßt war. Wir standen wartend unter diesen riesigen berankten Bäumen, und das Wasser tropfte von ihren Blättern, und lauter Donner krachte durch den Himmel. Dann erschien uns Aschgaroth. Es war

das zweite Mal, daß ich ihn sah. Wir sprachen von Dréagg und Ammdar und von dem Bösen, das sie hervorgebracht hatten. Er war von Kummer erfüllt, aber damals schwor er uns, daß er eines Tages einen Erlöser senden würde. ›Habt Geduld‹, forderte er uns auf, und wir waren geduldig.« Er schaute zu Nab hinüber, der neben ihm saß, und legte eine Hand auf die Schulter des Jungen. Nab schaute zu ihm empor, und Saurélon lächelte. »Wir waren geduldig«, wiederholte er, fast wie zu sich selbst.

Eine kleine Weile saßen sie noch schweigend beisammen, bis die Sonne fast am Horizont verschwunden war. Dann kehrten sie alle in die Elbenhöhle zurück, wo sie aßen und tranken, bis sie satt waren. Als sie fertig waren, erzählte Saurélon ihnen Geschichten und Legenden aus den Ländern hoch oben im kalten Norden, von wo er kam, dort, wo die großen weißen Bären durch riesige Öden streifen und große Wale in den gefrierenden Wassern zwischen den Eisbergen spielen. Der Zauber seiner Erzählungen war groß, und so sehr verzauberte er die Tiere, daß sie die Sagen durchlebten, wie sie sie hörten, und ein Teil der Geschichten wurden. Schließlich, als der Mond draußen hoch oben am Nachthimmel stand und die Flutwasser sie fast erreicht hatten, krochen sie durch den kleinen Tunnel in ihre eigene Höhle, wo sie auf der Stelle einschliefen, entspannt und zufrieden, und ihre Träume waren ganz weiß.

Ihr Aufenthalt in Sheigra war vielleicht eine der glücklichsten Zeiten, die die Freunde je kennengelernt hatten. Die Zeit, die sie dort verbrachten, schien besonders kostbar, weil sie in gewisser Weise gestohlen war. Es war keine Frage, daß sie sich nicht sehr lange aufhalten durften, und sie wußten, daß die Angst wieder ihr ständiger Begleiter sein würde, wenn sie von hier fortgingen. Aber hier auf der Insel fühlten sie sich sicher, geschützt vor allem Bösen von Dréagg, und so genossen sie jeden Augenblick – erkundeten die Felsentümpel oder wanderten am Strand entlang oder saßen einfach da und blickten auf die mächtige See hinaus. Ein-, zweimal ritten sie auf dem Rücken eines Seehundes zum Festland hinüber, und dort spazierten sie zwischen Heidekraut und totem, braunem Farn, sprachen von der Vergangenheit und von Silberwald und von denen, die sie gekannt hatten. Dann lagen sie wohl auch im weichen Gras, schauten auf die Klippen und Felsen unter ihnen hinab und nach Elgol hinüber, deren Umrisse vom Sprühwasser der Wellen verschleiert wurden, und auf deren felsigen Simsen die Seehunde in der Sonne lagen. Wenn dann der Abend kam, blies Nab auf dem Muschelhorn, das Faraid ihm gegeben hatte, und dann konnten sie zusehen, wie einige der Seehunde von den Felsen ins Wasser sprangen, auf sie zugeschwommen kamen, sie abholten, und kurz darauf waren sie wieder in ihrer Höhle, wo Schüsseln mit warmem Essen und Becher mit funkelnden Getränken auf sie warteten, damit sie sich erfrischen konnten, ehe sie sich wieder zu den Elben gesellten. Jeden Abend erzählte einer der Elben eine Geschichte, während die anderen zuhörten, und manchmal erzählte auch Saurélon selbst ihnen von den Alten Tagen, den Tagen aus der Vor-Menschen-Zeit, als die Elben mit Dréagg gekämpft hatten. Und mächtig waren die Elbenhelden jener Zeit, aber groß war ihre Tragödie. Er erzählte ihnen von Embo und Druim, von Urigill und Mowen, aber am meisten erzählte er ihnen von Ammdar, dem Silbernen Krieger, vor der Zeit seines Sturzes, und die Tiere lauschten von Wunder erfüllt und von Ehrfurcht, als sie die Geschichten von seiner Größe im Kampf gegen den Herrn des Bösen vernahmen. Dann, als ihre Gedanken noch durch diese unklaren, lange vergangenen Tage wanderten, kehrten sie zurück in ihre kleine Höhle und schliefen, bis sie am Morgen von der Sonne geweckt wurden, die hereinströmte.

Sie blieben fast bis zum Ende des Frühjahrs auf Elgol. Das Wetter war meistens hell, aber es war kalt und die Morgen häufig feucht und neblig. Erst gegen Tagesmitte klarte es auf. Seit einiger Zeit schon hatten die Tiere versucht, sich auf den Abschied von der Insel vorzubereiten, aber keiner von ihnen wollte gehen.

Schließlich hatte Saurélon mit ihnen gesprochen und sanft, aber entschieden erklärt, daß sie, sobald sie völlig erfrischt wären, daran denken mußten weiterzuziehen, um Malcoff und die Bergelben aufzusuchen. Dann hatte er Nab beiseitegenommen und eine kleine muschelähnliche Phiole in seine Hand gedrückt, die den Faradon der See enthielt, und Nab hatte sie im Gürtel des Ammdar verstaut. »Ihr solltet morgen aufbrechen«, hatte Saurélon gesagt. »Das Reisen wird jetzt gutgehen, und die Zeit ist kurz. Es darf kein Zögern mehr geben. Wenn du Malcoff begegnest, grüße ihn von mir.«
Das war gestern gewesen. Nun wachten sie auf, und es war ihr letzter Tag auf Elgol. Ein feuchter, dunstiger Nieselregel hing über dem Meer und ließ alles grau und elend erscheinen. Auf See sah man kleine Flecken und Kreise überall dort, wo der Regen ins Wasser fiel. Es war der schlechteste Tag, den sie sich für ihren Abschied hätten aussuchen können. Gerade wollten sie die Höhle verlassen und zum Strand hinabgehen, als merkwürdige Geräusche vom Wasser zu ihnen empordrangen. Sie klangen wie aus weiter Ferne, und nachdem sie eine Sekunde angespannt gelauscht hatten, wurde es den Tieren klar, daß sie vom Festland kamen. Sie konnten auch Urkkustimmen erkennen, die über das vertraute Tosen des Meeres drangen, und andere, weniger vertraute Geräusche. Dann wurde es plötzlich lauter, es klang, als wäre ein Kampf im Gange, und irgendwelche Dinge wurden über die Kiesel geschleift. Die Stimmen der Urkku nahmen einen vertrauten, harten, triumphierenden Klang an, unterbrochen von leisem Grunzen, Schreien und Wimmern. Der durchdringendste und am häufigsten wiederkehrende Ton jedoch war ein schweres Krachen, ein dumpfer Ton, der alles andere zu übertönen schien, auch allem anderen scheinbar vorausging, denn jedesmal wenn sie einen dieser dumpfen Töne hörten, folgten Schreie und Wimmern, und dann hörten sie das Geräusch von knirschenden Kieselsteinen, als etwas über sie gezerrt wurde.

Sie starrten angestrengt zum Festland hinüber, konnten aber nichts erkennen. Aber aus irgendeinem Grund wurde ihnen kalt und ängstlich ums Herz, ein Gefühl, das sie in ihren Tagen auf Elgol vergessen hatten. Lauschend standen sie da, gebannt von dem Ablauf der Geräusche, und wußten nicht, was sie tun sollten, bis Nab Faraid und Saurélon entdeckte, die auf sie zukamen.

»Was ist das? Was geht vor?« fragte Nab, als sie neben ihnen standen.

»Das sind die Urkku«, erwiderte Saurélon, und Wut erfüllte seine Stimme. »Immer wieder einmal kommen sie und schlachten die jungen Seehunde ab, während diese noch an Land sind und ehe sie schwimmen können.«

Der Lärm wurde für einige Zeit unterbrochen, dann hörten sie, wie etwas ins Meer geschoben wurde, und gleich darauf erwachte spuckend ein Motor zum Leben. Alles war nun wieder ruhig, abgesehen von dem Dröhnen der Maschine und dem Plätschern, als sich das kleine Boot seinen Weg durch die Wellen bahnte.

»Es klingt, als kämen sie herüber nach Elgol. Das haben sie noch niemals getan. Ihr müßt schnell zurück in die Höhle. Ich werde mit euch gehen. Faraid, du nimmst die Elben und verteilst sie zwischen den Felsen. Nab und die anderen werden warten, bis die Urkku gegangen sind, aber vielleicht müssen sie auch früher aufbrechen, wenn etwas schiefgeht. Ich will immer wissen, wo sich die Urkku aufhalten, solange sie sich auf der Insel befinden. Rufe fünf Seehunde zusammen und halte sie irgendwo auf dieser Seite versteckt. Sag ihnen, sie sollen sich bereit machen, schnell aufzubrechen. Sooft es geht, möchte ich einen Bericht von dir.«

Faraid ging in die Höhle zurück, um die anderen Elben zu holen, und Saurélon führte die Tiere schnell in ihr Versteck. Der Eingang war kleiner als die Höhle selbst, und so gab es auf jeder Seite eine ziemlich große Felsmauer, hinter der sie sich verstecken und von wo aus sie auf den Strand hinausblicken konnten, ohne

selbst gesehen zu werden. Saurélon postierte Nab, Beth und Perryfoot auf eine Seite hinter den Eingang und Brock, Sam und Warrigal auf die andere. Er selbst blieb in den Schatten auf der Rückseite, so daß er von einer Seite zur anderen gehen konnte und damit den größtmöglichen Überblick über den Strand erhielt.
Sie warteten, ohne etwas zu sagen, und ihre Herzen hämmerten vor Angst. Dann hörten sie das Kratzen des Bootes auf den Felsen zu ihrer Rechten, außerhalb ihres Blickfeldes, gefolgt von dem Geräusch, als es auf den Strand gezogen wurde. Die Stimmen der Urkku waren laut und klangen wie aus nächster Nähe, aber sie konnten von keiner Seite aus gesehen werden. Das Boot wurde noch weiter hinaufgeschleift, und dann wurden die Stimmen schwächer, und sie hörten schwere Schritte den Strand entlangstapfen und dann über die Felsen nach oben.
»Sie sind fort«, sagte Perryfoot und seufzte erleichtert.
»Die kommen wieder«, meinte Nab. »Ihr Boot ist noch hier.« Es dauerte nicht lange, da hörten sie dieselben Geräusche, die schon vorher vom Festland her gekommen waren, nur jetzt viel näher und lebendiger. Da sie wußten, was geschah, waren die Tiere von Wut und Kummer und Elend erfüllt. Faraid rannte in die Höhle.
»Sie sind auf der Rückseite, arbeiten sich aber zu diesem Strand herum vor; Saurélon, können wir denn gar nichts tun? Sie schlachten all die Jungen. Wir können nicht einfach zusehen.«
Genau in diesem Augenblick erhob sich draußen ein enormer Tumult. Vorsichtig spähten sie aus der Höhle und sahen, daß einer der Urkku vor den anderen hergegangen war und jetzt ein kleines weißes Seehundjunges am Strand jagte. Wie betäubt vor Entsetzen beobachteten sie, wie die Mutter schwerfällig hinterherwatschelte und vergeblich versuchte, sie einzuholen und zu verhindern, was, wie sie wußte, geschehen sollte. Dann holte der Urkku das Junge ein, hob eine riesige Holzkeule über seinen Kopf und schlug sie mit Schwung auf den Schädel des Jungen, das aufschrie und wimmerte, ehe die Keule erneut herniederfiel. Es

wand sich am Boden, Blut schoß aus den Rissen in seinem Kopf und lief ins Meer hinaus. Die Mutter versuchte noch immer, ihr Baby zu erreichen, als der Urkku schon ein Messer hervorzog und anfing, es zu häuten, während der Schwanz noch vor Leben zuckte. Die ganze garstige Szene war innerhalb von Sekunden vorüber. Beth schluchzte hinter Nabs Rücken. Sie hielt ihr Gesicht in den Händen verborgen, und ihre Schultern zuckten, und gerade wandte er sich um, um sie zu trösten, als er Sam aus der Höhle stürzen sah.

»Sam, nein«, schrie er, aber es war bereits zu spät. Der Hund hatte den Mann angesprungen und zerrte seinen Arm herab. Der Urkku schrie und versuchte, ihn abzuschütteln, aber Sam ließ nicht los. Der Mann versuchte, sein Messer einzusetzen, aber das ging nicht, denn es war der Messerarm, den Sam gepackt hielt, und schließlich, als sich die Zähne des Hundes immer tiefer in sein Fleisch bohrten, ließ er das Messer los, und es fiel klappernd auf die Kiesel. Wieder brüllte er, und diesmal hörten die Tiere in der Höhle Schritte. Urkku-Stimmen riefen zu dem Mann am Strand hinüber.

»Holt den Hund fort! Er ist verrückt!« brüllte der Mann verzweifelt. »Schießt bloß nicht, ihr könntet mich treffen. Benutzt die Keulen!«

Saurélon war jetzt am Eingang der Höhle und versuchte, die anderen daran zu hindern, Sam zu Hilfe zu eilen.

»Nein«, sagte er. »Ich befehle euch zu bleiben. Wenn ihr geht, werdet ihr getötet, und damit wären wir für alle Zeiten verloren.«

»Aber Sam wird umgebracht werden«, sagte Brock, wütend und verzweifelt und entschlossen, seinen Freund nicht sterben zu lassen und tatenlos zuzusehen.

Saurélon antwortete ihm nicht. In seinem ganzen Leben hatte er nur selten vor einer solch schwierigen Aufgabe gestanden. Aber er zweifelte nicht, daß er recht hatte, wenn er sie hinderte zu gehen, selbst wenn es ihn mit großem Schmerz erfüllte, das tun zu müssen.

Sie sahen nicht, wie die Keule herabsauste, aber sie hörten es, und sie hörten den Schmerzensschrei, als Sam den Arm losließ und auf die Kiesel fiel. Wieder sauste die Keule herab, und sie hörten ein leises Wimmern.

Durch ihren Kummer hindurch drangen die Stimmen der Urkku von draußen.

»Verdammter Köter! Wie ist der bloß hierhergekommen? Was ist mit deinem Arm?«

»Er kam aus der Höhle. Ich frage mich, ob es der aus dieser Tiergruppe ist, die all den Ärger verursacht hat. Ihr wißt schon. Haben's in den Nachrichten gebracht. Die jagen Schafe und stehlen Lebensmittel, und es heißt, da wären zwei Ausreißer dabei.«

»Möglich«, sagte eine andere Stimme. »Komm schon. Laß uns mal in die Höhle schauen.«

Die Tiere waren vor Pein wie betäubt und hörten nicht, was gesagt worden war, aber Saurélon hatte es verstanden, und er hörte auch die schweren Schritte, die über den Strand auf die Höhle zukamen. Es war in diesem Augenblick, daß der Sturm anhob. Der Wind, der zu blasen angefangen hatte, als die Urkku auf Elgol eintrafen, und der den Nebel größtenteils fortgetrieben hatte, wurde nun plötzlich sehr viel stärker, und anstatt zu blasen, schien er zu ziehen. Er zerrte am Meer, formte große Wellen, und die Spitzen der weißen Pferde hob er hoch in die Luft hinauf, so daß die Bucht erfüllt war von feinem Sprühnebel. Dann kam der Regen, stürzte Sintfluten gleich auf den Strand und ins Meer. Die Urkku stemmten sich gegen den tobenden Wind und mußten brüllen, um sich hörbar zu machen.

»Wir sollten besser umkehren, ehe es noch schlimmer wird. Komm«, sagte einer. Und ein anderer, der, mit dem Sam gekämpft hatte, rief zurück: »Wir nehmen den Hund mit. Vielleicht gehört er jemandem auf dem Festland. Die werden mich bezahlen müssen für das, was er meinem Arm angetan hat.«

Dann mischte sich eine dritte Stimme ein. »Nein. Der Sturm ist zu stark. Schaut euch nur die Wellen an. Laßt

uns in der Höhle Schutz suchen, bis er nachgelassen hat. In diesem Sturm schaffen wir es nie.«
Die anderen stimmten zu. Sie hoben Sams durchnäßten Körper auf, und Nab drehte sich der Magen um, als er hörte, wie er mit einem dumpfen Aufprall im Boot landete, als sie ihn hineinwarfen.
»Wir bringen die Häute in die Höhle. Da bleiben sie trocken«, meldete sich die dritte Stimme wieder, und dann kam das Klappern von rennenden Füßen auf den Kieseln.
Saurélon sprach. »Wir müssen in die Elbenhöhle eilen. Kommt schnell. Die Urkku sind schon fast hier.«
Es war zu spät. Die Tiere, verwirrt und benommen, wie sie waren, reagierten nur langsam auf Saurélons Befehl, und die Männer rannten hastig über den Strand, um aus dem Sturm zu gelangen. Plötzlich wurde alles in der Höhle dunkel, als die fünf Urkku im Eingang standen, und entsetzt erkannten die Tiere, daß sie in der Falle saßen. Zuerst konnten die Urkku im Innern nichts erkennen, denn ihre Augen waren nicht an das Dunkel gewöhnt, aber dann entdeckte einer von ihnen die Tiere, die an der Wand kauerten, den Jungen und das Mädchen, die mit großen, verängstigten Augen zu ihnen aufsahen, schaudernd vor Spannung. Er stieß einen Schrei des Triumphes aus.
»Seht nur. Sie sind es. Kommt her, Kinder. Laßt euch anschauen.«
Als er auf sie zuging, wurde die Trance der Tiere durchbrochen, und sie sprangen hinter dem Felsen hervor. Dann hörten sie Saurélon, der ihnen aus den Schatten hinten in der Höhle zurief.
»Lauft. Zu den Seehunden. Schnell«, und angeführt von Faraid schossen sie an den verblüfften Urkku vorüber, rempelten noch an ihre Beine und liefen schon, so schnell ihre Beine sie tragen wollten, zum Strand hinab, wo ihnen der Regen mit aller Kraft ins Gesicht schlug. Durch das Tosen des Windes hörten sie vom Höhleneingang einen Schrei.
»Kommt, hinterher!« Als Nab sich kurz umsah, entdeckte er die Urkku, die den Strand entlangliefen. Fa-

raid war jetzt bei den Felsen, und Brock und Perryfoot, die dicht hinter ihm waren, mußten ihre Geschwindigkeit verringern, denn der Regen hatte den Stein schlüpfrig werden lassen. Als Nab und Beth sie eingeholt hatten, halfen sie ihnen. Bald standen sie alle am Meer, und Nab hielt Beths Hand, als sie einen Felsen hinabkletterte und auf den Rücken eines Seehundes stieg, der im Wasser wartete. Dann reichte er ihr Perryfoot, hielt Brock zwischen sich und den Felsen und kletterte und rutschte hinab, bis er und der Dachs ebenfalls sicher im Wasser waren. Endlich, gerade als die Urkku die Felsen erreichten, sprang Faraid herab, und mit einem einzigen Sprung landete er rittlings auf seinem Seehund, Eynort, der nach dem großen Elbenkrieger benannt war. Der Sturm war zu heftig, als daß Warrigal es hätte riskieren können zu fliegen, also gesellte er sich zu Faraid. Dann schlugen die Seehunde mit ihren Schwänzen und brachen auf, bahnten sich einen Weg durch das Wasser oder tauchten und sprangen über die Wellen, während die Tiere die Augen geschlossen hielten und sich festklammerten. Nab schaute zurück und sah die Urkku auf den Felsen stehen und ihnen nachsehen, und ganz schwach konnte er abgerissene Wortfetzen geschriener Stimmen erkennen, die durch Wind und Wellen zu ihnen drangen. Der Sturm war zu heftig. Sie konnten es nicht riskieren, ihnen in ihrem Boot zu folgen, und als Nab sich wieder umblickte, liefen sie zurück in die Höhle.

Vor sich konnte Nab nur wenig sehen, denn der Regen lief in Strömen über sein Gesicht. Er blickte auf Brock hinab, der nicht mit der Wimper gezuckt hatte, seit sie aufgebrochen waren, und er wußte, was der Dachs dachte. Ein Gedanke füllte auch ihn aus: Sie ließen Sam zurück. Vor seinem inneren Auge konnte er den vertrauten Körper sehen, wie er in die Luft geworfen wurde, und wieder hörte er das schreckliche Geräusch, als er mit dumpfem Aufprall auf den Holzplanken des Bootes landete. Reue und Schuldbewußtsein erfüllten ihn. Jetzt im nachhinein wußte er nicht mehr, wie das alles passieren konnte. Es schien so schnell gegangen

zu sein. In der einen Minute waren sie noch in der Höhle, und in der nächsten lag Sam schon am Strand. Dann erinnerte er sich: Saurélon hatte sie daran gehindert, Sam zu Hilfe zu eilen, als er mit dem Urkku kämpfte. Wenn er sie nicht zurückgehalten hätte, wäre Sam jetzt vielleicht bei ihnen. Als sich dieser Gedanke in sein Hirn bohrte, ergriff ihn eine Woge von Wut und Bitterkeit gegen Saurélon und Aschgaroth und Faraid und Wychnor und seine »Mission« und alles, was damit zusammenhing, und er stieß einen lauten Schrei aus, um seine aufgewühlten Gefühle loszuwerden.
»Warum!« brüllte er dem Sturm entgegen, wieder und wieder, bis der Schmerz in seiner Kehle zu stark wurde. Aber der Wind nahm seinen Rufen alle Kraft, sie verloren sich im Sturm, kaum daß sie seinen Mund verlassen hatten, und er verfiel in eine tiefe, brütende Melancholie. In den Tagen, die nun folgen sollten, wurde dieses Gefühl von Ärger und Verrat von der Dringlichkeit ihrer Aufgabe überdeckt, aber es verging lange Zeit, bis Nab wirklich in der Lage war, zu verstehen, warum Saurélon sie zurückgehalten hatte.
Die Reise durch die sturmgepeitschte See war eine der schreckenerregendsten Erfahrungen, die sie bisher gemacht hatten. Regen und Wind schlugen ihnen mit schrecklicher Kraft entgegen, als versuchten sie, sie von den Rücken der Seehunde zu zerren, aber eine andere Macht schien sie, fast gegen ihren Willen, oben zu halten; denn sie waren alle so verängstigt, niedergeschlagen und traurig, daß sie sich fast willentlich dem Sturm überlassen hätten.
Schließlich, es kam ihnen wie eine Ewigkeit vor, konnten sie die schwachen Umrisse des Landes vor sich erblicken, und bald darauf verlangsamten ihre Seehunde die Geschwindigkeit in einem Gebiet des Meeres, das von Felsvorsprüngen auf beiden Seiten recht geschützt war und wo auch die Wellen nicht so hoch gingen. Langsam schwammen sie auf ein kleines Felssims zu, das ins Meer hineinragte, und dankbar kletterten die Tiere von ihren Rücken und standen zitternd wieder auf festem Boden. Es war ein wunderbares Gefühl,

aber es dauerte einige Zeit, bis sie sich daran gewöhnt hatten, nicht mehr auf rollenden Wogen zu schwimmen. Zuerst fiel es ihnen schwer, das Gleichgewicht zu halten, und sie schwankten mit wirbelnden Köpfen, als sie versuchten, sich geradezuhalten und auf dem Sims entlangzugehen. Die Seehunde hüpften im Wasser auf und nieder und starrten sie neugierig fragend an. Dann verabschiedeten sich die Freunde traurig von ihnen und folgten Faraid einen steilen Pfad hinauf bis oben auf die Klippen, wo sie stehenblieben und aufs Meer hinaussahen. Noch immer goß es in Strömen, und überall flossen kleine Bäche, aber der Himmel hatte schon angefangen, ein wenig aufzuklaren, und fern am Horizont konnten sie die Anfänge des verwunschenen goldenen Lichtes ausmachen, das immer auf einen Sturm folgt. Elgol war ganz schwach sichtbar, aber sie konnten weder die Urkku noch ihr Boot sehen, da sie sich auf der dem Meer zugewandten Seite der Insel befanden. Sie würden sich mit einer Mischung aus großem Glück und schrecklichem Schmerz an Elgol erinnern, und in ihren Gedanken würde die Insel immer zu Sam gehören. Jetzt beobachteten sie, wie riesige Wellen hereinrasten und gegen die Insel schmetterten; sie sandten hohe Fontänen von Sprühwasser über die Felsen, und es hatte für die Tiere den Anschein, als enthielten diese sich hoch auftürmenden blaugrünen Brecher mit ihrem weißen Schaum allen Ärger Aschgaroths.
Faraid hatte ein wenig abseits gestanden, um ihnen Gelegenheit zu geben, die Ereignisse des Tages zu überdenken. Doch jetzt näherte er sich ihnen vorsichtig, und seine Stimme war kleinmütig, als er an all das Leid dachte, das die Tiere durchgemacht hatten. Sie vernahmen seine Stimme, wie man die erste Lerche im Frühling nach einem langen, harten Winter hört, und sie riß sie aus ihrer Verzweiflung.
»Kommt, meine Freunde. Es ist Zeit für den letzten Teil eurer Reise. Wenn sie vorüber ist, werdet ihr Zeit haben, zu ruhen und euch zu erinnern.«
Zögernd wandten sich die Tiere ab und folgten dem

Elb, als er sie über das Farn- und Heidekraut führte, bis sie an grüne Weiden kamen, auf denen Schafe grasten. Hier mußten sie über viele Steinwälle klettern, bis sie, von Faraid geführt, wieder die Marschen von Blore erreichten. Als sie am Rand des Sumpfes ankamen, war später Nachmittag, und der Sturm hatte nachgelassen. Alles tropfte vor Nässe, und das Gras roch frisch und sauber. Das Licht, das sie schon früher am Horizont gesehen hatten, hatte sich jetzt ausgebreitet und erfüllte den ganzen Himmel, so daß alles in sanftes goldenes Licht getaucht war.

Nab fragte Faraid, ob sie sich eine Weile ausruhen könnten, ehe sie den Sumpf betraten, aber der Elb hielt es für ratsam, sich zu beeilen, denn es war wahrscheinlich, daß die Urkku Elgol inzwischen verlassen hatten und wieder bei ihren Leuten waren. Er erzählte den Freunden, was die Urkku draußen vor der Höhle von den Tieren und den »beiden Ausreißern« gesagt hatten. »Jeder Urkku im ganzen Land wird jetzt nach euch Ausschau halten«, sagte er, »und wenn man euch entdeckt, werden sie euch unbarmherzig verfolgen, bis sie euch finden. Dréagg füttert sie mit Lügen und Gerüchten, und sie werden sich ausbreiten, bis die Geschichten eurer Missetaten allen bekannt sind. Das ist die Art, mit der der Böse arbeitet. Er benutzt Täuschung und Verrat, um mit den Geistern der Urkku zu spielen. Ihr seid dem Ende eurer Mission nahe, und er wird alles tun, um euch aufzuhalten. Wenn ihr schon vorher vorsichtig gewesen seid, so müßt ihr es jetzt doppelt sein, denn er wird sich wieder der Trolle bedienen, und sie haben die Macht, sich in Urkku zu verwandeln, wenn sie es wünschen, damit sie mit den Urkku gegen euch kämpfen können. Es ist also keine Zeit zu verlieren.«

Sie brauchten bis zum folgenden Abend, um den Sumpf zu durchqueren, und irgendwie schien es diesmal nicht so furchterregend zu sein. Sie sahen keine Trolle, und obwohl sie denselben Weg einschlugen, auf dem sie auch vorher gereist waren, entdeckten sie keine Spur von Golconda oder dem Baum, auf dem er

zurückgelassen worden war. Als sie aus den Nebeln des Sumpfes heraustraten, ein Stück weit entfernt von der Stelle, an der sie auf dem Hinweg den Sumpf betreten hatten, erwartete sie ein ruhiger goldener Abend. Eine Weile standen sie und blickten über eine Landschaft aus sanften Hügeln und fernen Mooren. Der Frühling neigte sich seinem Ende zu, und der Sommer deutete sich schon an; die Bäume, hohe Ulmen und Eschen, waren von einer Vielfalt von Grüntönen bedeckt, vom tiefen Smaragd der Ulmen bis zum zarten Limonengrün der Eschen. Sie türmten sich ins Blau hinauf, und ihre Blätter regten sich leicht in der Abendbrise. Lange Reihen von ihnen zogen sich wie riesige Wächter der Erde an den schmalen Tälern zwischen den Hügeln entlang, und kleine Flüsse gurgelten zwischen bewachsenen Ufern dahin.
Faraid wandte sich ihnen zu und deutete auf einen kleinen Hügel in der Ferne.
»Das ist euer erster Scyttel. Von dort aus werdet ihr euren Weg zum Lager der Bergelben mit Hilfe des Roosdyche finden. Lebt wohl, und möge Aschgaroth euch sicher ans Ende eurer Reise geleiten.«
Mit diesen Worten wandte er sich um und verschwand schnell in den Nebeln Blores. Und als sie noch hinter ihm hersahen, war er schon fort. Schweigend blickten sie nun einander an, ehe Perryfoot nach wenigen Augenblicken die Ohren spitzte.
»Kommt schon«, sagte er. »Es ist Frühling, und die Erde ist grün.« Und damit hoppelte er den Hang hinauf, gefolgt von den anderen.

19. Kapitel

Es war ein herrlicher Abend, an dem sie ihren Weg das grüne Ufer entlang zu dem Scyttel in der Ferne antraten. Die Luft war warm und duftete nach Glockenblumen, die den Boden unter den riesigen Bäumen wie ein blauer Teppich überzogen, und weiter unten, nah beim Fluß, blitzten lebhaft orangefarbene Flecken auf, denn hier blühten die Ringelblumen, wo immer sich ein Stückchen sumpfiger Boden fand. Die Sonne war schon fast hinter den fernen Hügeln versunken, aber sie schien besonders kräftig zu strahlen, als hoffte sie, daß ihr Licht noch anhalten würde, wenn sie schon untergegangen war, und ihr warmes Glühen erfüllte das kleine Tal, durch das sie gingen. Dann, ganz plötzlich, war es fort, und die Schatten der Dämmerung erfüllten das Tal. Bald darauf fiel Tau, und ihre Füße wurden feucht, als sie durch das lange Gras gingen. Die Feuchtigkeit der Erde erfüllte die Luft mit dem Geruch feuchter grüner Blätter und Gras. Es war der unverkennbare Geruch eines Frühlingsabends, und die Tiere sogen ihn ein, als wäre es Elbenwein. Tatsächlich hatte er dieselbe Wirkung, erfüllte ihre müden Körper mit frischer Energie und Vitalität, bis sie das Gefühl hatten, sie könnten für alle Zeiten weiterwandern. Die Luft blieb bis spät in die Nacht hinein warm, und eine leichte Brise kam auf, blies sanft in ihre Gesichter, als wollte sie ihre Erinnerung von diesem letzten Morgen auf Elgol säubern. Der Schmerz des Wanderns ohne Sam war fast mehr, als sie ertragen konnten. Immer wieder vergaßen sie, daß er nicht bei ihnen war, und wenn sie sich dann umwandten, um mit ihm zu sprechen oder nach ihm Ausschau zu halten, traf sie der Schock der Erkenntnis, was geschehen war. Wenn es für einen von ihnen besonders schlimm war, dann für Brock, denn er hatte den Hund am längsten gekannt und war während der ganzen Reise neben ihm gegangen. Nab hatte Perryfoot gebeten, jetzt mit ihm zu ge-

hen, und der Hase hatte bereitwillig gehorcht, aber es schien nicht viel geholfen zu haben. Der Dachs zog mit gesenktem Kopf dahin, dann hob er plötzlich den Kopf und starrte Perryfoot ausdruckslos an, mit verständnislosen Augen, bis er sich wieder erinnerte, und schon fiel sein Kopf wieder herab, und er quälte seinen müden Körper weiter, schlurfte durch das Gras. Zuerst Bruin, dann Tara und jetzt Sam. Sie alle hatten die Verluste schmerzhaft empfunden, vor allem Nab, dessen Leben so eng mit Brocks verknüpft war, aber für den Dachs war es unleugbar am härtesten, denn zwei von ihnen waren von seiner Familie gewesen, einer sein bester Freund, und Nab hatte jetzt Beth, für die es sich zu leben lohnte, so daß er in die Zukunft schauen konnte. Aber für Brock war die Vergangenheit gestorben und die Zukunft unsicher und einsam.
In dieser Nacht erreichten sie den Hügel und schliefen im Schatten einer hohen Platane bis zum nächsten Abend, als sie nach tiefem, traumlosem Schlaf erfrischt aufwachten. Sogar Brock fühlte sich ein wenig besser, als sie sich wieder einmal auf den Weg machten, auf die Berge in weiter Ferne zu. Sie waren jetzt schon ziemlich weit oben und gingen durch grüne Felder, deren Gras von weidenden Schafen kurz gehalten wurde und durch die weiße Steinwälle liefen. Hoch oben im klaren blauen Himmel sangen die Lerchen, während weiter unten Regenpfeifer umhertrippelten. Hinter sich, aus den Tälern, durch die sie in der vergangenen Nacht gewandert waren, hörten sie gelegentlich den Schrei einer Eule oder das Bellen eines Fuchses, und manchmal rief auch ein Kuckuck sein Frühlingslied. Die Gänseblümchen und der Löwenzahn, die in der Hitze des Tages die Wiesen mit ihrem Weiß und Orange gesprenkelt hatten, zogen jetzt ihre Blütenblätter zur Nacht zusammen. Und weiter zogen sie durch den Frühling. Dann kam der Sommer, und die heiße Sonne brannte auf sie hernieder, ließ ihre Kehlen austrocknen und ihren Mund kleben, so daß sie schließlich von Fluß zu Fluß wanderten. Aber als die Tage sich dahinzogen und es immer noch nicht reg-

nete, wurde auch das Wasser in den Teichen und Flüssen weniger, und das, was noch in ihnen blieb, war brackig und modrig. Noch immer gingen sie auf die fernen Berge zu, aber jetzt waren sie wieder im Tiefland, wo, wenn überhaupt, wenig Wind ging, der die unbarmherzige Hitze erleichterte, die sich aus dem blauen Himmel auf die Straßen und Hecken ergoß, an denen sie vorsichtig entlangzogen. Jetzt schliefen sie nur noch an den Nachmittagen, denn Nab wollte, daß sie so schnell wie möglich weiterzogen, und er und Beth trugen jeder einen Teil ihrer Winterkleider: das braune Cape und die Wollsachen, die ihr geholfen hatten, die Kälte zu überleben. Nab hatte gewollt, daß sie sie unter einer Hecke vergrub, irgendwo, aber sie hatte sich hartnäckig geweigert.

»Sie sind alles, was mir von meinem alten Leben geblieben ist«, hatte sie erklärt, »und von meinem Heim. Ich kann mich von ihnen genausowenig trennen, wie du deine Rinde aus dem Silberwald fortwirfst.«

Und weil er sie liebte, hatte er zögernd zugestimmt, und es hatte damit geendet, daß er ihr ihr schweres Cape und zwei Strickjacken abnahm, während sie die letzte trug und ihm dankte, daß er so freundlich und rücksichtsvoll war.

Es war an einem heißen Morgen im Hochsommer, als sie auf einem staubigen Viehweg durch ein Feld zogen, daß sie zum ersten Mal eine dicke schwarze Rauchsäule in der Ferne aufsteigen sahen. In der windstillen Luft stieg sie steil auf, und die Tiere konnten von der Stelle aus, an der sie standen, den beißenden Rauch riechen. Sie blieben stehen und starrten hinüber. Sie hatten schon früher Rauch aus den Kaminen der Urkku aufsteigen sehen, aber irgendwie war das hier anders. Der Rauch war schwärzer, dicker und dichter, und der Geruch war süßlich und ekelerregend. Er erinnerte Beth an den Geruch, der entstand, wenn die Leute die gerupften Hühner über dem Feuer rösteten, ehe sie sie am Sonntagmittag aßen.

»Schaut, da ist noch mehr«, sagte Brock und zeigte auf eine noch dickere Säule zu ihrer Rechten, und als sie sich umsahen, erblickten sie mehr und mehr. Es mußten etwa ein Dutzend Feuer sein, und alle sandten ihren schwarzen Rauch in den Himmel empor. Etwas Düsteres und Teuflisches ging von ihm aus, und Nab fühlte, wie ihm ein kalter Schauer den Rücken hinablief, als er hinüberschaute.

»Kommt weiter«, sagte er, »wir können nicht den ganzen Tag hierbleiben.«

»Was ist das, Nab?« fragte Beth.

»Ich weiß nicht. Aber die Feuer haben etwas an sich, was mir Angst macht. Wir müssen weiterziehen.«

»Die Sonne hat fast den höchsten Stand erreicht«, meinte Perryfoot. »Könnten wir nicht den Nachmittag hier bei der Hecke verbringen? Der Platz scheint nicht schlechter als irgendein anderer.«

Nab schaute zu Warrigal hinüber, und der meinte: »Es ist vielleicht unsere letzte Gelegenheit zur Rast für lange Zeit. Ich finde, wir sollten hierbleiben und am frühen Abend weiterziehen.«

So marschierten die Tiere übers Feld auf eine dicke Hecke zu, die an einer Seite entlanglief. Zwischen der Hecke wuchsen eine Anzahl großer Eichen, und im Schatten von einer von ihnen ließen sie sich nieder, während Warrigal auf einem der oberen Zweige hockte und Ausschau nach irgendwelchen Anzeichen von Gefahr hielt. Im grünen Schatten der Eiche war es herrlich kühl, und bald schliefen sie fest.

Als der Abend kam und sich die Dämmerung herabsenkte, wachten sie auf und zogen weiter. In der Dunkelheit konnten sie den schwarzen Rauch nicht sehen, konnten ihn aber noch riechen, und gelegentlich sahen sie auch rote, flackernde Flammen in der Ferne und hörten Rufen und Schreien aus der Richtung der Feuer.

Als der Morgen anbrach, gingen sie über eine kleine, grasbewachsene Anhöhe. Auf einer Seite befand sich Wald, auf der anderen Wiese. Der Boden war geschwärzt und rußig, nur wenig Gras war im Feld übriggeblieben, und die Heide bestand nur mehr aus verkohltem Gestrüpp und Sträuchern. Über allem hing der Geruch von verbranntem Holz, und ihre Füße wurden rußverschmiert vom Gehen. Jetzt konnten sie erkennen, daß die Landschaft überall gleich aussah und die Luft von schwarzen Rußteilchen erfüllt war.

Es war später Vormittag, als sie die Urkku sahen. Sie waren einen kleinen Hügel hinaufgestiegen, als sie plötzlich beim Ton zweier Schüsse auf der anderen Seite erstarrten. Den Schüssen folgten wütende gutturale Schreie, als wäre ein Streit im Gange. Sie krochen durch das geschwärzte Gras, bis sie gerade über die Kuppe sehen konnten. Auf der anderen Seite befand sich ein recht tiefes Tal und dahinter wieder ein Hügel. Auf halbem Weg den Hang hinauf stand eine Gruppe von Urkku, alle mit Gewehren, und brüllten einander an. Auf dem Boden vor ihnen lagen ein paar Kaninchen, und die Urkku schienen zwei Gruppen zu bilden, auf jeder Seite der Tiere eine. Erstaunt sah Beth die Männer an, denn nie zuvor hatte sie solche Leute gesehen. Ihre Kleider, wenn es einmal welche gewesen waren, hingen als schmutzige Lumpen um ihre Körper, und diese waren so ausgemergelt, daß die Rippen hervorsprangen und die Haut in losen Falten herabhing. Sie trugen etwas, das wie Hosen aussah, und unten staken dünne Knöchel hervor, wie Streichhölzer, und nackte Füße. Mit wachsendem Entsetzen schaute sie in ihre Gesichter und war wie gelähmt von dem, was sie sah. Ihr Haar war lang, schmutzig und verfilzt, so daß es in verwirrten Knötchen herabhing oder als fettige Strähnen abstand, und unterhalb dieser verfilzten Matte starrten eingefallene Augen aus einem Gesicht, das so schmutzig war, daß die Zähne wie Silber in der Sonne zu blitzen schienen, als sie jetzt riefen. Ihre Wangen waren eingefallen und hohl, und ihre Wangenknochen schienen alles zu sein, was die Haut daran hinderte, gänzlich abzufallen. Beth hielt sich die Nase zu und mußte sich bemühen, nicht zu würgen, als der Gestank ihrer Körper, noch verstärkt von der Hitze, von der Brise zu ihnen getragen wurde.

Der Grund für den Streit schienen die Kaninchen zu sein, denn jede Gruppe deutete auf sie und gestikulierte und schrie dann wild herum. Plötzlich lief ein Urkku aus einer Gruppe vor, stürzte sich auf einen seiner Gegner und fing an, mit ihm am Boden zu ringen. Spuckend und beißend und tretend rollten sie umher, und eine Staubwolke erhob sich neben ihnen. Die anderen wandten ihre Aufmerksamkeit von den Kaninchen auf ihre kämpfenden Kameraden, und jede Gruppe brüllte ihrem Mitglied aufmunternde Worte zu, bis schließlich einer von ihnen, dessen Haar unter dem Dreck eine rötliche Farbe zeigte und der größer und kräftiger aussah als der andere, einen Stein packen konnte, der am Boden lag, und ihn krachend auf den Kopf seines Gegners sausen ließ. Schweigen breitete sich aus, während der, der getroffen worden war, ganz still wurde. Er rollte ins Gras zurück, und Blut floß aus seinem Kopf. Der Rothaarige befreite sich gerade aus seinem Griff, als einer der anderen Gruppe ihm etwas zurief, sein Gewehr an die Schulter riß und dem Sieger in die Brust schoß, so daß dieser zurückgeworfen wurde und oben auf seinem Gegner liegenblieb. Überrascht schauten die Freunde nun zu, wie die beiden Gruppen anfingen, einander auszulöschen. In Sekunden war es vorüber, und das Krachen der Gewehre schien gerade erst begonnen zu haben, da hörte es auch schon wieder auf. Das Echo erstarb in der stillen Luft, und der Geruch von Schießpulver hing über ihnen, stieg in ihre Nasen, ehe er als kleine Wolke aus hellbraunem Staub davonzog. Acht Urkku lagen tot im Gras, und die Überlebenden der Siegergruppe flüchteten über das Feld. Die Kaninchen trugen sie an den Hinterbeinen, so daß ihre Köpfe wie verrückt auf und ab hüpften, als wären sie Schlenkerpuppen. Dabei lachten die Männer in den höchsten Tönen, fast hysterisch.

Lange Zeit blieben die Tiere, wo sie waren, schweigend. Die Sonne brannte auf ihre Rücken nieder, und der Geruch von Verbranntem lag schwer in der Luft. Schließlich unterbrach Warrigal die Stille.

»Äußerst sonderbar. Wirklich merkwürdig«, meinte er. »Irgend etwas geht in der Welt der Urkku vor. Ich

habe nie zuvor gesehen, daß sie sich so benahmen oder so aussahen. Beth, was meinst du dazu?«
»Ich weiß nicht. Diese Männer – sie wirkten so, so fremdartig. Und dieser Kampf, all das Schießen. Es war schrecklich. Mir gefällt das nicht. Laßt uns schnell weiterziehen, von hier fort.«
Das Mädchen spürte kalte Schauer am ganzen Körper, trotz der Hitze der Sonne. Sie war schrecklich besorgt, mehr als je zuvor, und sie, die ihr bisheriges Leben unter Menschen gelebt hatte, hatte es deutlicher gespürt als die Tiere. Irgend etwas stimmte hier ganz und gar nicht. Sie wandte sich an Nab. »Halt mich fest«, sagte sie, und er legte die Arme um sie, und sie schloß für eine Sekunde die Augen. Als sie ihren Kopf an seine Schulter lehnte, fühlte sie sich besser.
Und so wanderten sie weiter, aber sie konnten den garstigen schwarzen Rauchsäulen nicht entfliehen, die sich Meile für Meile in alle Richtungen zu erstrecken schienen. Der ekelerregende Gestank der Feuer wurde immer unerträglicher, bis schließlich sogar das Atmen etwas wurde, das sie fürchteten. Ihre Hände, Gesichter und Füße waren schwarz überzogen von der Asche und dem verkohlten Boden, und nirgendwo gab es genügend sauberes Wasser, um den Schmutz richtig abzuwaschen. Wenn sie jetzt einen Teich erreichten, war er fast sicher ausgetrocknet, sein Bett aufgerissen, und sie suchten nach einer kleinen Ecke, irgendwo, in der sich vielleicht noch eine kleine Pfütze übelriechender, brackiger Flüssigkeit befand. Damit versuchten sie ihren rasenden Durst zu stillen.
Jeden Tag sahen sie jetzt zwei oder drei Banden von Urkku wie diese erste. Sie wanderten zerlumpt und ziellos über den verbrannten Grund, Gewehre unter den Armen, und ihre Augen wanderten hin und her, als hätten sie Angst, gesehen zu werden. Das machte es schwieriger für die Tiere, ihnen aus dem Weg zu gehen, denn sie bewegten sich viel leiser und waren weniger leicht auszumachen als früher, und die Reisenden kamen nur langsam voran. Die ganze Zeit flog Warrigal vor ihnen her und vergewisserte sich, daß alles in

Ordnung war und sie weitergehen konnten. Doch häufig kehrte er zurück und berichtete, daß sich Urkku vor ihnen befanden, und dann mußten sie stundenlang warten, bis die Urkku weiterzogen und es sicher war weiterzugehen. Sie schliefen während dieser Wartezeiten und setzten ihre Reise fort, wann immer sie konnten, anstatt jeden Nachmittag zu schlafen, und sie stellten fest, daß sie nach dem höchsten Stand der Sonne besser vorankamen, weil die Hitze dann so intensiv war, daß nur wenige Urkku umherzogen. Auch das Geräusch von Schüssen wurde ihnen vertraut, entweder ein einzelnes Krachen oder eine ganze Salve wie bei diesem ersten Mal, und dann stießen sie auf die Opfer dieser Kämpfe und achteten sorgfältig darauf, ihnen nicht zu nahe zu kommen, aus Angst, die Fliegen aufzuscheuchen, und auch des Gestanks wegen. Es gab kaum Schutz vor der sengenden Hitze dieser Nachmittage, denn all das grüne Laub der Hecken und Bäume war verbrannt worden. Riesige Eichen und Platanen, deren Blätter einstmals einen wohlriechenden, grünen, kühlen Schatten ins Gras geworfen hatten, standen jetzt nackt und kahl und schwarz, und ihre verkohlten Glieder ragten düster zu dem klaren blauen Himmel auf.
Eines Nachmittags entdeckten sie in der Ferne eine Stadt. Kein Rauch stieg aus ihren Fabrikschornsteinen auf, und kein Brummen vom Verkehr war aus ihren Straßen zu hören. Statt dessen lag sie wie ein riesiger schlummernder Riese in der Hitze. Die Sonne schmolz den Beton und brach sich in den Fenstern der leeren Bürogebäude. Eine schimmernde Hitzeglocke hing über allem, und die unwirkliche Stille wurde nur ganz gelegentlich durch das Heulen einer Sirene unterbrochen.
Während die Tiere auf einem kleinen Hügel standen, von dem aus sie sehen konnten, wie sich die Betonstraßen in die Ferne erstreckten, hin zum Horizont, bemerkten sie plötzlich eine Rauchsäule, die sich zum Himmel erhob.
»Ich werde hinüberfliegen und versuchen, herauszu-

finden, was da vorgeht«, meinte Warrigal. »Für mich ist es sicherer als für irgendeinen von euch, und ich bin auch schneller. Ich denke, wir sollten es herausfinden.«

»Ja, das ist eine gute Idee. Aber paß auf«, warnte Nab. »Wir werden dort hinten in der kleinen Höhle auf dich warten.«

Langsam und leise flog die Eule davon, und die anderen stiegen den Hügel hinab. Warrigal brauchte nicht lange, um in Sichtweite des Feuers zu gelangen, und er flog, so dicht er konnte, heran, ließ sich auf dem Zweig einer ehemaligen Platane nieder, von denen eine ganze Anzahl um eine Lichtung herumstanden. Auf der Lichtung irrte eine ganze Anzahl von Urkku herum, riefen laut untereinander, und in der Mitte brannte ein Feuer, knisterte und spie Funken. Im hellen Schein der Sonne waren die Flammen schwer zu erkennen, aber er konnte die Hitze, die davon ausging, selbst von hier oben spüren, wo er hockte, und der ekelerregende Gestank des dicken schwarzen Rauches, der vom Feuer gen Himmel stieg, war unverkennbar. Durch den Rauch konnte Warrigal zwei große Hügel sehen, von denen die Urkku das Feuer beständig fütterten, aber der Qualm war zu dick für ihn, um zu erkennen, woraus sie bestanden. So flog er ganz vorsichtig auf die andere Seite der Lichtung. Der Anblick, der sich seinen Augen darbot, erfüllte ihn mit Entsetzen. Der Hügel, der weiter von ihm entfernt war, bestand aus toten Urkku, der andere aus toten Tieren. Aber erst als er sich zwang, genauer hinzuschauen, wurde ihm die volle Bedeutung und Tragweite dessen, was er da sah, klar. Warrigal war von den Tieren der am wenigsten gefühlvolle, aber selbst er konnte sein Entsetzen nicht unterdrücken, als er erkannte, daß alle toten Tiere auf dem zweiten Stapel entweder Dachse, Hasen, rehfarbene Hunde oder Eulen waren. Sie waren sorglos auf den Stapel geworfen worden, als wären sie Holzstücke, und ihre Köpfe und Gliedmaßen staken an allen Ecken und Enden hervor.

 Plötzlich wurde der tranceähnliche Zustand Warrigals, den das Schreckensbild vor ihm ausgelöst hatte, von einem durchdringenden Schrei eines Urkku unterbrochen, der zu dem Stapel herübergekommen war, um noch ein paar Kadaver für das Feuer zu holen.

»Da ist eines. Schnell. Tötet es.« Ein Brüllen erscholl von den anderen Urkku, die alle auf den Baum zustürzten, auf dem er saß, und dann dröhnte das Krachen eines Gewehres über das Tosen des Feuers, und Warrigal hörte eine Kugel im Zweig über sich einschlagen. Hastig flog er durch den Baumgürtel zurück, der die Lichtung umgab, während der Mob kreischender Urkku krachend durch das Unterholz unter ihm brach und die Luft um ihn her vom Summen und Schwirren und Pfeifen der Kugeln erfüllt war. Er flitzte durch die Zweige und wandte jeden Trick an, den er kannte, um zusätzliche Geschwindigkeit zu erlangen. Gleichzeitig beobachtete er mit einem Auge seine Verfolger und versuchte, sie durch das dickste Unterholz zu führen. Zu seiner immensen Erleichterung ließen die Geräusche der Verfolgung schließlich langsam nach, verhallten in der Ferne, und das Krachen der Gewehre hörte auf. Dennoch verringerte er seine Geschwindigkeit nicht, bis er auf Sichtweite an die kleine Vertiefung herangekommen war, wo die anderen auf ihn warteten. Er flog nicht direkt zu ihnen zurück, sondern blieb für eine Weile auf einem Baum am Rande des Feldes sitzen, falls er doch noch verfolgt werden sollte. Nirgendwo war ein Urkku zu sehen, und der Rauch des Feuers wurde dicker, so daß er vermutete, sie wären zurückgekehrt und fütterten es weiter mit dem grausigen Brennstoff. Er legte den Kopf auf eine Seite und lauschte angestrengt, aber abgesehen von dem Rufen in der Ferne war alles ruhig. Erst dann, als er sicher war, nicht verfolgt zu werden, kehrte er zu den anderen zurück.

Von dem Augenblick an, als sie die Aufregung und die Schüsse aus der Richtung des Feuers gehört hatten, waren die anderen vor Sorge fast wahnsinnig geworden, und als die vertraute Gestalt der Eule grazil über den Rand der Senke hinglitt, waren sie überglücklich

vor Erleichterung. Perryfoot hüpfte auf und nieder und tanzte auf den Hinterbeinen stehend umher, versetzte den anderen leichte Schläge mit den Vorderpfoten und sang dabei »Warrigal geht's gut, Warrigal geht's gut«, wieder und wieder.
Liebevoll betrachtete die Eule den Hasen, ehe sie traurig sagte: »Ich bringe leider keine guten Neuigkeiten.« Langsam erzählte er alles, was er gesehen hatte, jede Einzelheit, und als er seine Geschichte beendet hatte, hockte Perryfoot zusammengesunken am Rand, und seine langen Ohren hingen schlaff über seinen Rükken, während Brock, Nab und Beth schweigend zu Boden starrten. Sie begriffen nicht, warum die Urkku tot waren, aber ganz langsam wurde ihnen die schreckliche Bedeutung des Stapels aus toten Tieren beim Feuer klar. Endlich ließ sich Warrigal wieder vernehmen.
»Bis sie sicher sind, daß sie uns gefunden haben, werden sie jeden Dachs, jede Eule, jeden Hasen und jeden Hund töten, der aussieht wie Sam. Je länger wir zögern, desto mehr werden sterben.«
Schweigend standen sie auf und kletterten aus der Senke. Die Berge, auf die sie zuwanderten und wo sie Malcoff und die Bergelben finden sollten, schimmerten im Dunst und lagen sanft und grau in der Sonne des späten Sommernachmittags.
»Wie lange werden wir brauchen, um dorthin zu gelangen?« fragte Beth Nab.
»Ich weiß nicht. Zwei Tage vielleicht.«
Sie machten sich auf den Weg, so schnell sie es wagten, in Richtung auf die Berge zu, aber sie sahen nichts. Keine Urkku, keine Tiere, keine Vögel. Die Landschaft schien wie ausgestorben. Als die Dunkelheit anbrach, hießen sie die Kühle willkommen, die mit der Nacht einherging, obwohl immer noch kein Hauch von Wind vorhanden und die Luft von der Hitze dick und schwer war. Von der Erde unter ihren Füßen konnten sie die Sonne des Tages ausströmen fühlen, und ihre Münder wurden trocken und pelzig. Als der Mond hoch am Himmel stand, verlangten ihre erschöpften Körper nach einer Rast, aber vor dem inne-

ren Auge der Tiere stand das Bild eines Haufens toter Tiere, wie Warrigal ihn gesehen hatte, und es verfolgte sie und trieb sie weiter und weiter. An einen Aufenthalt war nicht mehr zu denken.

Es war in den dunkelsten Stunden der Nacht, zwischen Mitternacht und Morgendämmerung, als sie den Lärm zum ersten Mal hörten. Er kam von weit hinter ihnen, und zuerst kümmerten sie sich nicht darum, denn ihre Gedanken waren nur auf den Weg vor ihnen gerichtet. Aber bald wurde er lauter und deutlicher. Sie konnten das Jaulen und Kläffen von Hunden ausmachen, vermischt mit dem Rufen von Urkku. Sie alle hatten diesen Lärm schon früher gehört, wenn Rufus und die anderen Füchse im Silberwald gejagt worden waren, aber immer war es bei Tag gewesen, niemals bei Nacht. Was machten sie jetzt hier draußen?

Sie versuchten, den Lärm in der Hoffnung zu ignorieren, daß er dann vergehen würde, und sie versuchten auch, die kalte Furcht zu unterdrücken, die sich in ihren Mägen ausbreitete. Schließlich brach der Tag an, und lebhafte orange Streifen zeigten sich hinter den Bergen vor ihnen, aber das Bellen und Jaulen war nur noch lauter geworden, und schließlich sprach Warrigal ihre geheimen Ängste aus.

»Ich fürchte, wir werden verfolgt«, sagte er.

»Mit den Hunden müssen sie uns finden«, sagte Perryfoot. »Die versagen niemals. Wie weit sind sie hinter uns, was meinst du, Brock?«

»Ich habe sie oft vom Dorf nach Silberwald aufbrechen hören, und dann waren sie lauter als jetzt. Wir sollten also noch einige Zeit haben.«

Dann sprach Nab. »Wir müssen hoffen, daß wir Malcoff finden, sobald wir in die Berge kommen. Sonst holen sie uns ein. Wir müssen schneller gehen.«

Beth zuckte innerlich zusammen. Sie war bereits total erschöpft und hatte gehofft, daß sie bald eine kleine Pause einlegen würden. Statt dessen sollten sie jetzt noch schneller weiterziehen, vielleicht sogar rennen. Die Sonne war inzwischen am blauen Himmel aufgetaucht, und es sah aus, als würde es ein weiterer siedendheißer Tag werden. Sie konnte nicht weiter, aber wenn sie darauf bestand, eine Rast einzulegen oder langsamer zu gehen, dann würde sie sie aufhalten und wieder einmal eine Last für sie werden. Nein, sie wollte nicht aufgeben! Sie würde mit ihnen gehen, bis sie umfiel.

»Komm, Beth. Wir müssen laufen!« Nab lächelte auf sie herab, wie sie da am Boden saß. Ihr langes Haar war zerzaust und verschmutzt vom Ruß, der überall in der Luft schwebte, und schwarze Flecken befanden sich auf ihrer Nase, ihren Wangen und ihrer Stirn. Ihre Arme und Beine waren rot und voller Bläschen von der Sonne und ihr Gesicht von der Hitze verquollen. Noch immer trug sie ihre schwarzen Gummistiefel, aber ihre Jeans hatte sie oberhalb der Knie abgerissen. Er dachte an den Tag zurück, als er sie das erste Mal gesehen hatte. Damals hatte sie frisch und sauber ausgesehen in ihrem roten Kleid unten am Fluß. Er bückte sich, legte beide Arme um sie und zog sie sanft auf die Füße.

»Bald sind wir sicher in den Bergen«, tröstete er. »Mach dir keine Sorgen. Es wird alles gut werden.«

Sie klammerte sich an ihn, als versuchte sie, ein wenig von seiner Kraft und Energie auf ihren eigenen erschöpften Körper zu übertragen. Dann richtete sie sich plötzlich auf, blickte tief in seine dunklen Augen und rief lachend: »Also dann komm, du Schnecke!« Und damit trottete sie über die Felder davon.

Den ganzen Tag lang liefen sie über flache, verbrannte Weiden, und den ganzen Tag lang wurde das Bellen und Rufen hinter ihnen lauter und deutlicher. Am späten Nachmittag hatten sie die Ausläufer des Gebirges erreicht. Als sie die langsam ansteigenden Felder hinaufwanderten, stellten sie fest, daß das Gras grüner wurde, und bald ließen sie das verkohlte, geschwärzte Gebiet hinter sich. Glücklicherweise wurde auch die Luft kühler, und eine leichte Brise blies ihnen entgegen, trieb ihnen das Haar aus dem Gesicht und pustete durch Brocks und Perryfoots Pelz. Der Duft des langen Sommergrases und die kühle Brise stiegen ihnen zu Kopf wie Wein, und ihre Laune besserte sich, als sie durch kleine grüne Täler und einen fröhlich dahinplätschernden Fluß liefen. Nach der Verwüstung, durch die sie gekommen waren, erschien ihnen alles so frisch, und das Grün um sie her schien sie einzuhüllen und zu schützen, so daß sie sich ganz sicher fühlten. Der Lärm der Meute wurde von den Bäumen gedämpft, und als sie stehenblieben und lauschten, war es, als würde das Gebell sich zurückziehen. So gingen sie langsamer weiter, blieben häufig stehen, um aus einem der kühlen Bäche zu trinken oder an etwas Leckerem zu naschen. Es war jetzt Spätsommer, und schon tauchten an kühlen, schattigen Plätzen die ersten Pilze auf.

Kurz vor der Morgendämmerung ließen sie die Bäume hinter sich und betraten das eigentliche Gebirge. Vor ihnen erstreckte sich ein riesiges Meer purpurfarbener Heide, hier und da von Baumwollgras unterbrochen, das seinen weißen Kopf im Wind wiegte. Es war äußerst beschwerlich, über die Heide zu wandern, und zuerst hielten sie sich auf schmalen, von den Schafen geschaffenen Pfaden. Aber Nab fürchtete, daß er den Roosdyche nicht wiederfinden würde, wenn sie sich zu weit davon entfernten, und so mußten sie die Pfade verlassen.

Sie waren noch nicht weit gezogen, als sie plötzlich die Meute wieder hinter sich hörten, nur daß es diesmal klang, als wäre sie ihnen dicht auf den Fersen. Sie hatten die Bäume verlassen, und da jetzt nichts mehr den Lärm dämpfte, erkannten die Tiere entsetzt, wie nah ihnen ihre Verfolger gekommen waren. Sie konnten sie nicht sehen, aber das Gebell war so nah, daß es nur noch eine Frage von Minuten sein konnte, bis sie entdeckt würden.

Verzweifelt rannten sie über die Heide, trieben ihre überanstrengten Körper immer schneller an, bis der Atem in ihren Kehlen rasselte und ihre Beine vor Schmerz wie betäubt waren. Dann gaben plötzlich Beths Knie unter ihr nach, und sie fiel der Länge nach in ein Heidefeld. Ein, zwei Sekunden schwelgte sie mit geschlossenen Augen in dem wundervollen Gefühl, dazuliegen und dem Verlangen ihres Körpers nachzugeben, aber dann fühlte sie, wie sie geschüttelt wurde, und hörte Nabs verzweifelte Stimme, die sie anrief, und das brachte sie in die Wirklichkeit zurück. Sie schaute ihn an, sein Gesicht schien weit fort zu sein. Sie zwang sich zu sprechen.

»Ich kann nicht mehr weiter. Laßt mich hier. Ihr geht weiter. Ich komme schon zurecht.« Dann schloß sie erneut die Augen, und wirbelnde Schwärze umfing sie.

»Beth, Beth«, rief Nab, aber es hatte keinen Sinn. Ihre Lider flatterten nicht einmal. Er sah zu den anderen hin. Sie alle lagen keuchend ausgestreckt in der Heide, ihre Körper bebten von der Anstrengung des Atmens. Es war sinnlos, an ein Weiterlaufen zu denken. Aber wo sollten sie sich verstecken? Plötzlich landete Warrigal neben ihm.

»Wo hast du gesteckt? Ich habe nicht einmal gemerkt, daß du fort warst«, sagte Nab.

»Ich habe die Gegend auf der anderen Hügelseite erkundet. Da ist eine Urkkubehausung, ganz in der Nähe. Bloß ein kleines Stück den Hügel hinab und auf der anderen Seite. Wir müssen das Risiko eingehen. Vielleicht sind sie vom Stamme der Eldron und helfen uns. Ich sah Rauch aus dem Kamin aufsteigen, also ist das Haus bewohnt.«

»Wir haben keine Wahl, oder? Entweder wir bleiben hier und werden von den Hunden zerfetzt, oder wir gehen das Risiko ein, ihnen übergeben zu werden. Ich kann Beth tragen, aber nicht all diese Kleider zusätzlich. Brock wird sie in der Schnauze mitnehmen müssen.«

Sie liefen an der Hügelseite entlang, und der Lärm der Hunde wurde immer lauter. Dann sahen sie direkt unter sich die Behausung. Es war ein kleiner Bauernhof. Die Wände bestanden aus groben weißen Steinen, und sie trugen ein Dach aus Torf und Erde, aus der grünes Moos wuchs. Es gab ein Loch als Fenster und ein Loch als Tür, und aus dem kleinen Kamin stieg der süße Geruch von brennendem Torf. Das lange, flache Gebäude schien aus der Erde gewachsen zu sein, und dieser Eindruck wurde noch verstärkt durch die Torfstapel zu beiden Seiten der Wände und durch die Tatsache, daß das Gebäude selbst in einer kleinen Vertiefung stand. Eine Steinmauer umschloß einen kleinen Garten, und auf der Rückseite konnten die Tiere einen winzigen Gemüsegarten entdecken, während vorne ein paar weiße und rosa Blumen blühten. Draußen grasten ein paar Schafe, während andere innerhalb der Mauer lagen und hofften, dort ein schattiges Plätzchen zu finden. Zwei weiße Ziegen kauten dicht bei einem kleinen Tor in der Steinmauer vor sich hin, durch das man den Garten betrat. Irgend etwas an dem Garten und der Szene unter ihnen war so friedlich, daß sie eine Sekunde lang sogar die Gefahr vergaßen, in der sie sich befanden. Es schien unmöglich, daß hier irgend etwas Böses passieren könnte. Der Ort erfüllte sie mit einem Gefühl von Ruhe und Vertrauen, so daß sie weder Furcht noch Zweifel empfanden, als sie den Hügel hinabstiegen. Der Riegel am Tor klickte laut, als Nab ihn anhob, und die Ziegen schauten auf und meckerten und starrten ihn ein, zwei Sekunden lang neugierig an, ehe sie wieder zu grasen anfingen. Brock und Perryfoot gingen leise durch den Garten und hockten sich dann an die Mauer des kleinen Gehöfts, um zu sehen, was geschah, während Warrigal aufflog und sich auf dem Dach niederließ. Noch immer mit Beth auf den Armen, schritt Nab langsam auf die Vordertür zu. Als er näher kam, hörte er leise Stimmen und das Klappern von Geschirr. Endlich erreichte er die Tür, die offenstand, und fragte sich, was er als nächstes tun sollte. Vorsichtig legte er Beth zu Boden. Was war das menschliche Wort der Begrüßung, das sie ihm beigebracht hatte? Dann fiel es ihm ein.

»Hallo«, sagte er leise, aber die Geräusche und Stimmen in der Küche gingen unverändert fort. Sie haben mich nicht gehört, dachte er und wiederholte es lauter. Diesmal brachen die Töne ab, und die Stimmen nahmen einen anderen Klang an.

»Sieh mal nach, wer das ist, Jim. Kann mir nicht denken, wer es sein könnte. Es ist noch sehr früh. Gerade erst halb sieben.«

Nab hörte, wie ein Stuhl über den Boden kratzte, und dann kamen Schritte auf die Tür zu. Es war so dunkel im Haus, daß er nichts sehen konnte, bis plötzlich ein Mann vor ihm stand. Er war alt, und sein Haar war schütter und weiß, aber aus seinem faltigen braunen Gesicht leuchteten zwei blaue Augen, die nur so strahlten. Er trug ein kragenloses Hemd, eine blaue Nadelstreifenweste und an den Beinen eine blaue Hose, die in der Taille von einem Stück Bindfaden gehalten wurde. Jetzt hatte er eine Hand auf die Tür gelegt, und mit der anderen hielt er eine alte Bruyère-Pfeife.

»Hallo, junger Mann. Was kann ich für dich tun? Du bist ein gehöriges Stück von der Straße entfernt.« Dann entdeckte er Beth im Gras. »Oh, verstehe. Deine Freundin ist krank. Nun, dann bring sie herein, und ich will sehen, was ich tun kann. Wahrscheinlich die Hitze.«

»Gefahr. Verstecken«, sagte Nab und hob drei Finger einer Hand hoch.

»Was? Da sind noch drei mehr? Und was für Gefahr?«

Außer sich vor Verzweiflung, weil er die Worte nicht finden konnte, die er suchte, rief Nab die anderen.

»Ja du meine Güte! Ivy!« rief Jim in die Küche. »Komm mal schnell!«

Die Eule, der Dachs und der Hase standen in einer Reihe vor der Haustür, und das alte Paar staunte sie an. Dann meldete sich Ivy. Sie war klein und grauhaarig und trug ein marineblaues Kleid mit einem weißen Blumenmuster darauf. Als sie sprach, zitterten ihre Hände ein wenig durch das Alter, aber ihre Augen waren wie die von Jim: hell und fröhlich.

»Du weißt, wer sie sind, nicht wahr, Jim?«

»Ja.«

»Nun, holen wir sie schnell herein und verstecken sie. Hör nur!« Sie brach ab und wartete, während das Gebell und Gebrüll noch lauter wurden. »Komm schnell, junger Mann. Beeil dich und bring deine Freunde mit herein. Jim, versteck sie im Schlafzimmer.«

Der alte Mann führte die Tiere durch das Vorderzimmer und die Küche, bis sie an eine alte Holztür kamen, die er öffnete. In der Mitte des Zimmers stand ein großes Bett, und an den geweißelten Wänden reihten sich ein paar Möbelstücke: ein alter Schrank, eine Kommode mit Schubladen und ein herrlich geschnitzter Frisiertisch. Darauf standen Fotos von Jim und von Ivys Eltern, zusammen mit Bürste und Kamm und ein paar Fläschchen mit Lavendelwasser.
»Keine Angst. Versteckt euch hinter dem Bett und verhaltet euch ruhig. Wir kümmern uns schon um die.« Er schloß die Tür, und abgesehen von den gedämpften Stimmen aus dem Vorderzimmer herrschte Stille. Nur ab und zu drang das Gebell der Hunde zu ihnen. Nab legte Beth vorsichtig auf eine Matte am Boden und setzte sich neben sie. Perryfoot und Brock zwängten sich unters Bett, und Warrigal hockte oben auf einem der Messingbettpfosten. Es kam den Tieren so vor, als hätten sie gerade erst ihre Plätze eingenommen, als das kleine Haus plötzlich von lautem Hämmern an der Tür erfüllt wurde. Sie hielten den Atem an, und ihre Herzen pochten schneller. Es war alles so schnell gegangen, daß sie keine Zeit gehabt hatten, zu fragen, ob sie den alten Leuten trauen durften oder nicht. Doch kaum traten die ersten Zweifel auf, da schoben sie sie schon weit von sich, ohne sich erklären zu können, warum sie so sicher waren. Die alten Leute waren Eldron, das stand außer Frage. Die Tiere hatten die Güte und Wärme gespürt, die ihnen von dem alten Paar entgegenschlugen.
Das Klopfen ertönte erneut, nur noch lauter diesmal. Dann brüllte eine Stimme: »Ist jemand da?« Nab spürte einen Schauer der Furcht über seinen Rücken laufen. Er erkannte die Stimme sofort, sie war wie ein schrecklicher Geist aus der Vergangenheit. Die Stimme gehörte unverkennbar dem Urkku namens Jeff, der ihn, zusammen mit seinem Bruder, im Silberwald gefangen und mitgenommen hatte, der ihn in das kleine Zimmer gesperrt und, was das Schlimmste war, Bruin erschossen hatte. Jetzt waren Stimmen an der

Tür zu hören. Der alte Mann hatte schließlich auf das Klopfen reagiert, und seine sanfte Stimme bildete einen scharfen Kontrast zu den abgehackten Tönen des anderen. »Ich muß hören, was sie sagen«, dachte Nab und kroch ganz langsam vorwärts, bis er an der Schlafzimmertür war und sein Ohr dagegenpressen konnte. Er konnte nicht alle Worte verstehen, aber der Sinn ihrer Unterhaltung entging ihm nicht. Der alte Mann sprach gerade.

»Tut mir leid, daß ich es nicht gehört habe. Ich bin ein bißchen schwerhörig. Was wünschen Sie?«

Der Urkku Jeff erwiderte mit rauher Stimme: »Wir suchen die Tiere. Sie wurden vor einer Weile gesehen. Zumindest die Eule, und die Hunde sind ihnen seither gefolgt. Genau bis hierher, an Eure Tür. Sie müssen hier vorbeigekommen sein. Habt Ihr sie nicht gesehen?«

Der alte Mann erwiderte mit festem Ton: »Welche Tiere? Wir haben nichts weiter als das übliche Kaninchen gesehen.«

Ein Schweigen entstand, das fast bedrohlich wirkte. Selbst die Hunde hatten aufgehört zu bellen und zu knurren.

»Treib keine Spielchen mit mir, Alterchen. Ihr lebt ein gutes Stück abseits, aber tut nicht so, als wüßtet Ihr nicht, was vorgeht. Wenn Ihr sie gesehen hättet, würdet Ihr es uns sagen, nicht wahr?«

»Sie meinen die kleine Gruppe von Tieren, die angeblich einen Jungen und ein Mädchen bei sich haben. Diejenigen, von denen man vermutet, daß sie die Seuche zuerst hatten. Ich habe etwas darüber im Radio gehört, aber gesehen habe ich sie nicht. Ich wußte nicht, daß sie in dieser Gegend sein sollen.«

»Sie wurden gesehen und bis hierher verfolgt. Zu Eurem Haus.«

»Nun, ich werde nach ihnen Ausschau halten. Obwohl ich persönlich nicht an die Geschichten glaube, die in Umlauf gesetzt worden sind. Es gibt keinen Beweis, daß die Seuche von ihnen ausging.«

 Wieder herrschte Schweigen. Als der Urkku sprach,

klang seine Stimme tief und guttural.

»Seid vorsichtig, Alterchen. Diese Art von Gerede ist gefährlich. Ihr vergeßt das besser. Habt Ihr die Rundschreiben der Regierung nicht bekommen? Sie müssen gefunden und vernichtet werden, wie alle anderen ihrer Art, denn sie könnten Überträger sein, und nur auf diese Weise können wir sichergehen, daß wir sie losgeworden sind. Der Junge und das Mädchen müssen gefunden und zur Rede gestellt werden. Dann sollen sie gesäubert und ausgebildet werden. Zumindest der Junge, denn es hat den Anschein, als hätte das Mädchen ein normales Leben geführt, bis es sein Heim verließ. Augenscheinlich steckt die Krankheit sie nicht an, aber sie sind die Träger. Und jetzt, alter Mann, laß mich nichts mehr von diesem dummen Gerede hören. Deine Haltung ist bekannt. Wenn du sie siehst, wirst du ins Dorf gehen und die Polizei verständigen, die ihrerseits Kontakt zu den Behörden aufnehmen wird. Wie du sicher weißt, sind nur noch sehr wenige Telefone in Betrieb.«

Dann fingen die Hunde wieder laut zu bellen an, als sich die Urkku den Hügel hinabbewegten. Erst als der Lärm in der Ferne verklungen war, öffnete sich die Tür, und Ivy trat ein. »Nun, erst einmal sind sie fort«, sagte sie, halb zu sich und halb zu Nab. »Laß uns mal sehen, wie es deiner Freundin geht, ja?« Sie kniete neben Beth nieder und hob sie an, so daß das Mädchen eine sitzende Haltung einnahm. Sie stöhnte und ihre Lider zuckten, aber sie kam immer noch nicht zu sich.

»Danke«, sagte Nab und zeigte auf die Tür, um zu erklären, was er meinte. Ivy schaute ihn an und lächelte freundlich.

»Schon gut«, sagte sie. »Hier, du hältst sie hoch, und ich hole ein bißchen kaltes Wasser, um ihr das Gesicht zu waschen.« Nab konnte es kaum erwarten, sie und Jim zu fragen, was der Urkku genau gesagt hatte, doch er beherrschte die menschliche Sprache noch nicht ausreichend, um seine Fragen in Worte fassen zu können. Er würde warten müssen, bis Beth wieder zu sich gekommen war und sich besser fühlte.

Ivy kehrte mit einem weißen Emaillegefäß zurück, das mit Wasser gefüllt war, und fing an, das Gesicht des Mädchens zu bespritzen. Perryfoot und Brock kamen unter dem Bett hervorgekrochen und beobachteten sie besorgt, während Warrigal von seinem Aussichtspunkt oben auf dem Bettpfosten neugierig herabschaute. Draußen konnte er sehen, wie sich dunkle Wolkenbänke am Horizont zusammenzogen, und er roch den Regen in der Luft. Die Atmosphäre war düster, und kein Windhauch regte sich.

Bald zeigte Beth die ersten Anzeichen von Bewußtsein, und Ivy rief: »Jim, bring eine Tasse Tee für das arme Mädchen.« Er holte den Kessel vom Feuer, wo er immer stand, und goß warmes Wasser in ihre kleine braune Teekanne, um sie anzuwärmen. Dann füllte er den Kessel erneut auf und stellte ihn zum Kochen auf die heiße Platte. Der Tee befand sich in einer Dose im Küchenschrank, und als er zum Schrank hinüberging, schaute er durch die offene Tür hinaus und stellte fest, daß plötzlich Wind ging. »Der Sturm wird nicht mehr lange auf sich warten lassen«, murmelte er. »Wird auch Zeit. Wird die Luft ein bißchen klären.« Er füllte vier Löffel Tee in die Kanne und rief: »Ich gehe schnell die Ziegen hereinholen, Ivy, ehe es regnet. Das Wasser wird kochen, bis ich zurückkomme.« Schnell trat er durch das Tor und rief die Ziegen herbei. Als sie ihn hörten, kamen sie herbeigerannt, und er führte sie durch den Garten zu einem kleinen Steinstall am anderen Ende des Hauses. »Bleibt bloß davon weg«, sagte er, als die Ziegen zu dem kleinen Blumenbeet unterhalb der Mauer hinzerrten. »Kommt schon, ihr Gauner. Laßt uns reingehen, ehe es regnet.« Er hatte gerade ein wenig frisches Stroh für den kommenden Winter zurechtgelegt, und der Stall roch süß und sauber. »Hört auf, an meiner Hose zu knabbern. Macht schon, hinein mit euch.« Sie schauten ihn fragend an, als er anfing, die Tür zu verschließen, und er lachte und tätschelte sie freundschaftlich.

Große Regentropfen fielen, als er wieder ins Haus trat, und in der Ferne hörte er das Grummeln des Donners.

Das Wasser kochte, und der Kessel war nahe am Platzen. So machte er schnell den Tee und brachte ihn ins Schlafzimmer. Gerade kam Beth wieder zu sich und bemühte sich, zu verstehen, was sie in diesem herrlichen kleinen Bauernhaus mit einer freundlichen, weißhaarigen Dame machten, die sie umsorgte, und jetzt auch noch dieser reizende alte Mann, der eine Tasse Tee gebracht hatte. Tee! Wie sehr hatte sie sich danach gesehnt. Ivy schenkte ihn in eine zarte, kleine Tasse mit einem Muster aus hellblauen, gelben und roten Blumen und reichte sie ihr. Sie nippte daran und schloß die Augen. Er war wie Nektar. »Der schmeckt wunderbar«, sagte sie, und Jim und Ivy kicherten.

»Und dein Freund?« fragte Jim.

»Er hat noch nie so etwas getrunken. Aber ich bin sicher, er würde gern probieren. Nab«, wechselte sie zur Sprache der Tiere über, »versuch einmal dies Getränk. Es ist ein wenig heiß, aber ich glaube, es wird dir schmecken. Unter den Urkku und den Eldron ist es sehr beliebt. Ich habe es häufig getrunken. Und versuche mal, hiervon zu essen«, sagte sie und wies auf einen Teller mit Schokoladenkeksen.

Zwischen Kauen und Nippen erklärte ihr Nab alles, was geschehen war, seit sie das Bewußtsein verloren hatte. Er erzählte ihr auch, wie Jim ihre Anwesenheit vor den Urkku geheimgehalten hatte, von denen Nab einen erkannt hatte. Beth war überrascht. »Jeff Stanhope. Hier! Aber er ist ja Meilen fort von daheim. Genau wie wir.« Und dann meldete sich Warrigal.

»Denkt daran, was Saurélon erzählt hat: daß Trolle die Gestalt von Urkkus annehmen können. Dies könnte ein solcher Fall sein. Ich habe seine Stimme erkannt, sobald er gesprochen hat.«

»Ich auch«, sagte Brock. »Er hat Bruin getötet. Wie könnte ich das vergessen!«

Jim und Ivy lauschten ungläubig, als die Tiere und die Menschen sich in dieser merkwürdigen Sprache unterhielten.

»Ich bin sicher, ihr habt uns eine Menge zu erzählen«, sagte Ivy, deren Neugier von Sekunde zu Sekunde

wuchs. »Kommt mit in die Küche, dann plaudern wir ein wenig. Was möchten die Tiere essen?«
»Nun, ich bin sicher, daß der Dachs, Brock, gern einen von den Keksen probieren würde, wenn ihr nichts dagegen habt.«
Ivy nickte, und Beth forderte Brock auf, einen zu probieren. Der Dachs war entzückt und schlang zwei oder drei in schneller Folge hinunter. Perryfoot und Warrigal beschlossen, bis später zu warten, wenn sie hinausgehen und in der Heide selbst nach Futter suchen konnten. Sie gaben sich jeder mit einer Schüssel Wasser zufrieden, tranken aber gierig, denn sie waren schrecklich durstig.
In der Küche zog Jim zwei bequeme Stühle für Nab und Beth heran. Ivy saß in ihrem hochlehnigen Sessel ihnen gegenüber auf der anderen Seite der Feuerstelle, und er selbst nahm in seinem alten hölzernen Schaukelstuhl Platz, auf einem Kissen, dessen Hülle vor Jahren von seiner Mutter gehäkelt worden war. Er zog seine Pfeife hervor, stopfte sie und zündete sie an. Er hatte den Ofen geöffnet, und der rote Schein der Asche warf Schatten an die niedrigen Balken der Decke, denn draußen war es jetzt sehr dunkel geworden, obwohl es erst später Vormittag war. Es regnete jetzt in Strömen, und die Tropfen platschten gegen die Fensterscheiben und liefen daran herunter. Durchs Fenster konnten sie sehen, wie der Wind den Regen über das heidebedeckte Moor trieb. Der Himmel war schwarz, und gelegentlich sahen sie einen Blitz oder hörten den Donner hoch über sich rollen. Nab fühlte sich genauso sicher und gemütlich wie früher, wenn er aus dem Schutz des Rhododendrongebüsches im Silberwald dem Regen zugesehen hatte. Er sah sich in der Küche um; da waren Bilder an den Wänden, es gab einen Herd, Töpfe und Pfannen, eine große, dunkle Eichenkommode in einer Ecke und einen geschnitzten Eichenschrank, in dem Teller standen. Alles faszinierte ihn, von den Wasserhähnen über dem Spülbekken bis zu den Messingteilen auf dem Kaminsims. Warrigal hockte auf der Rückenlehne seines Stuhles

und betrachtete alles langsam und gründlich. Seine riesigen runden Augen ruhten auf einem Gegenstand, dann auf einem anderen. Perryfoot und Brock saßen vor dem Küchenherd auf dem braunschwarzen Teppich, den Ivy vor drei Wintern gemacht hatte, und die Hitze des Feuers, zusammen mit der Erschöpfung ihrer Körper, hatte sie beide einschlafen lassen.
Jim zündete seine Pfeife an, und der Rauch stieg langsam nach oben und verteilte sich im Zimmer. »Nun«, forderte er Beth auf, »dann erzähle uns einmal eure Geschichte.« Und Beth fing an, von Anfang an. Zuerst berichtete sie, was Nab ihr erzählt hatte, und gelegentlich unterbrach sie sich, um ihm eine Frage zu stellen, dann kam sie mit mehr Zutrauen zu der Zeit, seit sie ihr Heim verlassen und sich zu den Tieren gesellt hatte. Nab verstand das meiste von dem, was sie sagte, und machmal unterbrach er sie, um etwas hinzuzufügen, was sie vergessen hatte, oder auch, um sie zu verbessern. Dies passierte vor allem in dem Teil, als sie wiederzugeben versuchte, was Lord Wychnor ihnen erzählt hatte, und Nab spürte instinktiv, daß es sehr wichtig war, daß Jim und Ivy sie richtig verstanden. Sie lauschten aufmerksam, ohne auch nur ein einziges Mal zu unterbrechen, und die einzigen Geräusche, abgesehen von Beths Stimme, waren das Knacken der Holzscheite im Feuer, der Regen draußen und das leise, poppende Geräusch, das Jim mit seinen Lippen machte, als er an seiner Pfeife sog, während er langsam in seinem Stuhl vor und zurück schaukelte.
Es war schon Nachmittag, als sie endete, und es regnete immer noch. Lange Zeit sagte niemand etwas, und keine Fragen wurden gestellt. Das alte Paar dachte nach, grübelte schweigend über die merkwürdige Geschichte nach, die es gerade gehört hatte, während Nab und Beth in die tanzenden Flammen starrten und die Tiere dösten. Jim und Ivy waren ziemlich überrascht, festzustellen, daß das, was Beth ihnen gerade erzählt hatte, sie nicht sonderlich erstaunte. Statt dessen fühlten sie sich auf merkwürdige Weise irgendwie erfüllt und dankbar, denn es schien die unausweichli-

che, logische Schlußfolgerung ihres Glaubens zu sein, und warm glühende Befriedigung durchzog sie. Der dunkle Himmel draußen war noch immer schwer und verhieß mehr Regen, und die Heide tropfte vor Feuchtigkeit. Ivy schaute zu Nab und Beth hinüber und lächelte sie so herzlich an, daß Beth aufstand und zu ihr hinübertrat. Dort kniete sie nieder und legte den Kopf in den Schoß der alten Dame, so, wie sie es bei ihrer Großmutter getan hatte. Jim betrachtete sie und sah, wie eine kleine Träne aus Ivys Augenwinkel trat und langsam über ihre Wange lief. Nab spürte ebenfalls die Liebe im Lächeln der alten Dame, und für ihn war es eine neue, merkwürdige Erfahrung. Die einzigen Mitglieder seiner eigenen Rasse, die er vorher gekannt hatte, abgesehen von Beth, waren Gestalten gewesen, die man fürchten oder hassen mußte, die man verabscheute und mied. Niemals hatte er einen Eldron gekannt, und so waren ihm die Güte und Herzlichkeit, deren sie fähig waren, fremd. Jetzt war er hier bei zweien von ihnen, saß in ihrer Behausung auf ihren Sitzen, und doch hatte er sich selten sicherer und zufriedener gefühlt. Er schaute auf den Teppich vor dem Herd und kicherte vor sich hin. Brock war zu einem festen, kleinen Ball zusammengerollt, und im Schlaf schnarchte und pfiff er laut, während Perryfoot an ihn gekuschelt dasaß, die Augen geschlossen, die Ohren flach an den Rücken gelegt, mit hängendem Kopf. Er drehte den Kopf und schaute zu Warrigal hinauf, der noch immer auf der Rückenlehne seines Stuhles saß, und stellte fest, daß auch er fest und ruhig schlief. Seine großen, runden Lider lagen wie Rolläden vor seinen Augen.

Schließlich brach Ivy die Stille: »Ihr müßt am Verhungern sein«, sagte sie, hob sanft Beths Kopf aus ihrem Schoß, stand auf und fing an, Schubladen zu öffnen und Töpfe und Pfannen hervorzuholen.

»Kann ich helfen?« fragte Beth.

»Ja, du könntest Kartoffeln schälen, wenn du willst, während ich die Bohnen vorbereite«, erwiderte Ivy. »Möchtest du ein Glas Wein? Bestimmt. Jim!« rief sie,

»hol den Holunderbeerwein und ein paar Gläser, bitte.«

Der alte Mann stand auf, öffnete die Türen eines kleinen Eckschranks aus Eiche, holte vier Gläser und eine Karaffe hervor und schenkte die klare, lichtgoldene Flüssigkeit in die Gläser. Dann brachte er eines zu Nab und zwei zu Beth und Ivy, die bei der Spüle standen. Nachdem er sein eigenes Glas aufgenommen hatte, drehte er sich um und sagte: »Laßt uns einen Trinkspruch ausbringen.« Sie schauten einander an, und nachdem sie ihre Gläser erhoben und Beth Nab erklärt hatte, was er tun sollte, sprach Jim mit ruhiger, fester Stimme: »Trinken wir auf jegliche Kreatur, Mensch oder Tier, die durch die Hand einer anderen Kreatur leiden mußte.«

Es waren einfache Worte, aber sie alle waren von ihnen tief gerührt, und als sie den Wein tranken und über die Worte nachdachten, hingen alle ihren eigenen Gedanken nach. Für Nab war der Schmerz dieser Gedanken nahezu unerträglich. Er dachte an all die Tiere, die er gesehen hatte und die von den Urkku verstümmelt und zerfetzt worden waren, und dann dachte er an Rufus, Bruin und Tara und zum Schluß an Sam, und ihre Bilder tauchten langsam und klar vor seinem geistigen Auge auf. Er sah sie, als wären sie dort neben ihm, und er spürte, wie die Tränen in ihm aufstiegen. Doch dann wandelte sich sein Kummer zur Wut und seine Wut in eiserne Entschlossenheit und Gewißheit, wie er sie nie zuvor gekannt hatte. Wieder hob er sein Glas und sagte leise vor sich hin: »Auf euch. Für euch werden wir Erfolg haben«, und trank noch einen Schluck Wein.

Jim und Ivy dachten nicht nur an all die Tiere, die sie von Menschen hatten quälen sehen, sondern auch an all die Hungrigen, Armen und Unterdrückten ihrer eigenen Rasse. Sie dachten an diejenigen, die an Krankheiten starben, die geheilt werden konnten, es aber nicht wurden, und sie dachten an die Dummheit von Kriegen und das Elend und Leid seiner Opfer. Sie dachten, bis sie nicht mehr denken konnten, und dann

sprach Jim, und seine Stimme zitterte leicht vor Rührung.
»Nab. Komm und hilf mir, die Ziegen zu melken und die Eier einzusammeln.«
Der Junge war froh, dieser Wolke von Niedergeschlagenheit entgehen zu können. So stand er auf und folgte Jim durch die Haustür in den dunklen, feuchten Abend hinein.
»Hier, leg dir das über die Schultern«, sagte der alte Mann und reichte Nab einen großen blauen, abgetragenen Regenmantel. »Und die über deine Füße«, sagte er und gab ihm ein Paar Gummistiefel. Der Regen schlug ihnen ins Gesicht, als sie den Weg auf der Vorderseite des Hauses entlanggingen, bis sie die Tür zum Ziegenstall erreichten. Drinnen war es warm und roch nach Heu, und Jessie und Amie kamen herbeigelaufen und schnüffelten und leckten an Jims Händen.
»Gib ihnen das«, sagte Jim zu Nab und reichte ihm drei dicke Brotkrusten. Unverzüglich wandten die Ziegen ihre Aufmerksamkeit ihm zu, und Nab brach die Krusten und versuchte sie gerecht zwischen den beiden zu verteilen, während sie ihn anstießen und sich gegenseitig fortdrängten in ihrem Bemühen, mehr zu bekommen, als ihnen zustand. In Sekundenschnelle war das Brot verzehrt, gierig hinabgeschlungen, aber immer noch zupften sie an den Taschen des Mantels, den Jim für gewöhnlich trug.

»Zeig ihnen deine Hände, so«, sagte er und öffnete die Hände, so daß die Handflächen leer nach oben zeigten, um Nab klarzumachen, was er meinte. Die Ziegen schnieften traurig, warfen Nab einen herzzerreißenden, enttäuschten Blick zu, wandten sich ab und gingen zu den Eimern hinüber, die Jim für sie vorbereitet hatte. Während sie fraßen, melkte Jim sie, und Nab beobachtete fasziniert, wie der alte Mann rhythmisch die schäumende, weiße Flüssigkeit aus den beiden Zitzen drückte, so daß die Milch in die Eimer spritzte, die er unter den Ziegen aufgestellt hatte. Zuerst wurde Amie gemolken, und als Jim dann zu Jessie hinüberging, winkte er Nab herbei und versuchte ihm zu zeigen, wie er sie melken mußte. Es dauerte eine Weile und erforderte viel Gefummel, aber schließlich gelang es dem Jungen, einen dünnen Strahl Milch aus einer der Zitzen in den Eimmer zu lenken. Jim brüllte »Hurra!« und klatschte in die Hände, und Nab lachte.

Der alte Mann löste ihn ab, denn es würde zu lange gedauert haben, wenn Nab weitergemacht hätte. Bald war er fertig. »Das nehmen wir mit ins Haus«, sagte er und hob die beiden Eimer mit Milch auf, »und dann gehen wir die Eier einsammeln und die Hühner füttern. Gute Nacht, ihr beiden«, sagte er zu den Ziegen, und Nab streichelte sie und tätschelte sie, aber sie waren zu sehr damit beschäftigt, ihr Futter zu verschlingen, und schauten nur kurz auf, als sich die Tür schloß. Daraufhin stießen sie zum Abschied ein kurzes Meckern aus und fraßen dann wieder weiter.

Am Haus stellten sie die Milch ab, holten ein wenig Körnerfutter aus einem Schuppen und gingen dann zu dem großen Hühnerstall hinüber, der sich an eine Seite der Steinwand duckte. Noch immer goß es in Strömen, und die zerklüfteten Berge hinter ihnen waren in tiefhängende Wolken gehüllt. Es war zu naß für die Hühner, um draußen zu sein, und als sie die Stalltür öffneten und hineingingen, gab es viel Gekreisch und Flügelschlagen.

»Sie sind nicht an Fremde gewöhnt. Darum machen sie mehr Lärm als gewöhnlich«, sagte Jim, als er zu den Tieren hinüberging. Vorsichtig nahm er die Eier aus den Nestern und legte sie in einen kleinen braunen Korb, den er aus dem Haus mitgebracht hatte. »Schütte das Futter in den Trog in der Mitte, ja?« bat er Nab, und als er das tat, flogen die Hennen von ihren Stangen und fingen an, wie wild zu picken. Der Regen, der aufs Dach prasselte, klang im Verhältnis zu der gedämpften Stille im Stall sehr laut, als die Hennen sich auf ihr Futter konzentrierten und Jim nach Eiern suchte.

»Gut«, meinte er, als er umhergegangen war und an die Tür zurückkam, wo Nab stand, »ich glaube nicht, daß ich noch mehr finden werde. Aber wir haben genug. Ich fülle noch schnell ihren Wassernapf, und dann gehen wir.«

Sie gingen um das andere Ende des Hauses herum zurück, und Nab schaute den sauberen kleinen Gemüsegarten an, um den Jim einen hohen Zaun gezogen hatte, damit er die Ziegen und Schafe abhielte. Der Garten war eine Masse von Grün. Da waren die farnähnlichen Spitzen der Kartoffeln, lange Reihen von Brokkoli und Rosenkohl, die sie durch die kalten Tage bringen sollten, die vor ihnen lagen. Es gab auch kleinere Reihen von Herbst- und Wintergemüse und am Ende die hohen Bohnenstangen. Jim hatte erst gestern die Zwiebeln hereingeholt, und sie trockneten in einem der Außengebäude.

Als sie durch die Haustür zurückgingen, nahm Nab seinen tropfenden Mantel ab und reichte ihn Jim, der ihn ausschüttelte und zusammen mit seinem eigenen an einen Haken an der Tür hängte. Ihre schmutzigen Stiefel ließen sie auf einer Matte daneben stehen.

»Ihr kommt gerade recht«, rief Ivy ihnen zu. »Die Suppe ist fertig.«

»Komm«, forderte Jim Nab auf, »du mußt am Verhungern sein.«

Vier Schüsseln mit dampfender Suppe standen auf dem Küchentisch, und Beth und Ivy wollten gerade anfangen. Nab setzte sich auf einen Stuhl neben Beth, und sie zeigte ihm, wie er einen Löffel benutzen mußte, um seine Suppe zu essen. Vor Angst zitternd erinnerte er sich an das letzte Mal, als er das getan hatte, vor so langer Zeit. Sie lachten alle, als die Suppe von seinem Löffel über den Tisch lief oder an seinem Kinn hinuntertropfte, aber bald hatte er den Trick heraus und fing an, den köstlichen Geschmack zu genießen. Auf einen Teller neben seiner Schüssel hatte Ivy ihm eine dicke Scheibe selbstgemachtes Brot gelegt, das noch warm war, und er ahmte die anderen nach, die Stücke davon abbrachen und sie zwischen Löffeln voll Suppe aßen. Bald hatte er den Boden seiner Schüssel erreicht und löffelte all die Gemüsestückchen, die

noch übrig waren, zarte junge Karotten und Kartoffeln, Erbsen und Bohnen. Er und Beth aßen noch einen Teller voll, und dann ging Ivy zum Herd und holte aus dem Ofen vier Teller, auf denen ein goldgelbes Omelette mit Erbsen lag, garniert mit Tomatenstücken.
»Jim«, sagte sie, »kannst du bitte die Bratkartoffeln und das Gemüse holen?«
Der alte Mann stand auf und brachte eine riesige Schüssel voll mit knusprigen Bratkartoffeln und eine andere, in deren einer Hälfte sich Bohnen häuften, während in der anderen ein kleiner Hügel grüner Brokkolischößlinge lag.
»Bedient euch«, forderte Ivy sie auf. »Ich hoffe, ich habe genug gekocht. Nehmt jedenfalls soviel ihr wollt. Ich bin sicher, ihr mögt noch etwas Wein. Ich hole die Gläser und fülle sie neu.«
Nab fand es wesentlich schwieriger, mit Messer und Gabel umzugehen als mit einem Löffel, und nachdem er einige Versuche damit gemacht hatte, holte Ivy ihm einen neuen Löffel, und er benutzte den. Er genoß jeden Bissen, genau wie Beth, die sich nicht erinnern konnte, daß jemals ein Mahl so gut geschmeckt hatte. Jim füllte ihre Gläser immer wieder neu auf, wenn sie sich leerten, und als sie mit dem Essen fertig waren, war ihnen ganz leicht um den Kopf, und sie lachten miteinander und mit Ivy und Jim über alle möglichen kleinen Dinge, die sie unerklärlicherweise schrecklich lustig fanden.
Für diesen kurzen, zauberhaften Augenblick vergaßen sie alle Schrecken der Vergangenheit und die erschrekkende Unsicherheit der Zukunft und gingen völlig in der Gegenwart auf, lebten nur für die Freude und das Glück dieser Augenblicke des Lachens.
Nachdem sie das Omelette gegessen hatten, gab es noch Stachelbeerpastete und ganz zum Schluß Käse und Kräcker. Es war ein milder Ziegenkäse, den Ivy erst früh am Morgen gemacht hatte.
»So, und zum Abschluß eßt ihr jetzt noch ein Stück Kuchen«, sagte Ivy, und obwohl Nab und Beth zum Platzen voll waren, konnten sie dem dunklen Schoko-

ladenkuchen doch nicht widerstehen, den Ivy auf sie zuschob.

»Nur ein kleines Stückchen«, sagte Beth. »Es ist wirklich nur noch für die Gier.«

»Nein, das darfst du nicht sagen. Es vergeht vielleicht lange Zeit, ehe ihr wieder anständig essen könnt. Das wird vorhalten müssen.«

»Nun, es war köstlich«, sagte das Mädchen und biß ein Stück Kuchen ab. Wie sie diesen Abend genossen hatte! Sie wünschte sich von ganzem Herzen, daß sie hier bei diesen beiden alten, warmherzigen Menschen in ihrem hübschen kleinen Haus bleiben könnten. Es war wie ein Traum gewesen, aus dem sie niemals zu erwachen wünschte. Sie schaute Nab an, der neben ihr saß, ein Lächeln zog über sein ganzes Gesicht, und seine dunklen, großen Augen funkelten vor Lachen im Schein der Kerzen. Und sie wußte, daß auch er gern geblieben wäre. Dann stellte Jim die Frage, die sie selbst den ganzen Abend gefürchtet hatte.

»Wann werdet ihr aufbrechen müssen, Beth? Ihr wißt, daß ihr hier willkommen seid, solange ihr wollt, aber wir möchten euch nicht aufhalten.«

Sie drehte sich um und sprach mit Nab.

»Wie fühlst du dich jetzt?« fragte er.

»Viel besser«, antwortete sie zögernd.

»Gut, ich denke, wir sollten am Morgen weiterziehen. Wir schlafen eine Nacht, und dann brechen wir beim ersten Tageslicht auf. Wir wissen nicht, wie weit die Urkku entfernt sind, und ich habe auf jeden Fall das Gefühl, daß die Zeit drängt.« Er legte seine Hand auf ihre. »Ich möchte auch bleiben«, sagte er, »aber du weißt, daß wir das nicht können.« Zärtlich lächelte er sie an und wünschte, daß er ihr versprechen könnte, daß sie eines Tages ein Heim wie dieses hätten. »Vielleicht . . .«, fing er an, brach dann aber ab.

Beth wandte sich wieder an das alte Paar.

»Wir müssen morgen früh gehen«, sagte sie.

»Gut, wenn ihr dessen sicher seid. Ihr wißt es am besten. Ich mache euch ein paar Brote zum Mitnehmen.«

Beth lachte. »Das wäre wunderbar. Ihr seid reizend.«

Ganz plötzlich machten sich jetzt das Essen, die Wärme und der Wein in den erschöpften Körpern von Nab und Beth bemerkbar, und eine große Welle von Müdigkeit hüllte sie ein. Die Tiere schliefen noch immer fest am Feuer, und Nab mußte sich zusammenreißen, um sich nicht auf der Stelle zu ihnen zu legen, aber ein lautes Gähnen konnte er doch nicht unterdrücken.

Jim sah es und lächelte. »Ihr seid erschöpft«, meinte er. »Ihr müßt jetzt schlafen gehen. Wir sind noch eine Weile hier beschäftigt, mit Abwaschen und so. Deshalb solltet ihr besser in unserem Zimmer hinten schlafen, wo ihr euch heute morgen versteckt habt. Wir werden die Tiere nicht stören. Wenn sie aufwachen, werden wir sehen, was wir für sie zu essen finden können.«

Müde schoben Nab und Beth ihre Stühle zurück und standen vom Tisch auf. Von einer plötzlichen Zärtlichkeit getrieben, ging Beth dann um den Tisch herum zu Ivy, legte ihr die Arme um den Hals und küßte sie auf die Stirn.

»Gute Nacht«, sagte sie, »und danke für einen reizenden Tag.«

Ivy schaute auf, und ihre Augen waren tränenverschwommen.

»Gute Nacht, mein Liebes, schlaf gut.«

Dann stand auch Jim auf und führte sie nach hinten ins Schlafzimmer. Zu ihrem Entzücken entdeckte Beth ein Waschbecken und Handtücher in einer Ecke des Zimmers.

»Darf ich mich waschen?« fragte sie. »Es ist schon so lange her, daß ich Seife benutzt habe. Oh, und Talkumpuder. Glauben Sie, ich könnte ein bißchen davon nehmen?«

»Aber natürlich«, antwortete Jim kichernd. »Schlaft gut. Ich sehe euch dann morgen früh. Ihr müßt mit uns frühstücken, ehe ihr geht.«

Er ging hinaus und schloß die Tür, nachdem er eine Kerze auf die Kommode neben dem Bett gestellt hatte.

»Komm«, sagte Beth, »ich zeige dir, wie man Wasser und Seife benutzt.«

Es war ein seltsames Gefühl, sich in einem Becken zu waschen anstatt in einem Fluß oder Teich; Wasserhähne anzudrehen und die schaumige Masse von einem weißen Seifenstück abzubekommen. Für Nab war es eine Reihe von neuen und aufregenden Erfahrungen und für Beth eine Erinnerung an alles, was sie hinter sich gelassen hatte. Der Geruch der Seife, das Gefühl des Handtuchs in ihrem Gesicht, das Gurgeln des Wassers, als sie den Stöpsel aus dem Becken zog, und der Duft des Talkumpuders. Als sie sich fertig gewaschen hatte, ging sie zu Ivys Frisierkommode hinüber, nahm all ihren Mut zusammen, setzte sich auf den kleinen Hocker und schaute in den Spiegel. Was sie sah, überraschte sie. Sie hatte erwartet, entsetzt zu sein und auch ein wenig enttäuscht, aber statt dessen war sie sonderbar fasziniert. Ihr Haar hing in dichten Lokken bis auf ihre Schultern herab und sah heller aus, als sie es in Erinnerung hatte, denn es war den ganzen Sommer über von der Sonne gebleicht worden, ihr Gesicht war braun und wettergegerbt. Aber es waren ihre Augen, die sie am meisten überraschten. Sie schienen größer und runder als früher, und in ihnen sah sie, was sie in Nabs Augen gesehen hatte, als sie ihn zum ersten Mal traf, unten am Fluß, vor so langer, langer Zeit. Sie waren unbeschreiblich klar und tief, und sie hatte das unheimliche Gefühl, bis in ihre Seele hineinzuschauen, wenn sie ihre Augen im Spiegel sah. Aber sie sah noch mehr als das. Ihre Augen waren die Augen eines wilden Tieres, voll von Energie, beständig wachsam und mit einer Unschuld und Reinheit, die sie so intensiv leuchten ließ, daß Beth so lange vor dem Spiegel saß, bis Nab schließlich zu ihr kam und sein Gesicht neben ihres hielt. Zu seinem Entzücken wurde er ebenfalls gespiegelt. Sie betrachteten ihre Spiegelbilder und lächelten, und dann zog Nab eine Grimasse, und Beth streckte die Zunge heraus, und sie fingen an zu lachen. Auf der Kommode lag eine Bürste mit hölzernem Griff, und Beth fing an, all die Zotteln und Verfilzungen in ihrem Haar auszubürsten, während Nab wie verzaubert zuschaute. Es war ein herrliches Gefühl, wieder einmal eine Bürste zu benutzen, und sie verbrachte viel Zeit damit, sie langsam vom Scheitel nach unten zu ziehen, bis an die Spitzen ihrer Haare. Als sie damit fertig war, stand sie von dem niedrigen Hocker auf und trug Nab auf, sich zu setzen.

»Es ist wirklich Zeit, daß deine Haare einmal gebürstet werden«, erklärte sie lachend. »Du siehst aus, als hätte man dich rückwärts durch eine Hecke geschleift.«

Nab bewunderte die sichere Art, mit der sie all diese verschiedenen menschlichen Werkzeuge, Hähne, Messer, Gabeln, Teller, Handtücher, Bürsten, handhabte: Die Liste hätte man endlos fortsetzen können, und er versuchte, sie im Kopf alle durchzugehen, während Beth sein Haar bürstete, aber bald verwirrte es ihn zu sehr. Es war schon alles recht kompliziert, dachte er belustigt.

Schließlich war sie fertig und ging zum Bett hinüber, wo sie die Decke zurückschlug. Ivy hatte das Bett frisch bezogen, und es lag weiß und frisch in einem Hauch von Lavendel. Langsam glitt sie zwischen die Laken, bis sie schließlich ausgestreckt auf einer Seite des großen, weichen Bettes lag und den köstlichen ersten Augenblick der Entspannung voll auskostete. Sie schloß die Augen und seufzte, ein langer Seufzer des Glücks und der Zufriedenheit. Nab schaute auf sie hinab. Es war lange her, daß sie zusammen so entspannen konnten, und er genoß den Anblick ihres goldenen Haares, das auf dem weißen Kissen ausgebreitet lag, und den Ausdruck absoluten Friedens in ihrem Gesicht.

Als sie die Augen öffnete und ihn dort stehen sah, klopfte sie aufs Bett neben sich. »Komm, leg dich hin. Es ist herrlich!«

Vorsichtig ahmte er nach, was Beth getan hatte, zog die Laken zurück und stieg zögernd ins Bett. Als er hineinsank, fühlte er sich zuerst schrecklich unsicher, als liege er auf einem Bett aus Luft, und er lag steif und angespannt da, aber nach einer Minute oder so fing er an, sich zu entspannen, und als Beth sich hinüberbeugte und die Kerze ausblies, war er schon fest einge-

schlafen. Sie lächelte vor sich hin und küßte ihn sanft auf die beiden geschlossenen Lider.
»Gute Nacht, Nab«, flüsterte sie zärtlich. »Schlaf gut.« Dann kuschelte sie sich an ihn, die Arme um ihn geschlungen, und kurz darauf versank auch sie in tiefen, friedlichen Schlaf.

20. Kapitel

In der Küche war Warrigal aufgewacht und sah, wie die ersterbenden Flammen des Feuers rote Schatten auf die trägen schlafenden Gestalten von Brock und Perryfoot warfen. In der Mitte des Raumes sah er das alte Paar tief schlafen, hingestreckt auf ein paar Kissen am Fußboden. Alles war ruhig mit Ausnahme des Windes draußen, und dann war da noch das sanfte Schnarchen und schwere Atmen von Brock und Jim hier drinnen. Nach seinem langen Schlaf fühlte er sich erfrischt und belebt und beschloß, für eine Weile hinauszufliegen und zu kundschaften. Glücklicherweise war ein Fenster offengelassen worden, und die Eule flog hinaus in die Nacht, schwang sich unter den Sternen über das Heidekraut der schweigenden, schlafenden Moorlandschaft. Der Regen hatte jetzt aufgehört, und der Geruch feuchter Erde erfüllte die Luft, aber der Sturm hatte das heiße Wetter gebrochen, und der Wind, der jetzt aus den Bergen herabblies, war kühl; Herbstwind, dachte Warrigal, der das Ende des Sommers ankündigt. Der Himmel war klar, schwarz und unendlich, und obwohl nur ein winziger sichelförmiger Mond am Himmel stand, funkelten die Sterne hell und klar.

Die kühle, frische Nachtluft fühlte sich für Warrigal herrlich an, als er schweigend wie ein Schatten durch die Nacht glitt. Er fühlte sich glücklicher und zufriedener als lange, lange Zeit. Nab, Beth und die anderen ruhten sicher in dem Haus. Morgen würden sie aufbrechen, und wenn das Glück mit ihnen war, würden sie schon bald im Heim der Bergelben eintreffen und ihre Reise zum Abschluß bringen. »Was dann?« dachte er. »Wie wird das alles enden?« Einen Augenblick lang ließ er es zu, daß seine Gedanken zum Silberwald und den alten Tagen zurückwanderten. Sie schienen jetzt so lange zurückzuliegen, fast wie ein Traum, und als ein Bild des Waldes vor ihm aufflammte, so, wie er zum Schluß ausgesehen hatte, als sie ihn verließen, da erfaßte ihn eine Flut von Bitterkeit und Kummer, und er riß seine Gedanken von diesen schmerzlichen Erinnerungen und überließ sich ganz der Freude des Fliegens.

Er stieg auf und tauchte herab, glitt und wirbelte, fühlte, wie der Wind durch sein Gefieder rauschte und ihn von all dem Staub und Schmutz befreite, der sich angesammelt hatte, als sie ihren langen Weg durchs Tiefland in den heißen Tagen zurückgelegt hatten. Er flog an dem Roosdyche entlang, dem sie am Vortag gefolgt waren, als sie von den Urkku gejagt wurden. Da vernahm er allmählich Geräusche durch die Luft. Zuerst nur ganz schwach, und er kümmerte sich nicht darum, aber je weiter er den Hügel hinabflog, desto eindringlicher und lauter wurde der Lärm. Er schien den Hügel heraufzukommen, auf ihn zu; ein gleichmäßiger Lärm, ohne Unterbrechungen und doch von einem unbarmherzigen Rhythmus im Hintergrund begleitet. Warrigal fühlte, wie der kurze Augenblick voll zuversichtlichem Optimismus schwand, bis er mit einem Gefühl von Furcht zurückblieb, das ihm immer vertrauter wurde.

Zu seiner Linken befand sich ein großer, buschiger Hagedorn, und er beschloß, sich im Schutz der Zweige niederzulassen, bis er sehen konnte, was den Lärm verursachte. Schweigend suchte er sich seinen Weg in den dichtesten Teil des Laubes und fand einen guten Platz, von wo aus er durch die Blätter nach außen sehen konnte, aber seine Erfahrung sagte ihm, daß er nicht gesehen werden konnte. Nervös schickte er sich zu warten an, und dann, plötzlich, sah er es. Noch war es unten im Tal, machte sich aber schon auf, den langen Weg durchs Moor emporzusteigen. Anfangs war er nicht ganz sicher, was es war. Es sah aus wie eine riesige Raupe, deren Körper schwarz war, die aber einen leuchtendroten Streifen hatte, der über ihren ganzen Rücken lief. Langsam wand sie sich durch die Ausläufer des Gebirges, wie eine Schlange, die sich an den Flußwindungen des Baches entlangschlängelte, der in dem Tal floß, durch das sie kam.

Gebannt schaute die Eule zu, wie das Ding immer näher kam, und als es dann die Hügel verließ und das Moor betrat, erkannte er mit einem Schaudern, was es war. Der Körper bestand aus Hunderten von Urkku, die dunkle Kleidung trugen und zu zweit und dritt gingen wie bei einer Prozession. Die meisten von ihnen trugen Fackeln, die sie über ihre Köpfe erhoben hatten, und sie waren es, die aus der Ferne wie der leuchtendrote Streifen auf dem Rücken der Raupe ausgesehen hatten.

Er schüttelte die Übelkeit ab, die ihn ergriffen hatte, und zwang sich nachzudenken. Sie kamen denselben Weg entlang, den die Tiere gestern genommen hatten, und so würden sie wahrscheinlich in kurzer Zeit bei dem Häuschen sein. Sie mußten unverzüglich aufbrechen. Leise flog er aus dem Gebäusch, hielt sich ganz niedrig, so daß er kaum über die Spitzen von Heidekraut und Farn flog, den Hügel hinauf. Die ganze Zeit über behielt er den Pfad im Auge, hielt sich aber so weit davon entfernt, daß er nicht leicht auszumachen war. Tatsächlich war er bald außer Sichtweite der Urkku, obwohl er sie immer noch hören konnte, das leise Murmeln ihrer Stimmen und das gleichmäßige Dröhnen ihrer marschierenden Füße.

Zum Glück stand der Wind hinter ihm, und es schien überhaupt keine Zeit vergangen zu sein, da tauchte auch schon das kleine Häuschen aus der Dunkelheit auf. Der friedliche Anblick, der sich ihm bot, das sanft abfallende Dach und das hohe Gras, das sich im Wind wiegte, bildeten einen starken Kontrast zu dem Tumult in seinem Kopf, und Warrigal mußte einen Augenblick auf der Mauer sitzen bleiben und seine Gedanken sammeln. Es war fast, als hätte er die ganze Szene nur geträumt. Er flog durch das offene Fenster wieder ins Haus, und drinnen war alles genauso, wie er es verlassen hatte. Brock und der alte Mann schnarchten noch immer zufrieden. Seine erste Aufgabe bestand darin, alle zu wecken. Also flog er oben auf den Schrank und rief laut. Von den Schläfern kam Grunzen und Knurren, und Brock drehte sich auf die andere Seite, aber niemand wachte auf. Da stieß er einen Schrei aus, so laut und durchdringend, daß die Teller klapperten und die Fensterscheiben vibrierten. Diesmal fuhr Brock hoch und Perryfoot ebenso. Sie blinzelten mit den Augen, und die Haare in ihrem Nakken standen zu Berge. Sie hatten Warrigals ersten Ruf durch verschleierte Träume vom Silberwald vernommen, aber der zweite war so intensiv gewesen, daß er ihre Träume zerspringen ließ wie Seifenblasen, und wach und verängstigt blieben sie zurück. Warrigal flog hinab.

»Wir müssen sofort aufbrechen«, erklärte er. »Ich war gerade draußen und habe eine große Gruppe von Urkku den Hügel heraufkommen sehen. Ich bin sicher, sie kommen hierher. Kommt schon, hoch mit euch. Ah, gut, die Eldron sind wach«, fügte er hinzu und schaute zu den Kissen hinüber, wo sich Jim und Ivy gähnend reckten und die Augen rieben.

»Was hat das zu bedeuten?« fragte Jim. Er warf einen Blick auf die Uhr an der Wand. »Halb vier«, sagte er. »Oje, was für eine Zeit. Wollt ihr hinaus? Ich habe das Fenster für dich geöffnet«, fügte er hinzu und sah Warrigal an. »Aber wir konnten die Tür nicht für dich auflassen, Brock.«

Warrigal war zur Fensterbank geflogen und schaute Jim immer wieder an, dann nach draußen, um dem alten Mann die Gefahr deutlichzumachen, die den Hügel heraufkam.

»Laß uns Licht machen«, sagte Ivy, suchte eine Schachtel Streichhölzer, die sie neben ihrem Bett am Boden hatte liegenlassen, und zündete eine Kerze an.

»Ich glaube, er will uns etwas sagen«, meinte sie, als sie die Eule auf der Fensterbank sah. »Wir werden Nab und Beth wecken müssen.«

Doch das war nicht nötig, denn soeben öffnete sich die Schlafzimmertür, und sie kamen herein.

»Warrigal«, sagte Beth, »warst du das? Was ist los?«

Hastig beschrieb die Eule, was sie gesehen hatte. Als sie geendet hatte, wiederholte es Beth für das alte Paar.

 »Ihr müßt sofort gehen«, sagte Jim. »Scheint so, als ob

sie wüßten, daß ihr hier seid. Ich glaube, sie haben es die ganze Zeit über gewußt. Ich fand, daß sie meine Geschichte ein bißchen zu leicht akzeptiert haben. Sie wollten bloß Zeit gewinnen.«

»Ihr müßt mit uns kommen«, forderte Beth sie auf. »Wenn sie wissen, daß ihr uns versteckt habt, seid ihr in Gefahr.«

Jim lachte. »Macht euch um uns keine Sorgen«, sagte er. »Aber vielen Dank. Jetzt hört zu. Es gibt Dinge, die ihr wissen solltet über das, was hier vorgeht, seit du von daheim fortgelaufen bist, Beth. Du wirst es Nab in seiner Sprache erzählen müssen, wenn ihr unterwegs seid. Eine Menge ist geschehen, und Menschen wie Ivy und ich verstehen es nicht. Deshalb kann ich dir nur erzählen, was wir wissen und was wir im Dorf und anderswo gehört haben. Auf jeden Fall sieht es so aus, als ob unsere Welt, die menschliche Welt, Beth, am Zusammenbrechen wäre. Alle Länder befinden sich miteinander im Krieg, und keiner traut keinem. Alles ist knapp, und deshalb kämpfen sie um alles, was noch übrig ist. Die Flüsse sind schmutzig, Fische sterben im Meer, und die Ernte wächst nicht. Jeder achtet nur noch auf sich selbst, Beth. Selbst die Polizei kann schon seit langer Zeit die Dinge nicht mehr kontrollieren. Tatsächlich besteht sie kaum noch, und die paar Polizisten, die es noch gibt, sind schlimmer als nutzlos. Wir haben hier oben noch Glück, denn wir können fast alles anbauen, was wir brauchen, aber in den Städten ist es schrecklich. Und um alles noch schlimmer zu machen, ist vor sechs Monaten eine schreckliche Seuche ausgebrochen, die sich in der ganzen Welt ausbreitet. Es heißt, sie hätte hier angefangen und wäre dann übers Meer getragen worden, so daß sie heute überall ist. Tausende sind schon gestorben, und diejenigen, die noch übrig sind, kämpfen ums Überleben. Niemand weiß, wie es eigentlich angefangen hat, aber das Gerücht geht – und das ist auch die Geschichte, die die Behörden in Umlauf gebracht haben –, daß die Krankheit von euch gekommen ist, von euch fünfen, und daß ihr es seid, die sie im Land verbreiten. Deshalb sind sie hinter euch her. Überall sind Patrouillen gewesen, angetrieben von fanatischen Führern, die alle Tiere getötet haben, die euch ähnlich waren, in der Hoffnung, am Ende euch zu erwischen. Sie haben große Gebiete des Landes in der Hoffnung verbrannt, die Krankheit einzudämmen. Die Körper derjenigen, die gestorben sind, werden zusammen mit den Tieren, die sie umgebracht haben, verbrannt, um die Krankheit aufzuhalten. Sie glauben, daß das Feuer die Bakterien abtötet, und außerdem will sowieso niemand die Gräber graben. Du siehst also, es herrscht nicht nur Krieg zwischen den Ländern. Diese Seuche hat dafür gesorgt, daß in praktisch jedem Land auch noch ein Bürgerkrieg ausgebrochen ist.«

Jim hörte auf zu reden und lauschte. Vom Wind herbeigetragen, konnten sie draußen, in der Ferne, das Trampeln der Urkku hören, die über das Moor marschierten. Schweigend saß Beth auf einem der Stühle am Eßtisch, unfähig, alles, was sie soeben gehört hatte, aufzunehmen oder gar zu verstehen. Sie zitterte vor Angst; plötzlich erschien ihr die Nacht sehr kalt.

»Aber ihr«, sagte sie. »Warum habt ihr uns hereingelassen und uns geholfen, wenn wir die Überträger dieser Seuche sind?« Sie fing zu weinen an und vergrub das Gesicht in den Händen. Jim legte sanft den Arm um sie.

»Aber, aber, nicht weinen. Es gibt viele, die nicht daran glauben. Schon in dieser Gegend, die wir kennen, und über die ganze Welt verteilt müssen es noch viel mehr sein. Ehe die Seuche ausbrach, haben sie viel herumexperimentiert, mit verschiedenen Arten von Waffen. Biologische Kriegführung und so. Wir haben immer gedacht, daß an einem der Orte, wo sie diese Untersuchungen anstellten, etwas schiefgegangen ist, aber natürlich will das keiner zugeben, und sie haben die Schuld euch zugeschoben. Ihr seid die Sündenböcke. Vielleicht wissen sie selbst nicht einmal, daß etwas schiefgegangen ist, und glauben wirklich, daß ihr der Grund seid. Ich weiß es nicht.« Wieder machte er eine Pause. »Hör zu, Beth, ihr müßt jetzt alle gehen. Solange noch Zeit ist. Ich glaube, ihr wollt an den Ort, den wir Rengolls Tor nennen. Es gibt da eine alte Legende, die mir mein Großvater erzählt hat, und nach ihr hausen die Bergelben dort. Folgt dem Weg, der gerade nach oben führt. Er verläuft zwischen zwei großen Hügeln, und wenn ihr oben seid, seht ihr direkt vor euch eine seltsame Ansammlung von großen Felsen, die sich aneinanderlehnen und in den seltsamsten Winkeln aus der Erde stehen. Sie befinden sich auf einem hohen Hügel, und um dorthin zu gelangen, müßt ihr etwa einen halben Tag lang durch rauhes Moorland gehen, aber es ist recht flach, und ihr braucht nicht viel zu klettern. Nun kommt. Ihr müßt hinten hinausgehen. Da werdet ihr nicht so leicht entdeckt.«

»Hier«, sagte Ivy, »nimm den mit; und denk an uns, wenn du ihn ansiehst.« Sie zog einen hübschen, kleinen goldenen Ring mit einem dunkelgrünen Stein vom Finger, den Beth bewundert hatte, als sie gemeinsam das Abendessen gekocht hatten. »Und hier ist noch etwas für eure Reise«, fügte sie hinzu und gab Nab einen Beutel mit Sandwiches und Obst. »Ich habe ihn schon gestern abend für euch vorbereitet.«

Jetzt standen sie an der Hintertür. Jim öffnete sie, und sie spürten die kalte Nachtluft in ihren Gesichtern.

»Seid ihr sicher, daß ihr nicht mit uns kommen wollt?« fragte Beth, aber sie schüttelten beide die Köpfe.

»Macht euch um uns keine Sorgen«, sagte Jim. »So, und nun ab mit euch. Seid vorsichtig und viel Glück.«

Beth küßte die beiden traurig zum Abschied. Ivy umarmte Nab flüchtig, und Jim ergriff seine Hände, was Nab als Geste der Zuneigung erkannte.

»Auf Wiedersehen. Und vielen Dank«, sagte der Junge, und dann wandten sie dem kleinen Haus entschlossen den Rücken zu und schritten gleichmäßig und langsam den Pfad hinan, gefolgt von Warrigal, Brock und Perryfoot. Beth wagte nicht, sich umzuschauen, denn sie wußte, daß sie dann in Tränen ausgebrochen wäre, und es wäre unmöglich geworden, diesen Ort zu verlassen, an dem sie so glücklich gewesen waren. Jim und Ivy sahen sie fortziehen, und ihre

Augen waren feucht und trüb vor Zuneigung und Kummer. Als die Dunkelheit die kleine Gruppe verschlang, wandten sich die alten Leute um und kehrten ins Haus zurück.

»Du weißt, was zu tun ist?« fragte Jim, denn sie hatten es am vergangenen Abend besprochen.

»Ja«, antwortete Ivy und machte sich daran, alle Türen und Fenster mit den Möbeln zu verbarrikadieren, während Jim Balken an die Außenwände nagelte, einmal zur Verstärkung, zum andern, damit es gleich sichtbar war, daß das Häuschen verbarrikadiert war.

Ungefähr im selben Augenblick, als Nab, Beth und die Tiere oben am Weg ankamen und das kleine Tal durchquerten, das Jim ihnen beschrieben hatte, erreichten die Urkku das Häuschen. Aufgrund dessen, was sie sahen, vermuteten sie, genau, wie Jim und Ivy es beabsichtigt hatten, daß die Reisenden im Haus waren. So umstellten sie es sofort und fingen an, mit Jim und Ivy zu verhandeln, die sie übergeben sollten. Mindestens eine halbe Stunde verging, ehe Jeff und die anderen Anführer die Geduld verloren und zu direkteren Methoden der Überredung griffen. Als sie das Blöken aus dem Ziegenstall hörten, griffen sie sich zuerst Amie und töteten sie, und dann, als Jim sich immer noch weigerte, seine Gäste zu übergeben, töteten sie Jessie, nur noch langsamer, so daß jedes Wimmern, jeder Schmerzensschrei sich wie ein glühendes Eisen in Jims und Ivys Magen bohrte.

Als sich auch das nicht als erfolgreicher erwies und noch eine halbe Stunde vergeudet worden war, begannen sie damit, die Türen und Fenster einzuschlagen. Als schließlich noch mehr kostbare Zeit vergangen war, in der sich die Urkku ihren Weg ins Haus gebahnt und in jedem Winkel und jedem Schrank gesucht hatten, stellten sie fest, daß sie getäuscht worden waren. Ihr Zorn war entsetzlich, und grausam war der Tod, mit dem sie das alte Paar straften. Doch zeigten ihre Gesichter selbst im Augenblick ihres Todes noch so viel Zuversicht und Zufriedenheit, daß diejenigen, die sie töteten, und alle, die Zeuge ihres Todes wurden,

von einer tiefen Furcht vor der Macht ergriffen wurden, die solche Stärke erzeugen konnte.
Die Hunde hatten inzwischen die Spur auf der Rückseite des Hauses wiederaufgenommen und zerrten an ihren Leinen, bellend und jaulend. Viele der Urkku, die das Haus von allem Wertvollen geplündert hatten, stapelten jetzt Heu aus einem der Nebengebäude an den Wänden und in der Küche. Dann wurden Kohlen aus dem Feuer in einem Eimer gesammelt. Sie waren noch rotglühend von der vergangenen Nacht, und als sie über das Heu geschüttet wurden, flammte es sofort auf. Hohe, knisternde Flammen tanzten und warfen in der frühen Morgendämmerung ihren flackernden Schatten an die Wände. Bald darauf leckten die Flammen aus dem Dach, und als die Urkku, angeführt von den Hunden, den halben Weg den Hügel hinaufgestiegen waren, war das kleine Haus fast völlig von den Flammen verzehrt.

21. Kapitel

Als der Abend dämmerte, standen die Tiere am Fuß des Berges, auf dem sich die merkwürdigen Felsen von Rengolls Tor türmten, hoch und mysteriös. Sie warfen seltsame Schatten auf die Erde um sich her, als die Sonne sich gelb, blaß und wäßrig im kühlen Herbsthimmel anschickte, hinter den Bergen zu versinken. Die Erde und das Heidekraut um sie her rochen feucht, und Nebel hing in der Luft, so daß das Gebell, das den ganzen Tag hinter ihnen gewesen war, jetzt fern und gedämpft schien. Nab und Beth hatten an das alte Paar gedacht, als sie auf das Tor zuschritten, den Weg entlang, den Jim ihnen beschrieben hatte, und ein schreckliches Gefühl von Unheil hatte sich ein-, zweimal ihrer bemächtigt. Aber sie hatten es schnell beiseite geschoben. Der Gedanke, daß ihnen etwas zugestoßen sein könnte, war einfach zu schrecklich gewesen. Einmal, als ihr Weg sie auf ein schmales Sims führte, hatte Beth sogar gemeint, Rauch im Wind riechen zu können, aber sie hielt es sofort für Einbildung oder dachte, er käme von den Feuern aus dem Tiefland.

Sie hatten keine Ahnung, wie weit die Urkku hinter ihnen waren. Kurz nach Morgenanbruch hatten sie sie durch das kleine Tal zwischen den beiden Hügeln kommen sehen, aber seitdem nicht mehr. Auch sie selbst waren nicht entdeckt worden, denn ihre Dekkung war gut, und der Pfad war lange Zeit an einem kleinen Bergbach entlanggelaufen, der sich seinen Weg tief in die Erde gegraben hatte, zwischen hohen Ufern aus Torf, aus dem hier und da die verworrenen Wurzeln des Heidekrauts ragten.

Als die Sonne sehr hoch stand, hatten sie eine ganz kurze Pause gemacht und Ivys Brote ausgepackt. Sie hatten hervorragend geschmeckt und ihnen das Gefühl gegeben, für immer weiterlaufen zu können. Jetzt jedoch fühlte sich Beth wieder müde. Sie hatte sich noch nicht wirklich von ihrer Erschöpfung erholt, und die Tatsache, daß sie durch den feuchten Nebel wieder bis auf die Haut durchnäßt war, ließ sie sich noch schlechter fühlen. Brock an ihrer Seite schüttelte sich plötzlich heftig in dem Versuch, die großen Wassertropfen loszuwerden, die der Nebel an seinen Pelz gehängt hatte. Sie starrten auf die riesigen Felsen und fragten sich, jetzt, wo sie hier waren, wie sie die Bergelben finden sollten, als sie plötzlich über sich ein Geräusch hörten. Es war eine hohe, klägliche Melodie, deren Töne vom Wind zu ihnen getragen wurden, fast so, als wäre es der Wind selbst, der sie spielte.

»Seht mal«, sagte Perryfoot, und sie alle sahen oben auf den Felsen eine kleine Elbengestalt mit gekreuzten Beinen sitzen und auf einer Schilfflöte spielen.

»Jim hatte recht«, meinte Beth. Als der Elb bemerkte, daß sie ihn gesehen hatten, hörte er auf zu spielen, stand auf und winkte ihnen zu, bedeutete ihnen, zu ihm auf den Hügel zu kommen. Schnell kletterten sie den Hang hinauf und trafen den Elb am Fuß eines der Felsen, die sich über ihnen türmten und die Sonne vollkommen verdeckten.

»Ich bin Morar«, sagte der Elb. »Wir haben keine Zeit zu verlieren. Folgt mir«, und damit fing er an, über die Felsen zurückzuklettern, von Felsbrocken zu Felsbrokken springend, während die anderen ihr Bestes taten, um ihm zu folgen. Sie tasteten nach einem Halt für ihre Füße, klammerten sich an Flechten und Moos fest und suchten sich ihren Weg über riesige Granitbrokken, die aneinanderlehnten, als hätte irgendein Riese sie fallen gelassen. Manchmal sah es so aus, als wollten sie jeden Augenblick zusammenbrechen, und die Tiere wagten nicht, nach unten zu schauen.

Ganz plötzlich waren sie oben, und ein blaßgelbes Licht hüllte sie ein, als die Sonne versuchte, den Nebel zu durchdringen. Morar drängte sie, in eine dunkle, klaffende Öffnung zwischen den Felsen hinabzusteigen. Zuerst kletterte Beth hinein und half Brock und Perryfoot hinab. Warrigal und Nab wollten ihnen gerade folgen, als der Nebel für einen kurzen Augenblick aufriß und sie zu ihrem Entsetzen hinter sich einen

Chor von Stimmen hörten, die sich im Triumph erhoben. Als sie sich umdrehten, sahen sie die Urkku nicht weit vom Fuß des Hügels entfernt. Sie zeigten auf sie und riefen einander aufgeregt etwas zu.
»Da sind sie. Wir haben sie. Diesmal entwischen sie uns nicht.«
Nab fühlte, wie sich sein Magen in Eis verwandelte. Er hatte eine Vision von einem Meer brüllender Gesichter, böse, verkniffen und schmutzig, mit leeren, schmalen Augen und klaffenden Mündern, aus denen Haß wie Blut tropfte, und dann spürte er, wie Morar ihn stieß, und halb gleitend, halb kletternd stolperte er in den dunklen Raum unter den Felsen, wo die anderen warteten. Hier drinnen war es sehr leise, und sein Herz hämmerte.
»Sie sind da«, hauchte er, »da draußen.«
Die anderen sahen ihn an, mit vor Angst weit aufgerissenen Augen, bis Morar sprach.
»Kommt, folgt mir. Sie wissen nicht genau, wo wir sind, und dort, wohin wir gehen, werden sie uns nie finden.«
Ihre Augen gewöhnten sich jetzt an die Dämmerung, und vor sich konnten sie ganz schwach einen kleinen, eckigen Eingang ausmachen, der von zwei Steinsäulen gebildet wurde, auf denen ein Querbalken ruhte. In diesen war von der Hand eines Elbensteinmetzen kunstvoll eine große Rune geschnitzt. Die Bergelben waren für ihre Steinmetzkunst bekannt, und als sie darunter hindurchgingen, bewunderten die Tiere die zarte Arbeit. Warrigal flüsterte, daß es ihr Symbol sei: ein zunehmender Halbmond, ein Grashalm und eine zerklüftete Bergspitze. In diesen wenigen, schlichten Linien hatte der Künstler das wahre Wesen der Berge und der Moore eingefangen, so daß alle, die es sahen, fühlten, wie sich ihre Herzen regten.
Sie befanden sich jetzt in einer großen Kammer mit niedriger Decke, vollkommen leer, abgesehen von Reihen von Schwertern und Schilden an den Wänden. Jedes war anders. Die Griffe waren alle geschnitzt und zeigten unterschiedliche Bergwesen, und die Klingen

waren alle mit unterschiedlichen Runen versehen.

»Jeder von uns hat sein eigenes, seit Generationen vererbtes Schwert«, erklärte Morar. »Es wird selten gebraucht, aber täglich gereinigt und geschärft.« Die Spitzen leuchteten silbrig im Dunkel, und die Farben auf den Schilden schienen zu flackern und sich zu bewegen, als sich das wenige Licht in ihnen fing.

Sie durchquerten das Zimmer und gingen durch einen anderen, schmaleren Gang auf der gegenüberliegenden Seite und dann ein paar Steinstufen hinab. Sie waren schmal, und in der Mitte jeder Stufe war eine Vertiefung, dort, wo sie vom endlosen Gebrauch über die Jahrhunderte hinweg abgenutzt worden war. Eine Art Geländer war in die Steine auf beiden Seiten des Ganges geschlagen worden, aber für Perryfoot und Brock war das keine große Hilfe. Immer wieder glitten sie aus und mußten von Nab und Beth geführt werden. Als sie weiter und weiter nach unten stiegen, wurde es sehr kalt und feucht, und ihre Zähne klapperten laut in der Stille. Es kam den Tieren so vor, als stiegen sie mitten ins Herz der Berge hinab. Ihre Schritte hallten laut in der Stille, und sie konnten das Tropfen von Wasser überall um sich her vernehmen.

Sie schienen ganze Ewigkeiten hinabgestiegen zu sein, als der Tunnel allmählich breiter und lichter wurde. Jetzt waren die Wände von verschiedenen farbigen Metallen durchzogen. Da gab es helles Blau und Gold und Karmesinrot und manchmal sogar ein intensives Schneeweiß, das den ganzen Tunnel in Silber tauchte. Der Weg war jetzt nahezu eben, und häufig kamen sie an kleinen Höhlen und Grotten vorüber, in denen sie Stalagmiten und Stalaktiten in den seltsamsten Formen und Größen entdeckten; entweder waren sie sehr hoch und dünn oder aber rund wie ein dicker Pilz; manche hingen herab, während andere aus den vielfarbigen Felsgärten emporwuchsen. Immer wieder blieben sie stehen und bestaunten diesen zauberhaften Anblick, und Morar erklärte alles; jeder einzelne hatte seinen Namen und seine Geschichte und eine Legende, die ihn umgab. Von vielen von ihnen nahm man an, daß sie die Geister der Ahnen, lang verstorbener Elbenhelden, beherbergten, und so gab es das Horn des Eynort, das Schwert des Braewire oder den Spieß des Ardvasar. Jeder der Elben hatte seinen eigenen, der ihn führte und beschützte, und sie dankten dafür, indem sie sie bewachten und vor allem darauf achteten, daß niemand sie berührte, denn sie waren so zart, daß sie leicht gebrochen und die Elbengeister dann freigesetzt worden wären und rastlos hätten umherwandern müssen, für alle Zeiten ohne Heimat.

Die Tiere waren so in ihre phantastische Umgebung versunken, daß sie die Gefahr, die hinter ihnen lauerte, ganz vergaßen; und sogar auch, wo sie waren und was sie taten. So war es für sie ein rechter Schock, als Morar sie zum Stehenbleiben aufforderte und sie sich vor einer großen Steintür wiederfanden, in die zahlreiche Bilder der alten Geschichte und der Sagen eingeritzt waren. Morar zog seine Rohrpfeife hervor und begann mit einer merkwürdig trällernden Weise. Als er geendet hatte, wartete er eine kurze Weile, dann spielte er dieselbe Melodie noch einmal. Als er diesmal aufhörte, schwang die große Tür ganz langsam nach innen. Sie gingen hindurch, dann spielte Morar eine zweite Melodie, wieder zweimal, und die Tür schloß sich leise hinter ihnen.

Jetzt standen sie in einer hohen gewölbten Höhle von ovaler Form. Riesige Steinsäulen standen an den Wänden entlang und bildeten Torbögen, hinter denen sich verschiedene Kammern und Zimmer befanden. Einige von ihnen hatten Türen, während andere offen waren, und in ihnen konnten die Tiere die Elben ihrer Arbeit nachgehen sehen. Es erinnerte Beth an eine mittelalterliche Kathedrale, vor allem weil der Steinboden mit Hunderten von verschiedenen Mineralien ausgelegt worden war. Von ihnen ging das meiste Licht aus, und als sie Morar durch einen langen Mittelgang in der Höhle folgten und goldenes, blaues und silbernes Licht von unten heraufstrahlte und ihre Gesichter beleuchtete, hatten sie das unheimliche Gefühl, auf dem Kopf zu stehen. Hoch über ihnen ließ ein gelegentli-

cher Strahl von Silber massive natürliche Felssäulen erkennen, die das Dach abstützten.
Schon bald hatten sie das jenseitige Ende der Höhle erreicht und standen vor einer Tür, die in den Felsen eingelassen worden war. Morar hob den Steinriegel, und die Tür schwang ganz leicht auf. Vor ihren Augen lag ein kleiner Raum, an dessen anderem Ende eine Gestalt auf einem Sitz saß, der aus dem Fels gemeißelt war. Morar verneigte sich.
»Mylord Malcoff«, sagte er, »darf ich Euch die Reisenden aus dem Silberwald vorstellen.«
Die Tiere folgten Morars Beispiel und neigten die Köpfe. Als sie wieder aufblickten, lächelte Malcoff. Nabs erster Eindruck war, daß er schrecklich alt sein mußte. Seine Haut war von einem tiefen Dunkelbraun und durchzogen von Hunderten von kleinen Linien und Falten und Runzeln, wie ein Stück alter Fels. Die Hände, die die geschnitzten Armlehnen im Stein umklammerten, waren lang und dünn und knochig. Langes graues Haar, die Farbe von Granit, hing über seinen Rücken herab, und um seinen Kopf lag ein Band mit einem leuchtenden blutroten Stein in der Mitte. Der einzige Ring auf dem Zeigefinger seiner linken Hand wies dieselbe Rune auf wie das Sims vor der Höhle. Um seinen Nacken trug er ein großes ovales Amulett aus dem kostbaren blauen Stein, den man in den Minen von Thurgo im fernen Westen fand. Seine tiefliegenden grauen Augen blinzelten unter zwei dikken, buschigen Augenbrauen hervor, und seine schmale gebogene Nase verlieh dem Gesicht einen Ausdruck von Ernst und Schwermut. Auf einem der Seitenteile des Sitzes saß ein großer goldener Adler, der die Neuankömmlinge voll Neugier anstarrte. Als Malcoff sprach, geschah das mit der schroffen Würde der Berge selbst.
»Ich entbiete euch Willkommen«, sprach er langsam und ernst. »Ihr werdet mir vergeben, so hoffe ich, daß ich nicht aufstehe, um euch zu grüßen. Meine Beine lassen es nicht zu. Sie sind vor ihrem Herrn alt geworden und wollen ihm nicht länger gehorchen. Aber ich

habe Curbar«, und er blickte liebevoll zu dem Adler hinüber, »und meinen Sessel.« Und damit deutete er auf etwas, das neben ihm am Boden lag und für Beth wie eine Sänfte aussah.

»Kommt näher, so daß ich euch sehen kann«, fuhr er fort. »Wir haben eine Menge von euch gehört. Eure Berühmtheit würde euch vielleicht überraschen. Es gab Augenblicke, da hielten wir euch für verloren, aber ihr habt gute Arbeit geleistet, um hierherzukommen. Doch ich fürchte, wir haben keine Zeit für Schmeicheleien. Unsere Zeit läuft ab, und die Urkku wissen, daß ihr hier seid. Ihr wißt natürlich von den Gerüchten, die euch umgeben?« fragte er, und Beth erwiderte, daß das alte Paar unten in den Bergen, das sie für die Nacht versorgt und beschützt hatte, sie ihnen erzählt hatte. Als sie Jim und Ivy erwähnte, umwölkten sich die Augen des Elbenkönigs.

»Es war in der Tat ein glücklicher Umstand, daß ihr ihren Weg kreuztet. Vielleicht hat Aschgaroth euch geleitet. Wir haben immer gewußt, daß sie den Eldron angehören. Sie kamen häufig zu Rengolls Tor, und wir haben versucht, mit ihnen zu sprechen. Aber ich habe schlechte Nachrichten für euch.« Er blickte zu Boden, und den Freunden zog sich das Herz zusammen, denn sie wußten mit grimmiger Sicherheit, was er sagen wollte.

»Nein!« schrie Beth auf. »Oh, nein!«

Malcoff fuhr fort. »Sie sind nicht vergebens gestorben. Sie verschafften euch Zeit, und ohne sie wäret ihr jetzt nicht hier. Also weint oder trauert nicht um sie. Das würden sie nicht wünschen. Sie haben euch geliebt und sind für euch gestorben, und sie starben zufrieden. Kommt und setzt euch.«

Er wies auf eine Steinbank in der Wand, und Nab führte Beth hinüber, den Arm um ihre Schulter gelegt. Sie fühlten sich beide unwohl vor Kummer und Reue. Wenn Jim und Ivy doch bloß mit ihnen gekommen wären. Oder besser noch, wenn sie sie niemals getroffen hätten, dann würde das alte Paar jetzt noch leben. Malcoffs Versicherung, daß sie für die Reisenden gestorben waren, ließ ihre Schuldgefühle nur noch kräftiger an ihnen nagen. Aber von irgendwoher fand Nab Kraft und bemühte sich, Beth zu trösten, die unkontrolliert schluchzte.

Wieder ließ sich Malcoff vernehmen. »Ihr müßt müde sein und braucht eine Rast. Nab, versuche alles, um sie zu trösten. Ich werde euch später empfangen. Morar, zeig ihnen ihre Kammer.«

Sie traten zurück durch die Tür und in die große Höhle hinaus. Von dort aus führte Morar sie in einen kleinen, eckigen Raum mit einem riesigen prasselnden Feuer an einem Ende. Speisen und Getränke waren für sie am Boden aufgedeckt.

»Ich werde euch später abholen«, erklärte Morar und zog sich zurück.

Sie traten zum Feuer hinüber, um sich zu wärmen, und Nab und Beth nahmen in der Nähe auf einer Steinbank Platz, die Nab von einer der Wände vors Feuer zog. Keiner von ihnen hatte Appetit, und sie stocherten trostlos im Essen herum und kauten stumm.

»Komm, Beth. Versuch einmal, das hier zu trinken. Dann geht es dir besser«, sagte Nab zärtlich und reichte ihr einen Steinkelch mit einer dunkel-goldenen Flüssigkeit, den er vom Boden aufgenommen hatte. Sie nippte daran und fühlte sich kräftiger, und dann dachte sie an Malcoffs Worte. Nun, da der erste Schock überwunden war, schienen sie Trost zu spenden.

Mit übermenschlicher Anstrengung zwang sie sich, ihre Gefühle unter Kontrolle zu bringen, und als sie zu Nab aufblickte, zwang sie sich zu einem Lächeln. Ein Ausdruck von Erleichterung trat in Nabs Augen, der sie belohnte.

»Ist schon gut«, sagte sie. »Warum haben sie das getan, Nab?«

»Das ist es ja, was wir bekämpfen«, antwortete er. »Darum sind wir hier, und darum haben wir das alles durchgemacht.«

»Ich frage mich, was jetzt geschehen wird«, meinte Perryfoot und zog sich ein kleines Stückchen weiter

vom Feuer zurück, das zu heiß wurde.
»Lord Malcoff wird es uns bald erklären«, murmelte Warrigal vor sich hin. »Wir werden bald genug wissen.«
Brock schaute zu seinem alten Freund empor, dort, wo er auf der Steinbank neben Beth hockte.
»Du siehst müde aus«, sagte Brock überrascht. Er und Perryfoot hatten sich in einem Zustand wirrer Erschöpfung befunden, seit sie im Häuschen der Eldron eingetroffen waren, aber Warrigal schien die ganze Zeit in Höchstform gewesen zu sein, immer beherrscht und in der Lage, einen klaren Gedanken zu fassen. Jetzt jedoch schien auch er erschöpft. Seine Federn sahen schmuddelig und schlaff aus, und seine Augen hatten ihr übliches Feuer und Funkeln verloren.
»Bin ich auch«, sagte die Eule. »Wie wir alle. Wir könnten nicht mehr weiter. Ich möchte heim, zurück zum Silberwald, um dort auf der Großen Buche zu sitzen und über die Felder zum Teich hinüberzublicken. Ich möchte in den Rhododendronbüschen sitzen und zu den vierteljährlichen Ratsversammlungen gehen, um zu klatschen und über all die kleinen, unwichtigen Dinge zu plaudern. Ich möchte an einem Ort bleiben und sehen, wie die Jahreszeiten kommen und gehen. Ja, ich bin das Reisen müde.«
Sie schauten Warrigal an und waren ihm dankbar, das auszudrücken, was sie alle empfanden. Niemand sagte ein Wort, denn sie hingen ihren Gedanken an die Heimat nach; für Beth war es eine Heimat, von der sie jetzt sicher war, daß sie sie niemals wiedersehen würde, für die Tiere eine Heimat, die es nicht mehr gab. Die Elben hatten in einer Ecke des Raumes getrockneten Farn ausgebreitet, und Brock schlug vor, daß sie sich niederlegen und ein wenig schlafen sollten. Es knackte, als sie sich darauf ausstreckten, und eine kleine Staubwolke flog auf und brachte Perryfoot und Brock zum Niesen. Der vertraute Duft des Farns war tröstend, aber obwohl sie alle so müde waren, dauerte es lange, bis sie einschlafen konnten, und dann war es ein unruhiger Schlaf voll von sonderbaren, verwirrten

Träumen, in denen sich Bilder der Vergangenheit mit Bildern aus der Gegenwart mischten. Doch sie alle dachten daran, daß ihre Mission morgen zu Ende gehen würde, daß dann der Höhepunkt von allem erreicht werden würde, und das Blut rauschte viel zu schnell durch ihre Adern, um ihnen Frieden zu erlauben.

Der Mond hatte seinen höchsten Stand erreicht, als Nab plötzlich erwachte und Morar an der Tür stehen sah.

»Lord Malcoff schickt mich, euch zu holen. Es gibt viel zu besprechen, ehe sich die Sonne erhebt.«

Nab schaute Beth an, die sich neben ihm hin und her warf, und legte sanft eine Hand auf ihre Schulter. Augenblicklich erwachte sie, und als sie Morar sah, ahnte sie, daß es Zeit wurde, mit Malcoff zu reden. Die anderen waren beim Klang der Elbenstimme erwacht und gingen jetzt in die Haupthöhle hinaus und hinüber zum Raum des Elbenkönigs. Sie waren froh, der dunklen Welt ihrer Träume entfliehen zu können. In den verschiedenen Kammern und Vorräumen entlang der Wände herrschte große Aktivität. Elben huschten hin und her, es wurde geklopft und gehämmert, und von überall ertönte Musik; eine eindringlich rhythmische Musik mit schwerem Takt, über dem viele Flöten sich zu einer schwingenden Welle aus Tönen zusammenfanden.

Malcoff hieß sie willkommen, als sie eintraten.

»Ich hoffe, der Lärm unserer Vorbereitungen hat euch nicht gestört«, sagte er. »Aber es gibt eine Menge zu tun. Bitte nehmt Platz, während wir reden. Nun«, fuhr er dann fort und beugte sich vor, und in seiner Stimme lag ein Drängen, »unsere Späher waren an der Oberfläche, um zu sehen, wie die Lage ist, und sie berichten, daß die Urkku das Tor vollständig umstellt haben. Auch haben sie Hütten und Zelte errichtet und beabsichtigen ganz offensichtlich, lange Zeit zu bleiben. Sie wissen, daß ihr irgendwo hier seid, und wollen bleiben, bis ihr herauskommt. Sie haben Mengen von Vorräten und können noch mehr holen, sollten sie im Winter erforderlich werden. Viele ihrer Führer sind Trolle, die die Gestalt von Urkku angenommen haben. Ihre Macht ist so groß, daß sie die anderen zu allem überreden können, was sie sagen. Natürlich könnten sie das Tor mit ihren Waffen bombardieren. Sie haben sie hier, in der Hoffnung, euch zu vernichten, aber sie werden es nicht tun, denn sie wollen euch lebend, und hier unten seid ihr auf alle Fälle sicher. Das weiß Dréagg. Dies ist seine letzte Chance, euch zu finden, und er will euch lebend, damit er die Absichten Aschgaroths herausfinden kann.«

Hier unterbrach ihn Nab, denn da war etwas, das ihn verwirrte. »Aber ich weiß nicht, was ich als nächstes tun soll.«

»Hab Geduld«, erwiderte Malcoff. »Morar. Spiele auf deiner Flöte. Spiel uns eine sanfte und beruhigende Weise.« Er wandte sich Nab zu und fuhr fort. »Wir müssen alle Geduld haben.« Er lächelte. »Niemand weiß, was du zu tun hast, außer Aschgaroth. Das Ende der Legende ist unbekannt. Alles, was ich weiß – denn er hat zu mir gesprochen –, ist, daß du von hier zu der heiligen Bergspitze ziehen mußt, die als Ivett bekannt ist. Aber sie ist eine halbe Tagesreise entfernt, und dort wird er zu dir sprechen.«

»Aber wir sind von Urkku umgeben«, sagte Nab. Er war traurig und wütend, als er erkannte, daß seine Reise noch nicht zu Ende sein sollte.

Der friedvolle Ton von Morars Flöte schwebte durch Malcoffs Zimmer und stand in seltsamem Kontrast zu den erstickten Geräuschen, die von draußen erklangen.

Curbar, der Adler, sah nacheinander ein jedes der Tiere eindringlich an, als könnte er durch ihre Augen mitten in ihre Gedanken hineinsehen. Beth spürte, wie ihr Magen nervös flatterte, als Curbar sie mit seinen scharfen Augen betrachtete.

»Wir haben einen Plan«, sagte Malcoff. »Die Kriegsführer und ich selbst haben ihn durchgesprochen, und er erscheint uns der beste, wenn nicht der einzige zu sein. Unsere Armee ist viel zu klein, als daß wir hoffen könnten, die Gegner in der Schlacht zu schlagen. Die Kundschafter haben berichtet, daß sie sehr zahlreich sind. Ihre Zelte ähneln einem Feld von Pilzen, die sich erstrecken, so weit das Auge sehen kann. Aber der Plan erfordert eure Trennung und würde große Gefahr für dich, Beth, und für die Tiere bedeuten. Wir haben uns folgende Strategie überlegt. Unsere kleine Armee von Elbenkriegern würde die Urkku in einen Kampf verwickeln, so daß ihre ganze Aufmerksamkeit vom Kampf in Anspruch genommen wird. Dann, wenn wir die Zeit für gekommen halten, sollen Perryfoot, Brock, Warrigal und Beth, die deine Kleidung tragen wird, Nab, aus dem Eingang im Tor treten. Sie werden dafür sorgen, daß sie gesehen werden, und werden dann nach Westen fliehen, durch ein Loch in den Kampfreihen, für das die Elben sorgen werden. Die Urkku werden glauben, daß ihr alle herausgekommen seid, und werden versuchen, euch zu verfolgen. Die Elben sollen sie zurückhalten, bis Beth und die anderen fast außer Sichtweite sind. Dann werden sie bewußt schwächer kämpfen und den Urkku somit gestatten, euch zu jagen. In diesem Augenblick, Nab, wirst du, der sich bis dahin im Eingang verborgen gehalten hat, hinauskommen und nach Norden auf den Berg Ivett zulaufen. Ich hoffe, unbemerkt, während die Urkku noch die anderen verfolgen. Erst dann, wenn sie ihren Verfolgern entkommen können, sollen Beth und die Tiere ebenfalls zum Berg Ivett laufen und sich dort zu dir gesellen.« Er brach ab, als er das Zögern in ihren Augen sah, und fügte nach einer Pause hinzu: »Ich weiß, daß ich mit der Trennung viel von euch verlange, besonders nach allem, was ihr gemeinsam durchgemacht habt, aber es gibt keinen anderen, besseren Weg. Und ich hoffe, daß es nicht für sehr lange sein wird.«

»Könnte Beth nicht mit mir kommen?« fragte Nab. »Sie ist müde. Die anderen sind schneller, aber sie ist nicht an dieses Leben gewöhnt so wie wir. Ich mache mir Sorgen um ihre Sicherheit, wenn sie mit ihnen gehen muß.«

»Wir haben an all das gedacht, was du gerade gesagt hast, aber unglücklicherweise spielt sie die wichtigste Rolle in unserem Plan. Die Urkku müssen glauben, daß sie du ist. Sie werden zwar nur einen sehen, wo eigentlich zwei sein sollten, aber wir müssen hoffen, daß sie das in der Hitze des Gefechts nicht bemerken werden.«

Beth unterbrach ihn. »Streitet nicht um mich«, sagte sie. »Ich werde gehen. Ich sehe, daß es der beste Weg ist, und ich weiß, daß wir uns wiedersehen werden. Ich bin bis hierhin gekommen, und ihr verlangt nicht von mir, daß ich viel weiter gehen soll.«

Nab schaute sie an und ergriff ihre Hand. Malcoff lächelte.

»Du bist sehr tapfer«, sagte er. »Aschgaroth hat in der Tat eine gute Wahl getroffen.«

»Wann brechen wir auf?« fragte Brock.

»In der letzten dunklen Stunde, ehe sich die Sonne erhebt. Ihr werdet die Geräusche der Vorbereitung draußen vernommen haben. Das Schärfen von Pfeilen, Speeren und Schwertern und die letzte Vorbereitung der Schilde. Von Morbann und Mendokk, den beiden Kriegsführern, habe ich gehört, daß sie fast fertig sind, und Morar berichtet mir, daß seine Spieler ihre Schlachtlieder geprobt haben, so daß sie jetzt selbst die Felsen zum Leben erwecken würden. Wir werden noch ein wenig miteinander reden. Ihr könnt mir von den frühen Tagen und von eurer Reise hierher erzählen und mir Nachricht geben von Wychnor und Saurélon, denn es ist lange her, daß ich sie gesehen habe. Und ich werde euch von meinem Heim im fernen Westen erzählen, dort, wo die Berge am Himmel kratzen und man von ihrer Spitze die ganze Welt sehen kann. Dort ist es so kalt, daß der Atem zu Eiszapfen gefriert, wenn er aus eurem Munde kommt, und eure Augenlider würden zusammenfrieren, wenn ihr keinen Helm tragt. Aber nun kommt. Morar wird uns aufspielen, und wir werden reden und von dem goldenen Elbenwein trinken, der aus Heide und Stechginster gebraut ist. Und wir werden glücklich sein, bis die Zeit kommt.

Denn diese Stunden vor einer Schlacht sind die gefährlichen Stunden. In ihnen wird die Schlacht gewonnen oder verloren, und wir dürfen nicht über die Ungewißheit brüten, die der Morgen für uns bringen mag.«

22. Kapitel

Der Weg die Treppen hinauf in dem langen, kalten, feuchten Tunnel erschien ihnen endlos. Vor Nab ging die kleine Gruppe von Elbenkriegern. Ihre Körper glühten silbern in dem dämmrigen Licht. Als erstes waren die Bogenschützen gegangen, ihnen folgten diejenigen, die Schwerter oder Speere benutzen würden, und allen voran ging als Führer der Kolonne Malcoff. Sein farbenprächtiger Stuhl wurde geschickt von vier großen Elben die Stufen hinaufgetragen. Hinter den Reisenden kamen Morars Musikanten mit ihren Flöten und Trommeln. Nur ihr Führer spielte jetzt, und die Klänge seiner Flöte hallten durch den Tunnel. Es war das einzige Geräusch, abgesehen von dem leisen Tappen der Schritte der Elben, wenn sie auf den harten Stein auftraten, und ab und zu gab es auch noch ein metallisches Klingen, wenn ein Köcher gegen die Wand schlug.

Das erste Anzeichen, daß sie sich dem Ende des langen Anstiegs näherten, kam, als Nab den unverkennbaren frischen Duft der kühlen Nachtluft im Gesicht spürte. Er schloß die Augen und atmete tief ein, aber gleichzeitig sank seine Stimmung, denn es bedeutete, daß sie fast an der Oberfläche waren und der Augenblick der Trennung näher kam. Die Kolonne bewegte sich jetzt langsamer, als sie durch die große, eckige Kammer am Kopf des Tunnels schritten und alle, bis auf die Bogenschützen, ihre Schwerter, Schilde und Speere aufnehmen mußten. Die Bogen wurden in der Haupthöhle unter der Erde aufbewahrt, um sie vor Feuchtigkeit und den ständigen Temperaturschwankungen zu bewahren, denen sie nahe der Oberfläche ausgesetzt gewesen wären, aber alle anderen Waffen wurden hier untergebracht, damit sie nicht immer auf und ab geschleppt werden mußten.

Als die Tiere schließlich die Kammer erreichten, waren die Wände leer, und nur Malcoff, Curbar und die

Stuhlträger befanden sich noch im Raum. Schweigend zogen Morar und seine Spieler an ihnen vorüber und folgten dem Rest der Krieger hinaus zum Tor, um ihre Positionen einzunehmen. Ruhig und leise sprach der Elbenkönig.

»Hier, Nab, nimm dieses Kästchen. Es enthält den Faradon der Berge und der Hohen Stätten.« Nab nahm das kleine silbergraue Steinkästchen entgegen, öffnete vorsichtig das letzte der drei Medaillons am Gürtel des Ammdar, legte es hinein und ließ den Verschluß zuschnappen. Es war ein befriedigendes Gefühl, daß der Gürtel jetzt voll war, und er dachte an die Zeit zurück, als er ihn zum ersten Mal gesehen hatte, damals im Wald von Ellmondrill, als Wychnor ihn ihm gegeben hatte und ihm zeigte, wie die Medaillons sich öffnen und schließen ließen. Es schien sehr lange zurückzuliegen. Dann fuhr Malcoff fort: »Wir werden der Schlacht von einem hochgelegenen Aussichtspunkt aus zusehen, hinter den Felsen, und du wirst dicht an meiner Seite bleiben, bereit, loszulaufen, wenn die Zeit gekommen ist. Ich muß dir nicht sagen, wie wichtig es ist, daß du nicht gesehen wirst. So komm also, folge mir.«

Ein merkwürdiger Anblick bot sich ihren Augen, als sie aus dem Tunnel traten und auf die Felsen des Tores kletterten. Der Mond schien veränderlich, wenn er für kurze Augenblicke hinter großen, dunklen Wolken hervorschaute, die über den Nachthimmel rasten, und in diesem gelegentlichen Aufblitzen von Licht konnten sie die Elbenarmee sehen, die in einem Kreis den ganzen Berg umstand. Zuerst kamen die mit den Schwertern, ihnen folgten die Speerwerfer und ganz zum Schluß die Bogenschützen. Sie hatten die Bogen schußbereit gespannt, während die ersten Reihen knieten. Die Flötenspieler standen ganz oben auf dem Gipfel des Felsen, dort, wo die Tiere Morar zum ersten Mal gesehen hatten. Und zu jeder Seite des Tores standen die beiden Kriegsführer Morbann und Mendokk, die riesigen Schwerter hoch über ihre Köpfe erhoben, bereit, das Zeichen zum Angriff zu geben. So entstand der überwältigende Eindruck einer Masse von schimmernden, funkelnden Lichtern: Silber von den Elbenkörpern, das von ihren Schwertern und Speeren widergespiegelt wurde, und Gold und Rot und Grün und Karmesin von ihren Helmen und Schilden.

Gerade unterhalb des Gipfels, in einem weiten Kreis, standen die Zelte der Urkku. Vor vielen von ihnen flackerten die Lagerfeuer der vergangenen Nacht rot im Dunkel, während innen ihre Bewohner schliefen. Es war sehr still und ruhig, und die Luft war kalt. Eine leichte Brise aus den Bergen ließ die Heide rauschen und sich sanft wiegen. Hinter dem Schutz eines großen Felsen, der sich durch die Erde gebohrt zu haben schien, standen die Tiere, schweigend, kaum zu atmen wagend, und ihre Herzen pochten wild in ihren Ohren. Von dort, wo sie standen, konnten sie alles um sich her sehen. Malcoff zeigte auf den großen, hohen Berg Ivett in der Ferne, gleich hinter der nahen Hügelkette, dessen zerklüftete Spitze sich als dunkle Silhouette vor dem Mond abzeichnete. Morbann, Mendokk und Morar schauten alle aufmerksam zu Lord Malcoff hinüber, der das Zeichen geben sollte, daß sie die Schlacht begannen. Ihre Kehlen waren trocken vor Nervosität und Sorge. Seit den Tagen Ammdars hatten die Elben nicht mehr in offener Schlacht gekämpft, obwohl sie sich ständig für einen solchen Augenblick bereit gehalten hatten. Dennoch hatten sie jetzt ein wenig Angst.

Langsam hob Malcoff seine rechte Hand und ließ sie dann plötzlich herabfallen. Augenblicklich erhob sich ein dröhnendes Pfeifen der Flöten, und der schwere Schlag der Trommeln hallte in den Hügeln wider. Nab spürte, wie das Blut durch seine Adern schoß. Er wandte sich Beth zu und nahm ihre Hand fest in die seine. Sie zitterte, und als er ihr in die Augen schaute, sah er, daß sie vor Angst aufgerissen waren und glänzten. Der Lärm der Flöten und Trommeln erhob sich wie eine Wand, und die Urkku kamen aus ihren Zelten, zu schlaftrunken, um zu sehen, was dieser Lärm zu bedeuten hatte. Da standen sie und starrten in die

Nacht hinaus, völlig verwirrt von der Unruhe und dem Getöse, bis Nab bemerkte, daß Malcoff seine Hand erneut hob. Auf dieses Signal hin ließen die Bogenschützen ihre Pfeile fliegen. Ein, zwei Sekunden lang war die Luft erfüllt von einem Sirren und Sausen, als sie durch die Luft brausten, und dann, als sie ihre Ziele fanden, brach die Hölle los. Zwischen dem Stöhnen und dem Schreien derjenigen, die getroffen worden waren, hörte man die gutturalen Rufe der Anführer, die versuchten, den Rest zu organisieren, und die verzweifelten Schreie der anderen, die in der Dunkelheit umherstolperten und versuchten, in ihre Zelte zurückzufinden, um ihre Waffen zu holen. Nur die Trolle in ihrer Verkleidung als Urkku, wußten, was hier geschah, und fluchend, heulend und drohend rasten sie im Lager umher und versuchten, eine Art von Ordnung in die verängstigten Urkku zu bringen, die der Panik nahe waren und keine Ahnung hatten, wer hier Pfeile auf sie abschießen konnte. Kaum waren sie in Reih und Glied aufgestellt, als ein weiterer Pfeilhagel auf sie herniederprasselte, und von neuem brach Chaos aus. Endlich jedoch gelang es den Trollen, die übriggebliebenen Urkku zu ordnen, und sie fingen an, hügelaufwärts auf einen Feind zu schießen, den sie nicht kannten und nicht sehen konnten. In diesem Augenblick gab Malcoff das Signal zum Angriff, und die Schwert- und Speerträger rasten zum Klang eines anderen, eindringlicheren Rhythmus der Flöten und Trommeln über die Heide. Die Musik mischte sich mit dem Lärm der Elben, als ein jeder seinen eigenen Kriegsschrei ausstieß. Beim Anblick dieser wilden, kreischenden Gestalten, die den Berg herab- und auf sie zustürzten, erstarrten die Urkku vor Erstaunen und Angst. Sie waren wie geblendet von einem wirbelnden Kaleidoskop aus Lärm, der das Blut gerinnen machte, und blitzenden Farben, und viele von ihnen drehten sich um und versuchten zu fliehen. Doch schon sahen sie sich der untersetzten, fetten, häßlichen Gestalt eines Trolls gegenüber – denn viele der Anführer hatten ihre eigene Gestalt wiederangenommen –, der sabberte

und sie anbrüllte, sich umzudrehen und zu kämpfen, wenn sie nicht von den Mächten der Hölle begraben werden wollten. Und so überließen sich die Urkku diesem Alptraum, wandten sich um und feuerten blindlings in die Hügel, den Elben entgegen.
Die Tiere sahen zu. Für den Augenblick war ihre Angst in der Anspannung der Schlacht vergessen, als die Elben durch den Kugelregen liefen. Viele von ihnen stürzten unter dem Aufprall, doch da die Urkku-Kugeln sie nicht töten konnten, rafften sie sich wieder auf und griffen weiter an, bis sie mit lautem Krachen auf ihren Feind stießen. Die Urkku, die erkannt hatten, daß ihre Kugeln nutzlos waren, waren in ihrer Verzweiflung dazu übergegangen, ihre Gewehre wie Keulen zu benutzen, und versuchten mit ihren Schilden die Elben daran zu hindern, sie mit ihren Schwertern in Stücke zu schlagen. Zuerst schien die Schlacht recht einseitig, denn die Elben zwangen die Urkku den Hügel hinab. Aber dann rissen die Trolle ihre Schwerter unter den schlecht sitzenden Urkku-Kleidern hervor, die sich jetzt über ihren natürlichen Körpern spannten. In jedem Schwert war ein Stück vom Schwert des Degg verschweißt, das Dréagg aus Arnemeze geschmiedet hatte, einem teuflischen Metall, das aus den Hallen des Drāgorn stammte und das er erhalten hatte, während er dorthin verbannt gewesen war. Dieses Schwert war von Dréagg so angefertigt worden, daß es die Unsterblichkeit der Elben zerstörte, und so kam es, daß jedes einzelne der Schwerter, die die Trolle nun hervorzogen, dieselbe schreckliche Macht besaß. Schon stürzten sich die Trolle vorwärts, um die Reihen der Urkku zu verstärken, und der Kampflärm schwoll an, bis die Hügel widerhallten. Die Elben wurden aufgehalten, ihre Reihe fing an sich zu lichten, als der Zauber ihrer Waffen, die mit dem Licht des Aschgaroth geschmiedet waren, auf die teuflische Kraft von Dréagg stieß. Die Sonne erhob sich und überzog den Himmel mit Strahlen aus Karmesin und Rot und Orange, und der Lärm des Kampfes stieg auf in die frische Morgenluft, zerschnitt die Stille des Gebirges mit dem Klirren von

Schwert an Schild und den entsetzlichen Schreien der Verwundeten. Wenn ein Elb fiel, erhob sich eine silberne Wolke von seinem Körper, und seine Überreste vergingen wie eine Rauchwolke im Wind. Malcoff sah zu, und seine alten Augen verschleierten sich vor Tränen über das Dahinscheiden derjenigen, die er gekannt und geliebt hatte, und ihr Sterben war wie das Welken einer Blüte.

Die Schlacht tobte weiter, als eine blasse Sonne am kalten grauen Himmel aufstieg, und brandete hierhin und dorthin, bis am späten Vormittag die Elben die Oberhand gewannen und die Luft vom Gestank der toten Trolle erfüllt war, deren schwarzes Blut die Heide befleckte. Langsam trieben sie die Horden Dréaggs zurück, bis eine deutliche Lücke im Kampf entstand, und Beth, Perryfoot, Brock und Warrigal wußten, daß ihre Zeit gekommen war. Malcoff wandte sich ihnen zu.

»Ihr müßt nun ziehen«, sagte er. »Möge Aschgaroth euch beschützen und führen.«

Nab meinte, sein Herz müßte zerspringen, so quälte ihn der Gedanke ihres Abschieds, und seine Kehle schmerzte von der Anstrengung, die Tränen zurückzuhalten. Schnell umarmte er sie alle, den weich gefiederten Körper von Warrigal, das dichte Fell von Perryfoot und die vertraute, warme Gestalt von Brock. Brock, der ihn gefunden und aufgezogen und alles mit ihm geteilt hatte und der zu ihm gehörte wie seine eigenen Augen. Schließlich umarmte er Beth ganz fest, als wollte er sie nie wieder gehenlassen, und das Kampfgetöse entsprach dem Tumult in seinem Hirn. Als sie ihn schließlich sanft von sich schob, war er vom Kummer benommen.

»Wir müssen gehen«, erklärte sie. »Wir werden uns bald wiedersehen. Das weiß ich«, und damit wandte sie sich abrupt ab und lief hinter dem Felsbrocken hervor, dem dunkelbraunen Umriß von Warrigal hinterher, der über die Heide auf die Lücke zuflog. Perryfoot folgte, dann auch Brock, und als sie rannten, erhob sich ein Schrei von den Trollen und den Urkku. Ganz langsam wurde der Schrei lauter, als sich die Nachricht

ausbreitete, daß sie gesichtet worden waren, und die Urkku bedrängten die Elben, kämpften, um deren Reihe zu durchbrechen und den Tieren zu folgen. Aber die Elben hielten stand.
Bald hatten die Tiere die Lücke hinter sich gelassen und liefen übers Moor davon, aber immer noch hielten die Elben die lauthals schreiende Masse zurück, bis sie schließlich nur noch ein Pünktchen in der Ferne waren. Erst dann brach die Reihe, und die Trolle und Urkku drängten unter lautem Triumphgeheul hindurch und donnerten hinter ihren Opfern her. Nab sah seinen Freunden traurig hinterher, bis sie schließlich hinter einem kleinen Hügel am fernen Horizont verschwanden. Und dann, einige Zeit darauf, waren auch ihre Verfolger seinen Blicken hinter demselben Hügel entschwunden. Jetzt war das letzte Bindeglied zu ihnen dahin. Er wandte sich erneut dem Schlachtfeld zu, wo die Überreste der Elbenarmee langsam und erschöpft den Hügel hinanstiegen. Viele waren gefallen, aber sie hatten erreicht, was sie erreichen wollten, und waren zufrieden. Jetzt würden sie ruhen, und am Abend würden sie sich an die abscheuliche Aufgabe machen, die toten Trolle und Urkku zu begraben. Von den Gefallenen ihrer eigenen Rasse blieb nichts zurück als silberner Staub, der bald fortgeblasen wurde.
Dann sprach Malcoff, und seine Stimme bebte.
»Sie haben sich tapfer geschlagen«, erklärte er, »obwohl ich zutiefst betroffen bin, daß ich so viele verloren habe. Und jetzt mußt du ziehen, Nab. Gib acht; du besitzt jetzt die drei Faradon und bist so verletzlich wie nie zuvor. Dréagg würde dich diesmal gern erwischen. Wenn die Nacht anbricht, solltest du am Berg Ivett sein. Leb nun wohl. Vielleicht sehen wir uns eines fernen Tages wieder.«
Traurig wandte sich Nab nach Norden und machte sich auf seinen Weg zum fernen Berg. Noch einmal blieb er stehen, ehe er außer Sichtweite kam, um sich umzudrehen und einen letzten Blick auf das Tor zu werfen. Nur Malcoff saß dort, wo Nab ihn verlassen hatte, und der große goldene Adler thronte auf einem

Felsen zu seiner Rechten. Der Elbenkönig schaute ihm nach, und als er sah, daß Nab sich umdrehte, hob er die Hand und winkte ihm langsam zu. Der Junge winkte zurück, ehe er um den Hügel herumging und das Tor nicht mehr zu sehen war.

Am späten Nachmittag befand sich Nab auf den niedrigeren Hängen des großen Berges, der sich hoch über ihm türmte. Er war müde. Seine Beine schmerzten, und sein Atem rasselte aus seinen erschöpften Lungen. Die Sonne war schon lange hinter großen, dunklen Wolkenbänken verschwunden, die von Norden herbeirollten, und ein eisiger Wind blies aus den Bergen. Er setzte sich auf einen Stein, um zu rasten, und wieder fragte er sich, wie er es ständig getan hatte, seit das Tor hinter ihm lag, wie es wohl den anderen erging. Er vermißte sie schrecklich. Er konnte kaum glauben, daß sie nicht bei ihm waren, und hatte ein Gefühl, als wäre ein Teil von ihm gegangen. Einige Zeit zuvor hatte er angefangen, sich einzubilden, daß sie in Wirklichkeit an seiner Seite gingen, und er hatte mit ihnen zu reden und sich zu unterhalten begonnen, während er den rauhen, steinigen Grund überquerte.
Als er nun dasaß und über den öden Berghang blickte, wurde er sich langsam eines dichten Nebels bewußt, der von den Hängen über ihm herunterkam. Er beobachtete, wie er sich näherte, fasziniert von der gleichmäßigen Geschwindigkeit, mit der er sich bewegte und alles bedeckte, was in seinem Weg lag. In der einen Minute war noch alles klar, und in der nächsten war es hinter dieser dicken, dunklen Wand verschwunden. Er sah, wie sie auf ihn zurollte, und fühlte, wie sie ihn mit feucht-klammen Tentakeln einhüllte, als sie sich den Hügel hinabbewegte. Ein kalter Schauer lief durch seinen Körper, teilweise verursacht durch den Nebel, teilweise, weil ihm plötzlich klar wurde, daß er nichts sehen konnte, in keiner Richtung, mit Ausnahme der wenigen Schritte Boden direkt vor sich. Der Berg war völlig aus seinen Augen verschwunden. Verzweifelt schaute er sich um, aber es gab nichts, woran er seinen

Weg hätte erkennen können. »Nun, wenn wir darauf achten, daß wir immer bergauf gehen, können wir nicht allzuviel falsch machen«, meinte er laut zu einem eingebildeten Brock. »Also dann kommt«, und er erhob sich von dem Stein und bewegte sich ganz langsam in die Richtung, die er für bergauf hielt. Er hatte gedacht, daß es leicht sein würde, seine Füße so zu halten, daß sie bergan zeigten, aber er war überrascht, als er nach nur wenigen Schritten feststellte, wie schwer es war. Die Schwierigkeit wurde von den kleinen Senken und Löchern verursacht, die immer wieder auf dem Weg auftauchten, der im großen und ganzen nach oben führte. Wenn er nun eines dieser Löcher erreichte und fühlte, wie sein Fuß nach unten zeigte, drehte er sich um und ging ein paar Schritte, nur, um gleich darauf festzustellen, daß er wieder bergab ging.

Nachdem dies einige Male geschehen war, schwoll ein wachsendes Gefühl von Panik in ihm an, und er mußte kämpfen, damit es nicht die Oberhand gewann. Schreckliche Erinnerungen an den Gang durch die Marschen von Blore kehrten zurück. Wenigstens war er damals mit den anderen zusammengewesen. Jetzt war er völlig allein.

Wieder versuchte er es, setzte vorsichtig einen Fuß vor den anderen. Diesmal ging er eine ganze Weile, und gerade kehrte sein Zutrauen zu ihm zurück, als er anfing, bergab zu gehen. »Es wird nur eine kleine Senke sein«, sagte er vor sich hin. »Noch ein paar Schritte, und wir laufen wieder bergan.« Aber der Hang führte abwärts und abwärts. So dachte er, daß er zuerst an einer Seite einer Senkung hinaufgestiegen war, machte kehrt und ging in seinen eigenen Schritten wieder zurück, bloß um festzustellen, daß die Seite, die er ursprünglich hinaufgekommen war, unendlich weiter hinabging. Jetzt bekam er es wirklich mit der Angst zu tun, und plötzlich lastete die Verantwortung wie ein riesiges Gewicht auf ihm. Vorher waren immer noch die anderen dagewesen, mit denen er sie hatte teilen können, aber jetzt war es seine Verantwortung, einzig und allein seine. Er konnte sie nicht im Stich lassen, all die, die ihr Leben gelassen hatten, um ihn zu schützen, und auch die, die jetzt ihre Rolle übernommen hatten, damit er Erfolg hatte. Er blieb stehen, und sein Herz klopfte heftig bei dem Gedanken an Versagen. Versagen! Fehlschlag! Bilder von Bruin und Rufus und Sam schossen durch seinen Kopf, so deutlich, als wären sie hier bei ihm, und wie eine Wolke des Elends hüllte sein Kummer seine Gedanken ein, packte sie wie mit eiserner Faust. Der Nebel schien die ganze Zeit über immer nur noch dichter zu werden, und sein Körper war so feucht und kalt, daß er angefangen hatte, unbeherrscht zu zittern. Er setzte sich auf den Boden, vergrub sein Gesicht in beide Hände und ließ es zu, daß seine Verzweiflung ihn übermannte.

Lange Zeit blieb er so, bis er fühlte, wie etwas Unerklärliches seine Taubheit durchdrang und ihn aufsehen ließ. Da erblickte er durch den Nebel einen warmen goldenen Schein. Sein Herz machte vor Freude einen Satz – Aschgaroth! Nur er konnte es sein. Er erhob sich und schritt auf das schwache, flackernde Licht zu, das ihn anzuziehen schien, ihn weitertrieb. Er war wie hypnotisiert, konnte nichts anderes sehen oder fühlen, nur immer die Wärme dieses Lichtes. Es zog ihn weiter, bis sich seine Füße anfühlten, als gingen sie auf dem Nebel, und sein Körper schwebte durch die feuchte Atmosphäre. Er fühlte sich nicht mehr müde oder elend oder ängstlich. Ganz plötzlich war er unbesiegbar. Er hätte für alle Zeiten so weitergehen können, so groß war die Macht und die Kraft, die plötzlich durch seinen Körper strömten, bis in seine Fingerspitzen. Er schien zu wachsen, und als er hinabsah, schien der Boden unter ihm sehr weit fort zu sein. Ohne Mühe schritt er durch Täler und Schluchten, steile Hänge hinab und durch rasende Flüsse und über hohe Berge. Sie alle waren wie Spielzeug, das weit unter ihm lag. Durch einen Schleier der Euphorie konnte er schwach erkennen, daß die Quelle seiner Kraft sich in seiner Mitte befand, dort, wo der Gürtel des Ammdar sicher verschlossen lag. Und wenn er hingeschaut hätte, hätte er gesehen, daß die Schnalle dasselbe goldene Licht ausstrahlte, das ihm aus der Ferne zu winken schien und das jetzt auch seinen Geist erfüllte. Weiter und weiter zog er, bis in seinen Gedanken nichts mehr war als die Freude an dieser mühelosen Reise. Alles war vergessen: die Urkku, die Eldron, Aschgaroth, Dréagg, die Elben – ja sogar Beth und Brock, Warrigal und Perryfoot schienen Gestalten aus einer fernen, schattengleichen Vergangenheit, die jetzt nichts mehr mit ihm zu tun hatte.

Plötzlich fing er an zu fallen; hinab, hinab, durch einen langen, schmalen Tunnel stolperte er, und als er fiel, schlossen sich die Bergflanken über ihm, als wären sie Wände aus weichem Schlamm, der jetzt zusammenbrach. Ein- oder zweimal versuchte er, sich daran festzuhalten, aber wenn es ihm gelang und er versuchte, sich hochzuziehen, gaben sie nach, und er fühlte, wie er rückwärts wieder hinabrutschte in die dunkle, klaffende Schlucht unter sich. Tiefer und tiefer fiel er, und alles, was er um sich her sehen konnte, war eine wirbelnde, tintenschwarze Dunkelheit, die an seinen Augen vorüberblitzte. Seine Gedanken jagten durcheinander, bis er unfähig war, irgend etwas anderes zu denken oder zu fühlen als eisige Furcht. Während er fiel, schien es heißer zu werden, und jetzt tropfte ihm der Schweiß herab, und sein ganzer Körper brannte unter einem Feuer, das sich direkt unter seiner Haut befand. Gleichzeitig spürte er, wie er schrumpfte. Er erinnerte sich schwach, daß er am Anfang seines Sturzes fast die Berge berühren konnte, aber jetzt konnte er sie nicht einmal mehr sehen, so riesig erschien der Schacht.

Weiter und weiter fiel er in den Abgrund hinunter, als sollte es für alle Zeiten so weitergehen, bis er plötzlich einen Schlag verspürte. Einen Moment blieb er benommen sitzen, dann schockiert, unfähig, Herr über seine Gedanken zu werden, und er suchte nach etwas, das ihm sagen konnte, wo er war. Er schaute zu Boden und entdeckte ein Büschel Heide, das zwischen den Steinen wuchs. Vorsichtig streckte er die Hand danach aus und berührte es, um sich zu vergewissern, daß es echt war, und seine Finger schlossen sich um die weichen, fedrigen, purpurfarbenen Blüten. Langsam hörte sein Kopf zu wirbeln auf, und er schaute empor. Er war noch immer auf dem Berg, wo er auch vorher gewesen war, obwohl seitdem eine lange Zeit vergangen zu sein schien. Und noch immer umgab ihn auf allen Seiten dieser dicke, feuchte Nebel. Aber jetzt entdeckte er direkt vor sich den Eingang einer riesigen Höhle am Fuß einer Felsklippe, deren Gipfel im Nebel verschwand. Er blickte in die Höhle hinein und sah, ganz weit im Innern, den vertrauten goldenen Schein, der sofort wieder anfing, ihn anzuziehen. Er stand auf und legte, halb gehend, halb stolpernd, die wenigen Schritte bis zum Eingang zurück. Dann ging er tiefer hinein, tiefer und tiefer, immer weiter auf das Licht zu, bis es direkt vor ihm war. Er blieb stehen und starrte es an, wie hypnotisiert von den kleinen Zungen goldenen Feuers, die vor der Höhlenwand tanzten und züngelten. Dann sprach aus dem Licht eine Stimme zu ihm, eine warme, verführerische Stimme, sanft und einschmeichelnd und tröstlich, und er fühlte sich plötzlich wieder warm und sicher. Die Stimme rief ihn beim Namen und dankte ihm für alles, was er getan hatte. Er sei weise ausgewählt worden, sagte sie, und er hätte all den Glauben und das Vertrauen verdient, das man in ihn gesetzt habe. Er hätte viele Prüfungen und Härten mitgemacht, aber all das sei jetzt vorüber. Dies hier sei das Ende; die Reise sei vollendet. Von nun an würde er sich für alle Zeiten so fühlen wie in dem Moment, da er als Riese über die Berge und durch die Täler gezogen war, allmächtig und voller Kraft. Schau an die Wand, fuhr die Stimme fort, und als Nab sich umdrehte, schien die Wand von einem silbernen Licht überzogen zu sein. Dann schmolz sie langsam dahin, und an ihre Stelle trat ein Bild. Es war so real, daß er das Gefühl bekam, ein Teil davon zu sein. Fast hätte er hineingehen und berühren können, was er sah. Eine große weiße Kutsche zog langsam und gleichmäßig einen geraden, gepflasterten Weg entlang. Nab betrachtete die Kutsche eingehend und stellte fest, daß sie aus Fischbein hergestellt war und aus Elfenbein, das in dem silbernen Licht glänzte. Zu beiden Seiten der Straße standen säuberlich geschnittene Hecken und Büsche, und davor sah er Tausende von jubelnden Urkku, die riesige Flaggen schwenkten und brüllten: »Heil dem Führer! Heil dem Herrscher!« Sie erstreckten sich, so weit das Auge reichte, und die Kutsche bewegte sich durch ihre Mitte, und die beiden Insassen starrten stur geradeaus und bemerkten die Menge kaum. Nab konnte sie nur von hinten sehen und schaute zu, wie die Kutsche sie schließlich zu einem großen Palast fuhr, mit enormen Säulen und Torbögen und einer breiten Freitreppe, die zu einer Palisade emporführte, auf der Höflinge und Diener aufgereiht standen und warteten. Als die Kutsche stehenblieb und das Paar ausstieg, fing ein Orchester zu spielen an, und die Musik verschmolz mit den Hurra-Rufen zu einem feierlichen Tumult. Sie gingen die Treppe hinauf, und als sie oben ankamen, öffneten zwei Diener die mächtigen Türflügel zu einer riesigen Halle. Der Boden war bedeckt mit Teppichen aus Tierfellen. Einige davon konnte Nab erkennen: Schaffell, Hirschleder, Ziege und Dachs, aber da waren auch andere, die er nicht kannte, von merkwürdigen, exotischen Tieren, die im fernen Norden oder Westen beheimatet waren – Rot und Gelb, Schwarz, Orange und Weiß, all das mischte sich zu einem bunten Kaleidoskop. Nab blickte die Wände hinauf. Zu beiden Seiten hingen die Köpfe zahlreicher verschiedener Tiere, auf Holztellern befestigt. Da hing der Fuchs, der Dachs, der Otter und der Hirsch, und wiederum tausend andere, die er nicht kannte. Alle hatten die Schnauze halb fauchend, halb grinsend verzogen, und ihre falschen Augen starrten leblos auf die Szene unter sich. Noch immer hatte Nab das Paar nicht von vorne gesehen, aber jetzt starrte er auf ihre Rücken, als sie langsam über die Teppiche gingen. Sie trugen lange Umhänge aus weißem Pelz, die bis zum Boden reichten, und als sie sich bewegten, konnte Nab auch ihre langen Lederstiefel sehen, die mit Fellbüscheln in verschiedenen Farben besetzt waren. Irgendwie kamen sie ihm bekannt vor, als sie auf die beiden großen Thronsessel zuschritten, die auf einer erhöhten Plattform am anderen Ende der Halle standen. Und dann, als sie sie erreichten und sich umdrehten, blieb sein Herz stehen und sein Blut gefror, denn aus dem Bild starrte ihn sein eigenes Gesicht an. Ängstlich schaute er zu der anderen Gestalt hinüber und sah, daß es, wie er schon halb erwartet hatte, Beth war. Auf ihren Köpfen trugen sie Kronen aus Elfenbein, und um ihre Hälse hingen Ketten aus Zähnen und Knochen. Armreifen aus Dachshaar schmückten ihre Handgelenke, und zwei Schildpattkämme hielten die langen Flechten aus Beths goldenem Haar zurück. Ein schrecklicher Zweifel fing an, an Nabs Hirn zu nagen. War es wirklich Aschgaroth, der ihm dies alles zeigte? Er sah zu, wie das Paar in der Halle ihn anlächelte und die Arme hob, als wollten sie ihn herbeiwinken. Dann fing sein Doppelgänger an zu sprechen.

»Ja«, sagte er, aber Nab erkannte die Stimme nicht. »Schau nicht so ungläubig. Ich bin du und du bist ich. All dies könnte dir gehören und noch mehr. Du hast die Macht und den Ruhm Dréaggs kennengelernt. Folge ihm, denn das hier ist es, was er dir bietet.«

Allmählich wurde ihm die schreckliche Wahrheit klar. Dréagg sprach zu ihm. Er stand dem Herrn des Bösen von Angesicht zu Angesicht gegenüber. Doch sein Gehirn war so betäubt, daß er unfähig war, sich zu rühren oder auch nur einen klaren Gedanken zu fassen. Wie angewurzelt blieb er stehen und hörte sich wie aus weiter Ferne selbst sagen: »Was willst du von mir? Was muß ich tun, um dir zu folgen?«

Sein Doppelgänger lächelte wieder und legte einen Arm um Beth, die ebenfalls erfreut und erleichtert aussah. Nie hatte Nab sie so hinreißend schön gesehen wie jetzt, als ihr goldenes Haar über das leuchtendweiße Fell fiel.

»Es ist gut«, sagte sein Doppelgänger. »Du hast eine gute Wahl getroffen, denn so, wie Dréagg dir seine Herrlichkeit gezeigt hat, hat er dir auch einen Vorgeschmack auf seinen Zorn gegeben. Und dieser Zorn wäre dir für alle Zeiten gefolgt, hättest du Dréagg jetzt zurückgewiesen.«

Einen kurzen Augenblick lang herrschte Schweigen. Kein Laut war zu hören. Dann erklang wieder eine Stimme aus dem goldenen Schein in der Ecke der Höhle.

»Du hast die drei Faradon«, sagte sie, »verschlossen im Gürtel des Ammdar. Nur du kannst diesen Gürtel öffnen. Komm denn, nimm den Gürtel ab und gib ihn mir.«

Die Stimme war sanft und verführerisch, und sosehr sich Nab auch dagegen wehrte, fühlte er doch, wie seine Hände sich bewegten, fast wie aus eigenem Antrieb, dann als ob jemand anderer sie führte. Mit jeder Hand ergriff er eine Seite der Gürtelschnalle und zog schnell daran. Der Gürtel öffnete sich und hing in seiner rechten Hand.

»Nun komm in die Ecke herüber und gib ihn mir.«

Automatisch fing Nab an, auf die Ecke zuzugehen, und der Gürtel hing schlaff aus seiner Hand. Tief in seinem Innern rief eine deutliche Stimme laut »Halt!«, aber die Macht Dréaggs hatte so vollständig von ihm Besitz ergriffen, daß er unfähig war zu widerstehen. Dann plötzlich, als Nab die Ecke schon fast erreicht hatte, stürzte irgend etwas, ein Tier, in die Höhle und brachte den Jungen mit einem mächtigen Satz zu Fall. Als er am Boden lag, fühlte Nab, wie dieses Wesen sein Gesicht ableckte, und als sein Kopf wieder langsam klar wurde, erblickte er eine wunderbar vertraute Gestalt.

»Sam«, flüsterte er leise vor sich hin, und dann, als ihm die Wahrheit dieses Wunders bewußt wurde, rief er glücklich »Sam, o Sam!« und schlang die Arme um den Nacken des Hundes. Ein schrecklicher Schrei durchfuhr die Luft, und beide schauten sie in die Ecke hinüber. Verschwunden waren das goldene Licht und das Bild an der Höhlenwand. Alles, was übrigblieb, war ein dunkler, großer Schatten, der sich wand und durch einen schmalen Spalt im Felsen hinausschlängelte. Einen Augenblick lang sahen sie ihn, dann war er fort, aber das Entsetzliche dieses flüchtigen Bildes blieb für ewig in ihrer Erinnerung bewahrt. Als er verschwand, kreischte eine Stimme, so voll von Abscheu und Haß, daß sogar der Berg erzitterte und der Junge und der Hund sich ängstlich aneinanderschmiegten. In ihm lag die Drohung von Rache und Entsetzen und Wiederkehr, und es war so schrecklich, daß man es weder beschreiben noch verstehen kann.

»Komm«, sagte Sam, »wir müssen schnell hier hinaus.«

Nabs Knie zitterten, aber er zwang sich stehenzubleiben. Er hob den Gürtel auf, dann krochen sie aus der Höhle, die plötzlich eiskalt und feucht war und angefangen hatte, sich mit übelriechendem gelbem Dampf zu füllen, der in ihren Kehlen brannte und ihre Augen tränen machte. Nab konnte sich überhaupt nicht mehr daran erinnern, wie er in die Höhle gekommen war, aber Sam kannte den Weg, und er führte den Jungen durch schmale Spalten, wo die Wände dicht beieinanderstanden, und über Haufen aus gefallenen Felsbrokken. Wasser lief an den Wänden herab, und Moos und Flechten wuchsen aus den Spalten zwischen dem Fels. Ihre Augen brannten jetzt fürchterlich von den Dämpfen, und Tränen liefen über ihre Wangen, als die Luft endlich süßer wurde und sie zu ihrer immensen Erleichterung Tageslicht erblickten. Nun liefen sie noch schneller, und in seinem Entzücken, frei zu sein, vergaß Nab sogar seine zerschundenen Beine und Füße. Dann waren sie draußen, standen in einem goldenen Herbstnachmittag, liefen durch die Heide und den Ginster, um so weit wie möglich von der Höhle fortzukommen. Als sie rannten, lachten sie und spielten vor Freude, wieder beisammenzusein, und immer wieder sah Nab zu der rehbraunen Gestalt neben sich, die an seiner Seite einhertollte, als hätte er Angst, daß alles nur ein Traum sei und der Hund so plötzlich wieder verschwinden würde, wie er zurückgekehrt war. »Sam lebt, Sam lebt«, sagte er sich immer wieder, und jedesmal, wenn er es sagte, durchströmte ihn eine Welle der Freude und ließ ihn all das Entsetzliche vergessen, das er durchgemacht hatte.

Schließlich, als sie nicht mehr laufen konnten, ließen sie sich auf einen dicken Heideklumpen fallen und lagen dort, keuchend und außer Atem, schauten in den klaren blaugrauen Himmel auf und beobachteten die kleinen weißen Wölkchen, die dahinjagten. Dann redeten sie. Zuerst erzählte Nab Sam alles, was geschehen war, seit sie gesehen hatten, wie die Urkku ihn auf Elgol niedergeprügelt und in ihr Boot geworfen hatten. Sie hatten alle gedacht, er wäre tot, sagte der Junge, und Sam antwortete, daß er lange Zeit bewußtlos gewesen war. Dann erzählte Nab ihm von Jim und Ivy und den Bergelben und schließlich auch von dem Plan für seine Flucht, der der Grund dafür war, daß sie jetzt getrennt seien und er nicht wußte, wo die anderen waren.
Anschließend erzählte Sam ihm, wie er in einer Scheune erwacht war und sich einen Fluchtweg hinausgebissen hatte. Dann war er ihrer Spur gefolgt, teils durch Intuition, teils dadurch, daß er die Unterhaltungen der Urkku belauschte. Dadurch hatte er nicht nur erfahren, wo sie sich aufhielten, sondern wußte auch alles über die Seuche und den Zustand der Urkkuwelt. Er war an dem niedergebrannten Häuschen des alten Paares vorübergekommen, unten, am Fuß der Hügel, und hatte erraten, daß sie den Tieren Schutz gewährt hatten.
»Wußtest du, daß einer der Anführer der Urkku dein alter Herr ist?« fragte Nab, und Sam antwortete, daß er seinen Geruch schon unten im Tiefland geschnuppert hatte. Er war ihm gefolgt, und das hatte ihm geholfen, die Spur der Tiere hinauf zu Rengolls Tor zu finden.
»Dort traf ich auf den König der Bergelben, und er erzählte mir, wohin du gegangen warst. Er machte sich Sorgen, weil du allein warst, und befürchtete, daß Dréagg versuchen würde, dich zu fangen.«
»Ich kann mich kaum an etwas erinnern«, meinte Nab und zwang sich, sich zu erinnern. »Ich weiß noch, daß ich mich in einem dichten Nebel verlaufen habe, der vom Gipfel der Berge herabkam, und dann kann ich

mich erinnern, daß ich einer Art Licht gefolgt bin und die Höhle betreten habe. Danach ist alles unklar und verschwommen bis zu dem Augenblick, als mein Gesicht ganz feucht wurde, weil du mich abgeschleckt hast. Ich muß unter irgendeinem Zauber gestanden haben, den du durchbrochen hast, als du mich gefunden hast und ich dich erkannte. Aber ich weiß nicht, wie der Gürtel des Ammdar auf den Boden gekommen ist.«

Er brach ab und ließ seine Gedanken zurückwandern. Dann standen er und Sam auf und traten ihren Weg an, das letzte Stück hinauf bis zum Gipfel des Berges Ivett.

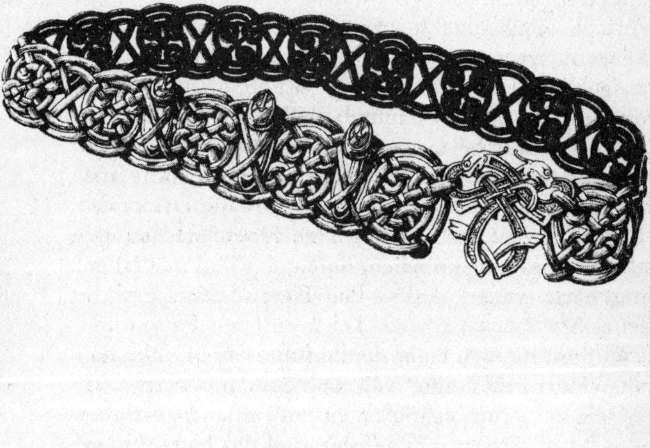

23. Kapitel

Es war früher Abend, als sie endlich über das letzte kleine Steinsims krabbelten und sich auf einem kleinen Plateau befanden, das hier und da mit einem Büschel Gras oder Heide bewachsen war. Der Boden war schwarz von Torf und die Luft schwer vom feuchten Geruch des Herbstes. Kein Laut war zu hören außer dem Pfeifen des Windes durch das Gras, und sie schienen sich so weit oben zu befinden, daß sie das Gefühl hatten, mehr zum Himmel als zur Erde zu gehören. Dies war eine andere Welt, eine zeitlose Welt, die die Urkku nie angerührt hatten, und Nab stand wie angewurzelt, von Ehrfurcht vor der Kraft dieser Stätte erfaßt. Er spürte, wie ihre Kraft sich auch in seinem Körper ausbreitete. Er schaute sich um und erblickte, so weit sein Auge sehen konnte, ein großes Mosaik aus Farbe. Heidekraut, Ginster, Bäume und Fels fielen ab und verschmolzen schließlich mit Feldern, Wäldern, Flüssen und Tälern zu einem Patchworkmuster, das von der Abendsonne in einen goldenen Schleier gehüllt wurde.

Er schaute wieder auf das Plateau zurück und sah in seiner Mitte einen großen Teich, um den Binsen und Schilf wuchsen. Auf einer Seite stand ein uralter, verhutzelter Eichenbaum, dessen knorrige Zweige sich wie die schützenden Arme eines sehr alten Mannes über den Teich hinstreckten. Nab fühlte sich zu dem Wasser hingezogen. Langsam ging er hinüber und schaute in die schwarzen Tiefen hinab. Er konnte den Grund nicht sehen, und das ruhige Wasser war so schwarz, daß es wie ein Juwel leuchtete. Als er dann daneben stand, schaute er in den Himmel hinauf und sah, daß sich all die Wolken zu einer riesigen Kathedrale vereinten, weiß, mit rosa und goldfarbenen Kanten. Majestätisch schwebte sie auf den Gipfel zu und blieb dann darüber stehen. Im selben Augenblick erhob sich auch ein Wind, ein warmer, liebkosender

Wind, der das Haar aus ihrem Gesicht blies und sanft Nabs Augen kühlte. Wieder schaute er auf den Teich und sah, daß er von einem sonderbaren Licht leuchtete, fast als glühe er in einem Feuer. Dann bemerkte er, wie die große Eiche schauderte, und ihre Zweige reckten sich zum Himmel empor. Jeder einzelne Teil des Baumes, vom dicksten Ast bis zum kleinsten Zweiglein, schien sich zu bewegen. Und jetzt klang die Stimme Aschgaroths durch den Wind an Nabs Ohren.
»Löse das Tuch«, befahl er ihm.
Nab hatte den herrlichen vielfarbigen Schal, in dem Brock ihn als Baby eingewickelt gefunden hatte, so lange getragen, daß er fast vergessen hatte, ihn zu besitzen. Er lag direkt an seiner Haut, wie es immer gewesen war. So zog er nun all seine Kleider aus, bis er zum Gürtel des Ammdar kam. Dann griff er fest nach dem Verschluß, öffnete ihn und legte den Gürtel auf die Erde. Jetzt flatterte der Schal locker um seine Schultern, und seine Farben leuchteten in der Sonne. Er nahm ihn ab und breitete ihn am Boden aus. Als Nab ihn wiedersah, überfielen ihn Erinnerungen an den Silberwald und vor allem an Tara. Tara, die so lange für ihn gesorgt hatte, mit der er so viele glückliche Tage in seiner Kindheit verbracht hatte, mit der er an langen Winterabenden oder lauen Sommertagen vor dem Baum gelacht und gespielt hatte.

»Jetzt öffne die Kästchen am Gürtel des Ammdar. Hole die drei Faradons heraus und verstreue sie auf dem Schal. Zuerst den Faradon der Wälder, dann den Faradon der See und zum Schluß den Faradon der Berge.«
Nab tat, wie ihm geheißen, und als der Inhalt der Kästchen auf den Schal fiel, schien der Wind ihn fest niederzudrücken, so daß nichts davonflog.
Dann sprach die Stimme Aschgaroths erneut. Hoch, klar und rein drang sie durch den Wind.
»Das ist das Ende. Und wir haben es gerade noch rechtzeitig geschafft, denn die Welt der Urkku nähert sich ihrem Abschluß. Sie zerstören sich selbst. Aber da ich es erfleht habe, werden die Tiere und die Eldron

gerettet werden. Du hast vollbracht, was ich von dir verlangt habe; du und die Erwählten aus dem Silberwald, und ich bin zutiefst erfreut. Nimm die Kästchen vom Gürtel und füll sie mit Wasser aus dem Teich. Dann sprenge das Wasser über den Schal, und der Weg wird klar sein.«

Die drei Metallkästchen ließen sich leicht lösen. Nab bückte sich und tauchte ein jedes in den Teich, bis es voll war. Dann trug er sie vorsichtig zu der Stelle zurück, wo der Schal flach auf dem dunklen Torfboden lag. Sam saß wenige Schritte entfernt am Rande des Plateaus und wartete geduldig. Nab spürte, wie sein Herz vor Aufregung in seiner Brust hämmerte, aber er empfand keine Furcht, nur ein Gefühl von Befriedigung. Ganz sanft, mit leise zitternder Hand hob er das erste Kästchen und fing an, das brackige Wasser über die leuchtenden Farben des Schals zu tröpfeln. Nichts geschah. Er hob das zweite Kästchen auf und versprühte das Wasser, aber wiederum passierte nichts. Jetzt kam das letzte der Kästchen. Das Wasser regnete gleichmäßig in kleinen Tropfen herab, und dann, als der letzte Tropfen gefallen war, erwachte der Schal zu leuchtendem Leben. Ein solches Strahlen ging von ihm aus, daß Nab und Sam sich abwandten und ihre Augen bedeckten, um sie vor dem Licht zu schützen. Nach einer Sekunde war es verschwunden, und vorsichtig blickte Nab sich um. All die Farben und Muster hatten sich zusammengefunden und formten jetzt ein Bild der Welt. Darauf konnten sie alle Berge und Wälder und Meere sehen, und über das ganze Bild zogen sich Linien hin, die in einem reinweißen Licht leuchteten, ein Netz von Linien, die alle zu einem Punkt auf der Karte führten. Nab betrachtete das Bild seines eigenen Landes und erkannte die Punkte als Scyttel und die Linien als die Roosdyche, auf denen sie gereist waren. Was Nab nicht wußte, war, daß im selben Augenblick, als er hier auf dem Gipfel des Berges Ivett auf das Bild starrte, all die Linien überall zu Lande und zur See sichtbar wurden. Aber nur die Tiere und die Eldron konnten sie sehen, und sie staunten darüber und fühlten sich an den Linien entlanggezogen. Und so kam es, daß überall auf der Welt die Tiere und die Eldron gemeinsam ihre Reise antraten, an den alten Pfaden und Spuren der Roosdyche entlang.

Und jetzt war es, daß die Welt vom ersten Stoß erschüttert wurde. Unter seinen Füßen fühlte Nab, wie der Berg heftig erzitterte, und er fiel hin. Ehe er noch aufstehen konnte, erfüllte ein zweiter, noch lauterer Knall den Himmel, und er fühlte, wie er von einem heißen Schwall, der seine Haut verbrannte und sein Haar versengte, zurückgeworfen wurde. Jaulend und verschreckt kroch Sam zu ihm, und sie hoben die Augen und blickten hinauf zu einem gigantischen Pilz, der sich blähte und aus der Erde zu wachsen schien. Nab schaute zu, gebannt von der furchteinflößenden Schönheit. Die Leuchtkraft seiner Farben brannte sich in Nabs Hirn, und der Abend wurde wieder hell. Höher und höher erhob sich der Pilz, und die ganze Zeit über wuchs er, bis die Sonne hinter ihm verschwand und der Himmel nur noch ein bloßer Rahmen um seine Ränder war. Die ganze Zeit über, als Nab zuschaute, konnte er die Erde unter seinen Füßen zittern und beben fühlen. Und dann sah er aus den Augenwinkeln, wie die Eiche ihre Zweige graziös über den Teich breitete. Er riß sich von der hypnotischen Schönheit der riesigen Wolke los und sah, daß der Teich plötzlich austrocknete. Nur ein klaffendes Loch blieb in der Erde zurück. Doch dann entdeckte er eine rohe gehauene Treppe auf einer Seite des Loches, Stufen, die, so schien es, ewig nach unten führten, denn er konnte kein Ende erkennen.

Und nun erhob sich ein Geschrei und Gekreisch überall auf der Welt, als eine Explosion auf die andere folgte, und der Himmel füllte sich mit Wolken von blitzender Farbe. Schrecklich war der Schmerz, als Wellen von Hitze über das Land hinrollten und die Gebäude der Urkku zusammenfielen wie Distelwolle im Wind. Und als die Welt sich selbst zerstörte, rannten die Tiere und die Eldron verzweifelt an den silbernen Pfaden entlang, und viele von ihnen waren verloren, denn sie wurden von den Explosionen mitgerissen. Diejenigen, die das Ende ihres Pfades erreichten, fanden, daß sich die Erde für sie auftat, und sie flohen diese Tunnel hinab und waren dankbar, der Massenvernichtung zu entkommen, die sich auf sie gesenkt hatte. Männer, Frauen und Kinder liefen blindlings diese unbekannten Wege entlang, ohne zu denken oder zu zweifeln, und die Tiere rannten neben ihnen, Dachse, Füchse, Löwen und Tiger, Bären und Bisons, Elefanten und Elche, alle Arten von Tieren, die auf dem Lande lebten. Unter den Meeren öffneten sich große Höhlen, und durch sie schwammen der mächtige Wal und der sanfte Seehund, der majestätische Hai und der verspielte Delphin und all die anderen Fische und Säugetiere der Ozeane.

Inzwischen hatte Nab angefangen, sich um Beth und die anderen Gefährten zu sorgen. Da erschien plötzlich ein großer Berghase am Rand des Plateaus und hoppelte auf die Stufen zu. Er blieb abrupt stehen, als er Nab und Sam sah, und starrte sie ein paar Sekunden lang überrascht und erfreut an, denn er wußte, wer sie waren.

»Kommt ihr denn nicht in den Tunnel?« fragte der Hase. »Diese Welt kann nicht mehr viel Zeit haben. Die Hitze weiter unten am Berg war schrecklich. Seht nur!« Er zeigte auf eine große Stelle, wo sein Pelz verbrannt war und die Haut hindurchschimmerte.

Nabs Herz schlug ihm plötzlich im Halse, und eine schreckliche Angst machte sich in seinem Kopf breit. Es kam ihm vor, als würde er gegen einen Felsen geschlagen.

»Sie sollten hiersein«, sagte er zu sich selbst.

»Hast du die anderen gesehen?« fragte er dann. »Das Mädchen, den Hasen, den Dachs und die Eule?«

»Vor einiger Zeit schon«, antwortete der Hase, »ehe die Explosionen anfingen. Sie wurden von einem Pack aus Trollen und Urkku gejagt. Die Verfolger waren nicht mehr weit zurück, und das Mädchen sah müde aus. Ich würde nicht mehr warten, wenn ich an deiner Stelle wäre. Wenn sie entkommen sind, kommen sie sowieso hierher. Wenn nicht, nun, es hat keinen Sinn, dich zu opfern, oder?«

Nab sagte nichts.

»Sieh mal«, meinte der Hase sanft, »das ist doch nur vernünftig.«

Der Junge wandte sich ihm zu, und seine dunklen Augen, die soviel gesehen hatten, schwammen in Tränen. »Ich gehe hier nicht fort, ehe sie kommen«, erklärte er. »Du gehst, Sam, aber ich muß bleiben.«

Der Hund wandte sich ihm mit vorwurfsvollem Gesicht zu.

»Also gut. Wenn ihr beide entschlossen seid hierzubleiben, muß ich eben allein weitergehen. Ich wünsche euch viel Glück. Lebt wohl.« Damit hoppelte der Hase zu der Treppe und war schon bald ihren Blicken entschwunden.

In diesem Augenblick erschütterte eine weitere Explosion die Luft, diesmal näher den Bergen. Als der erste, ohrenbetäubende Knall erstorben war, hob Nab seinen Kopf, den er in den Armen vergraben gehalten hatte, und rief Sam über den Lärm hinweg zu: »Ich gehe nach ihnen suchen. Bleib du hier«, und er erhob sich von dem feuchten Boden.

»Ich lasse dich nicht wieder allein«, brüllte Sam zurück. »Ich komme mit dir.«

Vorsichtig gingen sie zum Rand hinüber und spähten nach unten. Eine riesige Hitzewelle schlug ihnen entgegen, und sie rangen nach Atem. Nab roch, wie sein Haar verbrannte, und bedeckte sein Gesicht mit beiden Händen. Sam senkte den Kopf, und sie machten ein paar Schritte den Hang hinab. Dann hörten sie über dem Tosen einen Ruf. Sie blieben stehen und sahen einander an, wollten sich vergewissern, daß es keine Einbildung gewesen war. Dann kam er wieder, lauter diesmal und scheinbar von hinter ihnen. Argwöhnisch schauten sie sich um, blickten den Berg hinauf. Über dem Rand des Plateaus sahen sie Beth, die zu ihnen herabwinkte. Warrigal hockte auf ihrer Schulter, und zu ihren Seiten saßen Brock und Perryfoot. Sie waren genauso überrascht und überglücklich, Sam zu sehen, wie er und Nab erleichtert waren, als sie sie erblickten. Der Junge und der Hund liefen zurück zum Gipfel, wo sich alle sechs freudig begrüßten, und Tränen der Dankbarkeit standen in ihren Augen.

»Wir haben uns solche Sorgen gemacht. Wir wollten gerade nach euch suchen«, erzählte Nab, als er wieder reden konnte, ohne vor lauter Freude lachen zu müssen.

»Sie hätten uns fast erwischt«, berichtete Beth. »Sie hatten uns schon beinahe eingeholt, als die Explosionen anfingen, und dann wurden sie von Panik ergriffen, und die meisten von ihnen liefen davon. Wir schienen auf einen Pfad gezogen zu werden, der ein helles, silbernes Licht ausstrahlte. Ich glaube nicht, daß sie es sehen konnten, und die wenigen Verfolger, die noch übrig waren, schienen zurückzubleiben, so daß wir wieder allein waren.«

Sie alle gingen nun langsam zu dem dunklen Loch hinüber, wo der Teich gewesen war, und Sam erzählte ihnen, wie er den Urkku entkommen war. Dann setzten sie sich unter die alte Eiche, und Nab berichtete, was alles geschehen war, seit sie sich bei Rengolls Tor getrennt hatten. Sie hörten aufmerksam zu. Warrigal hockte auf einer der großen Wurzeln, die über die Erde ragten, und seine tiefen, runden Augen starrten auf Nab, ohne mit der Wimper zu zucken. Bei einem der langen Gespräche, die er und Wythen in der Großen Buche im Silberwald so manchen Sommerabend geführt hatten, hatte er von der Legende der Karte und ihren Linien gehört. Aber im Nebel der Zeit war diese Legende fast verlorengegangen, und nicht einmal die weise alte Eule hatte viel darüber zu erzählen gewußt. Wie fasziniert wäre Wythen gewesen, wenn er gehört hätte, welche Rolle sie in ihrem Leben spielen sollte. Warrigal fragte sich, ob die alte Eule der endgültigen Zerstörung des Waldes entkommen konnte. Und wenn, ob sie dann einer der Linien zu einem Tunnel wie demjenigen gefolgt war, neben dem sie jetzt saßen. Vielleicht floh er gerade in diesem Augenblick einen Scyttel hinab und dachte an sie und das Ende der Ge-

schichte, die er, Warrigal, ihm an jenem ersten Abend gebracht hatte, als Brock ihm von seinem sonderbaren kleinen Fund erzählt hatte.
Perryfoot saß neben Nab, die Ohren flach an den Rükken gelegt, zufrieden und glücklich, da nun all ihr Kämpfen ein Ende gefunden zu haben schien. Keiner von ihnen wußte, wohin sie nun gehen würden, aber solange sie zusammen waren, würde er ein Heim haben, und welch mächtige Sammlung von Geschichten hatte er auf ihren Reisen zusammengestellt, die immer wieder erzählt werden konnten. Beth saß an seiner Seite und streichelte sanft seinen Rücken. Er dachte daran, wie er sie das erste Mal gesehen hatte, unten am Fluß an jenem wundervollen Frühlingsnachmittag, und wie er vor ihr getanzt und gespielt hatte, um ihre Aufmerksamkeit auf sich zu ziehen, während Nab näher kroch, um sie deutlicher sehen zu können.
Auch Beth dachte an jenen Nachmittag vor so langer Zeit. Sie fragte sich, ob es Schicksal gewesen war, daß sie einander begegnet waren, oder ob Aschgaroth es irgendwie arrangiert hatte. Wie merkwürdig sich ihr Leben entwickelt hatte! Sie dachte auch an ihre Eltern und ihre Brüder. Sie wußte, sie als Eldron hätten die Linien sicher gesehen, und irgendwie war sie überzeugt, daß sie einen der Scyttel hinabgeflohen waren. Sie erinnerte sich an die Nacht, als sie Nabs Gesicht durch das Fenster gesehen hatte, am Heiligen Abend, und an den Aufruhr in ihrem Kopf, als sie mit ihm gegangen war. Wie wenig hatte sie damals von der Welt gewußt, in die sie eintreten wollte, von der Welt der Tiere und Elben und Trolle, und kaum hatte sie erahnt, welche Schrecken und Wunder sie erleben sollte. Jetzt waren sie vielleicht am Ende ihrer Reise angelangt, und all die Dinge, die sie sich für ihr Leben mit Nab ersehnt hatte, würden möglich werden.
Sam hockte zu ihren Füßen und dachte an sein altes Leben bei den Urkku zurück, dachte auch an die früheren Ratsversammlungen, als er sich aus dem Haus gestohlen hatte und über die Felder geeilt war, um dem Wald von den Plänen der Urkku zu berichten. Er erin-

nerte sich an den kalten, nassen Abend, als er aus seinem friedlichen Schlummer aufgewacht war und Nab am Fuß der Treppe hatte stehen sehen, wild und verängstigt, und wie er dann zum Wald gerast war, um die Flucht zu organisieren.

Nab hatte seine Geschichte beendet, und sie saßen wortlos da, während die Erde unter ihnen zitterte und bebte. Ein seltsames Gefühl von Ruhe und Zuversicht breitete sich in ihm aus, als er einen nach dem anderen anschaute. Er wandte sich Brock zu und sah, daß der Dachs, der an seiner Seite saß, ihn anschaute. Ihre Erinnerungen waren dieselben, denn ihr Leben war seit jener Nacht, als Brock das sonderbare Paar mit dem kleinen Bündel über die gefrorenen Felder hatte kommen sehen, so miteinander verknüpft, daß sie alles miteinander teilten. Sie dachten an Rufus, der Nab zuerst so mißtrauisch gegenübergestanden hatte und der dann bei dem Versuch, ihn zu schützen, getötet worden war, und an die anderen, an Sterntaler, Pictor, Thirkelow, die nun alle tot waren. Sie dachten auch an Zinddy und Sinkka, Brocks Junge, die den Bau verlassen hatten und die er nie wiedergesehen hatte, und sie dachten an Bruin. Noch immer konnte Brock sehen, wie der alte Dachs den Urkku angegriffen hatte, mit aller Kraft, die sein müder, alter Körper noch aufbringen konnte, und wie er dann gerannt war, um zu entfliehen und die anderen einzuholen. Dann war er von der Kugel eingeholt worden und durch die Luft gewirbelt. Und sie dachten an Tara. Wie sehr wünschten sie beide, daß sie nun hier bei ihnen sein könnte. Doch sie dachten ohne den scharfen Schmerz an sie, den sie zuerst immer empfunden hatten. Jetzt war es mehr ein dumpfes Gefühl von Verlust, als würde ein Teil ihrer selbst fehlen. Ganz deutlich erinnerten sie sich an all ihre kleinen Eigenschaften, konnten sie lebhaft vor sich sehen. Ihre Gedanken wanderten zu all den Vorkommnissen der Vergangenheit, und eine Serie von Bildern tauchte vor ihrem geistigen Auge auf. Nab vergrub sein Gesicht in dem dichten Pelz um Brocks Nakken, so, wie er es immer getan hatte, legte dem Dachs seine Arme um die Schultern. Dann dröhnte plötzlich eine gigantische Explosion in ihren Ohren, und als er aufblickte, sah er, wie der Abendhimmel hinter einer enormen schwarzen, pilzförmigen Wolke verschwand und die Welt dunkel wurde.

»Komm, alter Freund«, forderte er ihn auf. »Ich glaube, es wird Zeit, daß wir gehen«, und er erhob sich. Dann nahm er Beths Hand, und gefolgt von Warrigal, Perryfoot, Sam und Brock schritt er langsam zu dem klaffenden Loch in der Erde hinüber. Ohne sich noch einmal umzublicken, führte er sie die rauhen Steintreppen hinab in die düster-dunkle Leere unterhalb.

Nachwort

Dieses Buch ist das Ergebnis meines Zusammentreffens mit einem merkwürdigen alten Mann, das ich vor einigen Jahren hatte, als ich tief im Wald in der Nähe meines Hauses spazierenging. Zu jener Zeit hielt ich das Zusammentreffen für einen reinen Zufall, aber jetzt bin ich nicht mehr so sicher. Es könnte auch von seiner Seite aus beabsichtigt gewesen sein. Warum er ausgerechnet mich ausgewählt hat, um diese Geschichte zu erzählen, weiß ich nicht. Vielleicht, weil ich viele Stunden damit verbrachte, durch den Wald und das Moor zu streifen, und er sich an mein Gesicht gewöhnt hatte; vielleicht auch, weil er mein tiefes Mitgefühl für das Königreich der Tiere erspüren konnte.
Was immer der Grund war, die Tatsache bleibt bestehen, daß wir uns nach unserem ersten Treffen gelegentlich wiedersahen, und jedesmal erzählte er mir einen Teil der Geschichte. Immer trafen wir uns zufällig, zumindest, was mich betraf, und es schien kein besonderes Gebiet zu geben, das er bevorzugte. So trafen wir uns manchmal im Wald und dann wieder an einem Bergbach oder irgendwo im Moor. Auch waren unsere Treffen sporadisch. Manchmal trafen wir uns zweimal in der Woche, dann konnten zwei oder drei Monate vergehen, ehe ich ihn, ganz unerwartet, auf mich zukommen sah und wir uns einen angemessenen, bequemen Platz suchten, um unsere Unterhaltung fortzusetzen. Ich nenne es »Unterhaltung«, aber in Wirklichkeit war es mehr ein einseitiger Monolog, bei dem ich selbst nicht viel mehr tat, als zuhören und gelegentlich eine Frage einwerfen, um die eine oder andere Angelegenheit zu klären. Doch all meine Fragen bezüglich seiner Familie, seiner Herkunft und seinem Heim wurden beiseitegeschoben und blieben unbeantwortet. Er schien im wahrsten Sinne »aus dem Nichts gekommen« zu sein.

Nach jedem Gespräch kehrte ich heim und zeichnete,

so getreu ich es vermochte, jede Einzelheit dessen auf, was er mir erzählt hatte. Schon gleich zu Anfang beschloß ich den Versuch, aus den Notizen, die ich zusammengestellt hatte, ein Buch zu machen. Zu diesem Zweck war es notwendig, gewisse Änderungen in der Art vorzunehmen, wie mir die Geschichte erzählt worden war. Dies bezieht sich jedoch nur auf den Stil, und ich hoffe, daß ich dem Geist, in dem die Geschichte erzählt worden ist, treu geblieben bin. Jeglicher Irrtum, der eventuell doch aufgetreten sein sollte, liegt natürlich allein in meiner Schuld.

Von Anfang an erriet ich die Wahrheit seiner Geschichte, aber er lächelte bloß und sagte, es wäre unwichtig, ob ich seine Geschichte glaubte oder nicht. Er wäre mir jedoch dankbar, wenn ich zuhören würde. Das tat ich, und je weiter die Geschichte fortschritt, desto mehr faszinierte sie mich, und ich fing an, mich auf unsere Zusammentreffen zu freuen, bei denen ich den nächsten Teil der Erzählung hören sollte. Ich wurde auch immer mehr überzeugt, daß alles wahr war, was er erzählte, und gegen Ende war ich fast sicher, daß die Geschichte auf Tatsachen beruhte. Das muß natürlich der Leser selbst entscheiden. Es liegt nicht in meiner Absicht, hier Beweise zu erbringen.

Unsere Treffen zogen sich über ungefähr zwei Jahre hin. Das erste fand an einem kalten Tag im Januar statt, als ich am späten Nachmittag einen steilen Pfad im Wald hinanstieg. Das letzte zwei Jahre später im Dezember, als der Schnee dick auf dem Boden lag und ich im Moor an einem kleinen Bach saß, der zwischen hohen heidebewachsenen Böschungen hinlief. Seit jenem Tag, als er seine Geschichte beendete, habe ich ihn nicht mehr gesehen, obwohl ich ebensoviel, wenn nicht mehr Zeit auf meinen langen Gängen verbracht habe wie zuvor. Manchmal jedoch spürte ich seine »Anwesenheit«, als wenn er mich beobachten würde, und ich war dankbar für dieses Wissen. Ich bin sicher, daß ich ihn eines Tages wiedersehen werde.

Als er ans Ende seiner Erzählung kam, gab es eine ganze Anzahl sehr wichtiger Fragen, die ich ihm stel-

len wollte. Zuerst einmal war ich begierig, zu erfahren, was aus den Tieren und den Eldron geworden war, nachdem sie die Tunnel und Höhlen betreten hatten, dort, wo sich die Scyttel für sie geöffnet hatten.
»Sie waren noch nicht viele Stufen hinabgestiegen«, erzählte er, »als sie das Gefühl hatten, durch die Dunkelheit zu schweben. Und ohne es zu merken, fielen sie in einen tiefen, traumlosen Schlaf, und sie schliefen viele, viele Monde lang in den Armen Aschgaroths. Sie alterten nicht, denn Aschgaroth hatte für sie die Zeit stillstehen lassen, und als sie schließlich erwachten, schien die Sonne auf sie herab, dort, wo sie in den Scytteln lagen und ruhten. Als sie nun auf die Oberfläche des Landes zurückkehrten, empfing sie eine neue Welt, eine Welt frei von Urkku, eine Welt von unendlicher Farbenpracht und von Zauber.«
Ich war auch sehr neugierig, was das Schicksal von Nab und Beth anbetraf und auch das der anderen Tiere, und seine Erklärung dieser »neuen Welt«, zu der sie gelangt waren, befriedigte mich noch nicht. »Waren sie dort glücklich?« wollte ich wissen. »War es das, wovon sie geträumt und für das sie soviel gelitten hatten?«
Der eisige Wind blies kleine Schneeflocken durch die Luft, die sich auf seinem Haar niederließen. Die Sonne schien bleich und wäßrig von dem stahlgrauen Winterhimmel. Er schaute zu mir auf und lächelte, und als ich tief in seine Augen schaute, erkannte ich plötzlich zu meinem großen Erstaunen, daß dieser alte Mann Nab war. Mein Kopf schien zu wirbeln, ein, zwei Sekunden lang, und ich war unfähig, einen klaren Gedanken zu fassen, aber als ich meinen Verstand dann wieder sammelte, wurde mir noch etwas anderes klar. Wenn dieser alte Mann Nab war, dann war die Welt, in der sie erwacht waren, dieselbe, von der sie aufgebrochen waren – unsere Welt. Eine große Welle der Enttäuschung breitete sich in mir aus.
»Dann war alles umsonst«, platzte ich heraus. »Aschgaroth hat euch im Stich gelassen.«
Nab starrte zu Boden und schwieg lange Zeit. Als er

dann wieder sprach, klang Trauer aus seiner Stimme, aber auch Hoffnung.

»Die Urkku«, sagte er, »wurden aus Haß geschaffen, um Rache zu nehmen. Sie hatten keine Wahl, wie sie sich verhalten sollten. Aber es gibt sie nicht mehr, und aufgrund dessen, was wir taten, ist die Welt jetzt nur von Eldron bewohnt. Sie haben eine Wahl; das ist es, was sie von den Urkku unterscheidet. Aber die Geschichte ist noch nicht zu Ende, denn ihr und euresgleichen müßt entscheiden, ob wir versagt haben oder nicht. Ihr alle seid die Kinder der Eldron.«

»Was ist mit Beth und Brock, Warrigal und Perryfoot und Sam?« fragte ich ihn. »Und mit den Elben? Sind sie mit der alten Welt vergangen?«

»Als die alte Welt sich selbst vernichtete«, sagte er, »blieben die Elben zurück. Sie pflegten die Wunden und heilten die Narben, die von den Urkku zurückgelassen worden waren, und mit der Hilfe Aschgaroths brachten sie die Welt allmählich wieder zu ihrem natürlichen Zustand zurück. Die ganze Zeit über schliefen wir, und erst, als die Aufgabe vollbracht war, gab uns Aschgaroth frei. Die Elben sind immer hier. Was den Rest angeht, so hat uns Aschgaroth die Unsterblichkeit der Elben gewährt. Noch immer leben wir zusammen in den Wäldern und den Hügeln. Sie haben dich gesehen, und manchmal hast du vielleicht auch sie gesehen, obwohl sie sich wie all die anderen Tiere jetzt sogar vor den Eldron hüten. Denn viele der Eldron haben ihre wahre Natur verleugnet und ähneln jetzt den alten Urkku.« Er machte eine Pause, und als die Sonne anfing, am Abendhimmel zu versinken, stand er auf. »Ich muß nun gehen«, sagte er. »Beth wird auf mich warten.« Damit ging er über den Schnee zum Rand der Bäume hinüber. Ich saß da, noch immer erschüttert von allem, was er mir erzählt hatte, und schaute ihm nach. Er wollte gerade das Dunkel des Waldes betreten, als ich eine kleine Gruppe von Tieren herauskommen sah, die ihn empfing. Mein Herz hämmerte wild in meiner Brust, als ich angstrengt durch die Dämmerung starrte. Ich war fast sicher, daß ich die Umrisse eines Daches, eines Hundes, eines Hasen und, über ihren Köpfen fliegend, einer großen braunen Eule ausmachen konnte. Und direkt hinter ihnen tauchte eine weitere Gestalt auf. Die Gestalt einer alten Dame, die die Arme ausstreckte, um ihn zu begrüßen. Ein, zwei Sekunden lang betrachtete ich sie alle, und sie ihrerseits schienen mich anzuschauen. Dann waren sie plötzlich verschwunden, vom Wald verschlungen.

Science Fiction

IM GOLDMANN-TASCHENBUCH

Dies ist die Fortsetzung von ‚Gateway' aus der Feder des am meisten ausgezeichneten SF-Autors der siebziger Jahre.
23384

Geschichten, die sich die Tiere erzählen, wenn der Nordwind bläst. Clifford D. Simak gilt seit 30 Jahren als Meister der Science Fiction.
23036

Beißende Satire über gesellschaftliche Mißstände. Durch diese Romanform wurde Frederik Pohl als Autor weltweit berühmt.
23392

Der Mann, der zur SF die Wissenschaft hinzugefügt hat. Sein früher Roman aus der 'Foundation Trilogie' spielt in einer Zeit vor dem Galaktischen Imperium.
23171

Vom populärsten, aber auch umstrittensten SF-Autor der Welt. Eines der erregendsten Schauspiele unserer Zeit... wie Utopie zur Wirklichkeit wird.
23353

Von Isaac Asimov und Ben Bova zusammengestellt: Drei Kurzgeschichten des vielversprechenden Talents am SF-Himmel der 80er Jahre.
23381

Die einzige Reihe auf dem deutschen Büchermarkt, die sich ausschließlich um deutsche SF-Autoren kümmert. Hier der neue Band mit vielen Illustrationen.
23391

Der erste in der Bundesrepublik veröffentlichte Roman des russichen Physikers. „Beste Science Fiction mit wissenschaftlichem Unterbau." (Theodore Sturgeon)
23386

Verlangen Sie das Gesamtprogramm beim
Goldmann Verlag
Neumarkter Str. 18
8000 München 80